STEIDL

taschenbuch 169

Halldór Laxness wurde am 23. April 1902 in Reykjavik geboren. 1955 wurde er mit dem Nobelpreis für Literatur ausgezeichnet. Laxness starb 1998 in der Nähe von Reykjavik. Seine Romane und Erzählungen erscheinen in deutscher Sprache in der von Hubert Seelow betreuten Werkausgabe des Steidl Verlags.

Halldór Laxness

Der große Weber von Kaschmir

Roman

Aus dem Isländischen von Hubert Seelow

Steidl

Titel der isländischen Originalausgabe:
»Vefarinn mikli frá Kasmír«, 1927

Wir senden Ihnen gern unser kostenloses Gesamtverzeichnis:
Steidl Verlag, Düstere Straße 4, D-37073 Göttingen

02 03 04 05 06 7 6 5 4 3 2 1

Einbandgestaltung: Klaus Detjen
unter Verwendung eines Fotos von Gerhard Steidl
Gesamtherstellung: Steidl Göttingen
Printed in Germany
ISBN 3-88243-810-X

Ma nondimen, rimossa ogni menzogna,
tutta tua vision fa' manifesta:
e lascia pur grattar dov' é la rogna!
Chè se la voce tua sarà molesta
nel primo gusto, vital nutrimento
lascerà poi, quando sarà digesta.

Dante Alighieri
(Par. XVII. 127.–132.)

Erstes Buch

1

Eben flogen zwei Schwäne nach Osten.

Die Welt ist wie eine Bühne, auf der alles für eine große Oper hergerichtet ist: Birkenduft in der Thingvalla-Lava, ein kühler Hauch von den Sulur, purpurfarbener Himmel über der Esja, tiefe, kalte Bläue über dem Skjaldbreidur; es wird nicht mehr dunkel, überall taghelle Nacht und Schlaflosigkeit.

Haus Ylfing steht auf einem grasbewachsenen Streifen Land zwischen den Felsspalten, aus grauem Basalt gebaut, mitten in der Lava. Die wilden Birken bewegen sich im kühlen Wind und kritzeln unsichtbare Zeichen an den Abendhimmel, und aus dem Innern des Hauses kommt ein blutjunges Mädchen auf die Veranda an der Südseite heraus, blickt nach Westen den Waldweg entlang und lehnt sich auf das Geländer. Sie reckt ihren Hals wie ein Schneehuhn und lauscht nach Westen, unschuldig und hell wie eine mythische Gestalt, die ihr Leben unter weißen Lämmchen im Wald zugebracht hatte. Die Uhr im Haus schlägt zehn.

Eine alte Frau kommt auf die Veranda heraus, in schwarzem, langem Kleid, eine eindrucksvolle und vornehme Gestalt, mit grauem Haar.

Dilja, sagt sie. Ich kann einfach nicht verstehen, daß sie noch nicht da sind. Dabei war es kurz vor acht Uhr, als Örnolf telefonierte, um zu sagen, daß sie jetzt abfahren wollten. Und die arme Jofrid muß sich morgen einschiffen. Hörst du vielleicht ein Rattern?

Nein, Großmutter, es rattert überhaupt nichts, antwortete das junge Mädchen müde.

Wer weiß, womöglich haben sie eine Panne? Habe ich nicht immer gesagt, daß auf diese Automobile kein Verlaß ist? Es fehlte nur noch, daß sie mitten auf der Mosfellsheidi liegenbleiben! Geh doch rasch hinein, Dilja, und hole mein Strickzeug und bring mir mein Pelzcape mit; ich möchte eine Weile hier auf der Veranda warten, das Wetter ist so mild.

Kurz darauf kam das Mädchen kauend wieder auf die Veranda; sie hatte einen weißen Flanellmantel übergezogen und hielt einen halbgegessenen Keks in der Hand.

Obwohl ihre Augen jung und leuchtend waren, hatten sie doch das schwere, graue Flimmern, das man so häufig bei nervösen Menschen findet, die Lippen waren feucht von Jugend und Unberührtheit, weich und rot, die Züge um den Mund herum wenig ausgeprägt, wie ein Kopf, von dem der Bildhauer mit seinem Modellierholz erst die groben Umrisse geformt hat. So war der ganze Körper: jung, frisch und geschmeidig, wie eine Ähre im Frühling, wenn ein neuer Mond über dem Rand des Ackers wacht, blankgeputzt und schmal. Das Haar war das einzige an diesem Körper, das üppig war und dicht, glänzend und hell, zu einem Zopf geflochten, mit Ringellocken an den Schläfen.

Stell dir vor, Großmutter, sagte das Mädchen, als sie der alten Dame ihre Sachen gegeben und den Keks aufgegessen hatte, ich habe erst gestern, als ich es im Morgenblatt las, erfahren, daß die Grimulfsfamilie verreisen will! Und Stein Ellidi, der mir alles sagt, hat es mit keinem einzigen Wort erwähnt, als wir vor einer Woche in Reykjavik zusammen waren. Wir gingen nach Laugarnes hinaus. Warum fahren sie so plötzlich?

Das war seit langem geplant, antwortete die alte Dame und fing dabei an zu stricken. Aber man weiß nie etwas über die Pläne der Brüder, bevor sie sie ausführen. Das letzte Mal, als Örnolf im Ausland war, hat er neue Absatzmärkte erschlossen, wie sie das nennen; er war in Portugal und Süditalien. Es ist notwendig, daß sich einer von ihnen dort im Süden aufhält, um den Markt zu beobachten. Man kann die Geschäfte nicht dem ausländischen Büropersonal anvertrauen, wenn so viel auf dem Spiel steht.

Als ob Jofrid sich dort im Süden nicht genauso zu Tode langweilen würde wie überall! sagte das Mädchen. Wo sie es nirgends aushält vor Schwindsucht und Langeweile; ich sehe schon kommen, daß sie es auch dort nicht lange aushält! Und was hat Stein Ellidi dort im Süden verloren, er, der sich nur für Kunst und Literatur interessiert! Dabei kann dort im Süden kaum einer lesen! Als ob Stein sich nicht nach Hause sehnen würde, als ob er nicht schnell nach Hause kommen würde, um Island zu sehen! Er, der an die Berge glaubt! Mir würde nicht im Traum einfallen, nach Italien zu fahren, selbst wenn ich dazu eingeladen würde. Was soll schon an Italien dran sein!

Der Ylfing A. G. ist es ziemlich gleich, was du von Italien hältst, Dilja, sagte ihre Pflegemutter. Die Firma Ylfing fragt nur nach dem Markt. Außerdem glaube ich, daß der Papst lesen kann. Aber um noch einmal auf Jofi zu kommen, sie fühlt sich nie wohler als auf Reisen, und dem kleinen Stein kann ich nichts Besseres wünschen, als aus Reykjavik wegzukommen, damit er eine Zeitlang diese Horde von Burschen loswird, die sich an ihn hängen wegen des Geldes seines Vaters, ganz zu schweigen von diesen verwünschten Dichterallüren, die den Jungen vollkommen verrückt machen.

Der leichte Wind war nicht kalt, obwohl es Abend geworden war, sondern mild und sanft; das Mädchen betrachtete seine Pflegemutter, Valgerd die Ylfingenmutter, diese Übermacht, die weder Jugend noch Begabung zu schätzen wußte, Stein Ellidi nicht verstand und nichts für Dichter übrig hatte. Sie stammte von alten, wohlhabenden Familien ab und dachte wie die reichen Beamten zur Zeit der königlichen Gouverneure. Doch heute abend war das Mädchen nicht gewillt zurückzustecken und erhob voller Übermut den Zeigefinger gegen ihre Pflegemutter, während sie sprach.

Nein, Großmutter, laß dir von mir gesagt sein, daß Stein Ellidi seine Freunde nicht dem Geld Grimulfs verdankt. Stein hat seine Freunde aus einem ganz anderen Grund als dem, daß die Ylfingen mit Klippfisch schachern. Denn Stein Ellidi ist viel reicher als sein Vater Grimulf, sage ich dir, sogar reicher als die ganze Ylfing A. G. Du wirst es schon noch sehen, wenn Stein weltberühmt geworden ist. Ja, warte nur ein paar Jahre, auch wenn du jetzt darüber lächelst. Was sagten die Lehrer im Gymnasium? Haben sie vielleicht nicht gesagt, Stein sei seit vielen Jahren der begabteste Schüler, der das Abitur gemacht habe? Hat er vielleicht im Frühjahr nicht mit achtzehn Jahren das Philosophikum mit Auszeichnung bestanden? Und was sagte der deutsche Professor, den Stein letztes Jahr im Nordland begleitet hat? Sagte er nicht wörtlich, daß er in ganz Deutschland noch keine so großartigen Anlagen gefunden habe? *Eine feurige Begabung,* sagte er zu Örnolf. Und was sagen seine Freunde, von denen viele berühmt und sehr gebildet sind? Sie bewundern ihn und glauben an ihn; denn er ist ein so großer Dichter, so voller Inspiration, so einfallsreich und genial...

Das Mädchen war so eifrig, daß ihr Wörter entschlüpften, die man sonst nur in literarischen Zeitschriften liest; es war deutlich, daß sie die Absicht hatte, ihre Großmutter zu überzeugen.

Doch Valgerd die Ylfingenmutter antwortete nur mit Jaja und warf einen raschen Blick auf ihre Pflegetochter. Sie schmunzelte über deren einfältige Begeisterung für »Einfallsreichtum« und »Genialität« und hielt es nicht der Mühe wert, noch mehr darauf zu antworten.

Während sie angestrengt auf ihr Strickzeug niederschaute, wanderten ihre Gedanken vom Enkel zu den Söhnen, diesen beherrschten, wortkargen Männern, die besser wußten, was sie wollten, als diejenigen, die im Land für Einfallsreichtum und Genialität berühmt waren.

2

Das eine der beiden Privatautos der Ylfingen, ein schwerer, ockerfarbener Wagen, fuhr zwei Minuten später unterhalb der Veranda vor, und der Waldduft vermischte sich mit dem Geruch von Schmieröl und Benzindämpfen.

Der Reeder, Örnolf, saß am Steuer. Er lüftete höflich seinen leichten Filzhut vor Dilja und seiner Mutter, die die Verandatreppe hinuntergegangen waren, um den Ankommenden entgegenzulächeln. Stein Ellidi saß neben Örnolf und wartete nicht, bis der Wagen anhielt, sondern riß die Wagentür auf und sprang heraus, um als erster grüßen zu können; er reichte seiner Großmutter und Dilja je eine Hand. Grimulf drückte mit mageren, bläulichen Fingern den Griff an der hinteren Tür auf und half seiner Frau beim Aussteigen. Sie begrüßten einander alle mit Kuß, bis auf Örnolf, der um das Haus herumfuhr, um zu wenden und nach seinem Wagen zu sehen, wie es Chauffeure zu tun pflegen, ehe er ins Haus ging.

Stein Ellidi führte das Wort für die Ankömmlinge.

Tja, meine tapfere Alte, sagt er zu seiner Großmutter. Es ist ein alter Brauch, daß man den Segen der Stammesmutter einholt, bevor man sich auf eine Seereise begibt, ich hoffe, du hast daran gedacht, Pfannkuchen für uns backen zu lassen. In vierundzwanzig Stunden sehen wir das Land nicht mehr, sind unterwegs nach Süden, Großmutter, in den Süden, zu wärmeren Gestaden. Stell dir Leith vor, die große Stadt auf der anderen Seite des Meeres, wo die Lastkräne kreischen wie Fabeltiere und belgische Riesengäule die Zunge aus dem Maul hängen lassen und im Kohlenstaub schnauben.

Und ohne sich im geringsten darum zu kümmern, ob die Großmutter überhaupt zuhörte, wandte er sich Dilja zu und fuhr mit gleicher Nonchalance fort:

Ja, Dilja! Ich weiß wie gesagt erst seit drei, vier Tagen, was das Schicksal für mich in petto hatte.

Papa eröffnete es uns vorvorgestern am Frühstückstisch, so ganz beiläufig, als ob es nichts von Bedeutung wäre. Er sagte, ich könnte selbst entscheiden, ob ich dableiben oder mitfahren wollte, und ich überlegte mir die Sache zwei Tage lang. Schließlich kam ich zu dem Ergebnis, daß ich mitfahren muß. Denn wer sollte sonst Mama aus überspannten theosophischen Schriften vorlesen, oder aus englischen *Half-a-crown*-Romanen, die für den »geneigten Leser« in Stiefeln mit schiefen Absätzen, mit wirrem Haar, verwahrlosten Zähnen und Künstlerschleife geschrieben sind; und wer soll die gnädige Frau durch die Museen in Florenz führen und ihr die Meisterwerke von Kleckser und Michaelsen in der Galleria Pitti zeigen, wenn nicht ich? Wurde der Sohn vielleicht nicht in die Welt gesetzt, damit er seine Mutter verwöhnen kann? Dilja, du hättest wirklich mitfahren sollen! Aber was machst du denn für ein Gesicht? Bist du beleidigt?

Und er nahm sie rasch bei den Schultern und wirbelte sie herum wie einen Kreisel; danach schauten sie sich an. Gewöhnlich lachten sie über alles, wenn sie sich trafen, doch diesmal leuchtete keine Freude in den Augen des Mädchens. Und er gab auf. Beiden war nicht nach Lachen zumute. Er nahm sein Zigarettenetui aus der Hosentasche und spielte einen Augenblick geschickt damit, dann steckte er es wieder zurück.

Ich muß mit dir sprechen, sagte er, und sie verschwanden im Haus.

3

Er war etwas über achtzehn Jahre alt, doch schon ganz erwachsen, groß und stattlich, der Körper geschmeidig und gelenkig, und bisweilen zeigten seine Bewegungen eine plötzliche Heftigkeit, die von ungebändigten Seelenkräften zeugte. Er war eine durchaus elegante Erscheinung, und weder Schüchternheit noch Zurückhaltung verdeckten die Vorzüge seines Charakters. Sein freies und energisches Auftreten hatte eine ähnliche Wirkung wie ein frischer Wind bei Sonnenschein; dieser sympathische junge Mann faszinierte wie etwas Übernatürliches in der Eintönigkeit des Alltags. Seine Stirn war ungewöhnlich hoch, verhältnismäßig schmal und oben eigentümlich gewölbt, das Haar rotblond, dicht und kräftig, es war aus dem Gesicht gekämmt und lag in langen Wellen über den Kopf nach hinten; diese prächtige Mähne trug das ihre dazu bei, seinem Aussehen etwas Großartiges und Eindrucksvolles zu verleihen. Nichts an seiner Person war jedoch so einnehmend wie sein Blick; die Augen waren außergewöhnlich strahlend; sie waren wie Juwelen; es war verlockend, in dieses funkelnde Blau zu starren; sie lagen recht tief, ihre Schönheit kam am besten zur Geltung, wenn er aufsah; und sie wurden von langen Wimpern beschützt; die Brauen kräftig und dicht: Bisweilen runzelte er sie, schaute rasch auf und glich einem Feldherrn. Bald leuchteten diese Augen mit der wilden Freude einer vielseitig begabten Seele, bald hatten sie einen milden Glanz, wie wenn das Bewußtsein sich mit einem Male über alles Sichtbare erhöbe und in verborgene Welten schaute; er besaß ein zweites Ich, das jenseits des Alltagslebens beheimatet war. Sah man jedoch von den Augen zum Mund, so bemerkte man ein gewisses Mißverhältnis in den Gesichtszügen. Die unregelmäßige Form des Mundes war auffallend:

Der Oberkiefer stand ein wenig vor, und man sah stets zwei Schneidezähne, wenn er nicht die Lippen schloß; ein ironisches Lächeln spielte um den Mund; bei flüchtigem Hinsehen schien dieses Lächeln dem Gesicht nur einen männlich nonchalanten Zug zu verleihen, von der leicht entschuldbaren Selbstgefälligkeit eines jungen Mannes zu zeugen, dem die Welt offensteht. Doch bei genauerer Betrachtung konnte man aus diesem Zug kalte Unnachgiebigkeit, Unverfrorenheit und sogar Unverschämtheit herauslesen. Und schließlich konnte dieses Lächeln als beredtes Zeugnis dafür gelten, daß dieser Mann stets bereit war, Trotz zu bieten, schonungslos grausam zu sein. Es war genauso unangenehm, zu lange auf sein Lächeln zu schauen, wie es angenehm war, die beseelte Schönheit seiner Augen zu betrachten.

Seine Hand war klein, dick über der Handfläche, die Finger kurz und nach vorne zu schmal, der Handrücken und das Gelenk von hellen Haaren bedeckt, so weit man in die Manschette hineinsehen konnte. Er kam offensichtlich direkt von einer Gesellschaft, trug einen Smokinganzug, blaßgelbe Socken und schmale Lackschuhe mit breiten Absätzen, einen langen, graumelierten Mantel, einen hellen Hut und in der einen Hand ein Paar weiße Handschuhe.

4

Die alte Dame hielt mit beiden Händen die eine Hand ihrer Schwiegertochter und hörte nachsichtig ihre Klagen über die Hektik der letzten Tage und andere Mühsal an. Sie hatte damit gekämpft, all die Sachen, die sie nicht in ihrem Gepäck haben wollte, unterzubringen, in Truhen und Schränken zu verstauen, und schließlich das Gepäck fertigzumachen, zu pakken und packen. Keiner außer dem lieben Gott konnte sich eine Vorstellung machen von solcher Mühe. Drei Mädchen hatten vier Tage lang kopfgestanden. Schließlich hatte die Sache aber doch ein Ende genommen, Gott sei Dank. Aber wer konnte jetzt wissen, ob die Mädchen tatsächlich die Holzwolle verwendet hatten und ob nicht alles in tausend Stücke ging, wenn die Koffer dann herumgeworfen wurden.

Die junge Frau seufzte. Ihr einziger Trost war nun, daß sie sich diese Nacht hier in der Stille von Thingvellir ausruhen konnte; wenn sie überhaupt ein Auge würde zumachen können nach diesem Wirbel; es war, als sei sie gerade von einem Polarflug zurückgekehrt. Sie hatte sich heute abend hierher geflüchtet, um dem Lärm in Reykjavik zu entkommen; die Menschen benehmen sich immer wie verrückt, bevor man abreist; dann erst entdecken alle, wie sehr sie einen lieben. Oh, Frau Valgerd, mir ist es so schlecht gegangen, seitdem im Frühjahr die Blutspuren im Speichel waren; meine einzige Hoffnung ist der Aufenthalt in der Wärme des Südens.

Obschon Frau Jofrid Mutter eines achtzehnjährigen Sohnes war, sah sie nicht wie eine Frau mittleren Alters aus. Ganz im Gegenteil, ihre Haut war glatt und jung, der Körper wohlgerundet, prall von Weiblichkeit und Fruchtbarkeit, das Gesicht milchweiß, die Lippen tangrot, das Haar kastanienbraun, und in den dunklen Augen brannte eine übermächtige Glut, die von vielem zugleich zeugte: von Leidenschaften, Schwindsucht, krankem Gemüt; die Brauen zwei dunkle, hoch gezogene Bogen. In diesen Zügen lag jedoch etwas, das an eine Maske erinnerte, an das stilisierte Gesicht eines künstlichen Menschen, das sich nur dadurch von einem Bild im Panoptikum unterscheidet, daß es aus Fleisch und Blut gemacht ist. Und trotz der stets wachen Weiblichkeit, die bei jedem Wort, jedem Blick, jeder Bewegung von ihr ausstrahlte, kam in ihrem Wesen doch immer wieder etwas, das an ein müdes Kind erinnerte, zum Vorschein. Sie war nicht nur aus einem wundervoll feinen, flüchtigen Stoff gemacht, sondern schien auch selbst genau zu wissen, welche Kostbarkeit sie war, zerbrechlich und wertvoll. Sie war wie ein Gefäß aus orientalischem Glas. Die unbedeutendsten Begebenheiten in ihrer Nähe machten sie unruhig; sie war immer ängstlich, immer ratlos; glaubte, sie würde sterben, wenn sie einen Finger rührte. Ihre unsicheren Handbewegungen unterstrichen den Charme des Lebensüberdrusses.

Ja, liebe Jofi, und was wollt ihr mit eurem Haus an der Raudarar-Bucht machen? fragte die Schwiegermutter. Wollt ihr es leerstehen lassen?

Ja, und das habe ich durchgesetzt, antwortete sie mit kindlichem Stolz, Grimulf wollte das Haus entweder verkaufen oder vermieten, denn er sagt, es sei dumm, einen Besitz ohne Ertrag dastehen zu lassen. Aber ich finde das nicht dumm, ich weigere mich entschieden, Vernunft anzunehmen, wenn Grimulf von Zinsen und Zinseszinsen spricht. Findest du nicht auch, daß ich recht habe, Mama? Habe ich vielleicht nicht immer gesagt, daß Grimulf ein Kind ist und bleibt in allem, was das Wohl der Familie angeht? Denn wenn das Haus verkauft wird, stehen wir ohne ein Zuhause in der Welt. Wer weiß, vielleicht entdecke ich eines Tages, daß es besser ist, ein verlassenes Haus hoch droben im Norden zu haben als gar keines in der Fremde im Süden? Und Stein, der die schöne Aussicht aus den Westfenstern so sehr liebt, er, der so oft im Frühling dort gesessen und etwas Hübsches über den Sonnenuntergang geschrieben hat.

Grimulf setzte sich vorsichtig in einen der Korbstühle auf der Veranda und hing seinen Gedanken nach. Er schenkte der Schönheit von Thingvellir keine Beachtung, nicht einmal dem Rauch seiner Zigarre. Er war noch immer ein Mann im besten Alter, eher klein, hätte seinem Sohn kaum mehr als bis zur Schulter gereicht, doch kräftig und breitschultrig, die Kopfform regelmäßig, das Gesicht von tiefen, strengen Linien gezeichnet, die Brauen kräftig und buschig, die Augen grau und scharf, hinter einer Goldrandbrille versteckt, sorgfältig rasiert und das dunkle, graumelierte Haar exakt in der Mitte gescheitelt. Das Gesicht war von trockenem Arbeitsethos geprägt. Die Arbeit war offensichtlich die einzige Wirklichkeit, auf die es diesem Mann ankam.

Aus dem Innern des Hauses hörte man Gesang und Klavierspiel, und nun kam Örnolf über die Verandatreppe herauf, nachdem er den Wagen versorgt hatte. Er küßte seine Mutter auf die Stirn und fragte nach Neuigkeiten in Thingvellir, und als er hörte, daß es in Haus Ylfing allen gut ging, sagte er:

Weil morgen Sonntag ist, will ich faulenzen und mich bis morgen abend hier in der Stille von Thingvellir ausruhen. Grimulf und Stein Ellidi wird es hoffentlich keine Mühe bereiten, morgen früh selbst nach Reykjavik zu chauffieren.

Er schaute auf seine Hände, er hatte sich die Finger schmutzig gemacht, als er eine ölige Schraubenmutter am Motor angefaßt hatte. Ich gehe hinein und wasche mich, sagte er, lächelte ihnen zu und verschwand im Haus.

Er konnte noch immer als junger Mann gelten, kaum fünfunddreißig, hochgewachsen und schlank, wohlproportioniert und von vornehmem Äußeren, die Schultern männlich, sein Wesen ruhig und besonnen, beinahe lauernd; sein Gesicht trug die gleichen Spuren logischen und scharfen Denkens wie das des älteren Bruders, mit ähnlichen Linien von der Nase zu den Mundwinkeln, und auf der Stirn, über der Nasenwurzel, waren Anzeichen einer Falte zu sehen, die mit zunehmendem Alter tief werden würde. Die Augen waren leuchtender und lebendiger als die Grimulfs, die Brauen mindestens ebenso buschig, das Haar dunkel. Etwas im Gesicht dieses Mannes hätte an einen Adler oder Falken erinnert, der darauf wartet, seine Krallen in die Beute schlagen zu können, wäre nicht noch etwas anderes hinzugekommen, das die Ähnlichkeit mit dem Raubvogel zunichte machte, das freundliche, kultivierte Lächeln nämlich und der Charme, den dieses seinem Gesicht verlieh. Es spielte um seine Lippen, sooft er etwas sagte. Es spielte dort auch, wenn er anderen Menschen zuhörte. Sogar stets, wenn er jemanden ansah, und selbst wenn er nichts tat, als quer durch ein Zimmer zu gehen, in dem sich andere Leute befanden, so spielte in seinem Gesicht dieses Lächeln und wärmte alles um ihn herum. Niemand war geschickter im Abschließen von Verträgen als dieser lächelnde Großreeder. In seinem Wesen ruhte eine Kraft, die sich als Milde manifestierte.

Frau Jofrid schüttelte den Kopf, als Örnolf durch die Tür verschwunden war, und sah wieder müde auf ihre Schwiegermutter.

Ich kann mich wirklich nicht daran gewöhnen, sagte sie, diesen Mann über seine eigene Faulheit klagen zu hören, denn wenn ein Mensch an unchristlicher Überanstrengung stirbt, dann ist es Örnolf. Kristjan, der eine der Geschäftsführer, sprach genau darüber mit mir, als er gestern zum Frühstück bei uns war. Jetzt ist es etwa eine Woche her, seit Örnolf auf so einem gräßlichen Fischdampfer von einer Stippvisite nach

Akureyri zurückgekommen ist, und Kristjan ist bereit, einen Eid darauf abzulegen, daß er während dieser Woche sich nie mehr als drei Stunden Ruhe pro Tag gegönnt hat, falls er in einigen Nächten überhaupt versucht hat zu schlafen. So zu arbeiten wie der Reeder, das hält kein Mensch aus, das waren seine Worte. Er ersetzt viele Büros. Er hat mir anvertraut, daß Örnolf nicht nur für die Firma denkt und sie leitet, sondern auch haargenau buchstäblich alles weiß, was in der Firma vor sich geht, ob zu Wasser oder zu Lande, in der Nacht oder am Tag. Er weiß, wo sich welches Schiff zu welcher Zeit befindet; kennt jeden Arbeiter und jede Arbeiterin in der Firma, weiß, was jeder zu jedem Zeitpunkt tut; weiß über jeden Lastwagen, ja, jede Schubkarre Bescheid! Es ist, als würde er jeden Posten, jede Zahl der Buchhaltung auswendig kennen, die kleinen wie die großen, und manchmal glaube ich fast, daß er sich mit Zauberkräften nach Süden in die Büros der Firma in Genua und Barcelona versetzen kann und sieht, was dort geschrieben wird. Er ist ein Mann, dem ich ein Königreich anvertrauen würde.

Nach Beendigung des Zitats fügte die junge Frau hinzu: Ich habe nie so über einen sterblichen Menschen sprechen hören, wie das Personal über Örnolf spricht.

Ja, antwortete Frau Valgerd und ließ die Tür, die sich hinter ihrem Sohn geschlossen hatte, nicht aus den Augen: Wie oft habe ich zu dem Jungen gesagt: Warum hast du dir für ein Vermögen das Sommerhaus hier gebaut, wenn es nur für deine ausländischen Gäste ist, wie im letzten und vorletzten Jahr, für mich altes Weib und die jungen Gänschen, Dilja und ihre Freundinnen; letzte Woche waren manchmal sieben Mädchen um mich herum und haben pausenlos musiziert und gelärmt. Er selbst gönnt sich nie auch nur eine Woche lang Ruhe hier in dieser wundervollen Umgebung...

Nein, es ist nicht eine Woche Ruhe, was Örnolf braucht, fiel ihr Frau Jofrid ins Wort, und ich habe ihm das erst gestern wieder gesagt, als ich ihn in der Eingangshalle der Landesbank mit Gewalt festgehalten und ihm kategorisch befohlen habe, mich zum Nachmittagskaffee ins Hotel Island einzuladen: Es ist etwas anderes, was er dringend braucht. Er braucht dringend eine Frau. Und ich habe zu ihm gesagt: Ich hätte deine

Frau werden wollen, wenn dein Bruder mich nicht vor zwanzig Jahren genommen hätte. Du mußt dir eine junge, schöne Frau nehmen und dir ein gemütliches Zuhause schaffen; du, der du im Ausland wie auch hier unter den Frauen auswählen kannst, sagte ich, eine schöne und liebevolle, ja, eine ganz besonders liebevolle Frau, Örnolf, die dich sehnlichst daheim erwartet, wenn du gegen drei Uhr aus dem Büro kommst, und dir den Nachmittagskaffee serviert; dir beide Hände entgegenstreckt, wenn du abends von getaner Arbeit nach Hause kommst, dir die Arme um den Hals legt, dich auf Augen und Mund küßt und dir über das Haar streicht; genau das ist es, sagte ich, was dir fehlt, mein Junge. Es geht nichts über eine Frau. Nichts außer einer Frau kann einen Mann im Zaum halten. Eine Frau ist das beste Lebenselixier, das es gibt, wenn du dir die richtige aussuchst.

Und was hat er geantwortet? fragte Frau Valgerd leise.

Ach, es war völlig umsonst! Er hat gelächelt und jaja gesagt; wir sollten nun zunächst einmal zusehen, wie sich die neuen Märkte in Portugal und Sizilien entwickelten.

O ja, ich kenne seine Antworten zur Genüge; ich habe schon so manche schwere Stunde gehabt wegen Örnolfs Eigenbrötelei! sagte Frau Valgerd.

Beide schüttelten den Kopf und starrten besorgt vor sich hin. Grimulf saß noch immer gedankenverloren da und wartete darauf, daß die Frauen aufstanden und seine Mutter Kaffee anbot. Der Gesang im Zimmer war verstummt. Die Uhr im Haus schlug elf.

5

Er hatte sie heiter begrüßt, wie immer. Doch in Wirklichkeit lag keine Fröhlichkeit darin. Es war Nacht, er war gekommen, um Abschied zu nehmen; am Morgen würde er fort sein.

Er hatte gesagt, er wolle mit ihr sprechen, doch dann sagte er nichts. Er bat sie nur darum, auf dem Flügel zu spielen, er selbst wollte singen. Doch das mißlang, ihnen war weder nach Klavierspiel noch nach Gesang zumute. Sie konnten nicht einmal über ihre Ungeschicklichkeit lachen.

Sie stand auf und ging ziellos durch das Zimmer, er ging zum Flügel und schloß ihn; vor den Fenstern hingen schwere Gardinen, und es war halb dunkel. Sie setzte sich auf die Fensterbank und schaute ihm zu, wie er sich am Flügel zu schaffen machte; die Nacht fiel auf ihr Gesicht.

Fahrt ihr morgen früh? fragte sie knapp und tonlos.

Das Schiff fährt eine Stunde vor Mittag ab, sagte er. Wir waren ständig auf irgendwelchen Einladungen, seitdem bekannt wurde, daß wir fahren. Heute abend sollten wir zu noch einer Gesellschaft, doch Mama wollte lieber nach Thingvellir fahren und sich von Großmutter verabschieden, als bis Mitternacht zwischen schmerbäuchigen Geldsäcken zu sitzen. Ich war heute selbst ab fünf Uhr auf einem Fest, junge Dichter und Künstler, Schulkameraden und ein paar junge Mädchen, Trinksprüche und Abschiedsreden, ein paar Tanzschritte. Um halb neun hupte das Auto vor dem Haus: Stille im Saal, ein paar Augenblicke der Wehmut; dann schallten die Abschiedsgrüße: Gute Reise, Stein Ellidi, sagten die Freunde. Alles Gute dir, der du dein goldenes Zauberschiff aus dem Hafen steuerst, um neue Länder zu suchen, neue Welten zu erforschen, neue geistige Welten, neue Götterwelten der lebendigen Kunst! Und kehre glücklich heim, berauscht von südländischem Feuer, beseelt von heiligem Eifer, der Sendbote einer neuen Kunst hier im Norden, der isländische Vertreter des neuen Tages, der in der Kultur des jungen Europas anbricht!

Sie kümmerte sich jedoch nicht um die wohlformulierten Abschiedsworte der Freunde, sondern fragte mit abwesender Stimme:

Warum mußt du fahren, Stein? Du willst doch keinen Fisch verkaufen!

Ich fahre, weil ich fahren will! Selbstverständlich will ich fahren, fahren, fahren! Was habe ich noch unter diesem Volk von Provinzlern verloren, zwischen ungehobelten Grobianen und geldgierigen Fischereibauern, in diesem Land der Volksweisheit, wo Landstreicher, Großmütter, Wahrsagerinnen und ausgediente Dorfschulzen die Bannerträger der Kultur sind. Ich werde nie eine Figur in den Märchen, die bei diesem Volk spielen. Gott segne die Berge Islands!

Ich will hinaus in die Welt, Dilja, dorthin, wo der Krieg raste, in die Länder, wo man zum Scherz Kathedralen beschossen hat und die Herdstelle der Witwe durch ein gewissenloses Versehen dem Erdboden gleichgemacht wurde. Du wirst davon gehört haben. Ich will den Tag sehen, der aufgeht über zerbrochenen Kreuzen und halb fertig geschnitzten Christusbildern, über zerfetzten Weinstöcken und zertretenen Trauben, Wäldern, die ihre Wurzeln in die Luft strecken; diesen elenden Menschen sehen, der erschöpft im Dreck liegt und entweder den Herrn lobt für den Sieg oder den Teufel verflucht für die Niederlage, während er seine geschwollenen Wunden leckt. Ich möchte den Tag grüßen, der aufgeht über den Säuglingen des Sommers 1914, die dem Kaiser, dem Vaterland und der Lüge, der Freiheit, den Schlagwörtern und dem Teufel ihre Väter opferten. Ich will fahren, Dilja, Dilja, ich will sehen. Ich bin zum Sehen geboren; geboren für eine weite Welt, eine große, weite Welt mit vielen Ländern und Städten, eine Welt voll von Denkmälern, zerstörten oder nicht zerstörten, aus unzähligen Kulturepochen, aus Zeiten der Blüte und Zeiten des Niedergangs, eine Welt, die erwarten kann, daß über zerborstenen Schloßmauern und eingestürzten Türmen sieben Sonnen einer neuen Kultur aufgehen.

Sie schwieg eine Weile, halb betäubt von diesem geistigen Höhenflug, doch als sie wieder zu sich gekommen war, sagte sie:

Ich hatte vielleicht erwartet, daß es dir schwerfallen würde, dich von Island, von den Bergen und deinen anderen Freunden zu trennen, aber jetzt höre ich, daß du im siebten Himmel bist. Weißt du denn nicht, daß es in Italien nur so wimmelt von Räubern, Dieben und Mördern; und es gibt dort entsetzliche Ausschweifungen; eine Menge schrecklicher Menschen; die Leute glauben an Götzen, die sie Heilige nennen.

Er kam bis zum Fenster herüber, wo sie saß, um sich über sie lustig zu machen; er lachte.

Woher in aller Welt hast du denn diese ganzen Weisheiten über Italien? fragte er.

Aber sie schaute nur hinab auf ihre Fußspitzen, wich seinem Blick aus, ohne aufzusehen, und rettete sich wieder zum Klavier hinüber. Sie erinnerte sich, es irgendwo gelesen zu haben; in der Weltgeschichte; oder im Erdkundebuch; doch vielleicht stand es nirgends; sie wußte es eben einfach so, oder vielleicht wußte sie überhaupt nichts; sie hatte übrigens gestern zum ersten Mal an Italien gedacht.

Das Dienstmädchen klopfte, streckte den Kopf zur Tür herein und sagte, im Eßzimmer sei der Kaffee serviert. Aber keiner von ihnen rührte sich. Stein Ellidi spielte mit seinem Zigarettenetui und zündete sich eine Zigarette an; keiner von ihnen sagte etwas. Doch die Luft um sie herum vibrierte vor Ungeschehenem, brannte vor Heimlichkeiten. Man hörte das Klappern von Geschirr aus dem Zimmer auf der anderen Seite des Ganges, wo man angefangen hatte, Kaffee zu trinken. Die Großmutter rief:

Kinder! Kommt, solange der Kaffee heiß ist!

Da kam sie zu sich und sagte:

Ja, was tun wir auch hier wie zwei Esel!

Er räusperte sich und antwortete ärgerlich und ungeduldig:

Nie hat man Ruhe, wenn diese Weiber in der Nähe sind! Sie schnarren und knarren wie ausgeleierte Spinnräder, drei und vier auf einmal. Und was haben die eigentlich davon, wenn ich heißen Kaffee in mich hineinschütte! Hatte ich dir denn nicht gesagt, Dilja, daß ich etwas Wichtiges mit dir zu besprechen habe?

Mit einem Mal hatte er den Ton geändert, breitete die Arme aus wie ein Redner und sprach wie berauscht:

Soll ich dir etwas sagen, Dilja. Heute nacht lag ich wach bis gegen Morgen und dachte über das himmlische Göttliche nach, das aus dem Anblick dieser irdischen Welt leuchtet. Ich dachte darüber nach, was ich dir vor meiner Abreise sagen müßte. Was mir am Herzen liegt, Dilja, sind keine Kleinigkeiten. Bei strahlendem Sonnenschein bin ich den ganzen Frühling hindurch an meinem Fenster gesessen und habe von der Sonne gedichtet, königlich, und dazwischen spießte ich mit tintenfeuchter Feder dicke Schmeißfliegen auf. Niemand auf der Welt hat so großartige Gedanken gedacht wie ich in diesem Frühjahr.

Willst du dann vor morgen nicht zu Bett gehen? sagte sie.

Ich? fragte er unwirsch. Glaubst du vielleicht, ich wäre ein solcher Narr, daß ich heute nacht schlafen will? Nein, heute nacht will ich wachen und die Berge ansehen und sprechen. Und wenn keiner zuhören will, dann spreche ich mit den Bergen.

Dilja, fügte er rasch und befehlend hinzu; ich muß mit dir sprechen heute nacht, wenn alle eingeschlafen sind! Du bleibst wach!

Doch ihr fehlte noch die Schlagfertigkeit der jungen Dame von Welt.

Ich soll wach bleiben, wiederholte sie zögernd. Ich weiß nicht. Ich muß es mir überlegen. – Wir dürfen den Kaffee nicht vergessen!

Dann fügte sie leiser hinzu: Großmutter braucht es jedenfalls nicht zu wissen, wenn ich wach bleibe.

6

Die Uhr im Haus schlägt eins, nur einen kurzen Schlag.

Man hört jedes Geräusch in der Stille; er fährt beim Klang der weichen Metallstimme auf und blickt in dem Dachzimmer, wo man ihm ein Bett gerichtet hatte, um sich. War er eingenickt? War er ein solcher Narr, daß er geschlafen hatte? Hatte er etwa von einem Mädchen mit hellen Armen und rotem Mund geträumt? Pfui. Oder hatte er letzte Nacht davon geträumt? Oder war es die Erinnerung an einen noch älteren Traum? Pfui.

Der Tag konnte nicht mehr weit sein auf der anderen Seite des Berges, denn es war jetzt viel heller, als es vor Mitternacht gewesen war. Sicher schliefen alle, Gäste wie Bewohner des Hauses, nichts regte sich, nur ein Sturmhaken, der immer wieder leicht gegen einen Fensterrahmen irgendwo an der Rückseite des Hauses schlug, und die Flaggleine, die in langen Abständen den Giebel des Hauses streifte. Sie hatten sich nicht verabredet, aber er schlich hinunter in der festen Überzeugung, daß sie auf ihn wartete, und fand die Verandatür angelehnt. So stehen nachts nur Türen offen, durch die etwas erwartet wird, dachte er und trat hinaus auf die Veranda. Er blickte sich um; das Dienstmädchen hatte vor dem Schlafengehen die Stühle aufeinandergestapelt, um am Morgen schneller aufwischen zu können. Er schaute durch die Fensterscheiben in das Wohnzimmer und das Eßzimmer, doch dort war kein Mensch.

Da ertönte ein gellender Pfiff aus der Lava im Westen: Es wurde auf einem Grashalm geblasen. Er drehte sich rasch um und sah sie. Sie saß an der Wegkante, jenseits der nächsten Kluft, am Rand einer Lavaspalte, die Füße in dem grasbewachsenen Riß. Sie wandte das Gesicht vom Haus weg, als ob sie weder dorthin geblickt noch Stein bemerkt hätte, und hielt den Mund an ihre hohlen Hände, eifrig damit beschäftigt, zu pfeifen. Wäre er nicht ein wenig kurzsichtig, hätte er sie gleich aus der offenen Verandatür sehen müssen; er ging sofort zu ihr.

Sie hatte den Mantel bis zum Hals zugeknöpft, saß aber in recht nachlässiger Haltung da, wie ganz junge Mädchen das oft tun, der Mantelsaum reichte kaum bis zu den Knien hinunter, die kräftigen Unterschenkel standen gespreizt darunter hervor und die eigentümlich starken Kniegelenke zeigten keinerlei Zurückhaltung. Diese freie, unbefangene Haltung war das untrügliche Zeichen einer Jungfräulichkeit, die zu selbstverständlich und unberührt war, um sich in acht zu nehmen. Und dennoch lag ein heißer Glanz in ihren stahlgrauen, aufgerissenen Augen.

Er sprudelte vor Freude und machte einen Luftsprung:

Heute nacht bin ich glücklich wie ein amerikanischer Boxer, sagte er, wie Douglas Fairbanks, der vor Seligkeit über Zäune springt und grinst wie ein Pferd.

Doch sie hatte eine ganze Stunde auf ihn in der Kühle der Nacht gewartet, und als sie hörte, wie fröhlich er war, ärgerte sie sich darüber. Sie sah nicht auf, obwohl er ihr gegenüberstand; sie sah in ihre offene Hand, die grün und feucht von Pflanzensaft war, denn sie hatte Gras zerdrückt zwischen den Fingern.

Warum konnte sie nicht aufsehen und lächeln? War das nicht ihre Natur gewesen, seit sie auf die Welt gekommen war, aufzusehen und zu lächeln? Und hatte er nicht ein Gedicht verfaßt auf das Mädchen, das aufsieht und lächelt? War sie verändert, eine andere geworden?

Er wartete. Von Anfang an hatte er sich daran gewöhnt, daß sie saß und stand, wie er wollte; konnte sie sich nicht anständig aufführen? Schweigend sah er sie scharf an.

Aber je mehr Zeit verstrich, desto schwieriger wurde es für sie, aufzublicken. Warum hatte er sich nicht schlafen gelegt? Sie hatte nichts mit ihm zu besprechen! Wer sich darauf freute abzureisen, sollte in Frieden fahren! Er sollte nicht glauben, daß sie ihn jemals wieder ansehen würde! Sie würde einen Kloß im Hals haben; sie würde anfangen zu weinen, ja, jämmerlich zu heulen, und die ganze Nacht hier sitzen und Halsschmerzen und eine Erkältung bekommen; aber ihn ansehen, nein, das würde sie nie.

Schließlich sprang sie auf und trat schmollend auf den Weg, blieb dort stehen. Sie blickte nach Westen, in Richtung Ebene, und begann nach kurzem Überlegen zu gehen, in Schlangenlinien, wie ein Betrunkener, langsam, mit hängendem Kopf, und versetzte dem Kies Fußtritte. Dieses Verhalten kam für ihn völlig unerwartet. Schließlich packte ihn die Wut. Er ging auf den Weg hinüber und rief ihr kurz und barsch nach:

Dilja!

Es war die alte, herrschsüchtige, rücksichtslose Stimme, die früher beim Spiel den Kindern Furcht eingeflößt hatte, die jetzt die nächtliche Stille zerriß und das Mädchen erschreckte. Er folgte mit raschen Schritten, holte sie bald ein; sie machte noch einen Zickzackschritt; dann wagte sie nicht mehr, weiterzugehen. Er trat dicht an sie heran, faßte sie um den einen Arm, versuchte, ihr in die Augen zu sehen, doch sie senkte den Kopf immer tiefer.

Dilja, was ist los mit dir? Habe ich dich gekränkt? Oder hast du etwas über mich gehört? Was soll dieses Benehmen bedeuten?

Er war nicht mehr der Spielkamerad und Freund aus der Kindheit; das war das einzige, was sie spürte. Er war etwas anderes und mehr; sie spürte so deutlich, daß er ein junger Mann war. Und er war der einzige Mann, den sie kannte, der einzige, den sie kennen wollte, der einzige, den sie jemals kennenlernen wollte. Und er wollte abreisen und kam vielleicht nie wieder. Sie war groß geworden seit gestern, war gewachsen und zur Frau geworden bei dem Gedanken, daß sie ihn vielleicht nie mehr sehen würde; sie war eine Margerite, die über Nacht erblüht war. Es bestürzte sie, seine starke Hand auf ihrem Arm zu spüren; sie zitterte. Und sie schlug die Hand, die frei war, vors Gesicht, senkte den Kopf und weinte; die Tränen fielen durch ihre Finger wie von den Kronblättern einer Blüte, wenn sich ihr Stengel biegt, weil sie zu schwer geworden ist von Tau.

Ich finde es so schlimm, daß ihr abreist, schluchzte sie in ihrer Verzweiflung.

Er ließ ihren Arm los und sah sie zweifelnd an, als glaubte er ihr nicht. Schließlich sagte er halb mitleidig, halb vorwurfsvoll ihren Namen.

Dilja!

Doch sie weinte weiter in ihre Hand, und die Tränen fielen weiter durch ihre Finger. Sie fielen auf den Weg.

Ich finde es so schlimm, schluchzte sie wieder. Ich weiß, es ist abscheulich von mir, so zu weinen, verzeih mir, daß ich angefangen habe zu weinen, aber ich finde es so schlimm, wenn jemand abreist; ich bin erst siebzehn.

Er legte seinen Arm lose um ihre Taille und führte sie mit männlicher Sicherheit vom Weg herunter, denn sonst wäre sie auf dem Weg stehengeblieben und hätte bis Tagesanbruch geweint; sie hatte keinen Willen mehr; sie ließ sich nur weinend irgendwohin führen. Sie landeten in einem Gebüsch neben dem Weg; er schlug das Birkengestrüpp zur Seite, aber es verfing sich doch in ihrem Kleid; er ließ sie vorausgehen. Sie kamen auf moosbewachsenes Land. Er schob sie eher, als daß er sie führte, verweint und vorgebeugt mit einem Taschentuch vor dem Gesicht, bis sie zu einer Senke kamen, wo Hahnenfuß, Storchschnabel, grünes Gras und viele andere Pflanzen wuchsen, und sie setzten sich.

Ihr Weinen hörte allmählich auf; dennoch vermied sie es, ihn anzusehen. Sie war schwach und traurig und erst siebzehn. Er sah ihr zu, wie sie das Gesicht trocknete; sie ordnete ihre Locken mit tränenfeuchten Fingern; ihr Gesicht war vom Weinen geschwollen und gerötet, und er sah, wie ihre Züge plötzlich die einer erwachsenen Frau wurden, während all dies vor sich ging. Schließlich sagte er:

Dilja. Ich verstehe nicht, warum du so traurig bist. Ich habe dich viele Jahre lang nicht weinen sehen. Denk doch daran, wie schwer es ist, den weinen zu sehen, der einen immer froh gemacht hat. Du, die du alles um dich herum mit leichtem Sonnenschein erfüllt hast! Wenn ich dich weinen sehe, muß ich an den Winter mit der Grippe-Epidemie denken, an den Tag, als ich hinter dir im Leichenzug deines Vaters ging; damals warst du erst vierzehn Jahre alt und hast den ganzen Weg zum Friedhof geweint, und ich dachte daran, daß ich in Zukunft immer gut zu dir sein wollte. Seitdem habe ich dich nie mehr weinen sehen.

Da blickte sie endlich auf, die Augen voller Tränen, denn sie erinnerte sich an den naßkalten Novembertag im Jahr 1918, als es für sie auf der ganzen Welt nichts mehr gegeben hatte, das sie lieben konnte. Ihr Schluchzen hatte aufgehört.

Dilja, als du vorhin davongeschlendert bist, hat mich die Wut gepackt. Entschuldige, daß ich dich so barsch gerufen habe. Aber ich konnte nicht dafür, daß ich denken mußte: Ist Dilja jetzt genauso geworden wie alle anderen! Wem kann ich dann in Zukunft göttliche Offenbarungen anvertrauen? Wenn du mich im Stich läßt, weiß ich keinen mehr: Alle, die ich kenne, sind von einer sexuellen Manie befallen, und es geht ihnen auf die Nerven wie Albernheiten, wenn jemand von seiner Seele spricht. Dilja, heute nacht will ich mit dir über Gott und mich sprechen. Ich will dir in der letzten Nacht in diesem Tempel meiner Berge beichten. Sei wie du immer gewesen bist!

Stein, verzeih mir! sagte sie flehend: Ich war so müde geworden vom Warten auf dich; mir war so kalt geworden, flunkerte sie, um ihre Launen zu entschuldigen.

Er reichte ihr die Hand, und sie gingen wieder zurück auf den Weg und von dort Seite an Seite nach Westen über die Lava.

7

Er griff in sein Etui, nahm eine Zigarette und steckte sie sich schnell zwischen die Lippen, nahm sie dann wieder zwischen die Finger und gestikulierte mit der Hand, während er zu sprechen begann.

Das, was ich dir anvertrauen will, Dilja, ist nicht mehr und nicht weniger, als daß ich wiedergeboren bin.

Hier hielt er einen Augenblick inne, als ob er das Gold des Schweigens über das Silber seiner Rede fließen lassen wollte. Sie wartete auf mehr und vermied es, aufzusehen, denn sie fürchtete, daß er wieder wütend werden würde über die Verständnislosigkeit, die ihr Gesicht verraten mußte. Dann redete er weiter, zuerst langsam und wohlüberlegt, doch allmählich ging er mehr aus sich heraus.

Ich weiß nicht, ob du das Wort Wiedergeburt verstehst. Ich verstehe es selbst kaum. Ich habe festgestellt, daß auch die Verfasser von Wörterbüchern es nicht verstehen. Ich weiß nicht, ob es überhaupt jemals ein Mensch verstanden hat. Aber wir leben und regen uns in Gott, man kann also nicht erwarten, daß wir irgend etwas verstehen. Wir fühlen nur, daß dies oder jenes mit uns geschieht, und geben dem verschiedene Namen. Nur vertrocknete Vernunftsapostel haben geglaubt, die Dinge zu verstehen.

Was mich betrifft, so verstehe ich nicht, was geschehen ist. Ich bin genau derselbe wie vorher, nur daß Gott zu meiner Seele gesprochen hat. Das ist es, was geschehen ist. Es geschah am 4. Mai auf der Öskjuhlid. Ich habe bisher darüber geschwiegen, weil es so seltsam ist.

Als er so weit gekommen war, flammte die Begeisterung in ihm auf, ein heißer Strom dehnte seine Stimme; er warf die nicht gerauchte Zigarette in die Lava hinaus und fuhr fort:

Ich meine, Gott hat mir eine neue Perspektive gegeben. Ich weiß, er wird mich auch in neue und schönere Länder führen. Dieser große und mächtige Gott hat mich blinden, armen Toren an seinem Weg gefunden; er hat mich eingeladen und mir neue Augen gegeben, mit neuen Pupillen; er hat mich in seine Hände genommen wie einen jungen Vogel, der gegen Stacheldraht geflogen ist und den Flügel gebrochen hat. Und sieh, ich bin wie ein neuerschaffener tropischer Schmetterling aus den Krallen der Allmacht geflogen! Ich bin neu und alles um mich herum ist neu, das Dasein hat am ehesten Ähnlichkeit mit einem kunstvollen Gewebe, das gestern auf dem Webstuhl begonnen wurde, und ich habe selbst mitgeholfen, die Kettfäden aufzuziehen, das Schöpfungswerk duftet, wie ein glühend heißer Laib aus dem Ofen des Bäckers. Ich wurde umgeschaffen, damit ich fähig würde, vollkommene Gedichte über die Schönheit Gottes zu dichten. Wiedergeboren werden – das heißt lernen, den alten Meistern und den alten Liedern den Rücken zuzuwenden und zu dichten wie Gottes Erstgeborener. Ich habe mit Gott einen Vertrag darüber geschlossen, daß ich der vollkommenste Mensch auf Erden werde.

Sie blickte rasch auf und fragte:

Warum willst du so vollkommen werden?

Doch er würdigte eine so einfältige Frage keiner Antwort.

Ich habe gelobt, in meiner Seele nichts anderem Raum zu gewähren als der Freude an der geistigen Schönheit der Dinge. Keinem geistlosen Wunsch oder körperlichen Verlangen, keiner fleischlichen Begierde oder Lust. Ich bin mit der Schönheit im Anblick der Dinge vermählt. Ich will hin und her reisen durch das Dasein wie ein seliger Laienmönch, der überall das Lächeln der Heiligen Mutter sieht. Mein Brot und Wein ist die Herrlichkeit Gottes im Anblick der Dinge, das Bild Gottes auf der Münze Gottes. Ich bin der Sohn des Tao in China, der vollkommene Jogi in Indien, der große Weber von Kaschmir, der Schlangenbändiger in den Tälern des Himalaja, der Heilige Christi in Rom.

Ich glaube, du hast nicht alle Tassen im Schrank! sagte das Mädchen und blieb stehen, um ihn anzusehen, denn sie verstand nichts. Sie standen still auf dem Weg.

Sie starrte ihn unverwandt an, bis sie selbst voller Andacht war und meinte, der ganze heilige Unsinn, der aus seinem Gesicht leuchtete, sei Wahrheit und Ernst geworden, und alles würde so kommen, wie er sagte: In ein paar Stunden wäre er auf und davon, verloren an das Unbegreifliche, verschwunden in den Osten, nach Kaschmir, um Samt und Seide zu weben.

8

Der erste Brachvogel pfiff im Südwesten wie ein junger Betrunkener, der nicht schlafen kann. Sonst waren die Vögel noch nicht auf den Beinen. Zwei Schafe, gesetzt und ehrbar wie ältere Hausfrauen, trotteten gemächlich einen schmalen

Schafspfad entlang; sie dachten nach. Die leichte Brise war zur Windstille geworden; alles wurde naß vom Tau. Der mit Buschwerk bewachsene Rand der Lava duftete.

Und sie fragte schließlich völlig unwillkürlich:

Willst du dann nicht heiraten?

Ich habe gelobt, nie mehr eine Frau anzurühren, antwortete er kurz und bündig.

Mehr? fragte sie, ohne sich völlig klarzumachen, wonach sie fragte.

Es ist unvollkommen, ein menschliches Geschöpf zu heiraten, sagte er. Ein vollkommener Mensch weiht sich nur seinem Ideal. Wäre die Ehe der Weg gewesen, um die Menschheit aus ihren Sünden zu erheben, dann hätte Jesus Christus die Welt dadurch erlöst, daß er geheiratet und in Jerusalem eine Zimmermannswerkstatt eingerichtet hätte mit einem Schild über dem Eingang. Der Apostel Paulus hätte sich Speisezimmermöbel und ein Klavier gekauft, wie ein englischer Missionar, und angefangen, ein Haus zu führen. Wenn die Menschenseele mächtig und stark würde dadurch, daß sie als Opfer auf dem Altar der Wollust in der sogenannten heiligen Institution der Ehe brennt, dann würden die Meister in Tibet auf den Knien liegen vor rot geschminkten Keuschheitsteufeln, und Heilige und Märtyrer würden wie Affen um üppige Freudenmädchen in dekolletierten Negligés herumscharwenzeln. Es ist entsetzlich, mit einer Frau verlobt zu sein, nicht in der Abendkühle spazierengehen zu können wie der Herrgott, ohne einen ganzen Frauenkörper an sich hängen zu haben! Und obendrein muß man dieses schwitzende Stück Fleisch nachts im Bett ertragen, wo es einen fast erdrückt, schmatzt und stöhnt im Schlaf, keucht und riecht. *Marriage is an ignominious capitulation.*

Stein, schäm dich! Glaubst du, eine Frau habe nicht eine Seele genau wie ein Mann, du Flegel!

Er antwortete augenblicklich:

Ach, es kann schon sein, daß die Frau eine Seele hat, wann habe ich gesagt, daß die Frau keine Seele habe? Es interessiert bloß niemand, ob sie eine Seele hat, und schließlich hat sich bisher keiner darum gekümmert. Das wäre noch schöner, wenn man eine Seele heiraten sollte. Als ob irgendein Mann seit den Tagen Adams eine Frau deshalb angesehen hätte, weil sie eine Seele hat, so ein Blödsinn! Wenn mir jemand die Seele einer Frau in einem Glaskolben brächte, würde ich den Kolben auf der Stelle in den Keller hinunterschaffen lassen, in die Abstellkammer, in der mein Vater die leeren Flaschen aufbewahrt.

Jetzt wollte das Mädchen in die Lava hinauslaufen, doch er bekam sie zu fassen, nahm ihren Arm, ließ sie neben sich gehen, ob sie wollte oder nicht, und goß das Füllhorn seiner Beredsamkeit aus über sie, die sprachlos war.

Dilja, wagst du denn nicht zu sehen, wie sich meine Brust öffnet und die Wahrheit nackt hervortritt? Oder glaubst du, daß ich zum Spaß hier vor dir stehe und kluge Sachen sage? Nein, Dilja, so etwas tut keiner zum Spaß. Dilja, bleib einmal stehen und sieh mich an wie ein Mensch den anderen, und nicht wie ein Spiritist Teleplasma ansieht. Betrachte mich einmal, wie ich bin, ohne mein Bild mit einem dummen Heiligenschleier zu verhüllen. Du sollst nicht glauben, daß ich wie ein Meister spreche, weil ich vom Nirwana getrunken habe! Nein, ich spreche wie ein schwärmerischer Verseschmied aus der Zeit Klopstocks, denn mein Leben besteht aus Versen.

Er ließ sie auf dem Weg anhalten, damit sie ihn ansehen konnte, und deutete auf seine Brust:

Ich verbiete dir ein für allemal, mich anzusehen wie ein Fotograf, der das Licht abwechselnd von oben, von unten und von der Seite auf sein Versuchskaninchen richtet. Schau her! – und er deutete wieder auf seine Brust:

Hier wohnt die Sünde! Hier wohnt der Hauptfeind und Erzteufel, dieser unermüdliche Seelenverderber, der ohne Unterlaß versucht, meinen Geist in die Verdammung zu locken: *Cupiditas carnis*. Seit ich ein Kind war, war mindestens die Hälfte meines ganzen Denkens ein Sklave der Leidenschaften und Lüste, drehte sich um Unzucht und Obszönität, Frauenleiber und Geschlechtsakte. Die Perversitäten gibt es nicht, in die ich mich nicht mit größerer Inbrunst hineingelebt hätte, als ich jemals das Vaterunser gebetet habe. Jetzt sind es bald sechs Jahre, seitdem ich meine Unschuld in den Armen eines widerlichen Frauenzimmers verlor, daheim in der Waschküche. Im gleichen Sommer und im darauffolgenden Winter nahm ich regelmäßig an Saufgelagen mit einigen älteren Kameraden teil, sooft sich die Gelegenheit dazu bot. Wir saßen bis tief in die Nacht hinein mit Mädchen zusammen und benahmen uns wie wildgewordene Tiere. Wenn ich erst tags darauf nach Hause kam, behauptete ich, ich sei mit den christlichen Pfadfindern unterwegs gewesen.

Zu Hause bin ich von Anfang an wie ein Abgott verehrt worden, und ich habe keinen Menschen so unbarmherzig und gewissenlos belogen wie meine Mutter. Sie ist der Mensch, zu dem ich nie ein wahres Wort gesagt habe, so weit meine Erinnerung zurückreicht. Meine Mutter ist selbstsüchtig, leidenschaftlich und ehrlich, und weil sie ständig an sich selbst denkt, hat sie nie Zeit, nachzuforschen, was unter der raffinierten Scheinheiligkeit anderer verborgen sein könnte. Für mich war es eine Kleinigkeit, die lächelnde und liebevolle Maske des braven Kindes aufzusetzen, wenn sie in der Nähe war. Ich habe meinen wahren Charakter immer verborgen, nur nicht vor meinen Kameraden, in deren Augen die Männlichkeit um so größer ist, je schlimmere Unzucht man treibt. Wann hast du zum Beispiel von meinen Ausschweifungen gehört?

Er wartete einen Augenblick auf Antwort, und als sie schließlich aufblickte, lächelte sie ihn an, als ob sie glaubte, man könne alle Sünden der Welt mit einem Lächeln tilgen, und fragte:

Warum erzählst du mir so etwas Häßliches, Stein, in der letzten Nacht? Denn du bildest dir doch nicht ein, daß ich auch nur die Hälfte von dem, was du sagst, glaube.

Nein! sagte er. Da sieht man es. Das einzige, was du weißt, ist dies: Stein Ellidi ist gescheit, dichterisch begabt, hübsch. Als ob ich nicht wüßte, was ihr sagt! Schon von Kindheit an war es meine größte Freude, mich mit Kunst zu beschäftigen; das ist wahr. Ich will nicht anfangen, darüber nachzugrübeln, woher das kommt, aber das Künstlerische hat von jeher einen sehr großen Teil meines Lebens ausgemacht. Schon immer waren und sind meine schönsten Zukunftsträume die des Künstlers. Wenn die Hälfte meines Lebens Sünde ist, dann ist die andere Hälfte Poesie.

Ich habe so eigenartig gedacht wie das Siebengestirn oder die Muttergottes, die über dem Mond steht, oder wie ein

Engel mit drei Köpfen oder die Tiere im Buch der Offenbarung; nein, man kann es nicht in Worte fassen. Ich bin ganze Frühlingsnächte lang an der Raudarar-Bucht gesessen oder gestanden, betäubt von der Allmacht wie ein Götzenbild in einer Wolke von Weihrauch, und erst wieder zu mir gekommen, wenn es tagte und ich merkte, daß ich die ganze Nacht damit zugebracht hatte, Steine auf dem Wasser hüpfen zu lassen und Kometen an die Wände des Sonnensystems zu zeichnen...

Er hielt an und sah sich um: Die dunkelblauen Berge erhoben sich über bewaldete Lavahügel und grüne Senken, und die tiefen Klüfte mit dem klaren Wasser verzweigten sich in der Lava, stumm, kühl und silbrig, der Berg Skjaldbreidur im Osten weich, kalt und rein.

Gott segne die Berge, sagte er plötzlich. Welche Wonne, die letzte Nacht am Herzen seines Landes verbringen zu können. In dieser Kirche möchte ich sterben, wenn alles fehlschlägt!

Darauf berührte er ihren Arm, damit sie sich seinem Schritt anpaßte, und sie gingen weiter. Er fuhr da fort, wo er aufgehört hatte.

Dilja. Der Mensch hat zwei Naturen; dagegen läßt sich nichts machen. Der Mensch hat eine Seele, und der Mensch hat einen Körper, und was die Seele fordert, steht in Widerspruch zu dem, was der Körper begehrt, und der Körper begehrt die Dinge, welche die Seele töten. Das heißt auf lateinisch *spiritus adversus carnem*. Es gibt Böses und Gutes auf der Welt, und der Mensch kann frei wählen. Der Mensch kann zwischen zwei Möglichkeiten wählen, der Vollkommenheit und der Verdammnis. Auch wenn dir das vielleicht sehr philosophisch vorkommt, so hat es zumindest keine holprigen Reime wie das Gesangbuch oder der Faust. Bis vor zwei Jahren oder sogar noch länger glaubte ich, daß alles, was das Christentum über Himmel und Hölle, Gott und den Teufel sagt, Geschwätz und Lüge sei, und der christliche Glaube nichts anderes als ein politischer Schwindel alter Bischöfe; mir schien die Androhung ewiger Verdammnis nichts anderes zu sein als eine Erfindung, um das gutgläubige Volk dem Papst untertan zu machen. Jetzt bin ich zu der Überzeugung gelangt, daß das Christentum vom Anfang bis zum Ende die reine, unerhörte

Wahrheit ist. Das wurde mir eines Abends jetzt im Frühjahr klar. Ich wurde am Kragen gepackt. Man hat mir die Leviten gelesen. Ein höheres Wesen sprach zu mir im Namen Gottes. Und das geschah auf der Öskjuhlid, diesem erbärmlichen, immer wieder aufgewühlten Hügel, wo noch nie jemand eine Vision hatte. Ja, Dilja, jetzt habe ich angefangen zu sprechen, da ist es am besten, wenn ich dir alles erzähle und nichts verschweige.

Er sprach mit fiebrigem Eifer, in kurzen Sätzen, mit plötzlichen Pausen dazwischen.

Du erinnerst dich, Mama und Papa waren im Frühjahr zehn Tage im Nordland. Und fort war diese stumme, hohle Strenge, die im Haus herrscht, wenn Papa daheim ist. Du kennst ja unser Haus und weißt, wie düster die Diele ist; sie erinnert an eine Dorfkirche in Spanien; die Helligkeit kommt irgendwo von oben her; und die polierten Möbel stehen unnütz herum; dort setzt sich nie jemand hin; und die Schlingpflanzen ranken sich an allen Wänden hinauf, schwarzgrün und häßlich. Keine menschliche Behausung macht einen so verrückt wie die Diele daheim.

Und zehn Tage lang war bis auf das Personal im Keller niemand zu Hause außer mir und Helga, dem Stubenmädchen. Ich saß oben auf meinem Zimmer und las; ich hatte an dem Tag keine Lust gehabt, mich anzukleiden, und saß in Schlafanzug und Morgenrock vor dem Kamin. Ich hatte gerade ein paar neue Romane bekommen; ich weiß noch, welche das waren, aber es tut nichts zur Sache.

Romane machen schwindlig, denn sie öffnen einem die Weite menschlichen Lebens. Ich wußte nicht, was ich tat, Dilja. Ich suchte nach den Schlüsseln, schlich hinunter und öffnete den Weinkeller. Und ich trug einen ganzen Arm voller Flaschen zu mir hinauf und fing an zu trinken. Nein, Dilja, ich wußte nicht, was ich tat. Ich fühlte mich so teuflisch wohl. Dieser herrlich teuflische Vorsatz zu sündigen brannte in jeder Faser meines Körpers. Die größte Seligkeit auf der Welt, das ist der Vorsatz zu sündigen. Zu sündigen, das ist, wonach sich die Heiligen sehnen. Ich läutete. Es vergingen ein paar Augenblicke.

Dann ging die Tür auf. Helga stand da, um nachzusehen, was ich wünschte, ruhig und höflich wie immer. Und als sie den Wein vor mir auf dem Tisch sah, wurde sie sichtlich noch schüchterner. Das war das erste Mal, daß ich sie anders ansah als der Herr einen Domestiken.

Helga, sagte ich, ich möchte Ihnen ein Glas Champagner anbieten, weil ich mit niemandem anstoßen kann.

Doch sie wollte es nicht annehmen, sie sagte, sie trinke nie, habe nur zwei- oder dreimal im Leben Wein gekostet, und dann nur wenige Tropfen, sie wage es nicht, sie glaube, sie würde betrunken. Sie sah mir direkt in die Augen und sagte nein. Aber ich ließ ihr keine Ruhe, bis sie nachgab und versprach, ein halbes Glas zu trinken, doch auf keinen Fall mehr. Sie wollte sich unter keinen Umständen setzen, nein, nur im Stehen am Glas nippen, nachdem ich unbedingt mit jemandem anstoßen mußte.

Doch ehe sie sich's versah, hatte sie Platz genommen. Ja, bevor sie es richtig merkte, hatte sie das Glas ausgetrunken. Sie sagte, sie hätte noch nie so guten Wein gekostet, überhaupt nicht gewußt, daß Wein so gut sein könnte.

Im Haus meiner Eltern verführte ich dieses arme Mädchen auf schändliche Weise, beraubte sie ihrer Jungfräulichkeit, ließ mir von ihr im Rausch der Wollust Treue schwören und behandelte sie drei Tage und Nächte lang wie eine Hure.

Er zündete sich ganz mechanisch eine Zigarette an und starrte düster vor sich auf den Weg, während er ein paar dichte Rauchschwaden von sich blies. Er unterbrach die Erzählung für eine Weile. Sie gingen schweigend weiter, er ganz an der Wegkante der einen Seite, und in der Windstille stieg ihr der Rauch seiner Zigarette ins Gesicht.

9

Am Morgen des vierten Tages kam ein Telegramm von meinen Eltern. Sie fuhren von Akureyri ab.

Ich drückte meiner Geliebten einen letzten, kraftlosen Kuß auf die fieberheißen Lippen, warf die fleckigen und verschwitzten Bettlaken zur Seite, stand auf und öffnete die Fenster, damit der kühle Nordwind von der anderen Seite der Bucht durch das Haus blasen konnte. Ich war benebelt und verwirrt nach der Trinkerei der vergangenen Tage, zog mich aber an und schwankte hinaus.

Ich stand draußen vor der Tür wie ein hellbrauner, streunender Hund, der unten am Strand irgendwelchen Unrat verschlungen hatte. Ich zerbrach mir den Kopf darüber, ob ich überhaupt irgendwo auf Gottes weiter Welt eine Zuflucht hätte und ob es wohl jemanden gäbe, bei dem ich mich in diesem Zustand sehen lassen könnte. Und es fiel mir kein einziger Mensch ein, nicht einer. Stell dir das vor, Dilja. Es kommen Stunden, in denen der Mensch buchstäblich keinen Freund hat! Eine solche Angst kann dir das Herz zernagen, daß kein Trost auf der Welt sie zu beruhigen vermag, kein Lächeln sie mildern, keine Mutterträne sie abwaschen, kein Verlobtenherz sie mit Vergebung und Zuneigung besiegen kann. Wer sollte den Menschen retten können, der sich dem Teufel seiner Seele verschrieben hat? Die Zeit allein breitet das Vergessen über die Wunden. Die Ewigkeit erweist, ob sie heilen.

Ich schlenderte von der Bucht über die Wiesen hinauf; auf keinen Fall wollte ich in die Stadt hinuntergehen, wo jeder zweite Dummkopf mich grüßen würde, lächelnd vor Ehrerbietung, wie wenn Betrunkene Telefonmasten und Blaukreuzler grüßen, denn diesen meinen sogenannten Freunden wollte ich am allerwenigsten in die Arme laufen. Ich ging eine Zeitlang nach Süden, über Zäune und Hecken, Gräben, Sümpfe, steinige Hügel und feuchte Wiesen und mied alle Wege. Ich saß auf den Steinen der Anhöhen und zeichnete in meiner Verzweiflung mit den Absätzen meiner Stiefel Zauberkreuze, Kreise und Keilschriftzeichen, oder ich wälzte mich in dem weißen, verdorrten Gras der Hügel und Kuppen.

Ja, Dilja, meine Brust hob und senkte sich wie eine ausgeleierte Ziehharmonika; ich wälzte und wälzte mich auf der grauen Grasdecke und bat Gott den Herrn, mich zu Staub werden zu lassen, wie ich es einst gewesen war, und nie mehr aufstehen zu müssen, nicht einmal am Jüngsten Tag. Mein Kopf war wie ein riesiges Irrenhaus, in dem der Teufel und alle Idioten des Sonnensystems in den Fenstern liegen und Gott anglotzen und im grellen Licht die Gesichter verziehen.

Ich saß den ganzen Nachmittag in einer Kneipe in Hafnarfjördur, ohne einmal aufzusehen. Ich saß in einer Ecke hinter einer Tür, die ständig auf- und zugemacht wurde, aber ich achtete nicht darauf; ich trank entsetzlich starken Kaffee aus einer dicken Steinguttasse. Und dort aß ich gegen sechs Uhr Fisch und Kartoffeln und Milchreis.

Ich ging am Abend zurück, querfeldein, wie am Morgen, nur ging ich jetzt am Strand entlang und machte mir einen Spaß daraus, auch auf alle Landzungen und Halbinseln hinauszugehen, wie um nachzusehen, ob meine eigene Leiche irgendwo zwischen dem Tang angetrieben worden wäre. Ich zog mich aus und badete, als ob ich glaubte, die Unkeuschheit im kalten Meerwasser abwaschen zu können. Und als ich auf die Öskjuhlid kam, war es etwa neun Uhr, und die Sonne stand über der Faxabucht.

Immer noch wehte der reine und erfrischende Nordwind, und ich ließ mein Hemd aufgeknöpft, um Luft an meine Brust zu lassen. Und während ich dort am Abend stand und in die blauen Weiten hinausschaute, da wurde mit Gottes Mund zu mir gesprochen; die Wahrheit ergoß sich in meine Seele. Ich verstand mit einem Male, was es mit allem auf sich hatte, wie eine Figur in einer psychologischen Schrift von William James.

Sieh doch, sagte Gott der Allmächtige, wie sündenfrei und schön dieser Abend ist. Versenke dich in den Anblick der Dinge. Fühle, wie rein der Wind ist! Warum willst du nicht die Welt bewundern, die ich, dein Gott, dir gegeben habe, nicht deinen Geist eintauchen in Gottes Herrlichkeit, die sich in der Welt widerspiegelt, und dich nicht selbst vergessen im Anblick der Allmacht wie die Heiligen? Glaubst du, daß du deinen Geist fleischlichen Lüsten und tierischen Trieben überlassen sollst? Wozu, glaubst du, habe ich dir Menschengestalt gegeben? Nein, mein Lieber, du sollst deinen Geist sich in mir erfreuen lassen! Die Wiese des Hofes Fossvogur wird schon wieder grün! Und sind die Berge, die ich dir gegeben habe, vielleicht nicht prachtvoll und weich? Hier ist die Esja und dort Helgafell und Mosfell, nackt wie Mondberge. Jetzt haben die Bauern hier in der Gegend angefangen, darüber zu sprechen, ob es nicht bald an der Zeit sei, die Kühe auf die Weide zu treiben. Sieh nur, wie die Autos auf der Straße nach Hafnarfjördur in der Abendsonne glitzern; sie befördern den ganzen Tag Menschen zwischen Reykjavik und Hafnarfjördur hin und her, für eine Krone fünfzig. Und dort stehen die Masten der Funktelegrafenstation; sieh nur, wie sie die schmalen Finger in den endlosen Raum und die ewige Bläue hinausstrecken. Sie sind wie übernatürliche Bäume, die ihre Kronen im Mysterium des Äthers verstecken und politische Nachrichten aus Schanghai und Bombay in sich hineinsaugen.

10

Sie waren nach Westen auf die Ebene gekommen und hielten an; sie bezweifelte nichts mehr von dem, was er sagte. Sie sah ihn an.

Ja, ja, sie würde ihn immer ansehen; ansehen mit Tränen in den Augen und einem Schluchzen im Hals; was für schreckliche Sachen er auch erzählte, er würde sich immer darauf verlassen können, daß sie bereit war, auf dem Weg anzuhalten und ihm in die Augen zu sehen. Er könnte sich in jedes Unglück verstricken, in jedes; sie würde ihn anlächeln, und das Lächeln würde vom Grund ihrer Seele aufsteigen; sie würde seine Hand halten, wenn ihm das ein Trost wäre. Ja, auch wenn seine Hände mit Blut befleckt wären, würde sie stets dazu bereit sein, sie mit ihren heißen Tränen zu waschen. Er stand auf der einen, sie auf der anderen Seite des Weges, und sie sahen einander an. Und sie flüsterte seinen Namen, so leise, daß man es nicht hörte; Stein Ellidi; diese beiden harten Wörter kamen ganz unwillkürlich über ihre Lippen, ein lautloser Seufzer.

Vielleicht war es ihr nie klarer gewesen als in dieser Nacht: Wenn Stein Ellidi sich in irgendein Unglück verstrickte, dann nicht deshalb, weil er schlecht war, denn keiner war besser als er. Sondern weil er begabter war als andere und ein größerer Mensch als andere. Wehe dem, der ihr einzureden versuchte, daß irgend jemand auf der Welt edler oder besser sei als er! Stein, Stein, dachte sie, auch wenn du deinen Gott von dir stößt, mich wirst du nie von dir stoßen.

Sie hatten einander aufwachsen sehen. Einmal war sie sechs Jahre alt und er acht. Was hatte sich verändert? Sie hatten nicht bemerkt, daß sich etwas verändert hatte, aber doch standen sie sich hier heute nacht, er auf der einen, sie auf der anderen Seite des Weges, gegenüber, erwachsen.

Und als er ihr bewegtes und schwaches Lächeln sah, verstand er, daß er nicht umsonst gebeichtet hatte; sie war über alle Sünde erhaben und vergab alles. Sie war zu rein, um zu verstehen, daß an der Sünde etwas häßlich sein konnte. Sie liebte die, die in Bedrängnis waren, so einfach war das. Und in diesem Augenblick ging über dem Armannsfell die Sonne auf.

In Wirklichkeit hatte das keine Ähnlichkeit mit einer Sonne; es war eher, als ob eine Art feuervergoldeten Blutes aus einer Wunde des Berges hervorströmte. Es spritzte nach allen Seiten. Ein großer Mann hätte mit Leichtigkeit seine Finger hineintauchen und es wie Seife um seine Hand schäumen lassen können. Einem sündigen Menschen mußte es guttun, sich in diesem Blut zu waschen.

Er nahm sie rasch an beiden Händen, wie jemand, der in einem Geflügelgeschäft zwei Hühner anfaßt, die er kaufen will. Sie gingen gegenüber von Fagrabrekka hinunter auf die grüne Ebene, um das Feuer zu betrachten, und setzten sich nieder, ohne sich darum zu kümmern, daß ihre Kleider vom Tau naß wurden. Die Luft war kalt und klar. Der Morgen stieg immer höher, das ungeheuerliche Gebilde über dem Berg war bald zu einer Sonne geworden. Der Tau begann zu glitzern. In einer Stunde würde schneeweißer Nebel wie Watte über dem Wald liegen. Noch ertrank alles in Schatten, obwohl der Himmel von grellem Licht erfüllt war. Keuschheit ist das höchste Gut, sagte er.

Ein keuscher Mensch ist ein Heiliger; was immer er tut, ist heilig; die Keuschheit ist die Quelle und Wurzel dessen, was alte Chroniken die Tugenden nennen. Keusche Menschen, und nur sie, bekommen einen starken Willen, eine nie erlahmende Schaffenskraft, einen alles erfassenden Verstand, ein liebevolles Herz, eine eigentümliche Schönheit, eine magnetische Persönlichkeit. Ein keuscher Mensch legt dem Fleisch eine Fessel an, um seiner Seele die Freiheit zu bewahren. Die Freiheit wird unter dem Joch geschaffen, und nur dort. Nur keusche Menschen sind frei. Die mächtigste Organisation der Welt, die römische Kirche, gründet auf dem Zölibat. Es ist dem Zölibat zu verdanken, daß sie überhaupt noch besteht.

Als ihre Mönche das Keuschheitsideal verleugneten, ging es abwärts mit ihr. Als das Keuschheitsideal wieder hochgehalten wurde, begann eine neue Blütezeit. Wenn ich auch nur die Hälfte aller Wahrheiten, die in der Bibel stehen, glaubte, würde ich katholischer Mönch werden und meine Seele Gott und Joseph, der Jungfrau Maria und der heiligen Anna und dieser ganzen Sippschaft weihen. Aber was auch geschieht, mein Leben wird ein Lobgesang auf die Keuschheit werden. Die Dichtkunst ist meine Geliebte, das neue Gedicht. Gott hat mir gesagt, daß ich, wenn ich nur keusch genug bin, eine neue Epoche der Weltliteratur herbeidichten kann, wie Dante Alighieri.

Dilja, das ist kein Hirngespinst! versicherte er und überließ sich ganz seiner Inspiration. Dilja, ich bin begabt und stark! Mächtig! Ich glaube, ich kann eine Großmacht erobern! Mein Kindheitstraum war, ganz Asien östlich der Linie Kamtschatka-Persien zu unterjochen, und immer noch glaube ich, zum König des größten Landes der Welt geboren zu sein! Ich könnte für die Welt sterben, wenn ich damit jemandem einen Gefallen täte, mich kreuzigen lassen für alles, was es gibt auf der Welt. Ich liebe die Menschen, ich liebe sie alle, liebe sie wie Kinder in weißen Kleidern, wie kleine französische Mädchen in einer Prozession, unschuldig, hell und hilflos. Ich möchte sie alle umarmen und mit meiner Hand ihre Wangen streicheln, die rauh sind von Kampf, Leid und Sünde. Kommt alle an meine Brust, meine Freunde! Ich liebe den schlimmsten Verbrecher unter euch genauso innig wie den frömmsten Heiligen! Heiliger Gott, niemand versteht besser als ich, daß du Mensch werden und unter uns leben wolltest.

Er begrub sein Gesicht einige Augenblicke lang in seinen Händen, und als er wieder zum Himmel blickte, standen Tränen in seinen Augen.

Ich liebe alles, fuhr er mit heißer, zitternder Stimme fort; alles, was existiert, alles, was es gibt! Der Strahlenglanz des Universums überwältigt mich. Ich bin bereit, vor allem niederzuknien, überall. Gott, nimm mich zu dir!

Seine Begeisterung war wie eine Flut, die alle Ufer überschwemmt; er mußte schweigen. Schließlich begann er wieder zu sprechen, ruhiger als zuvor.

Ich liebe die asphaltierte Straße am Abend nach einem Regen und das Straßenleben, diesen brodelnden Urwald des Asphalts, und den Laternenpfahl mit seinen leuchtenden elektrischen Früchten, die Straße der Stadt mit all ihrer tausendundeinrädrigen Wirklichkeit. Die großen Reklameplakate, die die Kaufleute an die Häuserwände kleben, begeistern mich nicht weniger als die Ölbilder aus Pompeji einen englischen Touristen, der sie mit Hilfe dreier Führer besichtigt. Ich lese die Kleinanzeigen in den Zeitungen mit ebenso großer Begeisterung wie alte Frauen die Bibel oder das Bürgertum die Gedichte der Genies. Und wo es ein ganzes Symphonieorchester in Queen's Hall brauchte, um die alten Dichter zu begeistern, da erfüllt mich das unrhythmische Mundharmonikagedudel unten am Strand mit seliger Bewunderung, und es ist mir ein künstlerischer Genuß, den falschen Tönen der Flöte eines Bettlers auf einem Platz in Barcelona zu lauschen. Und es ergreift mich keine geringere mystische Freude, wenn ich die Hühner beobachte, die glitzernde Leckerbissen aus dem Schmutz in den Seitenstraßen der Stadt picken, als wenn ich den Brachvogel oder die Schneehühner im Gebirge beobachte, über die die großen Dichter kunstvolle Oden verfaßten. Es ist meine teuerste Gabe, daß ich eine für die Schönheit empfängliche Seele bekommen habe, die Fähigkeit, die Herrlichkeit im Anblick der Dinge preisen zu können.

Nach einigen Minuten des Schweigens schob er die Manschette zurück und sah auf seine Armbanduhr.

Dilja, sagte er wieder. Ich reise ab und bin gekommen, um mich zu verabschieden. Im Augenblick befinde ich mich am Herzen meines Landes, aber in ein paar Stunden werde ich auf dem Meer sein, unterwegs zu unbekannten Ufern. Mir ist, als ob ich mich in die rabenschwarze Ewigkeit aufmachte, allein, zu Fuß, über viele Meere. Ich bin zwar jeden zweiten oder dritten Sommer im Ausland gewesen, seitdem ich ein Kind war, aber dies ist das erste Mal, daß ich das Gefühl habe, wirklich abzureisen. Jetzt reise ich ab. Wer weiß, vielleicht komme ich nie zurück, Dilja. Vater und Freund allen Seins, behüte dieses grüne Fleckchen Erde!

Und nach einer Pause:

Was hätte ich vom Schicksal anderes zu erwarten, als verlorenzugehen? Ein Mensch, der mit Gott gesprochen hat, muß wohl verlorengehen. Und ich sehne mich danach, in den Strudel des Lebens hineingezogen zu werden, bis ich zu einer kleinen Pupille geworden bin, die in irgendeiner Großstadt die Straße hinunterspäht, und zu einer kleinen Singvogelzunge, damit ich von dem, was ich sehe, singen kann. Wenn ich dann von hier abtrete, sollen meine Abschiedsworte sein: Was ich gesehen habe, war unvergleichlich.

Hast du das Märchen gehört, das zur Berufung des Dichters paßt? Das ist das Märchen von Vyasa. Vyasa hat ein Gedicht verfaßt, das siebenmal weiser ist als die ganze Heilige Schrift. Es heißt Bhagavadgita. Und an seinem Anfang steht, daß Vyasa es gedichtet habe, »aber niemand weiß, wann und wo er lebte«. Gott gebe, daß ich vergessen werde und verlorengehe wie Vyasa, aber mein Gedicht lebt, vergessen werde wie der König Schahdschahan, der für seine verstorbene Königin den Palast Tadsch Mahal, das herrlichste Bauwerk der Welt, errichten ließ. Friede sei mit Vyasa, Friede mit Schahdschahan und seiner Frau. Ich bitte um denselben Frieden wie sie. Gebe Gott, daß die Gläubigen im Tempel mein Gedicht singen, während sie sich verneigen, um den zu loben, der mir die Harfe gab! Gebe Gott, daß die Kinder in der Nebenstraße abends mein Lied singen, während sie unter der Laterne tanzen und der Abendstern hinter den Mauern funkelt. Dilja, wir sehen uns vielleicht nie wieder.

Bei den letzten Worten schnappte sie schnell nach Luft und senkte die Augenlider. Dann rückte sie ein wenig näher, als ob sie sich an ihn schmiegen wollte. Er sah sie mit festem, forschendem Blick an.

Ja, Dilja, ich reise ab, wiederholte er mit deutlicher Betonung auf jeder Silbe, vielleicht eine beabsichtigte Grausamkeit. Und sie sah ihn an, wenig erfahren in der Kunst des Wortes, aber der andächtige Kummer und die betrübte Zuneigung in ihren Zügen waren mächtiger als Worte. Und dann war er plötzlich mit seinem Latein am Ende.

Dilja, sagte er plötzlich. Ich werde dich nie vergessen.

Für einen Augenblick brannte seine Stimme vor Leidenschaft, und es war offensichtlich, daß er sich zum Schweigen zwingen mußte. Er blickte hinunter ins Gras. Sie saßen mit einem kleinen Abstand zwischen sich und berührten einander nicht. Sie blickte ebenfalls hinunter ins Gras und sagte: Ich will auch nie heiraten.

Es war, als spürte sie, wie lächerlich und ungeschickt diese Worte aus ihrem Mund klangen, denn sie fügte mit Eifer und Überzeugungskraft hinzu:

Ich habe das schon vor langer Zeit geschworen.

Sie sah ihm direkt in die Augen und wußte offensichtlich selbst nicht, ob sie die Wahrheit sagte oder log. Sie versuchte nicht, in hochtrabenden Phrasen oder mystischen Ausrufen Askese zu predigen, doch die Entschlossenheit in ihren Worten war nicht vorgetäuscht. Im nächsten Augenblick warf sie sich mit dem Gesicht nach unten auf den Boden.

Und sie lag vor ihm, jung und schön, vergrub das Gesicht im vor Fruchtbarkeit strotzenden Frühlingsgras und war selbst nichts als eine Personifizierung der fruchtbaren Erde. Sie zog die Beine an, so daß sich die Kleider über ihren Hüften spannten und deren hübsche Rundung sichtbar werden ließen; dieser leichte, geschmeidige Körper ruhte hier im Frühlingsgras, und der Tangojüngling hätte ihn beim Tanz wie Rohr biegen können, eine Frau, dazu geschaffen, die Mutter von Generationen zu werden. Aber dem Asketen fiel es nicht ein, sie in seine Arme aufzuheben, um sie auf die Augenlider zu küssen.

Steh auf, Dilja! Gib mir die Hand! Die Stunde ist heilig. Ich nehme Abschied von meiner Kindheit und gehe fort. Und die Sonne ist aufgegangen.

Und er fügte hinzu, als ob er ein altes, von Prälaten festgelegtes Ritual vollziehen würde:

Wir geloben uns gegenseitig, daß wir unsere Seele und unseren Körper der Wirklichkeit opfern, die hinter dem Schöpfungsakt steht und im Anblick der Dinge leuchtet.

Es verging eine ganze Weile, ohne daß sie sich bewegte. Sie schien seine Worte nicht gehört zu haben. Sie konnte ebensogut eingeschlafen oder gestorben sein. Als sie sich schließlich aufrichtete, geschah das genauso schnell, wie sie sich niedergeworfen hatte. Ihr Gesicht war naß. Sie hatte also geweint, still und ohne Schluchzen geweint. Mit ihrer raschen Bewegung kam sie ihm so nahe, daß ihr Gesicht nicht mehr als eine Handbreit von seiner Brust entfernt war. Sie war wie volltrunken. Mit geschlossenen Augen und einem matten Seufzer reichte sie ihm ihre heiße, feuchte Hand, die sie genausogut an ihrer nackten Brust hätte verstecken können.

Dilja, wir rufen Gott zum Zeugen für dieses Keuschheitsgelübde, sagte er mit tiefer, feierlicher Stimme und sah auf ihre Augenlider. Und wiederholte die Worte noch einmal, wie sein eigenes Echo: Wir rufen Gott zum Zeugen.

Da schaute sie auf. Die Augen dieses Menschenkindes brannten vor Schmerz. Sie sah ihm ins Gesicht und seufzte wieder. Sie bog den Kopf nach hinten, als ob sie glaubte, daß ein Becher an ihre Lippen geführt würde.

Ja, flüsterte sie zitternd und schluckte das Schluchzen hinunter, das sie packte, als sie zu sprechen begann. Wir rufen Gott zum Zeugen. Wir rufen Gott den Allmächtigen zum Zeugen.

Sie drückten sich die Hände, so fest sie konnten, und sahen einander mit trunkenen Augen auf die Lippen.

Zweites Buch

11

Stein!

Jetzt ist es Winter geworden, und bald sind es sieben Monate, daß Du fuhrst. Damals war Juli; jetzt ist Advent. Damals war es hell; jetzt ist es dunkel. Aber wahrscheinlich ist bei Dir kein Winter, nur bei mir. Du fühlst Dich so wohl im Süden.

Im Süden fällt kein Schnee, und nie kommt ein sonnenloser Tag oder eine stürmische Nacht. Dort ist jeder Tag wie ein Märchen, und wenn es Nacht wird, ist niemand ohne Schlaf. Dort denken die Leute nur an Gott, das Sonnensystem und die Herrlichkeit im Anblick der Dinge. Hier zu Hause sinken immer Fischkutter und fallen Männer von den Trawlern über Bord. Und für die Witwen wird an allen Kirchentüren gesammelt, es werden Komödien gespielt, Bälle veranstaltet und lustige Liederabende abgehalten zugunsten der Waisen. Und hier spricht man nie von der Herrlichkeit im Anblick der Dinge, man streitet nur in den Zeitungen.

Wie kann man erwarten, daß Du einen Gedanken übrig hast für die, die zurückblieben in naßkaltem Klima und winterlicher Dunkelheit! Wie konnte ich so dumm sein, das zu glauben? Je länger Du fort bist, desto besser sehe ich, wie dumm ich bin. Verzeih, daß ich so kindisch bin! Verzeih, daß ich so unbedeutend bin, verglichen mit Dir.

Da wartete ich mit Ungeduld auf jedes Schiff, das kam, den ganzen Sommer und den ganzen Herbst hindurch, als ob ich erwartete, daß sie mir einen Gruß von Stein brächten. Doch diese großen, starken Schiffe, die den ganzen Weg von den Ländern im Süden zurücklegen, lassen sich nicht dazu herab, mir einen Gruß zu bringen. Sie rauschen in die Bucht herein wie mächtige Riesenfische, und wenn sie in den Hafen kommen, tuten sie, daß die Berge zittern. Und ich sitze schüchtern an meinem Fenster.

Konnte ich nicht immer fest damit rechnen, daß Stein vergessen würde, und nie mehr an das denken, was einmal war? Hätte ich Dich nicht gut genug kennen sollen, um zu wissen, daß jedes vergangene Ereignis in Deinem Leben wie ein hundert Jahre alter Aberglaube ist? Keiner war begieriger zu vergessen! Dein Leben verläuft in Sprüngen. Und Du hältst nur auf den Berggipfeln an, wo die Winde der Luft sich ein Stelldichein geben. Auf jedem Gipfel umbrausen Dich Winde aus vier Richtungen. Wie solltest Du Dich an das erinnern, was einmal war?

12

Stein!

Fürchte nicht, daß ich Dir diesen Brief jemals schicken werde. Nie. Vergiß, vergiß, vergiß! Selig sind die, die vergessen! Nie soll ein Brief von einem dummen Mädchen aus dem hohen Norden Deine Ruhe im Süden stören. Denk in Ruhe an all das Heilige und Erhabene! Denk in Ruhe an Gott, diesen großen Gott! Ich wünsche Dir Glück zu Deinem großen Gott, der wie Meeresleuchten schimmert im Anblick der Dinge. Ich hoffe, Du verfaßt schöne Gedichte über ihn, viel schönere, als Du über mich geschrieben hast. Er lohnt es Dir viel besser als ich. Er gestattet Dir natürlich, in den Himmel zu kommen. Ich aber bin nichts als ein sterbliches Wesen, nur ein kleines Mädchen; verzeih mir das.

Nein, Stein, ich schreibe nicht, damit Du oder ein anderer es lesen soll. Du würdest sowieso meine Briefe nicht für wert erachten, gelesen zu werden. Gott würde Dir nicht erlauben, sie zu lesen. Er würde Feuer und Schwefel auf sie herabrufen. Es strahlt keine Herrlichkeit von ihnen aus. Sie sind nichts als die schlaflosen Verwirrungen eines jungen Mädchens. Ich schreibe, weil ich mich so elend fühle. Ich langweile mich so. Ich bin jung, schwach, ängstlich, allein. Niemand versteht mich. Mir kommt es so vor, als sei ich ein kleines Menschenkind, das zwischen Riesen aufgewachsen ist, und eines schönen Tages kommen die Riesen und fressen mich. Abends, ehe ich zu Bett gehe, betrachte ich mich im Spiegel. Und dann bitte ich Gott, mir zu helfen, denn ich habe Angst. Was bin ich? Nachts schlafe ich nicht. Ich weine. Kommst Du nie zurück?

Es macht mir keinen Spaß, meine Freundinnen zu treffen. Es ist, als ob sie mit den Riesen unter einer Decke steckten. Niemand versteht und kennt mich, außer Dir. Du hast mich zu dem gemacht, was ich bin. Ich war Lehm zwischen Deinen Händen. Alles wollte ich sein und tun, wie Du wolltest. Wenn ich Dich nicht wiedersehe, dann werde ich nie verwinden, daß ich mit Dir am Meer gesessen habe. Und wenn ich über all das nachdenke, finde ich es einfach schrecklich – eine Frau zu sein. Stein, verzeih mir. Soll ich Nonne werden? Oder soll ich Schauspielerin werden? Oder soll ich Tänzerin werden? Stein, ich bin leicht und geschmeidig. Gestern abend, als ich aus dem Bad kam, hätte ich es gewagt, Dich mir beim Tanzen zusehen zu lassen.

Manchmal scheint es mir nur eine Täuschung zu sein, daß es mich gibt. Wann hätte ich das erlebt, was man die Wirklichkeit nennt? Erinnerst Du Dich, als Du mir das Gedicht über *the painted veil, that those who live call life* beibrachtest? Was ist die Wirklichkeit? Manchmal kommt es mir so vor, als ob der Tod die einzige Wirklichkeit sei, und alles andere nur Täuschung! Meine Mutter starb, als ich geboren wurde. Ist es nicht schrecklich, daß ich geboren wurde, um meine Mutter zu töten? Warum durfte ich nicht bei der Geburt sterben und meine Mutter leben? Ich habe nie darum gebeten, auf die Welt kommen zu dürfen, aber meine Mutter war glücklich. Ich bin voller Angst und Verzweiflung, obwohl mich nichts bedrückt! Ich wachte eines Sonntags in Thingvellir auf und sah, daß mein Leben, sechzehneinhalb Jahre, nichts als ein Traum gewesen war. Mir kommt es so vor, als sei der Rest meines Lebens eine einzige schlaflose Nacht. Dann kommt der Tod.

Manchmal freue ich mich darauf zu sterben, denn dann hat die Täuschung ein Ende. Manchmal graut mir davor, begraben zu werden. Stell Dir vor, Stein, seinen Körper in die Erde eingraben zu lassen! Oft stehe ich nachts, wenn das Entsetzen kommt, aus meinem Bett auf und nehme das Bild von Mama zur Hand. Ich küsse es und weine. Und dann verachte ich meinen eigenen Körper, Stein, denn er kostete meine Mutter das

Leben. Gott gebe, daß ich nie ein Kind bekomme! Ich habe Angst vor meinem Körper, Angst vor meiner Seele, Angst vor mir selbst, vor allem. Und Du bist fort.

13

Stein!

Da Du diesen Brief nie sehen wirst, ist es am besten, wenn ich alles schreibe. Alles? Nein, man kann nur wenig sagen. Worte drücken nie das Herz aus. Worte sind klug, genau und streng wie Lehrer, und ich habe Angst vor ihnen, aber das Herz ist nichts von alledem. Ich schwieg für gewöhnlich in Deiner Gegenwart, denn ich spürte, daß Worte nicht sagen konnten, was ich ausdrücken wollte. Ich möchte mit einer ganz anderen Sprache sprechen, als mit der, die sich in Worte fassen läßt. Als ob ich nur mit Worten sagen könnte, wie mir im Sommer zumute war, an dem Tag, an dem Du abgereist bist!

Ich legte mich schlafen, nachdem Ihr weggefahren wart. Als ich aufwachte, regnete es in Strömen. Ich stand auf und ging zum Fenster. Und das Armannsfell, wo am Morgen die Sonne aufgegangen war, war ertrunken. Und große Tropfen fielen vor meinem Fenster. Wie traurig alles war! Ich wachte allein auf im Gebirge, und Dein Schiff war vor sieben Stunden abgefahren. Ich hörte den Regen fallen, und die Erinnerungen regneten mir in den Sinn. Ich erinnerte mich wieder an Deine Worte und an alles, was geschehen war. Deine Worte sind schön und schrecklich. Ich zittere, wenn Du anfängst zu sprechen. Alles, was Du tust und läßt, ist schön und schrecklich. Vielleicht stehst Du mit einem Mal auf, kommst einfach zu mir her und greifst mit Deiner Hand tief in meine Brust hinein und nimmst das Herz heraus.

Mir schien, daß alles, was Du gesagt hattest, alles, was geschehen war, um so schöner und schrecklicher wurde, je weiter Du Dich entferntest. Sag mir, warum haben wir Eide geschworen? Meinten wir es ernst? Stein, ist es wahr, daß Du so vollkommen werden willst? Ist das nicht dichterische Phantasie, wie so vieles? Wie kann ein Mensch so vollkommen werden? Ich bin sicher, daß ich nie vollkommen werden kann. Ich habe solche Angst. Stein, verlange nicht von mir, daß ich vollkommen werde, denn das will ich gar nicht, aber sag, daß ich an Dich glauben darf, denn das ist das einzige, was ich will.

Ich schaue über die regengraue Lava in Richtung Wüste und denke an Dich, der Du abgereist bist. Und es ist, als ob ich in einem großen Buch lese. Ich erinnere mich an nichts vor Dir. Einmal hattest Du einen Strohhut mit breiter Krempe und einen roten Stock mit Krücke. Ich erinnere mich daran, als ob es gestern gewesen wäre. Ich saß bei jemandem auf dem Schoß, und Du gingst mit dem Stock quer durch den Raum und in ein anderes Zimmer. Das ist meine erste genaue Erinnerung an Dich, denn ich fühlte so deutlich, daß Du groß geworden warst, mit Hut und Stock. Du bist der große Junge, und ich bin das kleine Mädchen, nur ganz klein neben Dir. Ich habe Dir immer mit Staunen und Bewunderung nachgeschaut, das letzte Mal im Sommer, als Du von Haus Ylfing abfuhrst, Du selbst am Steuer und Deine Eltern auf dem Rücksitz. Das Auto läßt blauen Rauch zurück, als es auf dem Weg durch die Lava braust; im nächsten Augenblick ist es in der Almannaschlucht verschwunden. Das letzte, was ich sah, war, daß Du Dir mit der einen Hand den Hut tiefer ins Gesicht drücktest, damit er im Fahrtwind nicht davonflog. Dies ist der siebte Monat, in dem ich von Dir träume. Ich treffe Deine Augen in den Sternen, denn sie sind das einzige, was wir beide gleichzeitig sehen. Doch das weckt nur noch stärkeren Schmerz. Die Sprache, die Du heute sprichst, ist ganz anders als meine. Und Deine Gedanken sind wie Erdbeben.

14

Erinnerst Du Dich daran, wie wir mit Deiner Mutter und Großmutter in die Mosfellssveit hinauffuhren? Unser Dienstmädchen war dabei, und ein junger Arbeiter aus der Firma chauffierte. Es war an einem warmen, sonnigen Tag mitten in der Woche, das Meer und die Esja blau, auf der Straße Leute mit langen Heuwagen. Alles still, rein und blau. Erinnerst Du Dich nicht, wie tief und ruhig die Sommerfreude war, als wir klein waren? Wir stiegen erst draußen auf dem Land aus, ließen das Auto auf einem Schotterstreifen neben der Straße stehen und gingen den Berg hinauf. Der Chauffeur trug unseren Essenskorb. Wir suchten uns einen Grashügel neben einem kleinen Bach aus. Das Mädchen kochte Kakao; wir aßen Ei und Brot, Keks und Obst. Wie hungrig wir waren! Erinnerst Du Dich daran, wie lustig das war?

Doch plötzlich warst Du weg. Du warst am Bach entlang bergaufwärts gegangen und hinter dem Hügel verschwunden. Es verging eine ganze Weile, und Du bliebst weg. Da wird gerufen, und ich schaue auf. Und Du stehst droben auf der Anhöhe und hältst die Hände wie einen Trichter vor den Mund und rufst mich. Ich lief zu Dir, wie immer, wenn Du riefst. Und Du nahmst mich an der Hand und führtest mich hin zu einer kleinen Senke zwischen zwei Hügeln. Du konntest so ernst und feierlich sein, als Du ein Junge warst, und ich hatte immer Angst! Dilja, sagtest Du; komm und hör einmal!

Und dort führte ein kleines Loch in den festen Boden hinab. Es war so eng, daß man nicht einmal den Fuß hineinstrecken konnte. Und das Gras wuchs über die Öffnung, so daß es fast unglaublich war, daß es überhaupt jemand finden konnte. Und es war so tief, daß ich glaubte, es ginge durch die ganze Erde. Doch da sagtest Du: Da unten ist eine Höhle; und Leute, die sprechen.

Wir warfen uns auf den Boden und spitzten die Ohren. Und es stimmte wirklich. Man hörte Menschenstimmen weit, weit aus der Tiefe heraus. Ich erinnere mich noch, wie ernst Du warst und welche Angst ich hatte. Du meine Güte! sagte ich. Womöglich sind das Geister! Schnell fort! Komm!

Aber Du hattest keine Angst, sondern wolltest noch länger zuhören. Da konnte ich auch nicht widerstehen und horchte wieder. Zuerst hörten wir den gleichmäßigen Klang einer ruhigen, unwirklichen Sprache, wie wenn sich Wesen in einer anderen Welt unterhielten und im Schlaf sprächen. Doch je länger wir horchten, desto geheimnisvoller wurde das, was wir hörten. Schließlich wurde ein Instrument gespielt. Jemand nahm eine Gitarre und zupfte sanft an den Saiten, als ob er für kleine Kinder spielte. Und weit, weit weg wurde mit tiefen Orgeltönen geantwortet. Wir erhoben uns und sahen einander an: Das war Musik aus einer anderen Welt.

15

Im Sommer 1914 warst Du zwölf Jahre alt, ich zehn. Da warst Du mit Deiner Mutter im Ausland, und Ihr wolltet erst im Herbst wiederkommen. Doch dann brach der Krieg aus. Und das Meer war plötzlich voll von Minen, und die Schiffe gingen in die Luft. Ich hatte schreckliche Angst! Nein, Du kannst Dir sicher nie vorstellen, wie sehr ein kleines Mädchen Angst bekommen kann!

Jeden Abend bat ich Gott, Euer Schiff nicht in die Luft gehen zu lassen. Und ich sagte zu ihm, daß er alle anderen Schiffe in die Luft gehen lassen könne, nur Euer Schiff solle er verschonen. Und ich sagte, auch wenn er mich noch nie erhört habe, so mache das nichts; ich könne ihm alles vergeben, wenn er mich nur dieses eine Mal erhöre. Beschütze sie, lieber Gott, sagte ich; laß sie nicht umkommen.

Jeden Morgen fragte ich: Kommt heute ein Schiff aus dem Ausland? Aber Papa war ernst und streng, ähnlich wie Dein Vater; und hatte an vieles zu denken. In jenem Sommer hatte Örnolf seine letzten Sommerferien von der Universität. Und Örnolf war immer freundlich, der einzige daheim, der eine Seele hatte. Es gibt keinen besseren Menschen als Örnolf. Er war immer bereit, mit mir zu sprechen. Oft kam es mir vor, als ob Örnolf ein kleiner Junge sei; so aufrichtig war er und bescheiden. Er holte immer das Morgenblatt, wenn ich fragte, und sah nach, was über ankommende Schiffe darin stand.

Wenn Örnolf fort war, war die Atmosphäre daheim so, daß ein kleines Mädchen nie wagte, laut über etwas zu sprechen, das es beschäftigte. Und deshalb nützte ich die Gelegenheit, als Örnolf eines Morgens nach dem Frühstück allein im Eßzimmer war, und fragte: Örnolf, glaubst du, daß ihr Schiff untergeht? Er las gerade ausländische Zeitungen, doch er schaute auf, streichelte mir die Wange und sagte: Nein, nein, Dilja, sie fahren nicht durch die Gefahrenzone. Stein Ellidi kommt gesund und munter wieder.

Und er streichelte mir wieder die Wange und sah mich lange an.

Einmal Anfang September kommt Örnolf früh am Morgen zu Großmutter und mir herein und sagt: Die Botnia läuft gerade in die Bucht ein. Grimulf und Jofrid haben gestern vom Schiff aus ein Telegramm geschickt, aber es wurde erst heute morgen zugestellt. In einer halben Stunde sind sie im Hafen.

Mich packte eine solche Freude über diese gute Nachricht, daß ich die ersten zwei Wochen vergaß, Gott dafür zu danken, daß er mich erhört hatte. Und als wir zum Kai hinunter kamen, legte das Schiff gerade an. Die Passagiere lehnten sich lächelnd an die Reling und begrüßten ihre Freunde am Kai. Dort stand Dein Vater in seinem unauffälligen schwarzen Mantel mit dem Seidenkragen, ernst wie immer. An seiner Seite stand Deine Mutter in einem neuen Pelzmantel, und Du hattest Dich bei ihr eingehängt. Ich sehe Dich noch vor mir, in einem blauen Matrosenanzug mit Hosen, die bis zu den Absätzen hinunterreichten, in neuen Lackschuhen, einem grauen Mantel, der nicht geknöpft war, ohne Kopfbedeckung, und das Haar auf der einen Seite gescheitelt, wie ein erwachsener Mann. Ich ließ Dich nicht aus den Augen. Du kamst vor Deinen Eltern an Land und begrüßtest uns. Ich gab Dir stumm die Hand. Ich war erst zehn Jahre alt und Du zwölf. Und mir kam es so vor, als kehrtest Du aus dem Krieg zurück. Ich glaubte, Du hättest in der letzten Zeit nichts anderes gehört als Kanonendonner und nichts anderes gesehen als Feuer.

Ojemine! dachte ich, denn es stellte sich heraus, daß Du schrecklich eingebildet warst. Du verbeugtest Dich, als würdest Du unbekannte Leute im Ausland begrüßen, und wenn Du versehentlich jemanden anrempeltest, sagtest Du *Verzeihung,* denn Du hattest den Sommer mit Deiner Mutter in einem deutschen Bad verbracht, während Dein Vater in Spanien war. Den ganzen Tag warst Du so großtuerisch, daß ich Dich nur heimlich anzusehen wagte. Ich wagte nicht, im Zimmer zu sein, während Ihr bei uns frühstücktet. Ich saß draußen in der Küche bei den Mädchen. Oh, wie enttäuscht ich war!

Doch am nächsten Tag kamst Du allein zu uns. Großmutter spendierte Schokolade und Obst. Du warst ein ganz anderer als tags zuvor, in kurzen Hosen, Pullover und Schmierstiefeln, wie jeder andere Junge in Reykjavik, und solltest im Herbst aufs Gymnasium gehen. Du sprachst, wie Dir der Schnabel gewachsen war, und erzähltest uns von allem, was Du gesehen hattest. Alles hattest Du gesehen. Du hattest Seiltänzer gesehen und Neger, die Feuer schluckten, und Bären, die Fahrrad fuhren, und Pferde, die Polka tanzten. Und Du hattest in Deutschland all die Soldaten durch die Straßen marschieren sehen. Und als Du vom Balkon des Hotels auf die Menge hinuntersahst, da war es, als ob Du über eine Wiese mit gigantischem Gras schautest; und das Gras wogte im Wind; das waren die Bajonette auf den Schultern der Soldaten, und alle zeigten in dieselbe Richtung. Du sagtest, daß Du hofftest, der deutsche Kaiser werde sich die ganze Welt untertan machen. Und als Großmutter des Zuhörens müde geworden war, erzähltest Du mir allein von allem, was Du gesehen hattest. Und ich sagte nichts, sah Dich nur an und seufzte. Keiner weiß, wie glücklich ein kleines Mädchen werden kann, wenn sein Spielkamerad dem Tod entronnen ist.

16

Nachdem Ihr in das neue Haus an der Raudarar-Bucht gezogen wart, sahen wir uns seltener als während der Zeit, als Ihr in der Innenstadt wohntet. Im Winter mußtest Du immer viel lernen, im Sommer warst Du entweder mit Deiner Mutter im Ausland oder irgendwo mit diesen Burschen von den Pfadfindern unterwegs. Einen Sommer warst Du im Nordland in Akureyri. Es vergingen oft Wochen, ohne daß ich Dich sah, manchmal Monate! Und jedes Mal spürte ich, daß Du erwachsener geworden warst, seit ich Dich das letzte Mal gesehen hatte. Ich war immer noch klein und hatte keine Ahnung von dem, was in der Welt vorging, verstand nicht, worüber die Leute sprachen, Du aber lebtest und bewegtest Dich in der Wirklichkeit. Meine Gedanken waren wie der Nebel im Frühjahr.

Und man erzählte alle möglichen Geschichten über Dich. Deine Einfälle sollten keine Grenzen kennen. Jemand sagte, Du seist ein Raufbold; jemand anderer, Du seist ein Flegel. Meine Freundinnen sprachen über Dich; einige waren mit Dir im Gymnasium, waren in Dich verknallt und nie hingerissener, als wenn sie schlimme Geschichten über Dich erzählten. Oft wollte ich Dich, wenn ich Dich das nächste Mal träfe, fragen, ob diese oder jene Geschichte wahr sei. Aber wenn wir uns dann schließlich trafen, hattest Du so viel auf dem Herzen, daß ich ganz vergaß, was ich Dich fragen wollte. Ist es wahr, daß Du einmal von der Straße aus auf den Balkon des Althinggebäudes geklettert bist und die Jungen nieder mit dem König rufen ließest und dafür vom Rektor eine Rüge bekamst? Ist es wahr, daß Du einmal ein paar Jungen dazu angestiftet hast, mit Dir zusammen eine Hütte droben in der Mosfellssveit anzuzünden, und Dein Vater bezahlen mußte? Ist es wahr, daß Du einmal einen Schulkameraden mit dem Schlagholz bewußtlos geschlagen hast?

Stein, bei einer Geschichte läuft es mir noch heute kalt über den Rücken, Du kannst Dir also vorstellen, wie ich reagierte, als ich sie damals hörte. Sigga P. erzählte sie mir. Ich weinte bis spät in die Nacht. Ich habe Dir nie Vorhaltungen gemacht, Stein, nicht einmal damals, nein, nicht einmal damals. Aber in jener Nacht war ich kein Kind; ich weiß nicht, was ich war! Ich war wie ein Fohlen bei einem Erdbeben oder wie ein Hund bei einem Gewitter. Hatte ich zuvor geglaubt, einen Maßstab an Dich anlegen zu können, so war dieser Maßstab zu einem Kinderspielzeug geworden. Ich sah Dich über alle Maßstäbe erhaben, wie eine Naturgewalt.

Du hattest einmal vier Katzen; erinnerst Du Dich? Du hieltst sie in einem Raum im Keller, ließt sie nie hinaus und gabst ihnen selber ihr Futter. Alle wußten, daß Du manchmal stundenlang allein bei den Katzen warst und zerkratzt und blutig wieder von ihnen herauskamst. Und wenn wir zu Euch auf Besuch kamen, dann gingst Du immer mit mir in den Keller, um mir Deine Katzen zu zeigen. Rurik und Hansine sind ein Paar, sagtest Du, und Hans und Rosine auch, denn Du hattest den Katzen diese scheußlichen Namen gegeben. Und alle miauten um Dich herum, kaum daß Du zur Tür hineingegangen warst, sprangen Dir auf die Schultern oder krallten sich in Deinen Kleidern fest. Es war abstoßend.

Und einmal im Sommer ludst Du mich zu Euch ein, um mir etwas Neues zu zeigen. Und ich kam. Du führtest mich wieder in den Keller und öffnetest den Raum mit einem Schlüssel.

Aber ich war nicht wenig überrascht, als ich dort einen Schwarm von Vögeln sah, die Katzenkörbe hingegen leer waren! Sieh nur, sagtest Du und fingst an zu pfeifen, und einige setzten sich auf Deine Hand und andere auf Deine Schultern. Und Du gabst ihnen aus der Hand zu fressen.

Ich hatte nur Ärger mit den verdammten Katzen, sagtest Du. Ich habe sie laufen lassen. Ein Junge vom Land hat mir diese Spatzen besorgt. Es sind sieben. Sie sind wählerisch und rastlos, wie ich selbst. Sie sehnen sich nach dem Himmelsraum, wie ich selbst. Aber es fällt ihnen kein Zacken aus der Krone, wenn sie das Menschenleben kennenlernen.

Stein, wo waren Deine kleinen Vögel, als ich das nächste Mal kam? Warum batest Du mich nicht darum, mit Dir in den Keller zu gehen und sie anzusehen? Warum lenktest Du ab, als ich nach Deinen Tieren fragte? Du hattest beschlossen, ein Virtuose zu werden. Bisher warst Du zu faul zum Üben gewesen. Nun übtest Du von morgens bis abends, sagte Deine Mutter, und gingst jeden Tag zum Unterricht. Niemand sprach von Deinen Tieren.

Erst im Herbst erfuhr ich alles. Sigga P. und ich machten bei Mondschein einen Spaziergang am Südende des Teiches. Wir gingen über die Brücke hin und her, mindestens zehnmal. Sie hatte die Geschichte vom Dienstmädchen ihrer Mutter gehört, und das Mädchen hatte es von Eurem Mädchen.

Er soll es satt gehabt haben, die Tiere zu versorgen. Die Katzen streunten herum, so abgemagert, daß es eine Schande war für die Familie. Und manchmal hatte er drei oder vier Tage hintereinander keine Lust, die Vögel zu füttern, sondern trieb sich irgendwo herum, den Kellerschlüssel in der Hosentasche. Und die armen, kleinen Vögel piepsten den ganzen Tag vor Hunger und Durst, aber keiner konnte zu ihnen hinein und ihnen etwas geben. Und eines Abends, als er nach Hause kam, machte ihm die Haushälterin Vorwürfe, weil er die armen Tiere so schlecht behandelte. Und was tat Stein Ellidi? Er trieb sofort seine Katzen zusammen und ging mit ihnen in den Keller. Er selbst kam erst nach Mitternacht wieder herauf, um sich schlafen zu legen. Am nächsten Morgen war der Vogelkeller offen, die Federn der Vögel und die halb aufgefressenen Knochen lagen über den ganzen Boden verstreut. Er hat sich also heute nacht damit amüsiert, die Katzen auf die Jagd gehen zu lassen, dachte die Haushälterin. Aber was war mit den Katzen geschehen? Das stellte sich erst eine Woche später heraus, als Wäsche gewaschen werden sollte. In der Waschküche steht ein mit Wasser gefüllter Zuber, und im Wasser liegt ein Sack mit etwas Schwerem und einem darangebundenen Eisenhammer: Als er sich damit vergnügt hatte, den Katzen bei der Jagd zuzusehen, steckte er sie alle zusammen in einen Sack und ertränkte sie. Dann ging er schlafen. Und danach wollte er Virtuose werden.

Du glaubst vielleicht, daß ich von da an gedacht habe: Stein Ellidi ist ein Schurke, mit dem ich nichts zu tun haben will! Nein, Stein, nichts ist weiter von der Wahrheit entfernt. Ich hatte zwar Mitleid mit den bedauernswerten Vögeln und den armen Katzen, aber nichts lag mir ferner, als Dir etwas vorzuwerfen. Ich sah Dich nur in neuem Licht, mächtiger als zuvor, grausam, schrecklich und gleichzeitig erhaben über alles, was man gut und richtig nennt, die Gesetze, denen andere unterworfen sind. Du kamst mir geheimnisvoll, unergründlich und grenzenlos vor. Genauso dachte ich in der letzten Nacht in Thingvellir, als Du mir alles sagtest...

Wenn ich etwas Böses tue, dann deshalb, weil ich unvollkommen bin und nicht die Kraft habe, das zu tun, was gut ist. Und wenn ich etwas Gutes tue, dann deshalb, weil ich nicht den Mut habe, etwas Böses zu tun. Selbst Deine Sünden sind faszinierend wie Mythen. Selbst über Deinen Sünden brennt eine schreckliche Schönheit wie eine Waberlohe.

17

Genau das, Stein, und immer dasselbe, scheint mir vor allem für Dich charakteristisch zu sein, je länger und mehr ich über Dich nachdenke: Du bist über Deine Handlungen erhaben. Kaum hast Du eine Handlung vollbracht, sei sie nun »schön« oder »häßlich«, so wendest Du ihr den Rücken zu wie ein Nomade einem abgebrannten Lagerfeuer. Ich weiß, daß Du Dich stets nur für das begeistern kannst, was Du noch nicht getan hast. Du verschwandest für einige Tage, manchmal für ganze

Wochen; Du schlossest Dich ein und vergaßest über einer neuen Aufgabe alles andere. Doch wenn diese gelöst war, erwähntest Du sie mit keinem Wort mehr. Du sprachst nur davon, was Du als nächstes tun wolltest. Was Du getan hattest, existierte nicht mehr.

Du hast einen ganzen Winter lang musiziert. Dann bekamst Du einen Widerwillen gegen Töne und sprachst nie mehr über Musik. Einmal hattest Du ein Theaterstück geschrieben. Du zogst das Manuskript aus einer vollgestopften Aktentasche und fingst an zu lesen. Doch Du lasest mir nur eine Stunde lang vor. Dann gingst Du. Ich sah Dich erst eine Woche später wieder und fragte, wann Du mir wieder vorlesen würdest. Doch Du zucktest nur mit den Schultern und gabst keine Antwort. Du hättest das Manuskript verloren. Wo? fragte ich. Entweder in Hafnarfjördur oder droben am Raudasee. Einmal saßest Du einen ganzen Tag im Büro bei uns daheim, und niemand durfte zu Dir hineingehen. Du hast gedichtet. Am Abend kam ein Junge, der mit Dir ins Kino wollte. Und Du warst fort. Auf dem Schreibtisch lag ein halbfertiges Skaldengedicht auf vielen vollgekritzelten Blättern. Als ich Dich einige Tage später daran erinnerte, daß daheim bei uns ein halbfertiges Gedicht von Dir liege, da hattest Du es vergessen.

Nie nahmst Du ein unbedeutendes Ding in Deine Hand, ohne daß es zu einer lebendigen Welt geworden wäre, während Du es hieltst. Und nie legtest Du ein noch so kostbares Ding von Dir, ohne daß es wertlos, tot und vergessen gewesen wäre.

Deine Schulbücher waren Offenbarungen für Dich, während Du sie lasest. Manchmal sprachst Du mit glühender Begeisterung über die Wunder der Chemie, die Logik des Lateinischen; dann warst Du im siebten Himmel wegen des Satzes des Pythagoras oder irgendeines großen Ereignisses der Weltgeschichte. Alles war selten und unvergleichlich, was Dir vor Augen kam, alles neu. Doch sobald Du im Frühjahr Deine Prüfungen bestanden hattest, sprachst Du nie mehr von dem, was Du gelernt hattest. Einmal sagtest Du, das Ziel eines gebildeten Mannes sei es, zu vergessen, was er gelernt habe.

Du sagtest oft zu mir, Stein, ich sei die einzige Seele auf der Welt, die Dich verstehe. Das war eine grobe Übertreibung; ich verstand Dich oft nur halb, manchmal überhaupt nicht; nie ganz. Dagegen hattest Du keine Ahnung davon, welche Anstrengungen ich unternahm, um Dir ein geistiger Begleiter sein zu können, seit ich zwölf oder dreizehn war und bis Du wegfuhrst, denn ich tat es heimlich. Tatsächlich zielte alles, womit ich mich beschäftigte, bewußt oder unbewußt, darauf ab, mich dazu zu befähigen, Dich zu verstehen, so wie mein Denken auch nichts anderes als ein schwaches Echo des Deinen war. Ich verschlang ein Werk nach dem anderen, las Autor über Autor, alle, von denen ich annahm, daß sie meine Möglichkeiten, Dir folgen zu können, vergrößern würden, und deshalb nahm ich auch aus eigenem Antrieb Französisch- und Deutschunterricht, als ich dreizehn war. Lange Zeit glaubte ich, diese komplizierten, seltsamen Sprachen nie lernen zu können; ich war so schwer von Begriff; niemand wußte, wie sehr ich mich anstrengte oder wie oft ich verzweifelt war. Aber die Gewißheit dessen, daß das einzige, was mich Deiner Freundschaft wert machen konnte, Wissen und Verständnis war, trieb mich weiter, und ich schwor mir, nie aufzugeben. Doch es war, als ob Du alles von selbst wüßtest und verstündest; für Dich war es ein Kinderspiel, in wenigen Tagen eine ganze Sprache zu lernen; während ich mich mit den deutschen Konjugationen herumschlug, machtest Du Dir einen Spaß daraus, Unamuno auf spanisch und Pirandello auf italienisch zu lesen.

In jenem Sommer, in dem ich fünfzehn wurde, warst Du wieder einmal mit Deinen Eltern im Ausland, ich aber war im Winter krank gewesen und war fast den ganzen Sommer droben im Borgarfjord zur Erholung. Ich war auf einem wunderschönen Bauernhof, und die Kinder waren sehr nett; es waren vier, alle unter zehn Jahre alt. Und was, glaubst Du, habe ich mir in der ländlichen Idylle einfallen lassen? Ich fing an, kleine Geschichten zu schreiben für die Kinder. Es waren schrecklich einfache und kindische Sachen, aber ich selbst war begeistert von ihnen und freute mich darauf, sie Dir im

Herbst zu zeigen. Ich schrieb sie immer wieder um und wollte sie so schön wie möglich machen, und zum Schluß schrieb ich sechs von ihnen in ein kleines Buch, das war nicht größer als meine halbe Hand, hatte rosa Blätter mit Goldschnitt und war in blauen Samt gebunden. Dieses Buch wollte ich Dir schenken, wenn Du kamst. Man will so gern denen ähnlich sein, an die man glaubt. Ich empfand Freude und Angst bei dem Gedanken, daß Du meine kleinen Geschichten lesen würdest. Als ich im Herbst nach Reykjavik kam, wart Ihr zwei Tage vorher nach Island zurückgekommen. Du kamst sofort zu uns nach Hause, als Du hörtest, daß ich angekommen sei.

Stell Dir diesen Herbstabend vor, als ich Dich wiedersah! Du kamst plötzlich in das Zimmer, in dem wir saßen. Ich begrüßte Dich und wurde rot. Ich war den Sommer über auf dem Land gewesen und war braungebrannt und dick, meine Hände waren rot und häßlich. Und dort kamst Du wie eine Erscheinung aus einer anderen Welt ins Zimmer und gingst geradewegs auf mich zu. Du warst gewachsen, ich kannte Dich kaum wieder. Und Du trugst einen karierten Sommeranzug, dazu eine grüne Krawatte und grünseidene Socken, und Dein Kragen hatte eine Form, die ich noch nie zuvor gesehen hatte. Die Wellen in Deinem Haar waren wie gemalt, Deine Hände schneeweiß, und Deine Nägel glänzten, als ob Du Maniküresalons frequentiert hättest; Du rauchtest parfümierte Zigaretten. Während ich allein durch die isländische Gebirgslandschaft wanderte, Schluchten und heidekrautbewachsene Hänge hinauf, an Bächen entlang oder durch Birkengestrüpp, da warst Du in Madrid und Barcelona, Paris und London gewesen, hattest am Morgen in den Salons der Hotels moderne Gedichte geschrieben, am Nachmittag bei Fünfuhrtees getanzt, am Abend Konzerte gehört und warst gegen Mitternacht im Auto nach Hause gefahren.

Du brachtest einen frischen Lufthauch von der Welt draußen mit, hattest die neuesten Werke der modernen Meister verschlungen, und jetzt war außer dem Dadaismus und dem Expressionismus keine Dichtung mehr etwas wert! Du sagtest mir auswendig ganze Seiten voller Wortspiele von Max Jacob, Majakowski und Marinetti vor, sprachst über André Breton, Soupault und Ehrenburg wie über himmlische Offenbarungen, und glaubtest an die erlösende Kraft der russischen Revolution in der Kunst genauso wie auf anderen Gebieten. Und ich hörte Dir zu wie ein Dorftrottel, hatte noch nicht einmal die Namen dieser Verfasser gehört und begriff noch weniger die erlösende Kraft der Revolution.

Du konntest Dich kaum fassen vor Freude und Begeisterung und sprachst mit mir in neu verfaßten Zaubersprüchen und magischen Formeln, und als Du sahst, wie dumm und unwissend ich war, machtest Du Dich über mich lustig:

Pah, ich kenne dich,
wie klein du bist,
klein und seltsam!
Denn ich bin ein Saphir,
aus der Sahara in Aharabien,
Saba in Abarien
und weiß alles;
Abarer aus Sabarien
Saraba in Arabien
und weiß allesallesallesallesallesallesalles.
Alles.

Schatz,
komm doch Schatz,
komm doch kleiner Fratz
und gib mir einen Schmatz
draußen im Wald.
Ich heiße Mond von Skanien
und kam hierher aus Spanien
um dich zu sehen,
Prophetenmond aus Skanien
der schiefe Mond aus Spanien
aus Schiefmondprophetanien,
und will dich haben, dich haben –

Du sprachst nicht wie ein Mensch, sondern wie die Personifizierung des Menschen, oder besser gesagt, wie die Personifizierung des Lebens an sich, Du drücktest alles in Trugbildern aus und machtest mich immer ängstlicher:

Eia, ich bin der Wald,
 der Wald selbst,
der Morgenwald, von Tau bedeckt,
 das Diamantenland,
nein, ich bin der Dämmerstundenwald,
 die Drosselharfe,
der zwitschernde Abendwald,
 der dunkle Forst
  in weiße Nebel eingehüllt,
   der grüngekleidete Wonnemonat
gottloser irdischer Träume,
 die himmlische Lust
  heidnischer Erde.
Und die ganze Schöpfung trinkt sich trunken unter
meinem Laub.
 Ich bin die hundertfarbige Herbstwaldsymphonie;
  sieh meine Blätter fallen;
   sie fallen zur Erde
    und sterben,
  zertreten von den Stiefeln des Vogelfängers,
   doch die Habichte setzen sich auf weiße Zweige.
Und die Hunde des Zauberers schnüffeln in meinem
verblaßten Laubgewand.

Ich war ein kleines Mädchen, einfältig und primitiv, und konnte nur rot werden. Und als Du gegangen warst, versteckte ich mein blausamtenes Buch, wo es niemand finden konnte, sah meine Hände an und begann zu weinen.

19

Die drei Königssöhne.

Eine Geschichte aus alter Zeit, erzählt vom kleinen Bjössi. Es war einmal ein mächtiger König im Süden, der hieß Hexameter, und er hatte drei Söhne mit Gürteln und Schwertern und drei Goldkronen auf dem Kopf. Und dann schickte er sie in den Krieg, um gegen einen bitterbösen König im Norden in Finnmarken zu kämpfen. Und sie gingen durch einen dichten

Wald, und am Abend waren sie so müde und hungrig, daß sie dachten, sie würden sterben. Und dann ging der Mond auf, und sie sahen ein kleines Haus ganz in ihrer Nähe, und davor war ein kleiner, silberblauer Teich. Und sie gingen in das Haus, und dort war ein Tisch mit einem Tuch darauf und drei gebratene Forellen und drei Kannen mit Sahne. Ihr könnt euch vorstellen, wie sich die Königssöhne freuten!

Karo.

Aus den Erinnerungen der kleinen Sigga.

Der arme alte Karo, der vor der Tür zum Schuppen auf seinen Pfoten liegt, was er jetzt wohl denkt? Erinnerst du dich, Karo, als wir klein waren, da fuhren wir zusammen Schlitten? Dann kam auf einmal ein Schneesturm, und ich glaubte, die Trolle würden kommen und mich holen. Erinnerst du dich, als wir einmal ans Meer hinuntergingen, um Muscheln zu sammeln, und du um mich herumgehüpft bist? Das war lustig, Karo. Aber jetzt bist du alt geworden, und ich bin schon groß, und du liegst vor der Tür zum Schuppen, und ich bin im Haus und helfe der Mutter in der Speisekammer. Ade, Karo. Ich will hineingehen und der Mutter einen Kuß geben.

Auf der Wiese.

Ein Märchen von der kleinen Gudrun.

Sieh, das kleine blaue Schaumkraut auf der Wiese. Es ärgert den Hahnenfuß und sagt: Das Kalb will dich nicht fressen; du bist so bitter! Da kommt der Löwenzahn und sagt: Pah, in euch ist keine Milch wie in mir!

Und wegen all dem fing der Hahnenfuß an zu weinen; und das Schaumkraut fing auch an zu weinen. Doch die Milch im Löwenzahn schmeckt schrecklich schlecht. Und in dem Augenblick kam das Kalb und fraß das Schaumkraut. Und meine Schwester Sigga riß den Hahnenfuß ab und steckte ihn in ihr Haar. Mein kleiner Bruder riß den Löwenzahn ab und trank die ganze Milch heraus und bekam solches Bauchweh, daß Mama und Mieze ihn beide draußen von der Wiese holen mußten. Und Mieze begann, die Spatzen über die ganze Wiese zu jagen.

Die Krähe im Turm.

Ein Märchen für Kinder.

Im Kirchturm in Spanien ist eine furchtbar häßliche Krähe. Einmal kam ein böser Räuber mit schwarzem Bart und wollte etwas tun, was er nicht durfte. Da kam die Krähe, setzte sich auf seinen Hut und sprach:

Pfui, pfui, böser Räuber, ich hacke dir die Augen aus, wenn du dich nicht packst und ins Gebirge hinaufgehst, wo du daheim bist bei all den bösen Männern.

Und da bekam der Räuber Angst, denn auch wenn er böse war, so wollte er doch nicht blind werden. Und er ging zurück zu all den bösen Männern im Gebirge und sagte:

Es ist eine furchtbar häßliche Krähe im Turm.

Und die arme, häßliche Krähe sang den ganzen Tag mit ihrer rostigen Kehle, denn sie war so froh. Und die arme, häßliche Krähe soll immer im Turm wohnen dürfen.

La pomme qui dort.

Eine ausländische Geschichte für Kinder.

Auf dem Baum zwischen den grünen Blättern hängt ein kleines Äpfelchen. Seine kleinen Backen sind so rot, daß man sofort sieht, daß es schläft. Unter dem Baum steht ein kleines Kind und ruft:

Apfel, Apfel! Wach auf! Du hast genug geschlafen!

So wartet das kleine Kind, aber glaubt ihr vielleicht, der Apfel sei aufgewacht? Nein, der Apfel bewegte sich nicht einmal in seinem Luftbett zwischen den grünen Blättern.

Doch in dem Augenblick kam die Sonne, um einen Spaziergang am Himmel zu machen.

Ach, hör doch, liebe, gute Sonne! sagte das Kind. Weck den Apfel auf für mich; er hat genug geschlafen!

Ja, warum nicht! antwortete die Sonne und warf dem Apfel ihre Strahlen ins Gesicht und umarmte ihn liebevoll.

Wir lassen grüßen.

Wie wunderschön ist es droben am Bach. Die kleinen Forellen spielen im Sonnenschein, und sie haben so schöne Farben. Und der Bach klingt droben am Berghang ganz anders als drunten in der Wiese. Und soll ich dir erzählen, was der Bach im Sonnenschein sagt, während er dahinfließt? Er sagt:

Ich bin unterwegs ins Tal hinunter, um mit den Kindern des Gemeindevorstehers zu sprechen. Ich will mit Steini sprechen und mit der kleinen Tobba und der kleinen Imba und ihnen etwas vom Gebirge droben erzählen. Die Elfen tragen blaue Jacken und tanzen in der grasbewachsenen Mulde, aber in der Schlucht wohnt ein Geächteter, glaube ich.

Lieber Bach, wir lassen Steini und die kleine Tobba und die kleine Imba grüßen!

20

Hotel Britannique, Neapel. Januar 1922.

Ich schreibe Dir diese Blätter, Dilja, und schicke sie an Dich. Ich schreibe, um mir die Zeit zu vertreiben; die Zeit vergeht allzu langsam. Und ich weiß, Du verstehst mich, denn Du bist schon im achtzehnten Lebensjahr, wie ich, als ich heiratete, und bist außerdem ein intelligentes Mädchen und stehst außerhalb dieser ganzen ekelhaften, kleinstädtischen *pruderie;* oh, die Götter wissen, daß ich gelitten habe wie ein Fisch auf dem Trockenen in dieser zimperlichen Atmosphäre daheim, wo jede Frau sich in *poésie,* Lüge und Scheinheiligkeit einwickelt und alles nur durch die Blume sagen darf, aus Angst davor, daß die Skandalgeschichten ihren süßen, feinen Geschmack verlieren könnten. Ja, ich weiß, Du kannst Dir vorstellen, was ich durchgemacht habe, eine Frau, die an nichts zwischen Himmel und Erde Anstoß nimmt, dadurch, daß ich daheim jahrelang in diesem heuchlerischen und poetischen Elend der Frauen des neunzehnten Jahrhunderts leben mußte.

Das ist nicht etwa so zu verstehen, daß ich froh sei, hier im Süden zu sein; nein, überhaupt nicht. Denn wenn die ganze Heuchelei daheim auch wie ein Alpdruck auf mir lastete, so ist das Alleinsein ganz gewiß nicht besser, wenn alle, die man kennt, tausend Meilen weit weg sind, und die, die man liebt, verschwunden sind. Nein, ich habe mich tödlich gelangweilt, und meine Gesundheit wird nicht besser, immer Husten, oft

Blut, das Herz entweder schwach oder rasend. Und immer diese Angst, wie früher, und lange, schlaflose Nächte. Der Lärm hier ist einfach entsetzlich, die ganze Nacht hindurch Wagengerumpel und Peitschengeknalle, und am Nachmittag dröhnt die Stadt vom unaufhörlichen Schreien und Rufen von Straßenhändlern, Lumpengesindel und Verrückten. Wagt man sich auf die Straße hinaus, wird man von diesen *lazzaroni* umringt, die die Ausländer mit allen möglichen Zudringlichkeiten verfolgen. Das muß ein armer Schwachsinniger gewesen sein, der diese Redensart erfand: *Vedi Napoli e poi muori.*

Ach, ich kenne dieses Leben in den großen Hotels schon längst auswendig. Die Frackschöße der Kellner stehen waagrecht in die Luft vor Höflichkeit; das Rauschen des Orchesters geistlos wie ein Leierkasten; Amerikaner mit Brillantringen tänzeln um ihre europäischen Geliebten herum, ohne Manieren zu haben; englische Mumien mit Bullenbeißerschnauze vergraben ihre Hände in den Hosentaschen und sitzen schweigend neben ihren Frauen oder Begleiterinnen, während die Italiener sie mit genau dem gleichen Gehabe bedienen, wie man es in alten Büchern über den guten Ton findet. Ach, diese Italiener leben in einem ganz anderen Zeitalter als andere Menschen.

Und wenn ich abends mit meinem englischen Mädchen nach Hause komme, nachdem ich in der San-Carlo-Oper oder im Teatro Bellini eine Enttäuschung erlebt oder mich an irgendeinem endlosen Film halb zu Tode gestarrt habe, dann ist niemand da, mit dem ich sprechen kann, denn dieses arme englische Mädchen langweilt mich, und dann sitze ich vielleicht bis spät in die Nacht hinein alleine da, und meine Gedanken kreisen um mich selbst, von Anfang an, um all die ungezähmte Lebenskraft der Jugend und all meinen Hunger nach Lebensfülle, der nie anders gestillt wurde als mit Alltag und Gleichgültigkeit, Langeweile, Furcht, Angst, Traurigkeit und Krankheit. Das stumme Schauspiel der Erinnerungen läuft in meinem Bewußtsein ab: Ich ersehnte eines, und stets nur dieses eine, und das, was ich ersehnte, ist das einzige, was ich nie bekam, doch alles andere habe ich bekommen, sowohl das, was ich nicht ersehnte, als auch das, was ich fürchtete. Mein eigenes Leben fand ich nie.

Meine letzte Enttäuschung war die, daß mein Junge sich von mir abwandte und mich verließ. Nicht zuletzt aus der Hoffnung heraus, er und ich würden zusammenhalten können, hatte ich mich dazu bereit erklärt, mit Grimulf zu fahren, denn wenn er und ich zusammengehalten hätten, wäre es überall möglich gewesen, sich so etwas wie ein Zuhause zu schaffen, auch wenn Grimulf ständig unterwegs ist. Doch man kann sich auf nichts verlassen. Stein überließ mich an einem Oktoberabend im letzten Herbst der Traurigkeit des Exils. Ich stand alleine auf dem Bahnhof, und sein Zug war in die Nacht hinaus verschwunden.

Wie Du weißt, verbrachten Stein und ich und mein englisches Mädchen die beiden heißesten Sommermonate in Brighton, denn ich scheute mich davor, während der schlimmsten Hitze hierher in den Süden zu fahren. Grimulf reiste weiter, ohne in England Aufenthalt zu machen; er spürt keinen Unterschied zwischen Hitze und Kälte.

Während der ersten Tage in Brighton war mir Stein ein rücksichtsvoller und guter Sohn: Morgens begleitete er mich auf meinem Spaziergang am Meer, die Kingsroad und die Marine Parade entlang, und nachmittags gingen wir oft ins Regent Palais de Danse, und er war immer der gute Junge, höflich und zuvorkommend, und tanzte dort oft ein wenig mit mir. Aber was, glaubst Du, hat ihn mir dann weggenommen? Was glaubst Du, hat in der elegantesten Stadt Englands meinen Jungen so begeistert, daß er sich von seiner Mutter abwandte, was sonst als ein altes Männchen in weißem Leinenanzug mit knallrotem Gesicht? Es klingt unglaublich, aber es ist wahr: Ein paar Tage nachdem Stein dieses verdammte Gespenst im Hotel Metropole, wo wir wohnten, kennengelernt hatte, war er ein völlig anderes Kind geworden. Stell Dir vor, wenn ich am Morgen allein mit meinem Mädchen spazierenging, konnte es passieren, daß ich sie auf der Strandpromenade traf, wo sie Arm in Arm ins Gespräch vertieft dahinstiefelten! Es war einfach grotesk!

Stein, sagte ich, nimm doch auch weiterhin ein wenig Rücksicht auf mich, zumindest wenn die Gäste im Hotel es sehen können, und setze dich nicht mit diesem Carrington zu Tisch, wenn alle sehen, daß ich allein an meinem Tisch sitze!

Und was, glaubst Du, hat er mir geantwortet: Ich kann nicht umhin, dir zu sagen, gute Frau, daß die Zeit vorüber ist, als Söhne die Töchter ihrer Mütter waren! Denk Dir! Er sagte: Gute Frau! Und als mein Mädchen, Miss Bradford, dahinterkam, daß ich den ganzen Tag geweint hatte wegen dieser barschen Antwort, da konnte sie sich nicht zurückhalten und sprach ihn am Abend daraufhin an. Und was, glaubst Du, hat er dem armen Mädchen geantwortet: *I don't wish you to speak to me!*

Trotzdem brachte ich Stein dazu, im September mit mir hierher in den Süden zu reisen; zuerst waren wir ein paar Tage in Rom, anschließend kamen wir hierher, aber er hatte nichts mehr übrig für seine Mutter, war mir gegenüber kalt und verschlossen, und ich fand heraus, daß er in regem Briefwechsel stand mit diesem Carrington. Eines Morgens sagt er hier im Hotel Britannique völlig unvermittelt zu mir: Ich fahre heute abend ab nach England.

Meine Tränen und Bitten nützten nichts. Er fuhr am Abend ab, ohne mir eine Adresse zu hinterlassen oder etwas darüber zu sagen, was er vorhatte. Ich habe seitdem zwei Postkarten von ihm bekommen, aber auf keine hat er seine Adresse geschrieben. Sein Vater, der seit dem Sommer in Palermo war und jetzt kürzlich nach Genua gefahren ist, hat nicht eine Zeile von ihm gesehen.

Stell Dir vor, Dilja, wie einsam ich bin, zurückgelassen in dieser verrückten Stadt wie in einer Löwengrube, mit der Schwindsucht und den Erinnerungen an ein nutzloses Leben zur Gesellschaft. Keiner liebt mich, nur der Tod, der Tag und Nacht um mich herumschleicht wie ein widerlicher Hurenbock.

21

Ich könnte mir vorstellen, daß Du fragst, warum ich blutjung einen Mann wie Grimulf geheiratet habe. Das haben viele gefragt, wenige verstanden, die meisten mir zum Vorwurf gemacht; alle wissen, daß wir nicht mehr gemeinsam haben als zwei Wesen von verschiedenen Planeten.

Und doch ist in Wirklichkeit weniges verständlicher, als daß ich in jugendlichem Leichtsinn diesen schicksalsschweren

Schritt getan habe. Ich war im Überfluß aufgewachsen, ja, in viel hemmungsloserer Verzogenheit, als Du ahnen kannst, und kannte von Kindesbeinen an nichts anderes als Luxus. Aber gerade, als allen unsere Macht am größten schien, da ging mein Vater bankrott, und kurz darauf starb er. Wir Geschwister standen als Waisen da und kamen zu Papas Freunden, bis auf die beiden Ältesten, die ins Ausland gingen und sich selbst ihren Lebensunterhalt verdienten. Ich war damals sechzehn Jahre alt und kam zu Frau Valgerd, Deiner Pflegemutter. Und gut ein Jahr später wurde ich ohne viel Aufhebens ihre Schwiegertochter. Ich wäre genauso gern die Schwiegertochter irgendeiner anderen Frau geworden, doch nun hatte es dem Zufall eben beliebt, mich ihrem Sohn an den Hals zu hängen. Und ich war bereit, mich jedem beliebigen Mann an den Hals zu werfen; ich war verrückt nach Männern.

Dein Vater Thorstein und Grimulf hatten einige Jahre zuvor mit ihren Geschäften angefangen; alles begann zu florieren, und daraus entstand die Ylfing A. G. Grimulf hatte damals mehr Ähnlichkeit mit Örnolf als heute. Er war zwar nie so stattlich und gutaussehend wie der jüngere Bruder, und auch nicht so begabt, aber viele junge Mädchen hatten es auf ihn abgesehen, denn er war als tüchtiger Finanzmann bekannt und hatte alle Voraussetzungen, um steinreich zu werden. In jenem Winter lud er mich einmal zu einem Ball ein; ich erzähle Dir davon nur in aller Kürze, denn die Vorgeschichte unserer Ehe ist im Grunde genommen so unbedeutend. Ich war ein wenig indisponiert, ich sah überhaupt nicht gut aus, und ich wußte es genau. Obwohl ich mit meinen siebzehn Jahren voll entwickelt war und schon längst daran gewöhnt, als erwachsene Frau betrachtet zu werden, geschah es an dem Abend, daß mich die Herren übersahen. Vielleicht galt ich damals schon als Grimulfs Verlobte. Lange bevor der Ball zu Ende war, ging ich zu ihm und bat ihn, mich nach Hause zu begleiten. Mein Hals war steif vor unterdrücktem Schluchzen, und ich bekam kein Wort heraus. Er wollte mich führen, aber ich ließ es nicht zu. Ich wollte ihn hinter mir gehen lassen, doch das gelang mir nicht, und ich ärgerte mich noch mehr. Als wir daheim in die Diele traten, war ich völlig von Sinnen und wußte nicht mehr, was ich tat. Er hatte mir kaum richtig aus dem Mantel geholfen, da warf ich mich ihm plötzlich an den Hals und weinte laut an seiner Brust, wie in einem Anfall von Verrücktheit, bat ihn, mir zu helfen, sagte, ich liebte ihn, und so weiter. So wurde unsere Ehe gestiftet, Dilja.

Als wir heirateten, war ich froh, einem Leben im gleichen Überfluß angetraut zu werden, in dem ich aufgewachsen war, und knüpfte große Hoffnungen an die Freuden des Ehelebens, denn in meiner Naivität hatte ich geglaubt, die Ehe bedeute die Erfüllung aller Hoffnungen. So denken wir alle, solange wir jung und unreif sind; und unser Busen schwillt wie ein Meer von diesem unbegreiflichen Trieb, alles Glück des Himmels und der Erde zu umfangen.

Aber nichts ist weiter davon entfernt, die Sehnsüchte einer echten Frau stillen zu können, als die Ehe, ich spreche nicht von diesem seelenlosen Weibervolk, das sich wie tote Schrauben in der Gesellschaftsmaschinerie benutzen läßt. Sie entdeckt bald, daß das Eheglück nicht die Erfüllung aller Hoffnungen ist, sondern die Aufgabe aller Hoffnung, Resignation, und ohne diese Kapitulation gibt es kein Glück. Die Ehe ist ein Schiffbruch, bei dem der Märchenkahn auf Klippen festläuft, ein Bankrott, bei dem die Jugend ihre Schulden nicht bezahlen kann. Nichts ist leerer und trauriger als die langen Tage des Wartens im ersten Ehejahr, ausgenommen vielleicht ein Grab. Stell Dir die junge Frau vor, wie sie müde und allein daheim sitzt und den unangenehmen Geruch des neuen Hauses einatmet oder ihre Freundinnen zu Besuch hat, zurückhaltend, kalt und erwachsen nach der neuen Erfahrung der Flitterwochen. Der Mann aber kommt erst am Abend nach Hause, denn er hatte vor seiner Frau schon eine andere Braut, das Geschäftsleben, und deren Ansprüche gehen vor. Und wenn die neugebackene Ehefrau zwischen den nagelneuen Möbeln in ihren Zimmern steht, dann entdeckt sie, daß sie selbst in Wirklichkeit auch nur ein Einrichtungsgegenstand ist, angeschafft, um die komische Zusammenstellung, die der Mann sein Zuhause nennt, zu komplettieren. Und wenn sie ihre Freundinnen durch alle Räume führt, um ihnen die Hochzeitsgeschenke zu zeigen – oh, all der widerliche Plunder aus Gold und Silber und Gott weiß woraus! –, die Wohnzimmermöbel, die Speisezimmermöbel, den Salon, das Boudoir, das Badezimmer, die Schlafzimmer – oh, der Geruch, der Geruch! –, da fühlt sie sich in ihrem Innersten, als würde sie ihnen ihr Grabgewölbe zeigen, wo ihr Leichnam auf das Jüngste Gericht warten soll.

Der Mann, den sie heiratete, war nie der, den sie in ihren Träumen gesehen hatte, nie der, den sie erhoffte. Der Mann, den sie heiratete, war nie ein anderer als der, von dem sie sich nehmen ließ, dem sie sich in irgendeiner Verwirrung in die Arme warf, weil sie den, von dem sie träumte, nicht fand. Der Mann, den sie heiratete, war der, der ihr den Himmel auf Erden versprach. Sie bietet all ihre Fähigkeit zum Selbstbetrug auf, um sich mit dem abzufinden, was ihm an Vorzügen des Traummannes mangelt, ab und zu gelingt es ihr sogar, sich einzureden, daß er das vollkommene Ebenbild des Ersehnten sei, und sie nimmt sich vor, alles zu tun, um mit ihm das zu erleben, was sie mit ihrem Traummann hatte erleben wollen, aber trotz aller Täuschungen weiß sie die ganze Zeit das eine, daß er dennoch nicht der ist, den sie ersehnte. Sie lebt vielleicht ein Leben lang mit ihm und gebiert ihm viele Kinder, doch niemand kann sicher sein, ob nicht in ihrem Innersten die Hoffnung verborgen liegt, daß dem Schicksal und den eingestürzten Luftschlössern zum Trotz die Stunde heraufziehen könnte, in der sie durch seinen Händedruck erwacht, unter seinem Blick erzittert, ihr Herzschlag durcheinandergerät und alle Stützpfeiler ihrer Vergangenheit zusammenfallen wie ein Kartenhaus. Und sie weiß dann, daß sie durch nichts mehr zurückgehalten werden kann, und sie nützt die erste Gelegenheit, ihren Mann zu hintergehen und sich in der Umarmung dessen, der ihr alles gibt, zu ertränken, sich zu verlieren. Allein die Sünde ist die Erfüllung aller Hoffnungen.

»Der ihr alles gibt« – wie irreführend, es so auszudrücken! Denn der Geliebte macht ihr nur ein Geschenk, nämlich das, ihr alles wegzunehmen. Von ihrem Mann verlangt sie, ohne zu geben; dem Geliebten gibt sie, ohne zu verlangen. Ihrem Mann gegenüber ist sie undankbar, weil er ihr ein anderes Automobil schenkte, als sie sich erträumte. Sie bleibt ungerührt, auch wenn er ihr jeden Monat kostbare Geschenke macht. Aber sie würde am liebsten die Erde küssen, wenn ihr Geliebter sich dazu herabläßt, für sie eine Locke aus seinem

Haar zu schneiden. Die Liebe, das ist nicht ein reich ausgestattetes Haus mit Vergnügungen und Gesellschaften oder eine große Familie und blauäugige Kinder. Und es sind nicht ruhige Winterabende, voller *tendresse sans passion,* an denen Mann und Frau zu Hause sitzen und über Ereignisse des Tages plaudern oder über die neuesten Bücher oder über das, was in den Zeitungen steht, oder Pläne schmieden für die Zukunft, sich über die nächste Auslandsreise Gedanken machen oder über das Menü für die nächste Einladung. Nein, das ist nicht die Liebe, Dilja. Das ist alles Tand.

Die Liebe, Dilja, das ist das große Heiligtum, das im Hintergrund dieser Komödie von uns Frauen steht, der Kern des Unaussprechlichen, das Geheimnis des seligsten Unglücks, das Wunder, das alle Stimmen schweigen macht, *la meta profetata fuori del mondo.*

Sich danach sehnen, Ehre und Glück, Körper und Seele, alles in einem Augenblick zu verlieren, das ist Liebe. Auf den Stufen vor der Tür des Geliebten sitzen und nicht hineingelangen, in der Dunkelheit durch die Stadt irren vor Verzweiflung wie eine betrunkene Hure, das ist Liebe. Die Hände des Geliebten in Tränen baden und zitternd in seine Augen schauen wie in die Tiefe des eigenen Schicksals, das ist Liebe. Wenn eine Frau nur mehr ein armes Opfertier unter den harten Händen des Peinigers ist, nackt, willenlos, kraftlos, tot für sich selbst, zitternd, weinend, taumelnd, brennend, dann liebt sie; und die Hunde warten an der Tür, bereit, sie zu zerreißen, wenn sie sich davonschleicht in der Stille der Nacht.

22

Mein Mann gab mir alles, den Himmel auf Erden – nur nicht das, was ich ersehnte und zu dessen Genuß ich geboren war. Er war kein Mann, der mir etwas wegnehmen konnte. Er war Geschäftsmann, und kein Liebhaber. Er war zerstreut, wenn er abends nach Hause kam, und morgens war er verschwunden. Seine Liebkosungen waren Arbeit, seine Umarmungen mild und vorsichtig, als ob er gerade etwas ausrechnete. Das Siegel meines Herzens erbrach er nie.

Ein halbes Jahr verging; und was glaubst Du, stellte sich dann heraus: Ich war schwanger! Ich hatte nie ernsthaft darüber nachgedacht, daß man schwanger werden konnte. Ich wollte es kaum glauben, als mein Stubenmädchen mir das sagte. Es begann mit Übelkeit und Schwindel, und eines Tages übergab ich mich und fiel in Ohnmacht. Die gnädige Frau ist sicher schwanger, sagte das Mädchen. Was reden Sie da für dummes Zeug! sagte ich. Schämen Sie sich!

Und als mein Mann am Abend nach Hause kam, hatte er sich kaum zu Tisch gesetzt, als er ein Notizbuch herauszog und anfing, irgendwelche Zahlen hineinzukritzeln. Ich betrachtete ihn heimlich und fühlte, daß ich diesen Mann verachtete. Eine Woche lang ließ ich ihn abends nicht zu mir herein. Ich hatte mir vorgenommen, es möglichst lange hinauszuschieben, ihm zu sagen, daß ich ein Kind erwartete. Ich war so ratlos und verzweifelt, denn jetzt gab es kein Entrinnen mehr, und ich spürte schließlich, daß es keine andere Möglichkeit gab, als zu versuchen, ihn zu lieben. Und eines Abends setzte ich mich ihm auf den Schoß und flüsterte ihm diese unerhörte Neuigkeit zu: daß ich ein Kind erwartete.

Tatsächlich, meine Liebe? sagte er.

Kannst Du Dir eine abscheulichere Antwort vorstellen?

Doch mit Steins Geburt ging über meinem Leben eine neue Sonne auf. Gefühle erwachten, von denen ich nicht im entferntesten geahnt hatte, daß sie in meiner Brust schlummerten; ich vergaß mich selbst in der Mutterfreude, wurde wiedergeboren.

Ich liebte mein Kind am Anfang wie ein Tier, später wie eine Götzendienerin. Ich nahm mir vor, für den Jungen zu leben. Und ich lebte für ihn. Ich ertrug es kaum, daß jemand anderer in seine Nähe kam. Ich wachte in der Nacht auf, um ihn zu versorgen, badete ihn selbst am Morgen, befriedigte alle seine Bedürfnisse, dachte den ganzen Tag nur an ihn. Meine Freude war es, ihn anzuschauen und zu behüten! Ich sah ihn an wie einen Gott. Mein geliebter, kleiner Junge, ein schöneres Kind hat niemand je gesehen; seine blauen Augen waren tief und rein, und von seiner Haut und seinen goldenen Locken ging ein strahlendes Leuchten aus. Im Alter von zwei Jahren konnte er sprechen und verstand alles; nichts entging ihm; er fragte nach allem, interessierte sich für alles, bewunderte alles, und alle Dinge nahmen in meinen Augen eine neue Dimension an, denn ich gewöhnte mich daran, alles aus der Sicht des Jungen zu betrachten.

Mir kam es vor, als ob er mir allein gehörte und alles nur seinetwegen existierte; mir kam es vor, als ob noch nie ein Kind auf die Welt gekommen sei und nie wieder eines geboren würde. Grimulf wollte gerne, daß wir ein Mädchen bekämen, aber ich lehnte das strikt ab, hütete mich davor, wieder schwanger zu werden, und war kalt und launisch gegenüber dem Vater des Jungen. Ich fand, daß er mich nichts mehr anging, seit ich den Jungen hatte.

So vergingen drei Jahre.

Grimulf mußte verreisen und rechnete damit, sich ein halbes Jahr im Ausland aufzuhalten. Er bat mich, ihn zu begleiten, wir könnten den Jungen mitnehmen, aber ich wollte lieber daheim bleiben. Wie konnte es mich reizen, ins Ausland zu fahren, nachdem ich zu Hause diesen kleinen Gott für mich haben konnte? Grimulf reiste ab; ich und der Junge blieben daheim.

Das war im Winter. Einige Monate vergingen. Ich ging wenig aus, blieb nie lange, wenn ich eingeladen war, denn der Junge hatte eine magische Anziehungskraft; war ich länger als zwei Stunden von ihm getrennt, so geriet ich völlig durcheinander.

An einem Frostabend kam ich von einer Einladung nach Hause; dort war mir sehr warm gewesen, doch daheim war schlecht geheizt; an jenem Abend erkältete ich mich, und am nächsten Morgen war ich todkrank. Ich hatte eine Lungenentzündung.

Ich schwebte wochenlang zwischen Leben und Tod, denn nach der Lungenentzündung bekam ich eine Rippenfellentzündung und anschließend eine langwierige Bronchitis. Die Ärzte schärften mir ein, mich sehr in acht zu nehmen.

Es ging auf das Frühjahr zu. Grimulf kam nach Hause, ließ mich von einem Spezialisten genau untersuchen, und da stellte sich heraus, daß ich eine leichte Tuberkulose hatte.

Dieser Tag ist einer der schrecklichsten, die ich erlebt habe. Von Kindheit an war meine Lunge anfällig gewesen, und ich hatte immer die Schwindsucht gefürchtet wie ein Todesurteil. Jetzt sagte man mir, daß ich ein Opfer dessen geworden war, was ich am meisten gefürchtet hatte: Die Diagnose des Arztes bedeutete mein Todesurteil!

Mein erster Gedanke galt Stein. Ich bekam vor den Augen des Arztes einen Weinkrampf und fragte laut schluchzend, ob Gott so unbarmherzig sei, daß er mich von meinem Kind wegreißen und mich so jung ins Grab stürzen und meinen Engel mutterlos zurücklassen wollte. In der Verzweiflung verfluchte ich mein Dasein und wünschte mir, nie Mutter geworden zu sein, sondern daß ich das Leben während dieser kurzen Stunde in völligem Vergessen hätte genießen dürfen, genießen wie eine Hure oder eine Unfruchtbare, ohne eine Frucht meiner Sünden zu sehen, um dann in der Wollust zu sterben; bis ich dann aufstand und schrie: Nein, ich will nicht sterben, ich kann nicht von meinem Jungen wegsterben! Alles kann Gott von mir verlangen, nur das nicht!

Der Arzt versuchte, mir einzureden, daß kein Grund zur Angst bestünde. Er empfahl mir nur, in ein gesünderes Klima zu wechseln, wenn es Herbst würde, dann könnte er mir für das nächste Frühjahr Genesung garantieren. Und in der Hoffnung, nach einem Jahr gesund zurückzukommen, um für meinen Jungen zu sorgen, entschloß ich mich dazu, im Sommer mit einer dänischen Gesellschafterin ins Ausland zu fahren. Und der kleine Stein weinte auf dem Arm seines Vaters und streckte die Hände nach dem Schiff aus, als es mit seiner Mutter vom Kai ablegte.

Aber alle Hoffnungen trügen. Mein Aufenthalt in Nizza, der Sonnenstadt, war eine traurige Verbannung, der Kurbetrieb war für mich ein Leben im Gefängnis. Ich war fast den ganzen Winter hindurch krank, krank an Leib und Seele, wie betäubt vor Heimweh. Zweimal während des Winters spie ich Blut, das zweite Mal beängstigend viel. Damals war ich davon überzeugt, daß ich innerhalb kurzer Zeit sterben würde, daß jetzt meine Frist abgelaufen sei, und ich hatte keinen anderen Wunsch als den, nach Hause zu kommen und noch einmal mein Kind zu sehen, bevor ich starb. Die Ärzte taten alles, um mir so eine gefährliche, lange Reise auszureden, doch ich ließ mich nicht umstimmen, sagte, ich wüßte, daß ich sterben müßte, und wollte daheim sterben. Und ich erholte mich angesichts der Hoffnung darauf, nach Hause zurückzukehren. Ich reiste mitten im Sommer. Nach elfmonatigem Auslandsaufenthalt konnte ich wieder meinen Jungen umarmen.

23

Selig, wer seine Hoffnung nie auf etwas Bestimmtes setzt; er wird weniger enttäuscht als ich. Mein Junge war groß geworden. Er war vier Jahre alt, und er konnte sich nicht mehr an Mama erinnern. Er hatte seine Mutter kein bißchen lieber als die Wirtschafterin oder das Stubenmädchen. Er hatte keine Freude mehr daran, sich auf Mutters Schoß zu setzen, um ihr von all den Wundern zu erzählen. Jetzt war es am lustigsten, eine ganze Schar von Kindern um sich zu versammeln, sie ins Haus zu ziehen und mit ihnen durch alle Zimmer zu lärmen oder zu den Spielkameraden in anderen Häusern auf Besuch zu gehen; er war halbe und ganze Tage fort. Und ich war krank, mußte nach bestimmten Regeln leben, durfte nur kurze Zeit jeden Tag auf den Beinen sein, nur zu einer bestimmten Zeit ausgehen und dann langsam und gemächlich spazieren, ohne mich um etwas anderes zu kümmern als um meine Erholung; der Junge hatte keine Lust mitzugehen, weil ich krank war: Es war viel lustiger, mit den Dienstmädchen Schabernack zu treiben, als Mama zu begleiten. Ich liebte ihn nicht mehr allein; alle liebten ihn; alle wollten ihn bei sich haben, weil er so hübsch und verständig war; ich hatte das Nachsehen, weil ich krank war.

Du fragst nach dem Verhältnis zwischen mir und Grimulf? Doch, er holte mich am Kai ab und half mir, in den Wagen zu steigen. Aber ich spürte nur, daß dieser trockene Geschäftsmann mir vollkommen fremd war, und ich verstand wirklich nicht, was er von mir wollen konnte. Die letzten anderthalb Jahre hatte ich so gut wie nie an ihn gedacht. Ich liebte ihn nicht und haßte ihn nicht: Er war mir von Herzen gleichgültig; nicht einmal die Scham der Ehefrau machte sich bemerkbar, auch wenn ich wußte, daß er mich in Situationen sah, in denen Frauen sich nicht gern von ihren Männern zuschauen lassen. Wenn er zu mir sprach, antwortete ich ihm genau wie einem Mann in einem Eisenbahnwaggon oder einem Toilettenaufseher.

Und so verging das Jahr, und ich fristete mein Dasein; ja, und selbst wenn es eigenartig scheinen mochte, meine Krankheit verschlimmerte sich keineswegs, sondern hielt sich unverändert. Ich wagte sogar einige Male, an Gesellschaften teilzunehmen, und es schadete mir nicht.

Aber in meinem Gefühlsleben begann sich etwas zu regen, was monate- und jahrelang verschüttet gewesen war; ein verstecktes Feuer loderte wieder auf. Eines schönen Tages kam ich mir vor wie der Mann, der vergessen hatte, wer er war und wie er hieß! Ich entdeckte, daß ich in Wirklichkeit immer noch ein blutjunges Mädchen war, obwohl das Leben mir die Erfahrungen einer alten Frau gebracht hatte, die Prüfungen eines Schiffbrüchigen. Mein Körper war angegriffen, meine Seele womöglich noch angegriffener, doch zwischen dem Krankhaften lag eine unverzehrte Kraft versteckt. Meine Sehnsüchte hatten in einem Dornröschenschlaf gelegen, doch jetzt erwachten sie, heiß und unbändig, und drängten darauf, sich den ganzen Zauber des Lebens in einem mächtigen Lied vorsingen zu lassen.

Oh, mit welch kranker, intensiver Leidenschaft sehnte ich mich damals danach, dem Mann zu begegnen, der imstande wäre, mich so zu nehmen, wie ich war, an einen anderen gebunden, hysterisch und schwindsüchtig. Meine Ehre wollte ich bereitwilligst opfern, wenn ich nur den fände, der imstande wäre, mich so zu lieben, wie eine Frau es am glühendsten ersehnt: Gott und der Welt zum Trotz. Und allen zum Trotz geliebt zu werden. Ich lebte für diesen Mann, für die Hoffnung, ihm zu begegnen. Ich träumte von ihm wachend und im Schlaf. Ich kleidete mich morgens an für ihn, zog mich alle drei Stunden um für ihn, pflegte die Schönheit meines Körpers für ihn. Und ich zog mich abends aus für ihn und dachte, wie er mich würde denken lassen wollen, eine schlaflose Nacht nach der anderen. Vielleicht war es dieses Dürsten nach Liebe, das mich vor dem Grab rettete.

Zweimal glaubte ich, ihn gefunden zu haben; aber es war beide Male Illusion. Immer wurden meine Hoffnungen enttäuscht. Ich vertraute diesen beiden Männern mein Unglück an, mein Leiden und meine Sehnsucht. Sie kannten meine Seele in all ihrer Nacktheit. Doch ich war ein Kind: Eine Frau darf einem Mann nie ihre Seele in all ihrer Nacktheit zeigen. Wenn ein Mann der Seele einer Frau auf den Grund geschaut hat, betrachtet er ihren Körper wie ein leeres Gefäß; und es ist, als glaube er, das Gefäß zerbricht, wenn er es berührt. Er hat Mitleid mit ihr und geht.

Der eine war ein ausländischer Konsul und verließ das Land. Ich habe ihn nie wiedergesehen, hatte nie das Bedürfnis; ich erröte noch immer, wenn ich daran denke, was ich ihm sagte. Der andere war ein Künstler, den ich ein paar Jahre später kennenlernte. Er kam jeden Tag, saß allein bei mir und spielte auf dem Flügel. Alles, was er sagte, war dummes Zeug, aber er hatte etwas Anziehendes in seinem Wesen, das mich auf den ersten Blick berührt hatte. Mit der Zeit entdeckte ich, wie sehr ihm in seinem Innersten das fehlte, was eine Frau in Wirklichkeit bei einem Mann zu finden hofft. Wir küßten uns. Doch eines Tages sah ich, daß er weinte. Es war abstoßend: Er bemitleidete mich oder sich oder uns beide. Er war nicht Manns genug, seine eigene Leidenschaft zu tragen. Nichts ist abstoßender als ein Mann, der weint.

24

Als Stein sieben Jahre alt war, fuhr ich mit Grimulf ins Ausland und hatte den Jungen dabei. Auf dieser Reise kam es zum Streit zwischen uns, dem einzigen, den wir in all den Jahren unserer Ehe hatten. Es geschah eines Abends in London. Ich ließ nicht zu, daß er mich als Ehefrau berührte, und führte als Entschuldigung meine Krankheit ins Feld.

Du bist nicht mehr krank, sagte er. Das ist alles Hysterie, wenn nicht gar Schauspielerei.

Sicher bin ich krank, sagte ich. Laß mich in Ruhe! Ich verbiete dir, mich anzurühren.

Dann kannst du sehen, wo du bleibst, sagte er. Ich habe keinen Vorteil davon, dich am Leben zu halten!

Du verlangst von mir das gleiche wie von einer Hure! sagte ich.

Schmarotzer! antwortete er.

Halunke, Lügner, Schuft! sagte ich.

Nur zu! sagte er. Das werde ich mir merken. Aber ich kann fünfhundert Huren für weit weniger Geld haben, als du mich allein gekostet hast.

Was hast du mit dem Jungen vor, wenn du mich wegwirfst?

Das geht dich nichts an!

Der Junge gehört mir!

Und nach einer kurzen Pause wurde ich etwas versöhnlicher und sagte:

Grimulf, meinetwegen kannst du dir Huren nehmen, wann du willst und so viele du willst. Ich verstehe das und würde dir das überhaupt nicht verübeln. Aber ich kann nicht, kann nicht.

Am Morgen gab er mir hundert Pfund und reiste ab, ließ mich mit dem Jungen zurück. Einige Tage später kam ein Brief von ihm, in Bilbao geschrieben; er bat mich um Verzeihung. Im Herbst traf er mich wieder in Folkstone, und unser Zusammenleben ging in derselben Weise weiter wie zuvor, als sei nichts geschehen.

Meine Gesundheit war labil. Ich nahm wie andere an den Nichtigkeiten des täglichen Lebens teil, aber Schwermut und Lebensüberdruß machten mir zu schaffen, sobald ich einen Augenblick allein war. Meine größte Freude war es, zu sehen, wie der Junge mir gegenüber immer mehr Rücksicht übte, je verständiger er wurde. Der Aufenthalt mit ihm allein in England hatte ihn mir nähergebracht. Nun mußte Grimulf wieder für ein halbes Jahr nach Bilbao fahren; ich bat ihn, mich und den Jungen mitzunehmen, und so geschah es.

In Spanien hatte Grimulf viele Bekannte, und hier befand ich mich mit einem Male mitten in einem angenehmen Gesellschaftsleben. Ich bin im Grunde nie so glücklich gewesen wie in jenem Winter, umgeben von der Eleganz und der Kultiviertheit, welche den gesellschaftlichen Umgang der Südländer prägt, wo der Pulsschlag der Leidenschaften stets musikalische, lyrische Formen annimmt und jede Sinnesbewegung sich als Charme ausdrückt.

Da lernte ich José kennen, der seine Lippen am festesten auf meine gepreßt hat. Und um die Erinnerung an diesen fremdländischen Jüngling haben meine Träume am liebsten gespielt, seitdem ich Parfüm benutze. Und dennoch schickte ich José mit dem Tod im Herzen fort.

Warum verliebte ich mich gerade in José? Ich habe oft darüber nachgedacht, aber es ist eines der Geheimnisse der Liebe, daß man gerade diesen und nicht die anderen liebt. Denn dieser eine ist im Grunde nie bemerkenswerter als tausend andere. Oder liebt man vielleicht diesen einen, weil es einem nicht glückt, alle anderen zu lieben? Und José war ganz gewiß nicht eleganter als die anderen.

Liebte ich ihn vielleicht wie die Frau in *Invitation au Voyage,* weil er von weiter her kam als die anderen, in Südamerika geboren war? Oder liebte ich ihn, weil er einen volleren und weicheren Bariton hatte als die anderen? – Seine Stimme war wie Samt, tief und warm, ich versenkte mein Bewußtsein in seine Stimme, wenn er sang. Oder vielleicht, weil das Feuer in seinen pechschwarzen Augen heißer brannte als das Feuer in den Augen der anderen? Oder weil er acht Jahre jünger war als ich, wie geschaffen dafür, auf verborgen schwelender Glut zu tanzen? José, José, dein Name erinnerte an den Namen Jesu in einer irischen Heiligenlegende, die ich in meiner Kindheit las!

Seine Eleganz hatte eine geheimnisvolle, märchenhafte Nuance, etwas Exotisches und Bedrohliches, das ihn sogar unter seinen Landsleuten zum Fremden werden ließ, zum Ausländer, wenn er die eigene Sprache sprach. Und er hatte eine eigenartige Fähigkeit, englisch zu sprechen, ohne es zu können. Nichts machte größeres Vergnügen, als ihn fließend diese Sprache sprechen zu hören, von der er keine Ahnung hatte.

Josés Eigenart stammte aus einer anderen Hemisphäre, wo die Sonne abends aufsteigt und wo sie versinkt, wenn es Morgen wird. Bisweilen sah ich ihn vor dem Hintergrund unbekannter Berge, bisweilen allein auf der unendlichen Pampa. So brennt die Glut nur in den Augen derer, die in einem Land aufgewachsen sind, wo geheimnisvolle Mächte in den Bergen hausen und blutrünstige Tiere in den Wäldern. José war nicht hübscher noch eleganter als tausend andere, aber er war der Mann, von dem ich während meiner ganzen Jugend geträumt hatte, dazu geschaffen, eine Frau zu lieben, die beim Duft ihrer eigenen Träume erzittert, und nur dazu geschaffen. Und dennoch schickte ich José mit dem Tod im Herzen fort.

Grimulf war weit weg, war im Süden des Landes, und einige Tage vergingen. José kam eines Morgens mit seinem Wagen, und wir fuhren in ein kleines Dorf ein paar Kilometer weit entfernt; es war ein milder, baskischer Wintertag. Wir frühstückten in einem Wirtshaus auf dem Land; wir lachten wie verliebte Kinder über dem Wein, der vom Sonnenschein glühte. José setzte sich an meine Seite. Der Rauch seiner Zigarette nahm phantastische Formen an in den Strahlen der Sonne. Wir saßen eng beieinander; ich spürte seinen Arm um mich und lehnte mich an ihn, und wir schauten dem Spiel der Strahlen im Wein und im Zigarettenrauch zu. Schließlich wurde mir mein Name ins Ohr geflüstert.

Jofi! flüsterte es, und sein Atem streifte meine Wange, duftend vom Wein.

Jofi! flüsterte er wieder. *Cuando?*

Ich schwieg zuerst, aber ein brennend heißer Strom durchfuhr mich. Schließlich richtete ich mich auf und wandte mich ihm zu, um ihm in die Augen sehen zu können. Und wir schauten einander lange in die Augen, schweigend alles verstehend. Wir wußten, daß alle Mauern gefallen waren; von nun an war alle Verstellung überflüssig. Ein Kuß erbricht jedes Siegel. Ich lehnte mich wieder zurück und zitterte, schloß die Augen; mein Atemzug bebte. Und die Antwort kam mir von selbst auf die Lippen, tief, tief aus meinem Innern, wie Wasserblasen, die von tief unten an die Oberfläche einer Quelle steigen.

José, komm; heute abend; spät.

Wir standen auf und fuhren in die Stadt, ohne weitere Worte zu wechseln, und trennten uns mit einem stummen Händedruck. Ich wußte, daß seine Augen brannten, als er sich verabschiedete, doch ich schaute nicht auf, ließ ihn nur meine Augenlider sehen und verschwand im nächsten Augenblick im Hotel.

Alles hatte ich so hübsch wie möglich hergerichtet in meinem Salon. Die Kissen auf dem Sofa dufteten; auf dem Kaminsims brannten Räucherstäbchen in einem kleinen Gefäß; der Wein stand auf dem Tisch in kalten, feuchten Flaschen mit vergilbten Etiketten und verstaubten Hälsen, denn dieser Wein hatte hundert Jahre auf begierige Lippen gewartet. Im Laufe von hundert Jahren war sein Bouquet in einem dunklen Keller immer intensiver geworden, sein Zauber und seine Glut, heute nacht sollte die Weihe sein.

Ich war eben einem duftenden Bad entstiegen, trug am ganzen Körper nur die weichste Seide; ich hatte den Jungen vor einer Stunde schlafen geschickt und dem Mädchen befohlen, mich allein zu lassen. Die Uhr schlug zehn; ich warf mich auf das weiche Sofa und wartete. Ich lauschte regungslos und stumm auf jedes Geräusch, das draußen auf dem Gang zu hören war, die Sinne empfindlich und geschärft wie die eines Tieres. Wieder schlich ich zur Tür hin und lauschte. Aber da war nichts.

Ob es ganz ungefährlich war?

Ich spähte auf den Hotelkorridor hinaus, aber es war niemand unterwegs. Das Mädchen schlief irgendwo im obersten Stock. Meine Gäste läuteten für gewöhnlich an der äußeren Tür zu meiner Suite, ohne Dienstboten zu bemühen, so daß es ganz ungefährlich sein mußte.

Doch dann mußte ich an den Jungen denken. Schläft er wohl? dachte ich. Du liebe Güte, wenn das Kind aufwachte! Dieser Gedanke versetzte mich plötzlich in große Angst. Der Junge schlief in meinem Schlafzimmer neben dem Salon, und wenn ich mir vor Augen führte, wie empfindlich er gegenüber allem war, was um ihn herum geschah, so schien mir nichts wahrscheinlicher, als daß er aufwachte, wenn man es am wenigsten erwartete: Unser Flüstern würde ihn aufwecken; das leise Klirren eines Glases oder das Knarren eines Stuhles reichte aus, ihn auffahren zu lassen. Vielleicht stünde er mit einem Male zwischen den Portieren, um nach seiner Mutter draußen im Salon zu sehen, stünde dort in seinem weißen Morgenrock, seine Augen tief und blau, offen und fragend wie der Himmel selbst, die hellen Locken zerzaust; er läßt den Blick durch den Salon wandern und – sieht seine Mutter; ja, sieht seine Mutter. Nein, du lieber Gott, das durfte nie geschehen! Nie durfte der Junge wissen, daß seine Mutter ... –; daß sie ... – nein, nie.

Ich muß die Schlafzimmertür zweimal abschließen, dachte ich und schlich mich ins Schlafzimmer, um mich zu vergewissern, daß er schlief. Neben seinem Bett brannte ein schwaches Nachtlämpchen und warf einen Schimmer auf sein unschuldiges und schönes Gesicht, wie er so mit der einen Hand unter der Wange dalag und schlief. Mein lieber, kleiner Junge! Die Locken flossen über seine kleine Hand hinab; sein Schlaf war tief und ruhig. Ich stand eine Weile über seinem Bett und vergaß mich im Schauen, Angesicht zu Angesicht mit diesem Engel, diesem heiligen, unberührten Wesen, das Fleisch von meinem Fleisch und Blut von meinem Blut war, meinem kleinen Gott, den im Schoß zu tragen mir als Gnade zuteil geworden war. Und als ich in den Salon hinüberschaute, wo alles wohl gerichtet war, wie in einer Kapelle, in der ich meinen Körper als Sakrament hingeben wollte, da packte mich plötzlich ein eisiges Schaudern. Es war, als ob mir das Herz in der Brust erkaltete, ich glaubte, ich würde in Ohnmacht fallen. Du lieber Gott, was war ich im Begriff zu tun?

Wie hatte es mir nur jemals einfallen können, dieses Verbrechen gegen mein Kind zu begehen. Womit konnte ich mich gegenüber der ahnungslosen, reinen Unschuld des Kindes nach einer solchen Befleckung noch entschuldigen? Denn das, was ich tun wollte, war das gleiche, wie das Kind selbst zu entehren, mein eigenes Fleisch und Blut! Wie konnte ein hurerisches Frauenzimmer es wagen, mit ihren Fingerspitzen den Körper ihres Kindes zu berühren, den heiligen Engel zu umarmen, auch wenn er einmal Fleisch von ihrem Fleisch gewesen war? Wenn der Morgen kommt, bin ich weder Mutter noch Frau; ich bin eine abscheuliche Kreatur, mit Schmutz behaftet, ein elendes Tier, eine Sau, die sich in der Maische gewälzt hat!

Und mit welchen Gefühlen würde ich meinem Mann in die Augen sehen, wenn er wiederkäme? Was für ein Verbrechen gegen ihn! All die Jahre hat er mich, die ich undankbarer, egoistischer war als jede Hure, mit Überfluß umgeben, und ich habe mich nicht geschämt, mich zu weigern, die natürlichsten Pflichten der Ehefrau zu erfüllen, trotz all seiner Fürsorge. Ich hatte jahrelang gefordert und verschwendet, ohne ihm jemals zum Dank für seine Geschenke die Hand zu reichen, geschweige denn mehr. Jederzeit konnte er mich aus seinem Haus weisen wie einen Schmarotzer, der keinerlei Ansprüche zu stellen hatte! Doch seine Geduld und seine Güte waren unermüdlich gewesen. Und in diesen Zimmern, die er mit seinem Geld bezahlte, wo jedes Ding um mich herum ein Geschenk von ihm war, ja, jeder Faden in meinen Kleidern, wo sein Kind ruhig und sicher in seiner Unschuld schlief, dort hatte ich keine Skrupel, die erste sich bietende Gelegenheit zu nutzen und zur Hure zu werden. Nein, allmächtiger Gott, rette mich vor dieser Sünde!

Wach auf, Stein! Wach auf, Lieber, und leiste Mama ein wenig Gesellschaft. Mama will dir Pralinen mit Rumgeschmack geben, soviel du willst! Hör mich, Stein, bleib ein Weilchen mit Mama wach! Mama geht es so schlecht.

Wenige Minuten später wurde vertraulich an die Tür geklopft, so leise, daß man es kaum hörte. Und die Tür ging auf. Dort stand José. Er stutzte, als er den Jungen neben mir auf dem Sofa sah. Sein Blick war wie glühendes Eisen.

Entschuldige! sagte er. Ich glaubte, du seist allein!

Bitte, *Señor,* sagte der Junge neben mir. Hier ist Schokolade mit Rum!

Nein, José, verzeihen Sie! sagte ich, stand zu Tode erschrokken auf und ging zur Tür hin. Verzeihen Sie, daß ich Sie bitte, wieder zu gehen. Ich wage es nicht, José, ich kann es nicht; will es nicht! Ich war von Sinnen heute früh. Man konnte mich nicht ernst nehmen. Ich wußte nicht, was ich sagte.

Zuerst sah er mich an, dann den Jungen, und weil der Junge uns zuschaute, unterließ er es, mich zu berühren.

Schick das Kind weg! flüsterte er befehlend. Ich nehme dich! Ein Mann läßt sich nicht auf solche Weise zum Narren halten!

Nein, der Junge bleibt hier im Zimmer. Wenn Sie nicht gehen, wird mich der Junge beschützen. Gehen Sie!

Da wandte er sich dem Jungen zu und sagte: Geh hinein in dein Zimmer und schlafe, junger Mann. Ich muß mit deiner Mama über etwas sprechen, was du nicht hören willst.

Und ich wußte, daß José mich an sich ziehen würde, sobald der Junge mich nicht mehr sehen könnte, und ich würde im selben Augenblick alle Selbstbeherrschung verlieren. Mein Entschluß wäre unter seinem Blick im Nu zu Asche verbrannt. Ein Kuß von seinen Lippen und mein Körper wäre in seiner Gewalt.

Nein, Stein, bleib hier! sagte ich.

José zögerte einen Augenblick an der Tür und blickte mich an: Es war das erste und vielleicht letzte Mal, daß ich dem Grund meines Daseins von Angesicht zu Angesicht gegenüberstand, *la meta profetata fuori del mondo*. In diesem Blick lag das Universum meiner Träume: Ein anderer Kontinent, unbekannte Kräfte, die Berge auf der anderen Seite der Erde, das Schweigen der Urwälder, die Pampa in ihrer unersättlichen Endlosigkeit, der Tod, der alles erfüllt. Und mir fehlte dieses erste und vielleicht letzte Mal der Mut.

Du schickst mich also fort? sagte er und fügte, als ich bekräftigend nickte, hinzu: Mit dem Tod im Herzen.

Er setzte seinen Hut auf unter der Tür und schickte sich an zu gehen. Einen Augenblick stand ich wie betäubt da; ich weiß mit Sicherheit nur, daß ich in dem Augenblick das Kind vergaß, ja, ich glaube, ich hätte mich selbst vor den Augen des Kindes vergessen, hätte nicht Josés noble Art die Entscheidung gebracht: Er hatte sich von mir abgewandt.

Nein, José, sagte ich und berührte seinen Arm mit den Fingerspitzen.

Nein, José, flehte ich. Nicht mit dem Tod im Herzen!

Aber er war schon draußen im Entree und sah sich nicht um. Ich ging ihm zwei Schritte nach und bat:

Vergib mir, José!

Doch er war fort.

27

Früh am nächsten Morgen schickte ich meinem Mann ein Telegramm: Komm sofort; ich muß mit Dir sprechen.

Er rief umgehend an und kam am Abend. Ich holte ihn am Bahnhof ab und küßte ihn. Ich sagte, daß ich ihn liebe und seine Frau sei, und José habe meine Liebe rauben wollen. Ich sagte, daß ich José hasse. In der Nacht bat ich ihn, mir alles zu vergeben, was ich ihm angetan hatte. Und er vergab mir. Von jetzt an bin ich ganz dein, wie damals, bevor Stein geboren wurde, sagte ich. Dennoch waren mir seine Liebkosungen eine Qual, *mortification,* eine körperliche und geistige Tortur. Und bald war er eingeschlafen. Ich wachte bis in den Morgen hinein und schaute ihm beim Schimmer der Nachtleuchte zu, wie er schlief. Ich haßte ihn; ich hätte ihm am liebsten den Hals durchgeschnitten. Ich liebte José. Ich ärgerte mich, daß ich die Gelegenheit vertan hatte, ich hatte nicht den Mut gehabt, feig zu sein. Nie packt einen schmerzlichere Reue, als wenn man die Gelegenheit zu sündigen vertut. Das Unglück der Welt kommt vielleicht daher, daß die Menschen nicht den Mut haben zu sündigen.

Ich hatte den Becher der Wollust, den nur die Sünde reichen kann, von mir geschleudert. Vielleicht hätte ich in jener Nacht in den Armen Josés sterben dürfen. Die größte Seligkeit ist, in der Sünde zu sterben. Aber José war nach Südamerika gefahren. Vielleicht ist er tot. Und mein Mann brachte mich wenig später zurück nach Island, hinein in die lauwarme Alltäglichkeit, hinein in die Poesie, die Lüge, die Heuchelei.

Die Liebe ist das wahre Leben. Die Liebe ist das Leben, und nicht all das andere. Alles ist Lüge, nur nicht die Liebe. Ohne Liebe ist alles sinnlos und kein Trost außer dem Tod. Und vielleicht ist der Tod der Geliebte *par excellence.* Eine echte Frau opfert lieber einem Seelenmörder ihre Tränen und ihr Blut, als daß sie sich mit ihrem Hunger und Durst nach dem Geheimnis des seligsten Unglücks Schande bereitet in der lauwarmen Trivialität der Ehe. Eine Frau kann in ihrem Leben nie ein höheres Ziel verfolgen, als vom Baum der Erkenntnis zu stehlen, wenn sich die Gelegenheit bietet.

Dilja warf die rosaroten, spärlich beschriebenen Blätter von sich; nein, sie wollte nicht weiterlesen, obwohl sie ganze Absätze übersprungen hatte und noch nicht einmal zur Hälfte fertig war. Ihre Hände kamen ihr schmutzig vor, als ob rohe Eier zerbrochen und darübergelaufen wären. Sie eilte zum Fenster, um zu sehen, welchen Anblick die Wirklichkeit bot.

Der Frühling war gekommen in all seiner Pracht, der Himmel über der frisch begrünten Wiese von Landakot blau und tief. Es war schwierig, etwas anderes zu glauben, als daß das Leben schön und ebenso ewig sei, wenn man in diesen Frühlingshimmel hineinschaute.

Die Liebe, die Liebe, das Göttlichste im Leben, dachte sie.

Nein, lieber Gott, es kann nicht wahr sein, daß das Leben voller Sünde ist. Dieser blaue Himmel würde sich nicht über die Welt spannen, wenn sie so widerlich wäre, wie es auf diesen Blättern stand. Ihre heimlichsten Träume waren entweiht worden: Man drang in ihr Allerheiligstes, und statt der Phantasien, die in der Unberührtheit mit schlafenden Sinnen geträumt werden, wurden ungeheure obszöne Bilder an die Wände gekleistert. Von nun an würden diese Abscheulichkeiten den Hintergrund ihrer Träume bilden und sie Tag und Nacht verfolgen. Du lieber Gott, lösche diese entsetzlichen Eindrücke aus! sagte sie laut und faßte sich an den Kopf wie ein Mensch, der dabei ist, den Verstand zu verlieren, und wiegte sich vor und zurück. Lieber Gott, laß mich die Liebe im rechten Licht sehen! Die Liebe, die heilig und unbeschreiblich ist, wie könnte der seligste Traum des menschlichen Herzens ein Verbrechen sein gegen – das Heiligste, das man kennt! Laß mich eins werden mit dem Frühlingshimmel dort draußen, mit der Reinheit des Himmels, mit der blauen Ewigkeit weit, weit draußen. Denn ich habe solche Angst.

Sie suchte die Augen ihres Freundes in der blauen Unendlichkeit, denn allein Stein Ellidi wußte, was richtig und was falsch war.

Die Liebe, die Liebe; die Keuschheit; Gott; den Himmel – alles verstand er. Sie kann nicht denken, weiß nichts. Nur ein paar seltsame Worte hört sie tropfen wie Regen, oder besser gesagt, fallen wie Hagel:

Stein Ellidi, Stein Ellidi, Stein Ellidi.

Ihre Sehnsucht ist in dieser Stunde so stark, daß sie glaubt, ihr Herz könne es bald nicht mehr aushalten.

29

An einem Tag Anfang Juni geht sie den Laugavegur entlang, allein, sie hat sich vorgenommen, ein paar von Stein Ellidis Büchern zu stehlen. Seine Bücher hatten ihr immer zur Verfügung gestanden, und sie waren interessanter als andere. Ein strahlender, wolkenloser Tag, Nordwind, Fischautos in ständiger Fahrt hin und zurück, als sie die Innenstadt hinter sich gelassen hat, die Wagenseiten mit schwarzen, häßlichen Buchstaben bemalt: Ylfing A. G., und sie muß diesen Ungeheuern bald nach links, bald nach rechts ausweichen; sie wirbeln Staub auf, heulen und lärmen. Das Mädchen ist erleichtert, als es schließlich in den Privatweg einbiegt, der zum Haus Grimulfs unten am Meer führt. Das Gras ist weich und grün, und das Wiesenschaumkraut starrt jungfräulich und mit trauriger Blässe im keuschen Gesicht hinaus in die Grüne und Bläue. An den Grabenrändern neben dem Weg neigen Butterblumen ihre Köpfe, ihre Gesichter kleine Spiegelbilder der Sonne, dick und rund. Vom Grasteppich steigt ein berauschender Duft auf, der dem Mädchen mit einer Brise in die Nase steigt und sich mit dem Geruch des Tangs und der salzigen Meeresluft von den Sunden draußen vermischt.

Himmel, wie blau die Sunde heute sind, denkt das Mädchen, so tief dunkelblau mitten im Sonnenschein, nur ein klein wenig weißgesprenkelt, ein Stück weiter draußen, wo es Wellen hat; und auf der anderen Seite der Sunde stehen die Berge, die Skardsheidi wie eine halbfertige Skulptur von Einar Jonsson, die Esja vornübergebeugt wie eine Hexe beim Gebet, und über alle Kunst spannt sich der Himmel, blau wie Gott, die Ewigkeit und der Tod.

Das Mädchen geht in seinen feinen Schuhen den sonnenheißen Weg entlang, und der Wind kommt ihr entgegen und drückt sich an sie, als ob sie ihm gehöre, und läßt ihr Kleid flattern und tut dies und das, was er nicht darf.

Das Haus an der Raudarar-Bucht zeugte mehr von Wohlstand als von Schönheitssinn, es war aus weiß gestrichenem Beton, mit rotem Dach, an der Südseite eine Terrasse, breite Stufen hinauf zum nichtssagenden Haupteingang, der Stil ausdruckslos und kalt, ohne alles Künstlerische, das Resultat statischer Berechnungen.

Eine alte Frau führt sie hinein zum Hausmeister im Keller: Ein hübsches Wohnzimmer, ein Bild von Jon Sigurdsson und von Jesus Christus, und in einem einfachen Sessel sitzt Gudmund, in Hemdsärmeln, mit einer Pfeife im Mund und mit einer verrosteten Brille, und liest in vergilbten Zeitungen, die in einem großen Stapel auf dem Boden liegen: Ein Mann mit Glatze und grauem, lächelndem Schnurrbart, einer von den Menschen, denen man ansieht, daß sie ihr Leben bei der Armenfürsorge begonnen haben, dann sechzig Jahre lang schinden mußten wie ein Gaul, ohne jemals genug Geld für Essen oder Kleidung zu verdienen, und schließlich durch reinen Zufall das große Los gezogen haben und sich jetzt nicht beruhigen können vor Dankbarkeit gegenüber Gott und der Welt.

Guten Tag, Dilja, sagt er mit langer und breiter Betonung auf jeder Silbe. Nein, wie groß das junge Fräulein geworden ist. Gunna, Gunna! Komm her, Liebe, und sieh dir das an! Was wohl die jungen Männer sagen! Wie viele Jahre ist es her, seit sie zwei Zöpfe im Nacken hatte und draußen im Garten »Verliebt, verlobt, verheiratet« spielen wollte? Gunna, hörst du? Wie geht es denn meinem guten Mädchen? Und wie geht es den lieben Verwandten dort unten im Süden? Sie lassen sich vielleicht diesen Sommer in unserem schönen, kalten Land sehen? Nein? Hier ist alles beim alten, wie das Fräulein sieht, der reine Wohlstand, Gott sei Dank, und ich kümmere mich ein wenig um unsere Bäumchen hier im Garten, und ich muß sagen, das Gras ist wirklich schön geworden in den sieben Frühlingswochen, es wurde allerdings auch nicht am Dünger gespart vergangenen Winter, das kann ich Ihnen sagen! Ich habe im letzten Jahr dreimal gemäht, auch wenn es sich beim letzten Mal kaum lohnte, und jetzt ist es bald einen

Monat her, seit ich die Läden von den Fenstern nahm, und ab und zu öffne ich alle Fenster, um frische Luft hereinzulassen, und dazwischen sitze ich hier und laß es mir gutgehen wie der Graf von Monte Christo und studiere die dänischen Zeitungen, die ich in einer Kiste nebenan im Keller gefunden habe. Und je älter sie sind, desto seltsamere Sachen stehen darin; nehmen wir zum Beispiel den Alberti-Skandal oder die Dreyfus-Affäre; alle diese großen Ereignisse werden jetzt wieder lebendig für mich. Ich fuhr damals von Reydarfjördur aus zur See, als Alberti entlarvt wurde, aber heutzutage geschieht nichts Interessantes mehr, sie kauen nur ständig auf der Politik herum ...

Nachdem sie vom Hausmeister die Schlüssel bekommen hatte, öffnete sie die Eingangstür und betrat das Haus. Stein Ellidis Bibliothek war im Obergeschoß, doch sie ging unwillkürlich geradeaus ins Wohnzimmer, wie sie es zu tun pflegte, wenn die Familie zu Hause war. Hier saßen immer langweilige Gäste, in tiefe Sessel und weiche Sofas versunken, und plauderten über Nichtigkeiten, um Jofi die Zeit zu vertreiben; hier stand für gewöhnlich Wein auf dem Tisch, und blauer Zigarettenrauch hing über den dunklen Möbeln; jetzt sah es ungemütlich aus, alles aufeinandergeschichtet, wie Waren in einem Lagerhaus, die Vorhänge abgenommen und der Parkettboden nackt.

Nur der Flügel stand an seinem gewohnten Platz, dieser alte Freund der Familie, er und das Mädchen hatten gemeinsame Erinnerungen. Sie wollte ihm gern für seine alte Treue danken, indem sie ihm über den reichgezähnten Mund strich! Es gab eine Zeit, als Stein auf dem Klavierhocker vor ihm gesessen hatte und ein Virtuose vom Schlag eines Franz Liszt hatte werden wollen. Sie saß dort in der Ecke und hörte seinem Spiel geduldig zu, nachdem alle anderen die Flucht ergriffen hatten. Ein paar Jahre später war sie es, die am Klavier saß, und er stand hinter ihr und sang wie Enrico Caruso. Hier war oft gesungen worden, doch nun waren alle Töne in die Unendlichkeit hinaus verschwunden.

Einmal gab es keinen anderen Komponisten auf der Welt als Edvard Grieg. Und Stein hatte selbst seine facettenreichsten Melodien erstaunlich schnell gelernt:

Jeg kaldte dig mit lykkebud,
jeg kaldte dig min stjerne,

sang er nach einer halben Stunde Üben, doch Dilja verzweifelte an diesem seltsamen Stammbuchvers, nachdem sie ihn zwei Wochen lang hundert Mal am Tag geübt hatte. Die Töne wollten ihr nicht gehorchen.

Einige Zeit darauf waren alle Komponisten der Welt seelenlos geworden, außer Schubert. Nichts drückte das menschliche Herz mit wehmütigerem Zauber aus als sein Ständchen »Leise flehen«; es hielt ihn nächtelang wach; schließlich stand er einmal beim ersten Morgengrauen auf, schlich hinunter ins Wohnzimmer, setzte sich an den Flügel und begann mit dem Vorspiel, behutsam und geheimnisvoll, und sang dann:

Leise flehen meine Lieder
durch die Nacht zu dir –

Das Fenster stand offen; seine Stimme drang hinaus; sie klang in der Nachtstille über den Sunden, klang hinaus in die blaue, wolkenlose Frühlingsnacht, hinaus in die Ewigkeit; er muß verliebt gewesen sein! Die Leute im Haus wurden unsanft aus dem Schlaf gerissen.

Eine Woche später hatte er dieses Lied vergessen und sang den »Doppelgänger«. Sie dachte bei sich, wenn er verliebt war, als er sich am meisten für das Ständchen begeisterte, dann hatte er wahrscheinlich seiner Liebe das Grab gegraben, als er den »Doppelgänger« zu schätzen begann, denn er sang seine Übersetzung dieses Heine-Gedichts mit genauso bitterer Grabesstimme, wie seine Begeisterung heiß und reich gewesen war, als er die Anfangstöne von »Leise flehen« gesungen hatte:

Still ist die Nacht, es ruhen die Gassen,
In diesem Hause wohnte mein Schatz;
Sie hat schon längst die Stadt verlassen,
Doch steht noch das Haus auf demselben Platz.

Da steht auch ein Mensch und starrt in die Höhe,
Und ringt die Hände vor Schmerzensgewalt;
Mir graust es, wenn ich sein Antlitz sehe –
Der Mond zeigt mir meine eigne Gestalt.

Du Doppelgänger, du bleicher Geselle!
Was äffst du nach mein Liebesleid,
Das mich gequält auf dieser Stelle
So manche Nacht in alter Zeit?

Auf dem Flügel lag ein dünnes, rotes Heft, *Elégie* von Massenet, diese Melodie hatte sie immer an eine Geige und die Pampa erinnert. Sie hätte diese Melodie gern noch einmal zur Erinnerung an vergangene Tage auf diesem Instrument angeschlagen. Doch der Flügel war verschlossen. Sie blätterte stumm in dem Heft und las den Text:

O, doux printemps d'autrefois
vertes saisons
vous avez fuit pour toujours.

Es war wie ein Zeichen des Himmels oder ein Orakelspruch. *Pour toujours, pour toujours,* sagte sie vor sich hin.

Die Lieder werden nie mehr gesungen.

Drittes Buch

30

Herbst 1921 in Europa.

Der italienische *contadino* raucht nach der Arbeit des Tages seine Pfeife nicht mehr vor der Tür. Der Abend schenkt nicht mehr frische Kühle nach einem heißen Tag. Er zieht seinen Stuhl über die Schwelle. Im Sommer ging der Abendstern am blassen Dämmerhimmel auf und leuchtete wie Metall über dem Dach des Landmanns. Jetzt füllt sich die Luft mit Feuchtigkeit und Kälte, wenn es Abend wird, schwarze Regenwolken bewegen sich auf wunderlichen Bahnen über den Himmel. Große, kalte Tropfen fallen in den weißen Staub der Straße, lautlos wie himmlische Tränen oder unerklärliche Spuckeflecke. Ehe man sich's versieht, gießt es in Strömen, und die Straße hat sich in einen braunen Fluß verwandelt. Die Winterunterhaltung der Elemente ist nicht weit; Hagel- und Schneestürme tanzen auf den Gipfeln der Alpen.

In einem Abteil zweiter Klasse im Expreß Rom-Paris sitzt Stein Ellidi eines Abends in Modane, dem französischen Grenzort. Er hat sich in einen dicken Reisemantel gehüllt, sitzt am Fenster, schaut hinaus und wartet darauf, daß der Zug weiterfährt nach Paris. Im Abteil befindet sich außer ihm ein älteres, englisches Ehepaar, beide schlafen wie die Murmeltiere, die Frau in ein riesiges Reiseplaid gewickelt, der Mann unter der Kontinentalausgabe der Daily Mail. Die Wartezeit an der Grenzstation ist lang und ermüdend.

Draußen vor dem Fenster steht ein Mann mit einer Ladung Kissen, die man für zwei Lire ausleihen kann. Meine Damen und Herren! sagt der Mann in einem fort, ein weiches Kissen für zwei Lire! Männer, die Erfrischungen feilbieten, und Zeitungsverkäufer quirlen durcheinander, rot und blau vom Schreien, ihre Stimmen entweder wie Hilferufe oder wie Drohungen. Gepäckträger, Bahnbeamte, Zöllner und Polizisten laufen sich gegenseitig in den Weg und sind dabei, den Staat zu retten, und niemand versteht dieses Durcheinander, denn die Passagiere sind schon längst abgefertigt und die meisten eingestiegen. Rauchende Soldaten mit langen Säbeln schlendern den Bahnsteig auf und ab und brüsten sich mit ihren Eroberungen in der Stadt. Ein verstörter Tourist, der eine Dummheit gemacht und seinen Hut verloren hat, steht völlig fassungslos vor drei Staatsbeamten und wird aufgeschrieben. Einzelne, erfahrene Reisende gehen im Bahnhof hin und her, sie wissen, daß es nichts hilft, sich aufzuregen, und nutzen den Aufenthalt, um sich etwas Bewegung zu verschaffen nach dem stundenlangen Sitzen im Zug.

Stein lehnt sich in die Ecke neben dem Abteilfenster zurück und wartet untätig, nur von Zeit zu Zeit greift er in seine Manteltasche nach einer Nuß, knackt sie unter dem Deckel des Aschenbechers, der an der Innenseite der Abteiltür befestigt ist, und steckt dann den Kern in den Mund.

Endlich!

Der Zug macht einen Ruck, erst zurück, als ob er Anlauf nehmen wollte, dann ein Stückchen nach vorne; dann kommt der entscheidende Ruck, er setzt sich in Bewegung. Doch im letzten Augenblick steigt ein neuer Fahrgast mit einem kleinen Handkoffer ein; er schaut sich vom Gang draußen nach einem Platz in einem Abteil um, bis er die freien Plätze bei Stein bemerkt. Er wünscht guten Abend auf französisch, verstaut seinen Koffer oben im Gepäcknetz und setzt sich Stein gegenüber ans Fenster. Er nimmt seinen schwarzen Filzhut ab, und es zeigt sich eine Tonsur. Im übrigen sitzt das Haar an Vorderkopf, Schläfen und Nacken in kleinen, weichen Locken und ist schwarz. Er trägt einen bodenlangen Mantel, den er aufknöpft, denn ihm ist warm vom Laufen, und darunter eine schwarze, lange Kutte, und ein Skapulier gleicher Farbe reicht bis unter den Kuttensaum hinab. Aus den Ärmeln stehen weiße, zierliche und wohlgeformte Hände hervor.

Stein erkennt gleich an der Kleidung, daß dieser neu hinzugekommene Abteilgenosse Ordensgeistlicher ist. Sie schauen einander ganz kurz in die Augen. Dann zieht der Mönch sein Brevier aus der Tasche, blättert eine Weile darin, bis er das Offizium des Tages gefunden hat, bekreuzigt sich, rückt sich auf seinem Platz zurecht und ist im nächsten Augenblick so in seinen geistlichen Text versunken, daß er seine Umgebung nicht mehr wahrnimmt.

Stein sitzt zum ersten Mal in seinem Leben einem Mann gegenüber, der von christlicher Askese geprägt ist, und er ist deshalb nicht wenig neugierig darauf, die psychologische Aussagekraft der Gesichtszüge einer solchen Person zu bewerten, und nutzt die Gelegenheit, während der Mönch liest.

Die Untersuchung erbrachte die höchste Auszeichnung für das Christentum. Stein kam zu dem Ergebnis, daß es für die Kirche, falls sie viele solcher Schafe in ihrer Klerikerherde zählte, ein leichtes wäre, ein Parlament zusammenzurufen, um das sie so mancher Staat beneiden könnte. Die Gestalt dieses Mannes, seine Kopfform und seine Gesichtszüge ließen keine Zweifel an den herausragenden Eigenschaften seiner Persönlichkeit aufkommen. In bürgerlicher Kleidung hätte ein solcher Recke sofort die Aufmerksamkeit des Mannes auf der Straße auf sich gezogen. Die Stirn war imposant, die Nase groß und gebogen, das Kinn und die Züge unterhalb des kleinen, empfindsamen Mundes zeugten von einem starken Willen. Die Augen waren besonders klar. Und in den Gesichtszügen lag etwas, das Stein unwillkürlich an die Eigenart eines Musikers oder Mathematikers denken ließ, etwas, das von einer nach innen gewandten Konzentration zeugte und leicht als Hochmut aufgefaßt werden konnte. Das meiste in den Zügen dieses Mannes hätte zum Porträt eines Genies gepaßt, und eigentlich fand Stein, trotz der Vorzüge der Askese, daß es alles in allem ein fatales Mißverständnis der Vorsehung sei, diesen Mann hinter unübersteigbaren Mauern einzuschließen, hinter eisernen Türen mit verrosteten Angeln, die quietschen, wenn sie ganz selten einmal geöffnet werden. Er hätte sich ohne Zweifel besser als Redner ausgenommen, auf einem grünen Hang, wo Tausende von Menschen zu ihm aufblickten und ihm zujubelten.

Der Zug braust westwärts weiter durch Frankreich, wie ein riesiges, langes Insekt aus der Urzeit der Erde, schreit und rüttelt, doch der Mann mit der Tonsur ist in himmlische Abenteuer vertieft; er befindet sich in der Stadt Zion und schaut den Herrn mit Cherubim, Seraphim und den seligen Heiligen. Es vergeht mindestens eine volle Stunde, und allmählich wird Stein immer ärgerlicher über den Mann, weil dieser sich nicht darum kümmert, was auf der Erde geschieht, aber schließlich ist es soweit, daß er sein Offizium beendet, er verabschiedet sich vom allmächtigen Gott, indem er das Kreuz schlägt, steckt das *Breviario Monastico* in die Tasche und schaut auf. Wieder schauen sie sich kurz in die Augen, Stein und der Mönch; darauf lehnt sich letzterer zurück und schließt die Augen. Er hat offensichtlich schon eine weite Reise hinter sich, wie Stein, und ist müde. Der Zug braust und lärmt.

Doch Stein Ellidi sehnte sich brennend nach einem Gespräch. Er hatte kaum ein Wort gesprochen, seit er sich auf dem Bahnhof in Neapel von seiner Mutter verabschiedet hatte, und die dreitägige Reise hatte viele Gedanken in ihm wachgerufen. Außerdem war es dumm, die sich selten bietende Gelegenheit, Erfahrungen mit einem katholischen Asketen auszutauschen, ungenützt verstreichen zu lassen. Und er hörte, daß er zu sprechen begonnen hatte, noch ehe er sich darüber im klaren war, was er sagen wollte:

Entschuldigen Sie, mein Herr, sagte er. Es ist das erste Mal, daß ich das Vergnügen habe, von Angesicht zu Angesicht einem legitimen Sohn der universalen, apostolischen Weltkirche gegenüberzusitzen, deshalb hoffe ich, daß Sie es mir nicht verübeln, wenn ich Sie anspreche. Ich muß betonen, daß Sie nicht zu fürchten brauchen, ich sei in bezug auf den Katholizismus ebenso unwissend wie der erste beste Ketzer, nein, weit davon entfernt, mein Herr: Ich habe Kardinal Newman gelesen und habe keine Bedenken, ihm einen Platz neben den Göttern des neunzehnten Jahrhunderts zuzuweisen. Ich habe drei Bände der Apologetik von Weiß gelesen, der durchschnittlich genug ist, um logisch und edel genannt zu werden. Ich habe den alten Bossuet gelesen, von dem ich leider sagen muß, daß er nur ein geistreicher Narr ist; ich hätte geschworen, daß es unmöglich sei, eine so unehrliche Weltgeschichte mit einem so guten Gewissen zu schreiben, wie ihm das gelungen ist. Vor Pascal habe ich, ehrlich gesagt, große Abscheu. Von den neueren katholischen Verfassern wage ich zu sagen, daß ich die bekanntesten gelesen habe, wie zum Beispiel Huysmans und Bordeaux, Paul Bourget, René Bazin, alles unbedeutende Kleinbürger, ausgenommen Huysmans; Léon Bloy, Marsis, Robert Hugh Benson, Hilaire Belloc, Chesterton, Johannes Jörgensen; und neulich wurde ich mit diesem neuen Buch von Papini fertig, *Storia di Cristo,* das natürlich nur ein blumiges Gewäsch ist und ein stilistischer Rückschritt im Vergleich zu *Un uomo finito* von 1912. Oder was meinen Sie?

Es ist mir ein Vergnügen, mich mit einem so belesenen Mann zu unterhalten, sagte der Mönch, und Stein sah sofort, daß sich in seinem Lächeln gallischer Charme verbarg, seine Stimme war ungewöhnlich klar, beinahe lyrisch, aber dennoch sehr männlich. Ich erlaube mir, die Vermutung zu äußern, daß Sie ein englischer oder nordischer Künstler sind, wahrscheinlich ein Dichter, und sich auf der Heimreise aus dem sonnigen Italien befinden, schwelgend in Erinnerungen und erhabenen Träumen.

Stein bestätigte dies; er kam aus dem Norden, stammte von Wikingern ab. Er war Ästhet. Seine Seele war voll von erhabenen Träumen. Der Mönch kam auch aus Italien: Er kam aus Monte Cassino, dem großen Benediktinerkloster, wo er zwei Monate lang gewesen war, um vor den Novizen Vorträge zu halten. Sein Heimatkloster war in Belgien. Stein und der Mönch tauschten Visitenkarten aus.

Es ist wirklich lehrreich, im Jahre 1921 einem Asketen aus der Schule des Benedikt von Nursia zu begegnen, sagte Stein. Das beweist einem, daß die Askese weder eine der Eintagsfliegen des Mittelalters noch ein wertloses Erbe aus dem orientalischen Heidentum ist, sondern eine Leidenschaft der menschlichen Natur. Ich sage Ihnen, ich bewundere die Askese und wäre wahrscheinlich ins Kloster gegangen, wenn ich nicht im Irrglauben erzogen worden wäre. Wie Sie wissen, hat sich das geistige Leben in den nordischen Ländern jahrhundertelang die Kostbarkeiten entgehen lassen, die in der mystischen

Natur des Christentums verborgen sind. Das Christentum des Nordens ist genauso weit von der alten katholischen Lehre entfernt wie die Theosophie vom Lamaismus. Katholizismus und Protestantismus sind zwei verschiedene Religionen, schreibt Kardinal Newman in *Loss and Gain,* und mehr als zwei verschiedene Religionen, möchte ich sagen, zwei gegensätzliche Lebensanschauungen, die sich nie vertragen werden. Der Katholizismus ist etwas, was man als »Wahrheit« bezeichnen muß; der Protestantismus ist ein mißlungener Liberalismus. Man braucht nicht mehr als durchschnittlich sensibel zu sein, um den Bannfluch zu spüren, der wie Aasgeruch aus jedem protestantischen Kirchenloch aufsteigt. Die apostolische Kirche hat gegen das Luthertum einen unwiderruflichen Bannstrahl geschleudert, der uns drückt wie ein Joch und uns mit fanatischem Haß gegenüber der Wahrheit erfüllt. Uns geht es in einer katholischen Kirche wie den Teufeln bei Swedenborg, die sich in die Sphäre der Engel verirrt hatten. Wenn es vorkam, daß ich meine Nase in das Innere einer katholischen Kirche steckte, so fühlte ich mich wie ein Mann, der Angst davor hat, am Spieß gebraten zu werden. Was mich betrifft, so sehne ich mich schon lange nach ihrer Schönheit, Autorität und Macht, nach ihren Idealen, und ganz besonders nach dem Ideal der Askese, das nicht zu trennen ist vom unbedingten Glauben an diesen, wie man so sagt, unseren Herrn Jesus Christus. Und ich verachte von ganzem Herzen dieses neumodische Christentum, das ein paar sächsische Bauern und Lumpen vor einigen Jahren zusammengestoppelt haben, um die Ohren einfältiger Menschen zu kitzeln und deutschen Duodezfürsten den Rücken zu stärken. Im letzten Frühjahr war ich sogar drei Wochen lang davon überzeugt, daß dieser ganze Schnickschnack mit der Versöhnung, den Heiligen und der Unfehlbarkeit des Papstes die höchste Wahrheit sei, die man auf unserem Entwicklungsniveau erreichen könne. Und ich bin, wie gesagt, in meinem Innersten immer noch nicht abgeneigt zu glauben, daß das Christentum, wie die katholische Kirche es lehrt, Wahrheit ist. Ich glaube an nichts zwischen Himmel und Erde bereitwilliger als an dieses: daß Jesus Christus Gottes Sohn, die Inkarnation der Allmacht ist und er nicht nur eine übernatürliche Kirche gestiftet hat, sondern auch auf übernatürliche Weise von den Toten auferstanden ist. Das Neue Testament ist immer noch das bedeutendste Buch, das ich kenne, und *La vie de Jésus* von Monsieur Ernest Renan ist und bleibt das unbedeutendste Buch, das ich kenne. Und je genauer ich das Neue Testament lese, desto bedeutender wird es in meinen Augen und um so unbedeutender und banaler wird *La vie de Jésus*.

Doch *allegro ma non troppo,* mein Herr, um mich der Wahrheit zuzuwenden, denn es gibt noch etwas, das ich fragen möchte, nämlich: Was zum Teufel sollen wir überhaupt mit der Wahrheit?

Man hat behauptet, die Wahrheit mache die Menschen frei. Es wurde auch bewiesen, daß in einem Stück Kreide von der Größe einer Fingerkuppe genug Energie steckt, um ein großes Schiff über den Atlantischen Ozean anzutreiben. In Wirklichkeit verwendet man dennoch Kohle und Öl. Auf diese Art und Weise wird der Unterschied zwischen dem Wert der Wahrheit und dem Wert der Lüge aufgehoben, mein Herr. Die Lüge macht Sie nicht weniger frei als die Wahrheit. Die Lüge ist zumindest ein ebenso sicherer Weg zum Ziel wie die Wahrheit; das heißt, eine schlecht verkündete Lüge ist natürlich einer gut verkündeten Wahrheit hoffnungslos unterlegen; doch die Wahrheit hat gegenüber einer gut verkündeten Lüge keine Chance. Und die Lüge taugt nicht weniger dazu, den Menschen glücklich zu machen, als die Wahrheit. Es hat sich zum Beispiel gezeigt, daß die Wahrheit über Jesus Christus und den allmächtigen Gott beileibe nicht stark genug ist, um die christlichen Völker von einem solchen Unsinn wie dem Krieg zu befreien. Nachdem sie sich zweitausend Jahre lang dieser Wahrheit gerühmt hatten, mit ihr geprahlt vor kultivierten Mandarinen in China, dummen Mohren in Afrika und affenähnlichen Barbaren in Australien, da machten sie sich einen Spaß daraus, in einen Weltkrieg zu ziehen. Und sie würden es morgen wieder tun, wenn sie das Geld dazu hätten. Die ganze christliche Welt hat sich durch ihre Taten dem Teufel verschrieben, mein Herr. Die katholische Kirche erkennt die Rechtmäßigkeit eines Verteidigungskrieges an, und damit erkennt sie, in direktem Widerspruch zu dem Gebot mit der rechten und der linken Wange, die Rechtmäßigkeit aller

Kriege an, denn ein Krieg entsteht nur dadurch, daß man sich gegen einen Angriff wehrt; alle Kriege sind Verteidigungskriege. Ja, es ist ein offenes Geheimnis, daß katholische Priester im letzten Krieg Kanonen mit Weihwasser besprengt und sie gesegnet haben, was schließlich nicht unglaublicher ist, als daß der Papst früher die Schwerter, die er seinen Günstlingen schenkte, gesegnet hat. Überhaupt verstehe ich nicht, wie es Gott einfallen konnte, seine Kirche solchen Stümpern wie den Europäern zu übergeben, nachdem im Orient Völker von einer viel edleren Art leben, mit einer uralten Kultur, der die europäische nicht das Wasser reichen kann.

Die einzigen, die gegen den Weltkrieg, diese schreckliche Schmach der Christen, kämpften, waren ein paar verächtliche Proletarier vom Schlag eines Jaurès und Liebknecht, Männer, die völlig verblendet waren und die, als Europa wegen Besitzstreitigkeiten in hellen Flammen stand, die unverschämte Lüge verkündeten, daß das Besitzrecht kein Recht sei und daß der einzelne nichts besitzen dürfe. Natürlich schrie der Patriotismus und Machiavellismus alle diese Stimmen nieder. Denn hätte man auf diese Lüge und Irrlehre gehört, so wäre uns zwar eine gewaltige Flut von Blut und Tränen erspart geblieben, aber die Hälfte der zehn Gebote Gottes wäre außer Kraft gesetzt worden. Und was soll man dann uns hier westlich von Suez predigen, wenn die zehn Gebote Gottes nicht mehr gelten?

Ist es ein Wunder, wenn ich der Ansicht bin, eine Wahrheit, die nach zweitausend Jahren ständiger Propaganda die Menschheit nicht besser machen konnte, als sie ist, könne nicht viel taugen? Es mag schon sein, daß Jesus Christus ein wahrer Gott ist und alles stimmt, was über ihn gelehrt wird, sowohl in der Kirche wie in der Bibel, doch wenn ein Volk auszieht, ein anderes im Namen Jesu Christi zu töten, und wenn man jahrelang weitermacht und die Väter unschuldiger Kinder im Namen Jesu Christi abschlachtet und die Welt von Pol zu Pol mit Verbrechen und Gewalt peinigt, alles in seinem Namen: Dann fängt es an, ziemlich belanglos zu werden, ob das Christentum Wahrheit oder Lüge ist. Ich muß gestehen, da die Menschen sich nach zweitausend Jahren Christentum nicht schämen, für den Teufel ein Riesenfest, wie es der Weltkrieg war, zu veranstalten, und da sie um so schlimmere Höllenkinder werden, je lauter sie vor Mandarinen und närrischen Barbaren ihren Glauben an den einen, wahren Gott bekennen, so finde ich, daß man keinerlei weitere Beweise braucht. Finden Sie nicht auch, daß es sich empfehlen würde, der Menschheit eine gesündere Kost aufzutischen?

Das Lächeln im Gesicht des Geistlichen erinnerte ein wenig an den Ausdruck im Gesicht eines Mädchens vom Lande, das nichts von dem, was um es herum gesprochen wird, verstehen kann und deshalb lieber lächelt, statt Maulaffen feilzuhalten. Und dieses liebenswürdige, verlegene Lächeln verleitete Stein dazu, die Seele des Heiligen mit noch mehr Argumenten der Wirklichkeit zu überhäufen.

Wenn ich mir erlaube, von Politik zu sprechen, mein Herr, fuhr er fort, so kann ich mich nicht enthalten, Ihnen die Wirklichkeit so zu schildern, wie sie sich jedem, der Augen im Kopf hat, zeigt: Nur ein Blinder sieht nicht, daß das kommunistische System das Gesellschaftssystem der Zukunft ist. Das ist eine traurige Botschaft, mein Herr, zum einen deshalb, weil man so viele Propheten steinigen wird, bevor sie in die Wirklichkeit umgesetzt sein wird, zum andern, weil so viele Ammenmärchen in Umlauf gebracht werden, um sie aus der Welt zu reden. Was die Kirche als weltliche Institution betrifft, so ist sie ausgesprochen autoritär, wobei sie behauptet, ihre Autorität sei im Willen Gottes begründet. Sie war stets ein unermüdlicher Fürsprecher der Ritter und Räuber, jener sogenannten Adligen, die früher nach jedem Krieg wie Pilze aus dem Boden schossen, sich einredeten, die Welt gehöre ihnen, und sich als eine Art Übermenschen betrachteten, die der Pöbel auf Händen zu tragen hatte. Natürlich war es geschickt von der Kirche, sich auf die Seite des Adels zu stellen, um sich seiner Seelen zu versichern. Doch jetzt mußte sie zusehen, wie dieser Wille Gottes im Hinblick auf Autorität und Adelsmacht ebenso unterging wie die dreiundzwanzig Dynastien Ägyptens. Zuerst verschlang der Bürger den Willen Gottes, dann verschlang der Kapitalismus den Bürger. Die Gesellschaft unserer Zeit ist der Willkür des Abenteurers ausgeliefert! Das Gesellschaftssystem unserer Zeit ist die völlige Anarchie, in der jede Hand gegen die andere erhoben ist. Alle bekämpfen und hassen einander, und der Zufall bestimmt den Sieger; der Zufall macht Könige wie Rothschild und Stinnes, Vanderbilt, Rockefeller und Morgan, Field und Astor. Vernunft und Tugend werden in den Staub getreten.

Die Wirklichkeit ist eine Tatsache, der wir ins Auge sehen müssen. Was auch immer laut Theologie der Wille Gottes sein mag, Gott hat nun einmal alles so geschehen lassen. Es ist ein Anachronismus, heutzutage für die Sache der Könige zu sprechen, wo die Adligen Kaffeehaustänzer, Straßenbahnschaffner und Schuhputzer geworden sind. Die Anarchie spielt Blindekuh mit dem lammfrommen Volk, hinter der Maske des Parlamentarismus, der ein Betrug ist, der Meinungsfreiheit, die ein Schlagwort ist, und der Humanität, die Bestechung ist. Mit anderen Worten, es ist an der Zeit, daß die Vernunft sich aufmacht und eingreift.

Die Vernunft ist die grausamste Macht unter der Sonne, mein Herr. Wenn sich die Vernunft in Bewegung setzt, schiebt sie die Massen wie Gußeisen in riesige Behälter hinab und macht darunter ein tüchtiges Feuer; dann schmiedet sie daraus scharfe Waffen und wetzt sie gründlich, mein Herr, denn es gibt kein Pardon, bevor nicht auch dem letzten Feind der Menschheit das Blut aus der Gurgel rinnt. So ist es in Rußland geschehen, und so wird es auf der ganzen Welt gemacht werden. In allen Ländern sind kluge Köpfe dabei, ihre Waffen für den entscheidenden Kampf zu schärfen, und die Waffen, das sind die Massen, der Kampf, das ist die Weltrevolution.

Wenn ich in der Weltpresse über die Furcht vor dem Kommunismus lese, wie sie die reaktionäre katholische Kirche zum Ausdruck bringt, dann kann man, so glaube ich, zwischen den Zeilen die Furcht des Papstes herauslesen, die heilige Kirche stehe und falle mit einem veralteten oder unvollkommenen Gesellschaftssystem; mit anderen Worten, die Furcht davor, Christus könne das Versprechen, das sie ständig ausposaunt, brechen, nämlich, daß er bis an das Ende der Tage seine schützende Hand über sie halten werde. Irre ich mich, mein Herr? Oder befürchtet sie, daß in einem kommunistischen Staat das Gebot der Nächstenliebe nicht mehr gilt? Wenn dem so wäre, warum gründete dann euer Pater Benedikt von Nursia eine kommunistische Gemeinschaft? Was ich über die Mönchsorden erfahren habe, hat ausgereicht, mich davon zu überzeugen, daß jeder einzelne Orden und jedes Kloster nichts anderes als ein kleiner kommunistischer Staat ist. Als die Jesuiten in Paraguay einen Staat gründeten, war es ein kommunistischer Staat, nicht unähnlich dem, wie er jetzt in Rußland existiert. In euren Orden wird vor allem dafür gesorgt, daß der einzelne nicht einem unvollkommenen System zum Opfer fällt. Jeder einzelne steht in einem exakt festgelegten Verhältnis zum Ganzen; jeder erhält eine für ihn geeignete Arbeit; jeder für sich ist ein Glied des Gemeinschaftskörpers; er ist für die Gemeinschaft da, die Gemeinschaft ist für ihn da; wer krank ist, wird ohne ein Wort gepflegt; die vom Alter Gebeugten können sorglose Tage verleben; keiner muß darben; alle bekommen das, was sie brauchen, aber auch nicht mehr. Der Abt hat den Brüdern nichts voraus, nur organisatorisches Talent und Führerqualitäten, die er von Gott mitbekommen hat, und ein Kreuz auf der Brust zum Zeichen dafür, in wessen Namen er regiert. Recht und gut, mein Herr, in diesen euren kommunistischen Gemeinschaften werden die christliche Nächstenliebe und die zehn Gebote Gottes auf einfache Weise praktiziert, nicht mit Lotterien, Sammlungen und bunten Abenden oder mit zusammengeflickten Lumpen, die zu Weihnachten an die Armen verteilt werden, sondern durch einfache Politik, ein auf Vernunft beruhendes System. Und die gleiche Art von Politik, die gleiche Art von System, beruhend auf der gleichen Art von Vernunft, findet sich in der Lehre von Marx: Zusammenarbeit statt ständigen Kampfes, gemeinsamer Besitz der Reichtümer der Erde statt Tauziehens um sie, ein festgelegtes Verhältnis des einzelnen zum Ganzen statt bewaffneter Willkür, wo der skrupelloseste Abenteurer die Massen tyrannisiert; mit anderen Worten, Benedikt von Nursia statt Alexander Borgia.

Hat die Kirche nicht zweitausend Jahre Erfahrung darin, daß in einem Gesellschaftssystem, in dem die Menschen keine andere Wahl haben, als sich um das Lebensnotwendige zu schlagen, die Lehre von der Nächstenliebe nur eine Saat ist, die für die Vögel des Himmels ausgestreut wird? Will sie aus dem, was geschieht, keine Lehre ziehen? Verschließt sie ihre Ohren vor dem Weltkrieg, der so unmißverständlich von der

Unfruchtbarkeit des Bruderschaftsgedankens in einer auf Krieg zwischen den Menschen aufgebauten Gesellschaft spricht? Sieht sie nicht, daß sie zweitausend Jahre lang Violine spielte, während Rom brannte? Oder will sie darauf warten, daß die christliche Welt sich dem Teufel verschreibt, mit einem noch schrecklicheren Krieg als dem Weltkrieg?

32

Stein war von Hause aus daran gewöhnt, daß alle, die ihm zuhörten, sich innerhalb von fünf Minuten überzeugen ließen, und er hätte es ganz natürlich gefunden, wäre der Mönch aufgestanden, hätte seine Kutte abgeworfen, dem einen wahren Glauben abgeschworen und gerufen: *Evviva la bandiera rossa!* Doch nichts dergleichen geschah. Der Mann mußte in einem für Argumente unzugänglichen Gedankenversteck leben. Er lächelte die ganze Zeit, während Stein monologisierte.

Es ist mir ein Vergnügen, Sie sprechen zu hören, antwortete er schließlich. Ich bewundere Ihre Aussprache. Und ich freue mich herzlich darüber, eine junge, starke Seele zu finden, die sich nicht nur dazu veranlaßt fühlt, aufzustehen und die Menschen für ihre Verirrungen anzuklagen, sondern die sich auch ihre eigene Aufrichtigkeit bewahren möchte.

Obwohl der Mönch sich nicht die Mühe machte, gegenüber diesem nordischen Hitzkopf die Vorzüge des wahren Glaubens hervorzuheben oder die christliche Kultur zu verteidigen, war es doch bei weitem nicht so, daß er ihn für uninteressant hielt, sondern er betrachtete ihn lange und genau, während Steins glühender Blick auf dem Mann ruhte, der unter der Kontinentalausgabe der Daily Mail schlief.

Warum antwortete der Mönch nicht? Warum ergriff er nicht für das Christentum Partei? Glaubt er etwa, die Unfehlbarkeit des Papstes sei hinreichend bewiesen, wenn man jegliche Kritik zum einen Ohr hinein und zum anderen wieder hinausläßt und die Leute mit ein paar platten Komplimenten abspeist?

Doch der Mönch dachte nicht daran, sich auf eine Diskussion über die von Stein angeschnittenen Themen einzulassen, sondern fragte schließlich höflich, wenn auch nicht ganz ohne Ironie:

Wäre es indiskret, wenn ein Mitreisender, den Sie vielleicht nie mehr sehen werden, ein wenig neugierig darauf ist zu erfahren, welche Pläne ein so hervorragender Denker hat?

Stein sah dem Mann fest in die Augen und antwortete ohne Zögern:

Ich suche nach Vollkommenheit, wie Sie. Und ich gebe nicht auf, bevor ich sie gefunden habe. Ich habe kein wirkliches Interesse außer der Vollkommenheit. Deshalb ist mein Gesicht so grausam, wenn ich es den Menschen zeige. Sie glauben, ich sei Kommunist? Nein, mein Herr, ich bin viel revolutionärer als das. Der Kommunismus an und für sich ist nichts wert. Der Kommunismus an und für sich ist die Kehrseite des Kapitalismus. Ich pfeife auf die, die glauben, die Menschheit werde glücklich, wenn der Pöbel den Kreml, Buckingham Palace und den Vatikan erobert hat oder Honig zu essen bekommt statt Pferdetalg. Das ändert nichts daran, daß ein Mensch, der nicht sieht, daß das kommunistische System die Staatsform der Zukunft ist, völlig blind sein muß.

Doch in meinen Augen ist alles wertlos außer Gott. Ich finde ihn so bedeutend, daß ich mir vorgenommen habe, fünfzig Gedichte in englischer Sprache über ihn zu dichten. Eine andere Sache ist, ob es ihn gibt. Meine Seele ist wie Kaschmir, das Tal der Rosen. Ich bin mit einer herrlichen Begabung ausgestattet worden und, was noch mehr ist, mit dem Drang, sie zu nützen. Ich habe einen Freund in England, er ist Professor an einer indischen Universität, ein Mann, der meine Begabung zu schätzen weiß, und ich bin jetzt auf dem Weg zu ihm, um meine Englischkenntnisse zu vervollkommnen. Er hält sich für drei Jahre in seiner Heimat auf. Ich will das britische Weltreich als Instrument benützen. Wollen Sie die Überschriften hören? Ich habe sie alle hier in mein Notizbuch geschrieben. Die Welt hatte bisher keine Ahnung davon, daß solche Gedichte in der Harfe eines Dichters schlummern können. Ich rechne damit, daß ich die nächsten drei Jahre im Verborgenen leben werde.

Endlich lächelte der Mönch so, daß Stein glaubte, er verstehe alles.

Und Sie haben keine Bedenken, sich für fünfzig Gedichte eine so langandauernde Selbstverleugnung aufzuerlegen? fragte er.

Es ist nicht wegen der fünfzig Gedichte, sondern wegen der Vervollkommnung, wegen Gott, korrigierte Stein.

Eh bien, sagte der Mönch.

Nein, mein Herr. Ich habe keine Bedenken. Meine Kräfte kennen keine Grenzen. Die schwächste Kraft meiner Seele reicht weiter als Himmel und Erde, sagte Meister Eckhart. Mir ist keine Kraftprobe zu schwierig. Mein Wille ist stark. Nichts zwischen Himmel und Erde kann ihn bezwingen. Was ich mir vorgenommen habe, wird ausgeführt werden. In drei Jahren werden die Spatzen von den Dächern pfeifen, was ich Ihnen in dieser Nacht ins Ohr flüstere.

Nun endlich, nachdem Stein sich seiner politischen Tiraden enthielt und angefangen hatte, über seine Seele zu sprechen, leuchtete das Gesicht des Geistlichen von Verständnis. Und hatte sich Stein zuvor über seine Ausflüchte gewundert, so überraschte ihn jetzt seine Direktheit, als er die erste positive Bemerkung machte:

Sie wollen, sagte er, für Gott fünfzig vollkommene Gedichte machen. *Très bien.* Aber ist Ihnen, der Sie einen so klugen Kopf haben, noch nie der Gedanke gekommen, daß es vielleicht gar nicht Ihre Gedichte sind, die Gott von Ihnen verlangt? Ist Ihnen noch nie der Gedanke gekommen, daß Gott vielleicht gleich wenig gedient ist, wenn Sie ihm vollkommene Gedichte darbringen oder gar keine? Ist Ihnen noch nie der Gedanke gekommen, daß es in Wirklichkeit nicht Ihre Geschenke sind, die Gott erwartet, so wertvoll sie auch sein mögen?

Diesmal war es Stein Ellidi, der nichts sagte, und er schaute den Mönch eine Weile fragend an. Hat er vielleicht die Absicht, mich aus dem Konzept zu bringen? dachte er und ärgerte sich darüber, daß er nicht wußte, womit er den Geistlichen treffen konnte, achtete jedoch darauf, die eigene Ansicht nicht zur Diskussion zu stellen, sondern dem Mönch Gelegenheit zu geben, die seine zu erläutern, bevor man fortfuhr. Es war, als ob er den Mann in der Kutte im Verdacht hätte, Leute mit nicht ganz fairen Mitteln zu Fall bringen zu wollen.

Wird Gott nicht mit vollkommenen Werken gedient, so muß ich gestehen, daß ich neugierig darauf bin, Ihre Definition des Gottesbegriffs zu hören, was fordert denn dieser Ihr Gott?

Mit unserer äußeren Arbeit, *opere externo,* sagte der Mönch, ist es uns ein leichtes, Ruhm auf den Dächern zu erringen, sogar ganze Staaten durcheinanderzubringen und Königreiche zu erobern. Doch was nützt das? Wir erobern das Reich Gottes nie mit der äußeren Arbeit. Ein Vaterunser, des Nachts gebetet, wenn alle schlafen, das ist ein größeres Ereignis als die Revolution in Rußland, wenn man auch erst beim Jüngsten Gericht davon erfährt. Wenn Sie eine Ahnung davon hätten, was ein Seufzer bedeutet, der in der Nacht Gott sucht, dann würde die berühmteste Großtat in Ihren Augen zu einem wertlosen Nichts. Die Wirklichkeit ist nicht das Äußere, sondern das Innere. Wenn Sie Gott nicht zutrauen, daß er ohne Sie über die Wohlfahrt der Welt wacht, dann tut es Ihnen gut, sich daran zu erinnern, daß er nichtsdestoweniger die Welt mit all ihren Sonnensystemen ohne Ihre Hilfe geschaffen hat. Ihre Gedichte und Taten mögen großartig sein. Deine Gaben sind mir nichts wert, sagt der Herr. Ich bitte nur um dich selbst. Es mag süß sein zu hören, wie der eigene Name auf den Dächern gepriesen wird; doch *quantum unusquisque est in oculis tuis, domine, tantum est et non amplius,* sagt Bonaventura und zitiert dabei den Armen von Assisi: Du bist das, was du in den Augen Gottes bist, und kein bißchen mehr.

Ob es sich hier um jesuitische Dialektik handelte oder um die Offenbarungen eines Mystikers, dieser unkriegerische Mann verstand sich auf die Kunst, seine Sprache zu genauen Sätzen zu formen, denen man schlecht ausweichen konnte, und er wußte auch um den Wert seines milden, ruhigen, aber festen Blickes, der unnachgiebig nachfolgte. Und Stein wurde es immer klarer, daß der Mann kein Lamm, sondern ein Adler war. Wieder wußte er nicht, was er sagen sollte.

Ich habe noch nie einen so erbarmungslosen Gedanken gedacht wie den, den Sie mir eingeben, mein Herr, sagte er, nämlich, daß die Kunst möglicherweise eine Falle des Teufels sei. Oder was sollten Sie sonst damit gemeint haben? Die Kunst fordert doch Opfer, mein Herr! Sie fordert nicht weniger

Selbstverleugnung als das Mönchtum, und vielleicht sogar noch größere Mühsal, mehr schlaflose Nächte, häufigere Stunden der Verzweiflung. Ein wahrer Künstler opfert alles für seine Berufung; er verzichtet auf sein Lebensglück, sogar auf seinen Seelenfrieden; er verzichtet auf alle menschliche Freude und findet sein Glück nur darin, alle Bürden, die der Menschheit auferlegt sind, auf seine Schultern nehmen zu dürfen, er legt sich nieder wie ein Kamel, um sich beladen zu lassen.

Es war beinahe so, als ob sich in Steins Stimme eine Spur von Flehen um Gnade versteckte. Doch der Mönch war immer noch zu sicher, um zu diskutieren. Und Stein spürte immer mehr, daß alles, was er gesagt hatte, und auch das, was er noch nicht hatte sagen können, in den Ohren des Unbekannten wie wertloses, eitles Geplauder klingen würde.

Ich habe selbst einen jungen Mann gekannt, der einen ähnlichen Weg wie Sie gehen wollte, begann der Mönch wieder. Auch er war auf der Suche nach der wahren Wirklichkeit. Und auch er hätte sich von niemandem davon abbringen lassen. Ein junger Mensch besteht darauf, sich die Lebenserfahrung selbst teuer zu erwerben, die er in den Warnungen der Älteren umsonst bekommen könnte. Der Weg ist das ein und alles für den Menschen, und wer sich nicht auf dem Weg befindet, der ist auf der Suche nach dem Weg. Jeder läuft seiner Vorstellung nach: der eine nach Brasilien, um Geige zu spielen, der andere nach London, um schöne Gedichte zu schreiben. Keiner entkommt dem Schicksal. Und dennoch führt der Weg weder durch Brasilien, noch durch das britische Weltreich. Aber versprechen Sie mir, daß Sie eines nicht vergessen, sondern darüber nachdenken, wenn die Stunde kommt, in der Sie das Gefühl haben, die Sonnensysteme fallen auseinander und die Erde zerbirst unter Ihren Füßen: Eine Sache ist mehr wert als alles andere, und das ist *la vie spirituelle,* das geistige Leben, die Arbeit der Gnade im Innern des Menschen.

Stein sah wortlos auf das Lächeln des Mönchs und hörte auf seine helle, reine Stimme, ohne seinen Worten entnehmen zu können, ob er nun mondsüchtig oder weise war.

Es wird mir ein Vergnügen sein, Sie irgendwann später im Leben wiederzusehen, sagte der Mönch abschließend. Und kommt es einmal dazu, daß Sie das Bedürfnis haben, über das, was Ihre Gedanken beschäftigt, mit einem demütigen Diener der hochheiligen Kirche unseres Herrn Jesu Christi zu sprechen, so wissen Sie, wo Sie einen solch unbedeutenden Mann finden können.

Stein dankte dem Reisegefährten für seine Freundlichkeit, im Augenblick verspürte er zwar keinen Drang zu einem solchen Besuch, doch er bat darum, dem Geistlichen später bei Gelegenheit ein paar Zeilen schreiben zu dürfen. In Wirklichkeit war es gar nicht so wenig, was er noch mit der Kirche zu besprechen hatte.

Sie sprachen nicht mehr miteinander; die Nacht sprach allein; die Sterne flogen wie Funken am Fenster vorbei. Doch die Worte des Mönchs klangen Stein noch immer in den Ohren, auch wenn der Schlaf seine Zunge band: Gott bittet nicht um deine Gaben, sondern um dich selbst. Sie verschwanden genausowenig wie unverständliche Runen, die in junges Holz geritzt werden. Ein Gefühl, das an Scham erinnerte, wurde immer stärker in Steins Bewußtsein. Er fühlte, daß er sich falsch benommen hatte. Er hatte sich gegenüber diesem bescheidenen Kuttenträger wie ein Possenreißer aufgeführt. Der Mönch war wie ein mächtiger Ahornbaum, vor tausend Jahren gepflanzt und tief verwurzelt in der Erde – und ich bin wie ein Stock, den irgendein Landstreicher gestern ins Gras gesteckt hat, Gott zum Hohn, dachte er. Es kam ihm vor, als ob er immer kleiner würde durch das Schweigen; er wußte nichts, war nichts. Dementsprechend wuchs der Mönch; sein Schweigen war mächtiger als seine Worte, tiefer. Vielleicht war er von der tiefsten Wahrheit des Seins inspiriert, vielleicht war er mehr als ein Mensch, sein Menschsein die Offenbarung höherer Welten. Er war vielleicht ein zweitausend Jahre alter Meister und sprach im Auftrag des höchsten Geistes, vielleicht Krischna. Stein Ellidi war der König Arjuna. Und der Zug braust westwärts durch Frankreich wie ein schreckliches Insekt aus der Urzeit der Erde.

Als Stein am Morgen auf dem Gare de Lyon in Paris aufwachte, war er ganz allein im Abteil, das englische Ehepaar auferstanden von den Toten und der Mönch über alle Berge. Doch in seiner Brusttasche fand er eine Visitenkarte mit folgender Aufschrift: Fr. Alban, moine bénédictin. Sept Fontaines. Belgique.

33

Sussex, Sommer 1924. Sehr geehrter Herr. Herzlichen Dank für das erbauliche Gespräch in einem Eisenbahnwaggon in einer Herbstnacht des Jahres 1921. Ich mache kein Hehl daraus, daß mich Ihre Persönlichkeit tief beeindruckte. Ich habe Sie nicht vergessen können. Ich verstand Sie zwar nicht völlig und habe schon längst vergessen, was Sie sagten, aber je mehr Zeit vergeht, desto stärker wird mein Verdacht, daß es etwas Vernünftiges war. Ich habe oft daran gedacht, Ihnen zu schreiben, manchmal sogar, Sie zu besuchen. Als wir miteinander sprachen, glaubte ich, auf dem rechten Weg zu sein. Das ist typisch für Menschen, die sich völlig verirrt haben, und selbst wenn sie immer im Kreis gehen und zehnmal an den gleichen Ort kommen, so wollen sie sich nicht davon überzeugen lassen, daß sie im Kreis gegangen sind. Ihnen kommt es sogar so vor, als ob die Flüsse bergaufwärts fließen. Nachdem ich achtundzwanzig Gedichte verfaßt hatte, gelang es mir zu erkennen, daß ich achtundzwanzig Mal im Kreis gelaufen war. Ich entdeckte, daß ich auf keinem Weg war. Ich segelte mit voller Fahrt hinaus ins Blaue. Ich kenne zahllose Meinungen darüber, was richtig und was falsch ist, doch ich muß leider zugeben, daß ich nicht weiß, was richtig und was falsch ist. Das Wichtigste ist, sagt Maurice Barrès, daß man zu der Überzeugung gelangt, daß es nur Standpunkte gibt, *manières de voir,* daß keiner im Gegensatz zum anderen steht und daß wir mit etwas Geschick derselben Sache gegenüber alle einnehmen können. Aber dennoch fehlt mir nichts so sehr wie die Fertigkeit, zu einer Sache alle Meinungen der Welt zu haben. Es kommt stets zu Streitigkeiten zwischen allen meinen *manières de voir,* und daher rührt mein ganzes Unglück. Ich bin völlig rastlos. Ich bin ein brüllender Löwe in der Wüste. Ich bin der Fliegende Holländer, der Ahasver, der keinen Hafen finden kann:

Johohoe! Johohoe! Hojohe!
Traft ihr das Schiff im Meere an,
blutrot die Segel, schwarz der Mast?
Auf hohem Bord der bleiche Mann,
des Schiffes Herr wacht ohne Rast.
Hui! – Wie saust der Wind! Johohe!
Hui! – Wie pfeift's im Tau! Johohe!
Hui! – Wie ein Pfeil fliegt er hin,
ohne Ziel, ohne Rast, ohne Ruh!

Manchmal denke ich über die Wohlfahrt der Menschheit nach und hasse die, welche andere Interessen haben als sie. Manchmal denke ich über mich selbst und über das Unergründliche in mir nach und hasse die Menschheit. Manchmal dürstet mich nur nach einem wahren, allmächtigen Gott, und ich verachte mich, und die Menschheit existiert nicht mehr. Als wir miteinander sprachen, erwähnte ich einen englischen Freund und meinte, er wisse meine Begabung zu schätzen. Aber es kam so weit, daß ich schließlich seine Gegenwart nicht mehr ertragen konnte. Ich leide in der Gesellschaft von Menschen, die nicht leiden. Jetzt ist er abgereist, dieser englische Bulle, diese Kolonialhyäne, zur Hölle gefahren, um den gefangenen Geistern zu predigen: Indern in den Rattenfallen des britischen Weltreiches, und er hat mir seine Wohnung in Hounslow bei London überlassen. Im Augenblick mache ich eine Tour durch Südengland, um mich selbst zu suchen. Ich will versuchen, mich zusammenzusammeln. Ich bin wie Strandgut, das an einer langen Küste verstreut liegt.

Entschuldigen Sie, daß ich Ihnen schreibe. Ich habe keine Freunde, denen ich vertraue. Daheim in meiner Vaterstadt hatte ich ein paar Kameraden, aber das sind Grünschnäbel. Sie kämmen sich. Sie haben einen kosmischen Tick. In ihren Augen ist die Welt eine ausländische Zeitschrift. Ich habe seit zwei Jahren nicht mehr den Versuch gemacht, mich zu kämmen. Ich habe die ganze Welt verschlungen. Ich spreche nicht; ich brülle. Ich diskutiere nicht; ich postuliere. Ich bin der Schänder im Tempel. Man sollte mich einsperren wie einen Tyrannen. Man sollte mich vierteilen. Man sollte die Fetzen meines Leibes den Vögeln des Himmels zum Futter vorwerfen. All dies, glaube ich, können Sie tun.

34

Als ich das achtundzwanzigste Gedicht gedichtet hatte, sagte ich *basta!* Ich warf den ganzen Kram von mir, wie ein Mann, der draußen auf der Straße Nüsse ißt und die Schalen nach hier und dort spuckt; wie der allmächtige Gott, der ein paar Sonnen wie Zehnörestücke aus seinen himmlischen Gauklerärmeln schüttelt, zerstreut und nonchalant und nicht einmal, weil es ihm Spaß macht; oder der Fuhrmann, der zuvor der Knecht seines Esels und Karrens war, aber jetzt beide in den Abgrund gestoßen hat und mit leeren Händen und triumphierend an der Felsspitze zurückbleibt. Doch was, glauben Sie, hat dieser Carrington gemacht?

Er stahl die Gedichte und trug sie, ohne mich zu fragen, in die Druckerei und läßt Zeitungen und Zeitschriften ständig wiederholen, daß es Meisterwerke seien.

Natürlich sind es Meisterwerke, aber Gott will keine Meisterwerke, Gott will Seelen. Die Menschheit will keine Meisterwerke. Die Menschheit will *panem et circenses.* Weder ich noch andere dichten Meisterwerke für Gott oder die Menschheit. Illusion! Die Dichter haben nie die Bürden des Volkes getragen. Sie hassen das Volk. Sie sind die Huren des Volkes. Sie beschimpfen das Volk. Sie bespucken das Volk. Sie schmeicheln dem Volk. Sie lügen. Sie kleiden sich in heilige Gewänder für das Volk, wie Hexenmeister. Sie kreischen wie eine Frau in Geburtswehen. Sie schlucken Feuer, schlagen Purzelbäume und vollführen Saltos vor dem Volk, alles in der Hoffnung, sie könnten es erobern, sich in die ersten Plätze vordrängeln, so daß Königinnen ihnen mit Balsam die Füße salben und sie mit ihrem Haar trocknen. Sie haben dasselbe Ziel wie die römischen Kaiser, sie wollen zu Lebzeiten als Götter verehrt werden. Sie sind Erotomanen. Die Künstlernatur ist nichts als *obsession du sexe.* Die Geschlechtsdrüsen sind überlastet. Sie glauben, sie hätten das Vorrecht, alle Gebote Gottes und der Menschen auf einmal zu brechen. Die einfachste Kunstform ist der Geschlechtstrieb, sagt André Breton. Wer das versteht, versteht den ganzen Schwindel. In der Zukunft wird man Künstlerlaunen durch einen einfachen operativen Eingriff heilen. Der Künstler verfügt über kein moralisches Interesse, heißt es im Vorwort zu Dorian Gray. Kein Künstler hat moralische Tendenzen. Die Kunst lehnt es ab, eine Waffe zu sein, die im Kampf um die Werte des Lebens eingesetzt werden kann. Kunst um der Kunst willen, das ist eine schon längst ausdiskutierte Sache – und zu guter Letzt: um des Künstlers willen. Sie ist der Königstraum des Kleinbauern, der Kokainrausch des Psychopathen, dem die Kraft fehlt, eine nützliche Arbeit zu leisten.

Mein Herr, all das verstehe ich jetzt.

35

Der Weise hat drei Wahlmöglichkeiten. Er kann wählen, ob er für sich selbst, für Gott oder für die Menschen leben will. Über diese drei Möglichkeiten zerbreche ich mir den Kopf. Ich untersuche sie genau unter dem Mikroskop und nehme zu jeder für sich Stellung: Das heißt, ich nehme zu keiner Stellung. Ich bin der Esel, der mitten im Heu verhungert.

Mir fehlt die Brutalität des alten Adels; nein, mir fehlt der nötige Glaube an mich selbst, um mich zu den Göttern zu rechnen und die Menschen zu meinen Sklaven zu machen wie der Übermensch. Und mir fehlt der nötige Glaube an Gott, um mich kopfüber vor dem Kreuz in den Staub werfen zu können. Und ich fühle Mitleid mit den Menschen, nicht weil sie nach dem Ebenbild Gottes geschaffen sind, sondern weil sie nach meinem Ebenbild geschaffen sind. Es ist zwar eine Schwäche, mit den Menschen Mitleid zu haben, doch es ist auch eine Schwäche, den Gott der Schwachen anzurufen. Die größte Schwäche aber ist es, an sich selbst zu glauben. Das ist ein Ausweg, der entweder mit Wahnsinn oder mit Selbstmord endet. Nachdem Nietzsche den Glauben an die Entwicklungslehre und damit an den Übermenschen als eine höhere Art des Menschen verloren hatte, rechnete er sich selbst zu den

Göttern und wurde wahnsinnig. Denn was ist der Mensch? *Homo vanitati similis factus est; dies ejus sicut umbra pretereunt:* Der Mensch ist wie ein Lufthauch; seine Tage vergehen wie ein Trugbild. Selbst der große Mensch ist ein Lufthauch. Ist der Übermensch denkbar, wäre auch er ein Gefangener der Natur, ein Gefangener seiner Existenz, und käme nur ans Licht des Tages, um zu sterben, wie der Mensch. Je mehr ich mich in Nietzsche versenke, desto jämmerlicher erscheint mir das Hirngespinst des Übermenschen.

Ähnliches gilt für unseren altvertrauten lieben Gott. Er war für mich im Grunde nie eine Realität. Er war bestenfalls ein Schnörkel an meinen Gedichten. Wenn ich mir die Geschichte meines Denkens seit meiner Kindheit vergegenwärtige, so erscheint er mir meist als krankhafte Einbildung. Ich bezweifle auch, daß er im Bewußtsein der Märtyrer etwas anderes als eine krankhafte Einbildung war. Sie hätten nie für ihre sogenannte Überzeugung das Martyrium auf sich genommen, wäre diese eine ebenso eindeutige Tatsache für sie gewesen wie die Erde, auf der sie standen, oder die Luft, die sie atmeten. Man läßt sich für krankhafte Einbildungen und fixe Ideen totschlagen, nicht für seine Überzeugung, denn die behält man für sich.

Von Kindheit an war meine Gottesidee nichts anderes als ein Anflug von Hysterie, der sich immer wieder in der unterschiedlichsten Weise bemerkbar machte und sich ebensogut als langwieriger Magenkatarrh oder Gallenblasenentzündung hätte äußern können. Meine Wiedergeburten und Bekehrungen waren nichts weiter als lyrische Geistesgestörtheiten.

Gehe ich hingegen davon aus, daß Gott existiert, dann kann ich nicht sehen, was er und der Mensch miteinander gemeinsam haben sollten. Es ist nichts als Geschwätz, daß die Menschen nach Vollkommenheit streben sollen, weil Gott vollkommen sei. Geistige Überlegenheit, die sich in moralischer Vollkommenheit manifestiert, hat überhaupt nichts mit einer Gottesidee zu tun. Das Ideal der Vollkommenheit hat seinen Anfang und sein Ende im Begriff des Menschen. Wäre Gott ein vollkommener Geist, so wäre seine Lenkung der Welt das Nonplusultra moralischer Vollkommenheit. Doch sollte die Welt von einem Gott gelenkt werden, dann ist diese Lenkung nichts anderes als dumme Launenhaftigkeit und Willkür gegenüber Schwachen.

Mächtige Geister treten in der Welt auf, um für die menschliche Wohlfahrt zu kämpfen, und sie opfern alles dafür. Sie lieben die Menschheit. Deren Glück ist ihnen Wein und Brot. Aber während diese Entdeckungsreisenden der Vollkommenheit für das Wohl der Menschheit kämpften, befahl Gott dem Meer, den Familienvater in der Hütte zu verschlingen, und ließ dann den Wind das Dach von der Behausung der Waisen fegen. Er läßt in Messina die Erde beben und vernichtet in einer Nacht vierzigtausend unschuldige Menschen, die an nichts Böses dachten. Und er läßt in den Jahren, die wir jetzt durchleben, in Rußland, Österreich und Deutschland eine Million Kinder verhungern. Warum läßt er heute in diesen Ländern eine Million Kinder den Hungertod sterben? Warum hilft er diesen jammernden, armen Waisen nicht? Was haben sie verbrochen?

Gott ist kein moralisches Wesen. Gott ist über alles Derartige erhaben. Gott läßt sich nicht rühren. Der Mensch kann moralisch vollkommen werden. Der Mensch kann alles opfern für das Glück seiner Mitmenschen. Gott ist das Wohlergehen der Menschen gleichgültig. Ich bin, der ich bin, sagt der Herr. Als Christus Gott bittet, barmherzig zu sein, wählt er ihm die Menschen zum Vorbild. Er sagt nicht: Wir wollen einander vergeben, wie Gott uns vergibt, sondern umgekehrt: Vergib, wie wir vergeben.

Wie in aller Welt kommt das Christentum, eine neunzehnhundert Jahre alte Spukgeschichte aus Asien, auf die Idee, die Europäer der Gegenwart beeinflussen zu können? Die Zeit, als die Menschen in den Himmel kommen wollten, ist längst vorbei. Die Menschen sündigen nicht mehr; sie machen Dummheiten. Sie verhalten sich töricht und unvernünftig, weil sie falsch rechnen und unaufgeklärt und ungebildet sind. Sie spielen blindlings. Sie fügen einander Schaden zu, weil sie in einer Gesellschaft leben, in der des einen Tod des andern Brot ist. Sie benehmen sich lächerlich, beklagenswert, komisch, mitleiderregend. Aber sie sündigen nicht.

Die Menschen leben in der Wirklichkeit, und sie sind dazu verurteilt, sich selbst zu helfen. Gott hat den Menschen dazu verurteilt, sich selbst zu helfen. Gott hilft ihm nicht; das steht fest. Fest steht auch, je mehr die Menschen auf Gott vertrauen, desto eher versinken sie in Dummheit und Armut, desto weniger können sie sich gegen ihre Feinde, gegen Lüge und Unterdrückung wehren. Bald wird man die heiligsten Namen des Christentums nur noch für Mastkälber, Schoßhunde, Erfrischungsgetränke und Wäschereien verwenden, wie die der alten Götter.

36

Greif hinein ins volle Menschenleben!

Ein vollkommener Mensch kämpft gegen die Feinde der Menschheit. Eine vollkommene Tätigkeit ist Philosophie des Karma-Joga. Die Idee der Arbeit um der Arbeit willen ist ein Betäubungsmittel. Sie paßt für Asketen, die nicht den Mut haben, am Kampf um die Werte des Lebens teilzunehmen. Eine vollkommene Arbeit an sich ist Tand. Die Geschichte der Menschheit ist die Geschichte des Kampfes um die Werte des Lebens, die Qualitäten des Lebens. Auf der einen Seite stehen vollkommene Menschen, auf der anderen Seite die Feinde der Menschheit. Der Mensch ist genau so viel wert wie das Ideal, das er zum Ziel seines Kampfes macht. Diejenige Arbeit ist die wertvollste, die den meisten das größte Wohl bringt, sagt Bentham. Eine Arbeit, die nicht darauf abzielt, ein wertvolles Ideal zu verwirklichen, ist Unkraut, das gejätet werden muß.

Die Herren der Weinberge der Generationen kommen. Tausende warten nur darauf, daß geistige Giganten kommen, die Sonne und Mond verdunkeln. Und sie kommen. Sie sprechen das Losungswort, und alle eilen zu den Waffen. Wehe denen, die versuchen, sich gegen die Herren der Weinberge der Generationen und ihre Armeen zu erheben! Wehe denen, die die Zeichen der Zeit nicht erkennen, wenn eine Neubewertung aller Werte ins Haus steht! Brüder! ruft der Apostel Paulus. Ihr seid Glieder vom Leib Christi! Und ehe man sich's versieht, ist jeder sündige Schelm ein Glied vom Leib Christi geworden, und man hat auf einem Zimmermann ein gewaltiges Weltreich errichtet. Rousseau befiehlt: Zurück zur Natur! Und das Volk antwortet: Wir legen die Schlösser in Schutt und Asche. Marx: Proletarier aller Länder vereinigt euch! Und schmutzige Kohlenmänner und ausgemergelte Hafenarbeiter stürzen Kaiser und Götter, heben das Land hoch und kippen es über dem Meer aus.

Die Herren der Weinberge der Generationen sind erbarmungslose Tyrannen und schonen keine Könige. Sie haben nur das eine Ziel, Tausende in ein neues Reich zu führen, wo alle Dinge anders aussehen, wo sich die Fähigkeiten des Menschen in Harmonie entwickeln können. Alle laden die Menschheit zu einem großen Fest. Sie halten Hochzeit und vermählen die Menschheit mit ihren Ideen.

Gott helfe denen, die die Macht haben! Gott helfe denen, die bestimmten, welche Schlagwörter man während der Jahre 1914–1918 benutzen sollte. Gott helfe diesen verdammten Seelen, die den Kontinent zu einem blutigen Schlachtfeld machten, im Namen von König, Vaterland und Freiheit. Die Zeit ist gekommen, in der das Volk jedes einzelne Schlagwort, das ihm während des Weltkrieges ins Ohr posaunt wurde, genauestens verstehen lernt. Es erfährt, daß der König eine Mischung aus Köder und Sakrament ist, welche die Demokratie dem Volk vorweist, ein Ammenmärchen auf Füßen, eine historische Ergänzung zum Menü bei festlichen Anlässen, und die Demokratie eine Maske für die Willkür einiger Abenteurer, die den Ertrag aus den Gütern der Erde an sich reißen. Und es erfährt, daß das Vaterland in Wirklichkeit nichts anderes ist als diese Abenteurer, ein paar goldgezahnte, glatzköpfige Fettwänste, die in den verschiedenen Ländern große Fabriken und Handelsunternehmen betreiben und darum wetteifern, den ersten Platz auf dem Weltmarkt zu erobern. Die Freiheit, das ist der Schlamm auf den Schlachtfeldern; das sind die Verstümmelungen; das ist der schändliche Tod auf dem *champ d'honneur,* der schamlosen Bühne der Gewalttaten; das ist die Arbeitslosigkeit, wenn sie verstümmelt und wahnsinnig heimkehren; das ist der Hunger, der ihre Kinder auszehrt; und schließlich ein Abzeichen im Knopfloch derer, die am tüchtigsten waren beim Töten der Männer aus dem anderen Vaterland, beim Vergewaltigen der Frauen und beim Verbrennen der Kirchen.

Ich bin einer dieser großen, starken Männer, die die Welt braucht, um den schonungslosen Kampf gegen die Feinde der Menschheit zu führen. Und was den Ausschlag gibt: Ich kenne die Gesichtszüge der Zeit bis in die Einzelheiten und weiß genau, welche Anforderungen man an einen Menschenfreund stellen muß, der gegen eine Unterdrückermacht ankämpfen soll, die besser bewaffnet ist als jede, die man aus der Vergangenheit kennt, eine Macht, die mit sorgfältig gehegten Erblügen oder Erbwahrheiten kämpft, eine Macht, die alle Werkzeuge der Aufklärung an sich gerafft hat, Schulen, Zeitungen und Buchverlage, und in die vordersten Schlachtreihen redegewandte und schreibfertige Lohnsklaven stellt, die Tag für Tag unzählige Lügen und Täuschungen verbreiten, eine Macht, die nicht nur Gesetzgebung, Polizei und Justiz erobert hat, sondern auch Religion, Kunst und Wissenschaft, und Millionen von Soldaten wie Krankheitserreger in der Tasche hat, um sie im Bedarfsfall unter dem Volk zu verbreiten.

Für mich bedeutet Ideal Handlung. Nur die Resultate zählen. Ich bin kein Soldat, der einen ehrlichen Kampf anbietet oder mit den Feinden über Kampfpraktiken verhandelt, ohne die Absicht zu haben, alle Abmachungen zu brechen. Ich bin der Barbar des zwanzigsten Jahrhunderts: Ich habe keine andere Wahl, als wie ein Verbrecher um meine Freiheit zu kämpfen gegen diejenigen, die aus jedem einzelnen Sproß der Kultur einen todbringenden Mistelzweig gemacht haben. Mir ist jedes Mittel recht, das mich dem Ziel näher bringt. Der Zweck heiligt die Mittel. Ein ehrlicher Kampf ist Sport, Spiel, Schwindel, Bluff. Wer auf Leben und Tod kämpft, darf jede List anwenden; er steht über allem Recht. Schonungslosigkeit, Frechheit und Unverschämtheit sind die unfehlbarsten Waffen, über die ein Idealist in unserer Zeit verfügen kann, und diese Eigenschaften besitze ich in hohem Maße.

In früheren Zeiten wurden die Menschen zu Märtyrern für ihre Überzeugung. Die Martyriumswut griff immer wieder um sich wie die Pest. Die Menschen legten sich mit begieriger Freude auf die Folterbank. Ich verachte diese masochistischen Neigungen bei den Alten, sie sind unnatürlich, Perversität. Ich versichere Sie, daß ich nicht dazu bereit sein werde, mich meiner Überzeugung wegen in Stücke reißen zu lassen. Ich ziehe es vor, fünfhundertmal zu lügen und am Leben zu bleiben, statt mir mit dem hysterischen Drang, vor irgendeinem unbedeutenden Gericht oder in Gassen und an Straßenecken von meiner Überzeugung zu faseln, den Tod einzuhandeln. Wer nicht klug ist wie eine Schlange, verdient es nicht, Interessen zu haben. Sobald irgendein Despot es verlangt, werde ich heute alles zurücknehmen, was ich gestern gesagt habe. Ich hätte sogar keine Bedenken, um Verzeihung zu bitten. Aber morgen mache ich mich wieder an die Arbeit und setze fort, was ich begonnen hatte, nur von einer günstigeren Stelle aus, damit ich sicher sein kann, daß mich meine Feinde nicht aufspüren. Wehe dem Menschen, der heutzutage für ein Ideal kämpfen will und sich nicht verstellen kann! Er fällt, bevor er auf den Kampfplatz kommt.

Ich segle den Feinden unter falscher Flagge in die Arme und schmuggle meine Bomben in ihre Flotte. Ich begrüße meine Feinde unter falschem Namen, drücke ihnen herzlich die Hand und blicke ihnen ehrlich und unbefangen wie ein wohlerzogener Junge in die Augen, lasse mich von ihnen einladen und spreche mit ihren Frauen über Herzenssachen, unschuldig und heilig wie Rasputin und Cagliostro, während ich die ganze Zeit nur daran arbeite, ihnen den Garaus zu machen. Ich trete vor sie hin wie ein Gottesmann und habe meinen Dolch im Kruzifix versteckt.

Ich bin bereit, jeden zehnten Menschen auf der Welt köpfen zu lassen, wenn es die Umstände erfordern. Wenn zehn Menschen gegen ein Ideal kämpfen, das neunzig Menschen Segen bringen kann, dann habe ich keine Bedenken, meinen Dienern den Befehl zu erteilen, diese Zehn hinauszuführen. Wenn das Ideal mehr wert ist als die, die es bekämpfen, dann leuchtet ein, daß die sterben müssen, die Widerstand leisten.

Die beste aller Übungen, die der Entwicklung der Persönlichkeit förderlich sind, ist die Keuschheit. Ich singe das Loblied der Keuschheit. Nichts stärkt den Geist des Menschen besser oder erweitert seine seelische Größe in diesem Ausmaß, nichts härtet ihn besser gegenüber der Weichheit oder macht ihn weicher gegenüber der Härte, nichts macht ihn kampfeslustiger oder unempfindlicher gegen Wunden, nichts verleiht ihm eine rücksichtslosere Entschlossenheit bei gefährlichen Aufgaben oder eine ausdauerndere Geduld zu langwierigen Kämpfen und nichts eine haßerfülltere Grausamkeit zum Töten von Ungeheuern. Die Keuschheit ist die Garantie dafür, daß die Absicht des großen Menschen rein ist; er kämpft nie für sich selbst. Wenn ich von den Taten eines Mannes höre, frage ich zuerst: War er keusch? Ich glaube nicht an die Führerschaft eines Mannes, der am Tag von der Vernunft und in der Nacht vom Geschlechtstrieb beherrscht wird. Eine solche Doppelexistenz wagt nie das Äußerste. Ich glaube nicht an den Anführer, der nach einer kuhwarmen Nacht halb betäubt aufwacht, wenn im ersten Morgengrauen die Trompeten schallen. Ich will Hans heißen, wenn die Frau, die Metzgerrechnungen und die Familienporträts nicht die Schwelle vor seiner Tür zu einem schier unüberwindlichen Hindernis werden lassen. Ein verheirateter Mann ist nicht nur an seine Frau gefesselt, sondern die Gesellschaft ist nie so schlecht, daß ein verheirateter Mann nicht auch obendrein mit dieser verheiratet ist. »Eine Ehefrau ist wie die dreißig Tyrannen«, heißt ein Reklamespruch des isländischen Tabakmonopols.

Der Keusche ist mit seinem Ideal verheiratet. Er ist mit dem Kampf für das Glück der Menschheit verheiratet. Er ißt trokken Brot und hat nur ein Dach über dem Kopf, wenn ihn der Staat in den Kerker wirft. Alles, was gegen die Freiheit seines Geistes verstößt, ist sein Feind; die Pflege seines Leibes ist nur ein notwendiges Übel. Er ist die Offenbarung eines höheren Menschseins, der freien und vollkommenen Wahrheit, ein unabhängiges, intelligentes Wesen, jenseits von Gut und Böse, ein mystisches Phänomen, ein Buddha mit zehntausend Frauen im Bauch, ein Gott, der die zitternden Gebete ganzer Völkerschaften in seinen schaffenskräftigen Händen hält. Er ist einsam, allein, doch die Einsamkeit ist die Mutter der Stärke. Er hat keinen Freund, keinen, den er liebt, außer der Menschheit.

Ich entdeckte früh, daß die Frau ausschließlich an das Schlechte in meiner Natur appellierte. Alles, was ich dachte, war schlecht, wenn sich mein Denken auf sie richtete. Jeder meiner Gedanken an die Frau ist ein Fleck auf meiner Seele. Für den Engel in mir gibt es nichts, was Frau heißt. Der Mensch in mir fürchtet die Frau wie einen abstoßenden Bettler. Das Tier in mir sieht seine erstrebenswerte Ergänzung in ihr. Das Satanische in meiner Natur ergötzt sich an der Frau mit freudigem Jubel.

Für den Denker ziemt es sich nicht, an einer solchen Kategorie wie an einem ungelösten Rätsel vorbeizugehen.

Es stimmt, die Frau ist eine wunderliche Sphinx in der Wüste. Und es stimmt außerdem, daß das Gesicht der Sphinx durch einen Schleier verhüllt wird, den zu lüften wenigen vergönnt ist. Es ist nicht weit von der Wahrheit entfernt, daß die meisten sterben, die sich erdreisten, den Schleier von dem Antlitz in Sais zu lüften, wie diejenigen, die Jahwes Blick trifft. Zumindest ist danach keiner mehr der gleiche.

Ich habe das Lügengewebe durchschaut. Die Frau in all ihrer Herrlichkeit macht mir keinen Eindruck mehr. Als ich ein Bursche war, war sie für mich ein Spiegel und ein Rätsel. Ihr Blick fuhr durch meinen Leib wie der Blitz durch einen Blitzableiter. Die Ausstrahlung ihres Fleisches schlug meine Seele in den Bann. Ich zitterte vor diesem Geheimnis; die Frau mit all dem Mystischen, das sie umgab, war mein Traumland. Doch je tiefer ich in das Versteck der menschlichen Natur schaute, desto öder erschien mir dieses Traumland. Schließlich sah ich nichts als nackte Mondberge, die wie Blutstein in der Sonne glühten. Wo die Frau mir zuerst als Bibel erschienen war, entdeckte ich nun, daß sie nichts als ein quacksalberisches Rezeptbuch war. Die Schönheit der Frau war kein übernatürlicher Elfenglanz mehr, sondern der äußere Schein ihrer Sinnlichkeit: Ihr Charme steht im richtigen Verhältnis zu ihrer Lüsternheit. Das Rätsel war zu einem billigen Kartenkunststück geworden, das Geheimnis zu einem Gassenhauer, der an jeder Straßenecke gepfiffen wird.

Frauen sind mir erschienen, da ich am Weg saß und nachdachte. Sie kamen in großen Scharen und langen Karawanen, kamen lachend, kamen singend und hielten vor den Augen des Weisen auf dem Weg an. Dort drehten sie sich und blieben nach dem Tanz auf einem Bein stehen, das andere hochgestreckt *in pose orridamente oscene.* Ich habe sie alle gesehen und kenne sie alle. Ich habe die erste Eva gesehen und die letzte, die vor der Sintflut und die nach der Sintflut lebten, Frauen aus dem Osten, Frauen aus dem Westen, Frauen in Paris, Frauen in Rom, zehntausend Frauen, alle Frauen der Welt. Frauen sind überall gleich. Ich habe blutjunge Frauen gesehen, die so saftig waren vor Brunst, daß man feuchte Hände bekam, wenn man sie berührte; sie waren anmutig wie Nebel im Gebüsch an einem warmen Frühlingsmorgen. Andere Frauen habe ich gesehen, die waren fein wie Bernstein, aus Mondlicht und dem Glanz des nassen Tangs gewoben; sie verstanden, bevor man sprach, und sahen, bevor man zeigte, Frauen, die meine heimlichen Gedanken wie einen magnetischen Impuls auffingen und vor meinem Blick erzitterten wie Tiere, die durch ein Pfeifen im Wald verschreckt werden. Ich habe Frauen gesehen, die mager, stark und geschmeidig waren wie Raubtiere aus dem Urwald, ihre Nägel wie Feuerzungen, lang, schmal und giftig, dazu geschaffen, sich in das Fleisch von Märtyrern und Heiligen zu bohren. Ich habe Frauen gesehen, die lächelnd, still und verträumt waren wie ein sommergrünes Tal im Gebirge, schwellend wie eine Wiese mit Riedgras am Johannistag. Ich habe Frauen gesehen, die rasten wie ein Steppenbrand, temperamentvolle und wilde Frauen, Frauen, so behend wie Gazellen, gestriegelt, heiß und schnaubend wie die Stuten vor dem Wagen des Pharao, den Venusbusen mit irdischer Kraft geladen. Ich habe Frauen gesehen, die schwer waren wie volle Fischnetze; ihre Körper glänzten wie falsches Porzellan, und unter der Haut versteckte sich eine fünf Finger dicke Fettschicht. In ihrem schläfrigen Blick erahnte man abscheuliche Wollustträume; man hätte sie gebraten verzehren sollen. Und ich habe ein viertausend Jahre altes junges Mädchen aus Ägypten gesehen; es ist im Britischen Museum daheim, hockt dort völlig nackt und kann von allen besichtigt werden. Ihre Brüste sind wie verschimmelte

Rosinen, ihr Haar wie die Strähnen einer billigen Puppe, der Mund eine schwarze Spalte, wie der Riß in einer Baumrinde, die Nase ist abgefallen, die Augen sind zwei schwarze Vertiefungen; die Haut erinnert an die rußgeschwärzte Haut einer geräucherten Wurst.

39

Was meine besondere Aufmerksamkeit erregte, als ich zum ersten Mal die Hauptkirche der Christenheit, den Petersdom in Rom, betrat, war die lächerliche Warnung, die in vier Sprachen an die Tür geschrieben war: *Vietato l'ingresso alle signore indecentemente vestite* – unzüchtig gekleideten Frauen ist der Zutritt verboten.

Die Inschrift *Jesus Nazarenus Rex Judaeorum* war nur in drei Sprachen abgefaßt, dachte ich.

An der Domtür zu Florenz hängen detaillierte Vorschriften darüber, wie Besucherinnen ihr Fleisch bedecken sollen. Sie dürfen nicht barhäuptig sein. Barhäuptige Frauen, *garçonnes,* leihen sich für gewöhnlich Hüte von ihren Begleitern, ehe sie die Kirche betreten. Das Kleid muß ein wenig übers Knie hinabreichen, was sich oberhalb davon befindet, ist des Teufels. Es darf am Hals nicht mehr als zwei Zoll tief ausgeschnitten sein, damit sich keiner an die Rokokozeit erinnert fühlt. Die Ärmel müssen mindestens bis zur Mitte zwischen Handgelenk und Ellbogen reichen. Schließlich darf sie nicht durchsichtig gekleidet sein – sonst wären die Vorschriften umsonst!

Doch als ich genauer darüber nachdachte, verstand ich, daß es beileibe nicht unsinnig ist, wenn man der Frau vorschreibt, ihr Fleisch so sorgfältig wie möglich zu bedecken, wenn sie sich erdreistet, den Tempel zu betreten. Die Frau ist nämlich nicht mehr und nicht weniger als der gefährlichste Nebenbuhler und Konkurrent Gottes, wenn es um die Seele des Mannes geht. Es gibt zwei elementare Kräfte in unserem irdischen Dasein, die ein Tauziehen um die Seele des Mannes veranstalten. Auf der einen Seite ist Gott, wie man ihn nennt, das Ziel des geistigen Verlangens des Mannes; auf der anderen Seite der Körper der Frau. Beide lieben den Mann auf ihre Art. Keiner von beiden will sich mit dem zweiten Platz zufriedengeben; beide erheben Anspruch darauf, ihn ganz zu besitzen, mit Leib und Seele, oder besser gesagt: Der Mann muß sich für eine der zwei Möglichkeiten entscheiden, wenn die Stunde der Wahl kommt: Gott oder die Frau. Es gibt keine anderen Wege als den breiten, der in die Verdammnis führt, wie Jesus Christus es so treffend und erbarmungslos ausdrückt, und den schmalen, der zur Vollkommenheit führt.

Wenn er die Frau zu seiner Wirklichkeit macht, wird Gott für ihn ein unwirkliches Traumbild, bestenfalls eine Bibel mit Goldschnitt, eine Nippfigur, die er zusammen mit der Uhr in den Tempel stellt, den er seiner Frau errichtet und sein Heim nennt. Wenn er Gott wählt, wird die Frau für ihn zum Inbegriff der Vergänglichkeit des Irdischen. Er sieht in ihr das Symbol der Eitelkeit, die personifizierte Täuschung.

Diesen beiden Herrschern des Himmels und der Erde sind die meisten Gedichte in der Welt gesungen worden. Es läßt sich nicht entscheiden, wer die schöneren bekommen hat, aber es ist sicher, daß die, die Gott gesungen wurden, verschwindend wenige sind im Vergleich zu der Vielzahl derer, die der Frau gesungen worden sind. Jeden siebten Tag gehen die Männer vor den Herrn, ehren ihn wie ein großartiges, aber unwirkliches Phänomen. Sechs Tage opfern die Männer auf dem Altar der Frau. Die wenigsten opfern eine Nacht ihres Lebens, um im Angesicht des Herrn zu wachen; die meisten opfern der Frau alle Nächte ihrer Mannesjahre.

Als Kind streifte ich in meinem Elternhaus umher, voll von mystischen Empfindungen und erotischer Lyrik. Hier und dort in meiner Vaterstadt besaß ich mindestens ein Dutzend geheiligter Stätten, die mir ebenso heilig waren wie den Gläubigen die Stationen des Kreuzweges, nämlich die Straßen, in denen meine Angebeteten wohnten. Ich schrieb Verse über die Schornsteine auf ihren Häusern, und die Armen in den Kellern dieser Häuser wurden interessanter als andere Leute, weil sie unter demselben Dach wohnten wie meine Hallas, Huldas und Svafas. Der Mann ist ein polygames Tier. Das Liebesgedicht, das ich an eine richtete, paßte auf alle.

Ich beobachtete andächtig, mit welcher Ehrfurcht die Frau angebetet wurde. Sie wurde mit Handkuß begrüßt. Ihr flüsterten die Männer das Beste zu, das ihnen einfiel, das Schönste, das sie wußten. Man vermied es, einer Dame zu widersprechen, und hörte lieber ihr zu als seinen eigenen Geschlechtsgenossen, auch wenn das, was sie sagte, lauter Dummheiten waren. Je schöner sie war, desto gieriger verschlangen die Männer jedes gedankenlose Wörtchen, das ihren Lippen entschlüpfte. Die Männer reichten ihr die Hand und halfen ihr aus dem Wagen, führten sie die Treppe hinauf und öffneten ihr die Tür, strebten danach, ihre Sklaven zu werden, selbst die klügsten Männer. Man machte ihr die teuersten Geschenke, Diamanten, Elfenbein, Federn und Pelze. Man baute Häuser und Schlösser für sie und pflanzte Fruchtbäume darum herum. Man umgab sie mit polierten Möbeln, kostbaren Musikinstrumenten, erlesenen Kunstwerken, Tischgerät aus Porzellan und edlem Metall, orientalischen Decken, altem Silber, Keramikvasen. Dichter sangen ihre schönsten Gedichte für sie. Sie verehrten sie weit mehr als den Herrn, ja sogar mehr als Dionysos, hoben sie über den Himmel hinaus, schlugen sich vor ihr an die Brust, gingen vor ihr in Sack und Asche, rauften sich die Haare, schlugen ihr zu Ehren Purzelbäume, wie der Gaukler bei Anatole France vor der Jungfrau Maria.

Der Mann ist zu bedauern, der sich mit keiner Illusion abfinden kann, denn er ist viel zu stark, um unter Menschen zu leben. Ich bin einer von diesen starken, bedauernswerten Männern: Die Psalmen, die man der Liebe gesungen hat, sind nichts als Lüge, Heuchelei, Verstellung, Beschönigung, Betrug, Schwindel und Bluff. Die Dichtung, die Höflichkeit, die ganze Verehrung, all das Kriechen vor der Frau: Verbrämte Animalität, *obsession du sexe*. Die Gedichte und die Komplimente, die Handküsse und Verbeugungen, alles zielte nur auf einen Punkt.

Die Liebe ist so an die Geschlechtsorgane des Menschen gebunden, daß ein Kastrierter sie nicht fühlt, so von der Ernährung abhängig, daß ein Mann, der fastet, von ihren Regungen frei ist. Es ist eine Tatsache, daß ein Mann und eine Frau, die sich über alles in der Welt liebten, sich wie Teufel haßten, nachdem sie vierzehn Tage zusammen in einem Raum hungern mußten. Das ist die Geschichte, die Johann Sigurjonsson in dem Schauspiel über Berg-Eyvind und seine Frau erzählt.

Eine Zeitlang versuchte ich, mir einzubilden, daß es das, was lyrische Seelen platonische Liebe nennen, wirklich gebe. Doch ich habe auch dieses Geschwätz durchschaut.

Es stimmt, im Menschen erwacht leicht Bewunderung und Begeisterung für Dinge, die ihm eine geistige und höhere Schönheit offenbaren. Es gibt edle Liebe, Liebe zu Gott und den Menschen, zu Idealen und höheren Daseinsformen. Und es gibt die geistige Sympathie zwischen zwei Seelen, die den gleichen Gott haben. Aber die Liebe wird vom Geschlechtlichen begrenzt. Die Liebe kann sich nicht über die Natur erheben. Man könnte auch anders über die platonische Liebe sagen, daß es sie zwar gibt – nur nicht zwischen Mann und Frau. Man kann die Jungfrau Maria oder die Mona Lisa platonisch lieben, wie der Dieb, der letztere vor einiger Zeit aus dem Louvre stahl, denn Lisa ist ein Bild und Maria ein Märchen. Man kann sich sogar vorstellen, daß es Männer gibt, die den Inbegriff des Mädchens lieben, *the idea of girlishness,* wie es ein Engländer von Marcel Proust gesagt hat, oder sogar Fliegen, wie der Mann in der Erzählung von Hamsun, aus irgendeiner Art von undefinierbarem *zoophytical eroticism* heraus. Möglicherweise kann man einen Telegraphenmasten platonisch lieben – doch nie eine Frau. Der Mann liebt die Frau und wird die Frau lieben, wegen ihrer Genitalien, wie es Dr. Weininger an einer Stelle so offenherzig und brutal sagt, daß ich ihn nicht wörtlich zitieren möchte.

40

Im Reich der Lüge und der Heuchelei gibt es natürlich kein schlimmeres Verbrechen, als ohne Beschönigung von der Liebe und der Frau zu sprechen. Jeder, der sich erdreistet, über diese Dinge anders als in lyrischem Kauderwelsch zu sprechen, »verdirbt die Jugend«, »rüttelt am Fundament der Gesellschaft«, ist ein »Tempelschänder, Schmutzfink, Menschenverächter« und wird entweder wegen Unsittlichkeit angeklagt oder für verrückt erklärt, denn zu den Eckpfeilern dieses Staatswesens gehören die aus barbarischer Zeit ererbten Lügen über die Beziehungen zwischen den Geschlechtern. Wenn jemand die Gesellschaft anklagt, sie verfolge mit ihren Gesetzen gegen die Aussetzung von Kindern kein anderes Ziel, als Kanonenfutter für die Feinde der Menschheit zu produzieren, und die Frau dazu auffordert, ihren Trieb zu sublimieren, so beginnt eine Art Brunftzeit für alle Erblügen der Welt, und das Barbarentum verschlingt ihn mit feuerrotem Maul.

Doch der Weltkrieg war ein großer, wenn auch teuer erkaufter Segen. Nichts hat die Kritikfähigkeit des Mannes gegenüber den tausendjährigen Lügen und Täuschungen der weißen menschlichen Gesellschaft so sehr geschärft. Die Männer lernten unter anderem, vier Jahre lang ohne Frauen zu leben und dem Tod ins Auge zu sehen.

Mit jedem Tag erweist es sich stärker, daß diese Schule nicht umsonst war. Der Mann von heute verehrt die Frau nicht mehr auf dieselbe gotteslästerliche Weise wie zuvor. Das Fundament der bürgerlichen Gesellschaft, die Ehe und das Heim, hat in seinen Augen an Wert verloren. Sein Gesellschaftsverständnis hat sich in diesen vier Jahren mehr entwickelt als in den vorausgegangenen vier Jahrhunderten – in Richtung auf ein sozialistisches Gesellschaftsideal. Er fängt allmählich an zu verstehen, daß das Wohl der Allgemeinheit wichtiger ist als der Profit des Bürgers, die kulturellen Werte wichtiger sind als die Frau. Und die Frau muß, ob sie will oder nicht, aus ihrer Sexualekstase erwachen, sich gegen den Geist der Vorzeit, der sie in einen Dornröschenschlaf versetzt hatte, erheben, ihr Leben den kulturellen Werten der neuen Zeit weihen.

Wir saßen vier Jahre lang im Schützengraben, sagen die Soldaten aus dem großen Krieg. Der Schlamm reichte uns bis zu den Knien, die Bomben heulten über unseren Köpfen, wir litten schlimmere Qualen als die Verdammten der Hölle und dachten an die Frauen daheim. Wir segneten sie, die unseren Herd bewachten und für uns zu Gott beteten. Wir kämpfen für euch, die ihr daheim sehnsüchtig wartet, dachten wir. Euretwegen wollen wir Helden sein; euretwegen stehen wir die entsetzlichsten Prüfungen durch.

Wir trösteten uns damit, daß sie in Gedanken an unserem Los teilhatten; daß sie erwartungsvoll auf alle Nachrichten aus dem Feld warteten, voller Dankbarkeit für unseren Opfermut. Wir freuten uns auf das Wiedersehen, auf die Stunde, in der sie den Kopf an unsere Wange legen und mit glücklicher, liebevoller Andacht dem Bericht von unseren Heldentaten lauschen würden, treu wie das Weib des Odysseus.

Doch wie kam es in Wirklichkeit?

Wir kehrten müde wie alte Ackergäule heim, mit ermatteter Lebenskraft, kaputten Nerven, verwirrtem Sinn. Aber glaubt ihr, die Frauen hätten sich etwas daraus gemacht, sich uns auf die Knie zu setzen und vom Krieg zu hören? Nein, Freunde, sie scherten sich einen Dreck um unsere überstandenen Leiden; sie wollten um Gottes willen nichts von unseren Siegen oder Niederlagen hören und noch weniger von den Schrekken, mit denen wir vier Jahre lang Tag und Nacht gelebt hatten, während sie daheim vor dem Herd der Bequemlichkeit oblagen. Ist jemand so kindisch, das zu glauben, was in den vaterländischen Liedern steht, daß die Frauen uns liebevoll gepflegt und zärtlich getröstet haben, als wir heimkehrten? Nein, Freunde, sie wollten trinken und tanzen. Sie wollten neue Kleider von uns und ließen sich von uns in elegant dekorierte Nachtlokale begleiten, wo sich das Dasein in Shimmy und Foxtrott kristallisierte. Und dort stellten sie uns einem jungen Stutzer mit Monokel, geschniegeltem Haar und polierten Nägeln vor. Das war der Liebhaber, den sie sich angeschafft hatten, während wir draußen waren, während wir im Schlamm auf dem *champ d'honneur* mit dem Teufel tanzten. Bevor wir loszogen, hatten wir es nämlich unterlassen, ihnen einen Keuschheitsgürtel um die Lenden zu spannen, wie es die Männer zu Zeiten der Kreuzzüge zu tun pflegten.

41

Die Ehefrau und die Hure sind zwei grauenhafte Überbleibsel der Vergangenheit, zwei Meilensteine auf demselben Weg, zwei deckungsgleiche Begriffe. Beide sind das Produkt einer Gesellschaft, die im Zeichen des Barbarentums steht und fällt, dazu verurteilt, ihre Liebe zur Handelsware zu machen, in einer Gesellschaft, die alles zwischen Himmel und Erde kommerzialisiert hat, selbst die Barmherzigkeit Gottes und die Begabungen des Genies.

Die Hure – das ist die Ehefrau, die Ehefrau – das ist die Hure. Die eine kaufe ich mir zu lebenslangem Umgang. Sie bekommt ein Leben lang an meinem Tisch zu essen und zu trinken und schöne Kleider, dafür, daß sie meine Hure ist. Die andere kaufe ich mir für eine Nacht, und am nächsten Morgen gebe ich ihr ein Pfund, dafür kann sie sich etwas zu essen kaufen und ein Paar Schuhe, damit sie keine nassen Füße bekommt; denn ihre Füße sind empfindlich. Was ist der Unterschied? Die eine ist fest angestellt, die andere hängt den Mantel nach dem Wind; beide geben mir dasselbe. An die eine bin ich gebunden, von der anderen bin ich unabhängig. Die eine ist anspruchsvoll, die andere genügsam. Die eine ist dick, eingebildet und dumm wie ein General oder Erzbischof, weil sie weiß, daß ihre Stellung gesichert ist. Die andere ist arm, glücklos und lebenserfahren wie ein isländischer Dichter. Die eine ist undankbar und heuchlerisch; die andere ist demütig, aufrichtig und geradeheraus. Die eine ist hoch angesehen in dummen Wohltätigkeitsvereinen und trägt damit das ihre dazu bei, eine Gesellschaft am Leben zu erhalten, die die Hälfte der Menschheit zu Armen und Sklaven macht. Die andere ist der Inbegriff der Selbstverleugnung, stets aufopfernd, opfert Ehre und Glück, Leib und Seele, opfert sich blindlings für alles und für andere. Die eine bringt Kinder zur Welt, die dann als Kanonenfutter für König, Freiheit und Vaterland sterben oder an Hunger und Elend zugrunde gehen. Die andere ist die Verirrte zwischen den Glashäusern, wo die Verstellung, die Heuchelei und der Eigennutz mit Steinen werfen und die Nase rümpfen. Es ist ein Lügenmärchen, daß die Frau sich seufzend dem Geliebten an die Brust wirft, wenn er seinen Heiratsantrag herausstammelt, und antwortet: Ich bin dein für ewig! So etwas gibt es nur in schlechten Gedichten und Groschenromanen, die für Dienstmädchen und Kleinbürger geschrieben sind.

Wenn ein Mann einen Heiratsantrag macht, antwortet die Frau immer dasselbe: Was bietest du mir? Was bezahlst du mir? Bekomme ich Speisezimmermöbel, Wohnzimmermöbel und ein Klavier? Gibst du mir gebratene Hähnchen? Gibst du mir Straußenfedern? Gibst du mir einen Wagen? Und selbst wenn ich es mir leisten kann, ihr einen gewöhnlichen Ford zu geben, nimmt sie lieber den, der ihr einen Fiat-Fünfsitzer gibt; keine Frau widersteht einem Rolls Royce. Habe ich keine Lust, mich für ihre Bedürfnisse abzurackern, läuft sie wieder heim ins Elternhaus. Sie liebt mich, wenn ich ihr Geld, Flitter, ein Haus, ein Klavier, teure Kleider, viel zu essen gebe. Und gelingt es mir, beim Pöbel zu Ansehen zu gelangen, dann bin ich ihr bester Ziergegenstand. Doch biete ich ihr nichts als meine Liebe, nichts zu essen, keine Kostbarkeiten, dann sollte man sich nicht auf ihre Treue verlassen. Fahre ich ins Ausland und bleibe fünf Jahre fort, dann hört sie ganz auf, mich zu lieben. Wenn ich sie frage: Warum sollte ich dazu verpflichtet sein, dich zu ernähren, selbst wenn ich dich liebe? – dann bin ich ein Schurke und Halunke. Und am meisten haßt und verachtet sie mich, wenn mit meinen Geschlechtsorganen etwas nicht stimmt. Und obwohl sie mir am Tag vor der Hochzeit mit den herzergreifendsten Worten der Sprache, brennenden Küssen und funkelnden Tränen ihre ganze Liebe versprochen hat, kann ich sicher sein, daß sie sich vom ersten Don Juan, den wir auf der Hochzeitsreise treffen, verführen läßt. Im Süden gibt es Abenteurer, die ihr Leben in Luxushotels verbringen und es sich zur Lebensaufgabe gemacht haben, frisch verheiratete Frauen auf der Hochzeitsreise zu verführen. Es heißt, daß wenige Menschen bei ihrer Arbeit erfolgreicher seien als sie.

42

Je älter der Mensch wird, um so eitler werden die Fragen, über die er sich den Kopf zerbricht, desto erbärmlicher die Entscheidungen, die er trifft. Es ist eine seltene Ausnahme, einen Mann zu treffen, der noch nach seinem dreißigsten Lebensjahr denkt. Altern bedeutet die Kapitulation des Menschen vor den Tatsachen. Seine Klugheit zeigt sich jetzt darin, daß er zu dem Stellung nimmt, was ist, sich so arrangiert, daß die Mißlichkeiten, gegen die er in der Jugend ankämpfte, ihn möglichst wenig stören. Altern heißt, den Mut gegenüber dem gordischen Knoten verlieren, sich mit dem abfinden, was man nicht besiegen konnte. Die Seele eines älteren Mannes ist wie erstarrte Lava.

Auch für mich kommt die Zeit, da mich keine der zwingenden Fragen mehr beschäftigen wird. Ich werde in Bagatellen und Eintagsstreitereien hineingezogen, setze mich zwischen Professoren, Parlamentsabgeordnete und andere Toren, kurzgeschoren und würdevoll, wahrscheinlich mit Schnurrbart, und spreche feierlich über »den Ausweg aus den Schwierigkeiten«, nehme mich selbst ernst und sehe keine andere Lösung als das Kochen mit der Kochkiste.

Die Rätsel des Lebens stocken in meinem Kopf wie Wasser in einer Torfgrube; sie verdunsten wie stehendes Wasser in der Sommerhitze. Die Fragen, die mir zuvor von morgens bis abends keine Ruhe ließen und mich nachts um den Schlaf brachten – wo sind sie nun? Abenteuerliche Kapitel im ersten Teil meiner Autobiographie, und nicht einmal das, vergessene Träumereien. Statt dessen ist mein Gehirn voll von Antworten auf Fragen, die ich nie gestellt habe. In meiner Jugend fragte ich: Wo ist Gott? In meinem Alter schreibe ich eine gelehrte Abhandlung über die Besonderheiten des Hoflebens im Frankreich Ludwig des XVI. Ich bin äußerst zufrieden damit, vergessen zu haben, was es war, das ich wissen wollte, und alles zu wissen, wonach ich nicht fragte. Mein Nervensystem hat sich beruhigt, die Schwingungen meiner Gedanken haben sich verkürzt. Das Traurigste ist, daß dieser Zustand ganz allmählich eintritt, ohne daß ich es merke. Die Versteinerung meldet sich nicht an, so daß ich mir rechtzeitig eine Kugel durch den Kopf jagen könnte; die Erwachsenenjahre berauschen mich wie ein tückischer Wein. Meine Damen und Herren! – sage ich süß und dumm. Ich bitte um Nachsicht für die Unruhe meiner Jugend!

Die Erwachsenenjahre, die dem Menschen eine betäubende Kralle in den Herzmuskel schlagen, sie scheinen mir der schicksalsschwerste Hohn zu sein. Es wäre besser zu sterben, als erleben zu müssen, daß man einer von denen wird, die die verfaulten Stellen der Gesellschaft notdürftig zusammenflicken und den Armen einschärfen, ihre Kartoffeln in einer Kochkiste zu garen.

Liebe Freunde! schreibe ich, wenn ich älter geworden bin; wir müssen alle sparen, und an allem muß gespart werden!

Die Lösung der Probleme der Menschheit ist und bleibt der Gebrauch von Kochkisten!

Und wenn ich den Gebrauch von Kochkisten hartnäckig genug propagiere, werde ich zum Schluß vom König für meine »Verdienste um das Vaterland« geehrt. Ich bekomme den Falkenorden und Dannebrogorden, den St. Olavsorden, das Eiserne Kreuz und den Hosenbandorden, bis ich raßle wie ein Weihnachtsbaum.

43

London, Neujahr 1925. Mein Herr. Ich habe den Brief vom letzten Sommer noch nicht beendet. Erlauben Sie mir, ein paar Worte hinzuzufügen.

Sie glauben, ich sei Sozialist, ein verstockter politischer Phantast. Nein, mein Herr, ich habe aufgegeben. Mir ist die Menschheit vollkommen gleichgültig. Ich bin völlig ratlos. Ich bitte Sie, mir zu helfen. Ich muß gevierteilt werden – einen anderen Ausweg gibt es nicht.

Sagen Sie mir, mein Herr, was hat der Mensch im Licht der Welt verloren?

Den ganzen Winter hindurch habe ich versucht, drei Neigungen in mir zu entwickeln, um den Menschen zu überwinden, nämlich die Homosexualität, die Rauschgiftsucht und den Drang zum Selbstmord. In diesen drei Leidenschaften sehe ich die höchsten Ideale der Menschheit. Die Menschheit kann kein höheres Ideal haben, als auszusterben. Das Leben ist der schlimmste Feind des Lebenden, und »der Tod ist der Sieg über das Leben«, wie einer der Philosophen unserer Zeit sagt.

Es ist heller Wahnsinn, für die Zukunft oder das Glück der Menschheit kämpfen zu wollen.

Und ich frage mich, warum sollte es mir Vergnügen bereiten, daß es den Menschen gut geht? Die Menschen gehen mich nichts an. Es ist nichts als christlicher Unsinn, der auf dem Glauben an einen Gottvater beruht, daß wir unsere Brüder lieben und ihnen Gutes tun sollen. Aber ich glaube nicht an Gott, und deshalb ist es mir völlig gleich, ob es der Menschheit gut oder schlecht geht. Das einzige, was mir Vergnügen bereitet, ist, für mich selbst zu leben, nicht deshalb, weil ich mich selbst liebe, sondern weil ich mich selbst verachte und mich danach sehne, mich selbst auszulöschen. Ich verachte die Menschen wie mich selbst. Ich mache mir einen Spaß daraus, Säuglinge auf mein Bajonett zu werfen und mit meinem Absatz geschändeten Negerfrauen die Zähne einzuschlagen. Ich darf alles, was ich will, für mich selbst tun. Denn welchem Teufel sollte ich verantwortlich sein, wenn es Gott nicht gibt? Existiere ich für etwas anderes als für mich selbst? Wenn es Gott nicht gibt, dann ist es eine Sünde, für andere als für sich selbst zu leben.

Das Lebewesen erblickt das Licht der Welt nur, um zu sterben. Weshalb sollte der Mensch danach trachten, sich zu vermehren, wenn seine Aufgabe nur darin besteht zu sterben? Der Mensch wird zur Eitelkeit und Illusion geboren; er leidet, sehnt sich und fürchtet ein paar Jahre lang, doch jedesmal, wenn die Uhr schlägt, ist der Tod um eine Stunde näher gerückt. Mein Leben ist wie ein Funke unter einem Pferdehuf. In einem vergänglichen Augenblick erscheine ich auf der Erdoberfläche und bestimme nicht einmal die Farbe der Haare auf meinem Kopf! Die Schläge meines Herzens sind bemessen, meine Atemzüge gezählt – nur noch ein paarmal, dann ist die Geschichte aus. Ich bin die Hülle, in der die Ohnmacht Wohnung genommen hat, ein zitterndes Gespenst in einem schwachen Lichtstreif zwischen zwei unendlichen Dunkelheiten, zwei Schlafzuständen. Warum wird dem Menschen nicht befohlen, mit der Vermehrung seiner Art aufzuhören? Warum diese ewige Sisyphusarbeit den Berg hinauf und hinunter? Der Mensch sät und darf die Ernte nie sehen, er webt und geht in Hohn gekleidet!

> He weaves and is clothed with derision,
> sows, but he shall not reap.
> His life is a watch or a vision
> between a sleep and a sleep.

Das Tier ist ein ungleich höheres Wesen als der Mensch, die geistlose Kreatur ohne fragendes Selbstbewußtsein. Was gibt es auf unserer Erde Höheres, Vollkommeneres und Heiligeres als ein schneeweißes Schaf an einem Hochsommertag? Es ist das Glück des Menschen, daß ihm ein kleines Quantum Leidenschaften, die befriedigt werden wollen, in die Wiege gelegt wurde. Was sollte sein Ziel sein, wenn nicht die Befriedigung seiner Leidenschaften und der Tod? *Il piacere é la sola virtù,* der Genuß ist die einzige Tugend.

Im Alter von siebzehn Jahren nahm ich in Spanien und Frankreich an nächtlichen Orgien teil, wo nackte Frauen, vom Scheitel bis zur Sohle bemalt, lesbische Schautänze vorführten, wenn sie nicht gerade die riesigen Neger besprangen, die auf den Sofas festgebunden waren, während die Zuschauer eng umschlungen auf dem Boden lagen. Die Befriedigung des Geschlechtstriebs ist die höchste Freude des Menschen und nur zu verantworten, wenn diese Befriedigung so vor sich geht, daß dabei keine neuen Menschen entstehen. Die Homosexualität ist die unschuldigste Methode geschlechtlicher Befriedigung. Die blindeste und unvollkommenste Art sexueller Betätigung ist diejenige, die zu einer solchen Katastrophe wie der Geburt eines neuen Menschen führt. Das Ziel des Menschen ist es, den Menschen zu vernichten. Das Ziel der Kultur ist es, den Menschen zu vernichten. Das Ziel der Weisheit ist es, den Menschen zu vernichten. Nur der Tod kann die Liebe befriedigen.

Siehe, diese Gedanken deuten auf entfernteste Zeiten.

44

Ich denke nicht, habe nie gedacht. Ich weiß. Es ist mein Schicksal und mein Unglück, daß ich immer gewußt habe, ohne zu denken und zu lernen. Wer denken und lernen muß, besitzt die Gabe, nie etwas zu wissen. Und das ist eine große Gnade. Das edelste Tier auf Erden ist der Esel, schließlich ritt Christus auf ihm in Jerusalem ein.

Die Kraft des Menschen besteht aus Zeit und Geduld, sagt Balzac. Aber meine Kraft zeigt sich in ungeduldigen Blitzen. Die tiefsten Wahrnehmungen gehen mir durch die Seele wie Donnerschläge. Die Geschichte der Erde, die Geschichte des Sonnensystems, die Erfahrung der Menschheit – alles durchströmt mich als blitzschnelle Offenbarung. Ich bin ein Spiegelbild der Entwicklung der Menschheit, ihrer Größe und Kleinheit, ihrer Mühsal, Weisheit und Verirrung. Ich bin die Schöpfung selbst im schrecklichen Morgengrauen eines wachen Selbstbewußtseins. Ich kann nicht schlafen; ich kann nicht träumen; ich kann nicht vergessen. Ich wache, ich schaue, durchschaue alles; nichts bleibt mir verborgen, das Weltall ist mein Gefängnis; der Weltuntergang ruht in meiner Brust; ich bin allein; es gibt nur mich, ein ohnmächtiges Nichts; ich bin das Leiden selbst, das Entsetzen selbst; der Tod, das bin ich.

Die Menschen leiden; überall um mich herum sind Menschen, die leiden. Sie leiden an Freiheit und Unterdrückung, an Armut und Reichtum, an Dummheit und Wissen, an Liebe und Haß, an Gott und Satan, an dem, was sie sind, und dem, was sie nicht sind. Das kleine Mädchen, das mir heute morgen auf der Straße begegnete, mit einem Milchtopf in der einen und einem Brotlaib in der anderen Hand, es ging so langsam und vorsichtig, um nicht auf der vereisten Straße auszugleiten, und das Brot war beinahe so groß wie es selbst – auch es war auf dem Weg nach Golgatha. Ich hatte solches Mitleid mit ihm, diesem kleinen Wicht, der so vorsichtig ging, um seinen Milchtopf nicht zu zerbrechen, daß ich zu weinen anfing, als ich nach Hause kam.

Was können große Männer ausrichten? Das einzige, was sie bewirken können, ist, den Menschen die Fähigkeit zu rauben, ihr Schicksal zu tragen. Sie treiben sie in die Wüste hinaus, in der Hoffnung auf das gelobte Land, doch in der Wüste verschmachtet das Volk und stirbt. Im besten Fall erwies sich das gelobte Land, das Traumland, als siebenmal niederträchtiger als das alte. Man muß sehr kindisch sein, um für ein Ideal zu kämpfen oder ein Rätsel zu lösen, denn morgen ist das Ideal zu einer dreckigen Hose geworden, die von einer Hure zur anderen weitergegeben wurde, und aus dem Rätsel ein Freimaurersymbol. Die Menschheit hat eine Million Jahre unter dem Banner ihrer großen Männer gekämpft und gekämpft, einzig um die Erfahrung zu bestätigen, daß es ein Land des Glücks nirgendwo gibt, nur verschiedene Formen des Leidens. Auf Felsen gibt es Flechten, die Himmelsbrot oder

Manna genannt werden, und am Himmel den Regenbogen, den Glauben, den Bund mit dem Herrn, doch keiner hat ihn je erreicht, denn er ist nur eine optische Täuschung – und wer Manna ißt, bekommt Bauchweh. Der primitive Mensch gräbt sich Löcher in die Erde, und die Löcher sind offen wie Wunden über seinen Leiden, solange er lebt, und wenn er tot ist, schließen sie sich über seinem Kadaver wie verheilte Wunden. Weiter kann man nicht gelangen. Noch hat keiner ein schöneres Traumland gefunden als ein drei Ellen langes Grab. In einigen Jahren spazieren die Würmer durch mein verrottetes Gehirn.

Ich denke an drei der größten Geister der letzten Generation, Tolstoj, Strindberg und Nietzsche.

Tolstoj wollte der Welt mit Vernunft und Nächstenliebe helfen und starb selbst als Märtyrer der Verzweiflung. Ich kenne wenige Pilgerfahrten, die jämmerlicher waren als die Flucht des Greises aus Jasnaja Poljana einige Tage vor seinem Tod. Er läuft davon, als ob er sich selbst einreden wollte, daß er jung und unsterblich sei, verschwindet ins Blaue und stirbt. Er war der Inbegriff der menschlichen Vernunft und Nächstenliebe. Das Ergebnis: In Paris gründeten ein paar Fanatiker einen Verein.

Nietzsche wollte den Menschen mit dem Übermenschen überwinden, und als er sah, daß alles umsonst war, schrieb er nach Rom und bat um eine Audienz beim Papst. Welch ein verzweifelter Ausweg, seine letzte Zuflucht schließlich unter dem Schutzmantel der christlichen Illusion zu entdecken! Doch zwei Tage nachdem er den Brief geschrieben hatte, verlor er in Turin den Verstand, lebte dann elf Jahre wie ein Tier und glaubte, er sei Jesus Christus am Kreuz.

Strindberg wollte die Menschheit von ihrem Elend kurieren, mit allen Arzneien, die man ihr seit Anbeginn der Geschichte des menschlichen Geistes einzugeben versucht hat. Und dennoch bildete dieser vielseitige Oberquacksalber sein Leben lang eine elende Zielscheibe für die Angriffe Jesu Christi, bis er sich auf dem Totenbett selbst dem Kreuzeswahnsinn verschrieb, und jetzt kann man auf dem Holzkreuz über seinem Grab folgende Worte lesen, die dort auf seine Anweisung hin angebracht wurden: *O crux, ave, spes unica!*

Selbst der vollkommenste Mensch ist nichts als ein Spielball des Hohns. Der Mensch ist nur Eitelkeit.

45

Chi siete voi che uscite
dall' eterno silenzio?
Fausto Martini

Was ist das für ein Wille, der aus unbewußten, mystischen Tiefen Geister heraufbeschwört und sie hypnotisiert, daß sie eine Weile tanzen, ihre Herkunft verfluchen und den Weg zum Staub fürchten? *Gieb, ja ergieb, grausamster Feind, mir – dich!* schreit Nietzsche.

Ich war einmal droben im Kaldidalur, in der Einöde des isländischen Hochlandes. Der Weg führt über graues Steingeröll, wüstenhaft und tot, und in der Ferne ragen die Gletscher auf, diese heiligen und seelenlosen Götterbilder. Doch mitten im Kaldidalur wächst eine kleine Pflanze. Ich weiß nicht, wie sie heißt, aber ich sah sie, als ich den halben Tag gewandert war. Sie wuchs dort ganz allein in der endlosen Steinwüste. Und sie verbeugte sich, als sie mich sah, denn es war das erste Mal, daß sie ein lebendes Wesen erblickte. Ich riß sie heraus, weil sie genau so lang und dünn war, daß ich meine Pfeife mit ihr reinigen konnte.

Ich frage: Warum versucht die Lebenswoge, aus mystischen Tiefen hervorzubrechen? Was ist das Ziel dieses blinden Krieges gegen den siegreichen Tod? Das Leben hat sich verirrt! Es ist nicht in der Welt der Materie zu Hause; es stirbt! Armes Lebewesen, du kommst aus dem ewigen Schweigen herauf, um zu sterben.

Alles, was lebt, geht zugrunde, Geschlechter ebenso wie Individuen, und Sonnensysteme sterben aus Kälte und Hunger wie kleine Kinder. In alten Prophezeiungen heißt es, daß der Gott des Gerichts im Feuer kommen wird. Doch das ist eine falsche Voraussage: Der Gott des Gerichts wird im Eis kommen. Die Sonne hat sich während der letzten zehn Monate beträchtlich verändert, sagt Soupault,

und bald verlischt die Sonne
und Erdenstaub vergeht.
Und alles wird zunichte
und keine Welt besteht.

Ich stehe an meinem Fenster, blicke in den Nebel hinaus und frage, wo werde ich sein, wenn die Sonne erkaltet ist – wo werde ich dann sein?

Himmel und Erde, habt Mitleid mit mir, denn ich bin so ohnmächtig und lächerlich in meiner Sehnsucht nach Allmacht, ein himmelschreiendes Zeichen der Sterblichkeit in meiner Hoffnung auf Ewigkeit! Der Schakal heult in der Wüste, bis er tot umfällt. Und die Geier hacken das Fleisch von seinen Knochen, der Sand fegt sie weiß. Weit drinnen in der Wüste ragt ein fünftausend Jahre altes Denkmal für einen alten König aus dem Sand. Es trägt diese Inschrift: Zittere, elender Mensch, denn ich bin der König der Könige, der Schrecken aller Völker der Welt! Alles, was vom Reich dieses mächtigen Königs übriggeblieben ist – ist dieses Monument. Seine Gebeine sind schon längst in dem Sand verschwunden, der jetzt das alte Weltreich deckt.

Zittere, elender Mensch!

46

Wo kann ich meine Seele erquicken? Ich suche in den hintersten Winkeln meiner Gedanken; ich stelle alles auf den Kopf, drehe alles um, wie ein Mann, dem sein Kragenknopf unter die Möbel gerollt ist. Und ich finde nichts, was meine Seele erquicken kann.

Excelsior – höher? Nein, das ist nur ein Name für Hotels und Waschpulver.

Ewige Entwicklung, höher und höher, ohne Anfang und Ende, ohne Ziel. *Una bella confusione.*

Die Alternative: Eine Entwicklung, die sich ein paar Ewigkeiten lang fortsetzt, bis ich in das Nirwana der totalen Vollkommenheit aufgesogen werde – was wäre das? Ein Teufelskreis.

Ersehne ich das Himmelreich und ewige Seligkeit? Nein, Gott behüte, ich kann das nicht hören. Es ist, als ob mich jemand zu einer ewigen Sauferei einlüde. Ich höre lieber eine Jazzband als Engelsharfen. Ich gehe lieber ins Tivoli und in den Lunapark als ins Paradies. Mir wird übel, wenn ich an die Auserwählten denke: lauter Einfältige, Rechtschaffene, Bauern, die nicht einmal Anatole France, Gabriele d'Annunzio oder Marcel Proust gelesen haben, geschweige denn die neuesten Richtungen in Literatur und Philosophie, wie den Surrealismus oder die Relativitätstheorie, kennen. Es fehlte nur, daß ich die ganze Ewigkeit zwischen Patriarchen aus dem Alten Testament zubringen sollte, zwischen pedantischen Scholastikern aus der Zeit vor der Erfindung der Buchdruckerkunst, fanatischen Märtyrern, hysterischen Jungfrauen, die aus sexueller Verklemmung ins Kloster gingen und »Gesichte« hatten, oder wohlhabenden Bürgern aus Jerusalem und Reykjavik. Das wäre eine schöne Gesellschaft. Nein, dann lieber nach Walhall und mit den Odinskriegern kämpfen.

Vielleicht ist kein Paradies, weder im Diesseits noch im Jenseits, einem isländischen Tal vorzuziehen.

An einem Frühlingstag packe ich meine Sachen und ziehe hinauf in die Täler. Ich baue mir eine Hütte, glätte die Steinbrocken mit einem Hammer und schneide die Grassoden mit einer Sichel, schichte eines über das andere und lege Dachsparren darüber. *Zwei Ziegen nur und ein Strohdach dazu ist besser als betteln.* Im Sommer stehe ich mit den Vögeln des Gebirges auf und fange an, das Gras zu mähen. Der gesegnete Erdgeruch, sage ich, die gesegneten Berge! Und wenn es Winter wird, fressen mir die Lämmer aus der Hand, und die Kuh schaut mich mit großen, ungeschlachten Liebesaugen an und muht, wenn ich vorbeigehe. Und der Hund schließt seine braunen Augen und schläft zu Füßen seines Herrn ein.

Dorthin gehen meine Gedanken, dorthin und nicht weiter.

Hier ist alles, was ich liebe. Hier ist meine Kirche. Hier will ich wachen und schlafen, leben und sterben. Die isländische Gebirgsnatur ist meine Geliebte und meine Frau, laß mich in ihren Armen sterben. Laß meine Seele mit ihr eins werden im Tod.

Die Berge stehen glänzend und geschmückt, alles klingt vom Bachesrauschen und Vogelsang des ewigen Frühlingstages. Und die Sommersonne hüllt meine Berge in Majestät und Stille ein, umgibt sie mit Luftspiegelungen und Träumen. Abends wird es dämmrig, und man hört Schwanengesang an den Gebirgsseen, und aus den heißen Quellen steigen träge, helle Nebeldämpfe, die durch mein Tal ziehen. Welch mythische Erhabenheit!

Es ist mein innerstes Sehnen, hier als Geist umgehen zu dürfen, in stillen Sommernächten wie ein eigenartiger Vogel über den isländischen Bergen schweben zu dürfen, wenn ich gestorben bin.

Viertes Buch

47

An einem kalten, klaren Februartag des Jahres 1924 läuft die Gullfoss in den Hafen ein. Eine kleine Ansammlung von Menschen wartet am Kai, Leute, die Freunde vom Schiff abholen wollen. Der Nordwind ist scharf drunten am Hafen; die Männer drücken sich die Pelzmützen tiefer ins Gesicht; die Frauen verstecken ihre gepuderten Gesichter in den hochgeschlagenen Pelzkragen.

Vorne in der Gruppe stehen zwei pelzbekleidete Frauen, die eine alt, die andere jung, und in der Nähe wartet ihr Wagen, den der Chauffeur laufen läßt, damit der Motor nicht kalt wird: Das ist die Ylfingenmutter persönlich und ihre zwanzigjährige Pflegetochter, Dilja Thorsteinsdottir. In gebührender Entfernung steht einer der Bürovorsteher der Firma Ylfing.

Die Ylfing A. G. hat drei neue Trawler gekauft, schreibt das Morgenblatt. Heute soll Direktor Örnolf von seiner sechswöchigen Auslandsreise zurückkehren. Er war in Antwerpen, Hamburg und London.

Das Passagierschiff gleitet immer näher, oben ganz mit Eis überzogen, als käme es von einer Polarfahrt zurück. An Deck gibt es nicht viel zu sehen, nur wenige Passagiere, zu dieser Jahreszeit unternimmt nur der, der unbedingt muß, die lange Reise.

Bald entdecken die beiden Damen den Direktor. Er steht auf dem Promenadendeck, stattlich und gut gewachsen, in einem langen, schwarzen Mantel, den Otterkragen über die Ohren hochgeschlagen, so daß er bis zur Krempe seines steifen, schwarzen Hutes hinaufreicht, in dicksohligen, dunkelbraunen Stiefeln mit hellen Gamaschen. Sobald er die Wartenden sieht, nimmt er die Hand aus der Manteltasche, winkt zwei- oder dreimal, lüftet galant den Hut und lächelt.

Das Passagierschiff legt an, und es ragt hoch auf über Motorboote, schmutzige Fischkutter und Trawler. Mit ein paar sicheren Handgriffen machen Hafenarbeiter die Trossen fest, die Gangway wird zwischen Schiff und Land geschoben. Im nächsten Augenblick steht Örnolf vor den beiden Damen, stellt seine Tasche beiseite, nimmt den Hut ab und begrüßt sie. Er hat sich in den sechs Wochen, seit sie ihm hier am Kai Lebewohl sagten, nicht verändert. Seine Hand ist warm, das Herz kalt, die weißen Zähne und die Goldkronen blitzen, wenn er lächelt, das Haar ist sorgfältig über der Mitte der Stirn gescheitelt, sein Blick ist gleichzeitig scharf und fern, wie immer. Ylfing hat noch drei Trawler gekauft.

Jeder zweite Hut in der Menge wird für den Direktor der Firma Ylfing gelüftet. Einige geben ihm die Hand; junge Damen mit weißgepuderten Gesichtern heißen ihn mit versteckter Koketterie im Blick willkommen, und der in Verhandlungen Geübte lächelt auf seine bekannte Art nach beiden Seiten.

Er richtet ein paar vertrauliche Worte an den Bürovorsteher der Firma, hört ihm zu, lächelt, zieht ein paar Telegramme aus der Tasche; sie blättern sie durch, trotz des Windes, er deutet auf bestimmte Wörter, gibt Erklärungen, steckt die Depeschen dann achtlos in die Tasche, und beide lüften voreinander den Hut. Örnolf steigt in das Auto, setzt sich neben seine Mutter, und das Auto fährt davon.

Als man nach Hause kommt, setzt sich Frau Valgerd ihrem Sohn gegenüber an den Teetisch und fragt ihn nach Neuigkeiten, denn sie ist wie andere Mütter und erwartet immer, daß die Söhne, wenn sie aus dem Ausland zurückkommen, Neuigkeiten berichten. Aber keiner ist weniger dazu geeignet, Neuigkeiten zu erzählen, als der Direktor. Er erlebt nie etwas. Er ist wie ein begriffsstutziger Konfirmand: Man muß jede Antwort einzeln aus ihm herausziehen. Er lehnt sich im Sessel zurück, trinkt ab und zu von seinem Tee und denkt an etwas ganz anderes.

Hast du Grimulf getroffen? fragt die Mutter.

Ja.

Wo?

In Le Havre.

Wie ging es ihm?

Gut.

Wart ihr lange zusammen?

Wir fuhren nach Deutschland.

Wo sind Jofrid und Stein?

Ich weiß nicht – aber er nahm sich zusammen und korrigierte: Doch, Stein ist in England.

Und Jofrid?

Ich vergaß zu fragen.

Das kann auch nur dir passieren, mein Junge, antwortete seine Mutter und bot ihm Kuchen an, gleichsam um seine Aufmerksamkeit darauf zu lenken, daß sie mit ihm sprach. Hast du Stein nicht gesehen in England?

Er nimmt hastig einen Schluck Tee, steht plötzlich auf, geht zum Telefon, ruft an, spricht, hängt ein und antwortet seiner Mutter drei Minuten später, als er sich wieder an den Tisch gesetzt hat:

Wie? Stein? Doch, ich habe Stein gesehen.

Er scheint zu sich gekommen zu sein durch das Telefongespräch, schaut hinüber zu Dilja, nimmt wieder einen Schluck Tee, zündet sich eine Zigarette an und wiederholt lächelnd:

Ich habe Stein gesehen.

Wie geht es dem Jungen? fragte die alte Dame etwas eifriger als zuvor.

Gut.

Was macht er denn?

Ich glaube, er dichtet, antwortete der Direktor und zuckte leicht mit den Schultern, doch so, als ob diese Bewegung eher Zweifel darüber ausdrücken sollte, daß er die richtige Auskunft über die Betätigung seines Neffen gegeben habe, als Verachtung, denn im nächsten Augenblick lächelte er wieder.

Du meine Güte! sagte Frau Valgerd. Besteht denn keine Aussicht mehr, daß der Junge sich irgendwann mit ernsthafteren Dingen beschäftigt?

Ich weiß nicht, sagte der Direktor und schaute wieder zu Dilja hinüber, die sich auf ihrem Stuhl vornüberbeugte und ein paar Teeblätter beobachtete, die in ihrer Tasse schwammen.

Nach einer kurzen Weile blickte sie auf; sie sah Örnolf aufrichtig ins Gesicht und fragte:

Sagte er nichts davon, daß er nach Hause kommen wollte?

Er hatte nicht die Absicht.

Da rührte sie wieder in ihrer Tasse, so daß die Teeblätter, die sich am Boden abgesetzt hatten, wieder herumzuschwimmen begannen.

Was glaubst du, wird aus ihm werden? fragte die alte Dame ihren Sohn.

Ich sagte zu ihm: Du hast vergessen, dich heute morgen zu kämmen, Neffe, antwortete der Direktor, als ob er meinte, dies sei eine unvergleichlich witzige Bemerkung gewesen.

Kämmen! Gott bewahre uns! Stein, der so eitel war, daß er jeden Tag ein paarmal zum Friseur lief, um sich das Haar ordnen zu lassen.

Die Manschetten an seinem Hemd waren schmutzig, sagte der Direktor.

Da schnappte die alte Dame nach Luft und sagte:

Stein Ellidi in einem schmutzigen Hemd! Nein, das ist mir unbegreiflich! Was ist bloß mit dem Kind geschehen?

Er wohnt in einem alten Landhaus in einem Vorort von London. Villa Warren Hastings in Hounslow, wenn ich mich recht entsinne.

Dilja blickte wieder auf und fragte:

Schickt er keine Grüße?

Nein, weit davon entfernt! antwortete der Direktor und lachte höhnisch.

Wohnt er allein?

Ich sah nur ihn und einen alten Diener. Ich glaube, an der Tür stand der Name Carrington.

Ist er denn ganz bei Verstand? fragte die alte Dame.

Der Direktor antwortete nicht, sondern schnitt sich ein Stück von der Torte ab, aß es hastig, trank seine Tasse leer, zündete sich eine neue Zigarette an und ließ die andere im Aschenbecher verglimmen, stand auf.

Sagte er nichts Lustiges? fragte Dilja, nachdem er aufgestanden war, und beugte sich wieder über ihre Tasse.

Ich erinnere mich nicht genau daran, was er gesagt hat, antwortete der Direktor, blieb hinter seinem Stuhl stehen, legte die eine Hand auf die Rückenlehne, schaute über den Tisch, dann auf seine Zigarette. Es ist nicht immer leicht zu verstehen, was solche Leute meinen. Doch nach dem, was ich begriffen habe, steckt er bis über beide Ohren im Marxismus.

Was ist denn das? fragte die alte Dame.

Das ist das da in Rußland.

Gott steh mir bei, ist der Junge Bolschewik geworden?

Er sagte etwas darüber, daß der Direktor der Firma Ylfing nur darauf zu warten brauche, bis er liquidiert werde. Nun gut! sagte ich. Dann folgen die nach, die gescheiter sind. Vielleicht kommst du an die Reihe, Neffe. Er sagte, daß die Freudenbotschaft der neuen Zeit nicht nur verlange, daß die Jünger Vater und Mutter, Geliebte und Freund verließen, sondern auch, daß sie bereit seien, sie aufs Schafott zu schicken. Schau an, sagte ich, wie stark wir sind! Es war natürlich sinnlos, zu versuchen, miteinander zu sprechen.

Er ist verrückt, sagte die alte Dame.

Ein Idealist, entgegnete der Direktor und lächelte.

Die beiden Frauen sahen einander bestürzt an, doch der Direktor war schon in ein anderes Zimmer gegangen.

48

Örnolf erscheint wie ein Geist zweimal am Tag im Speisezimmer; er ist Gast in seinem eigenen Haus. Keiner kennt diesen Mann; keiner weiß, wer er ist: Es ist immer, als ob er eben aus dem Ausland zurückgekommen wäre.

Den ganzen Vormittag arbeitet er in der Firma, doch um halb eins hört man seinen Schritt auf der Treppe, ruhig und sicher. Er schüttelt in der Diele den Schnee vom Mantel, verschwindet in seinem Badezimmer und setzt sich um ein Uhr zu Tisch. Und obwohl er nicht viel spricht, ist sein Schweigen keineswegs eisig; seine Anwesenheit ist eine angenehme Schutzmauer.

Wenn er keine Geschäfte in der Stadt zu erledigen hat, arbeitet er am Nachmittag zu Hause in seinem Privatkontor, meist alleine, manchmal mit einem Assistenten, einem jungen Juristen. Eine unglaubliche Menge von Menschen hatte mit ihm zu tun. Den ganzen Tag kamen und gingen Leute: Kapitäne, Matrosen, Juristen, Kaufleute, Bankdirektoren, Parlamentsabgeordnete, gewöhnliche Arbeiter, Handwerker, Maschinisten, Journalisten, Ausländer. Sicher sprach er mit Hunderten von

Menschen am Tag. Er war bis in die Nacht hinein bei Sitzungen; er führte Prozesse, setzte Schriftsätze auf, hatte lange Unterredungen mit Anwälten, erschien vor Gericht. So ging es Tag für Tag.

Und obwohl Dilja einerseits stolz war auf die Verdienste Örnolfs, so bedauerte sie andererseits doch häufig, wie sehr sich ihr Verhältnis verändert hatte, seit sie klein gewesen war. Zwar war er immer noch höflich und liebenswürdig, sogar noch höflicher als in seiner Studentenzeit, aber die Offenheit schien fast ganz aus seinem Wesen verschwunden zu sein.

Als Dilja klein war, kannte sie keinen, der so aufrichtig und menschlich war wie er; er stand ihrem Herzen sogar näher als ihr Vater; er war wie ein großer Bruder. Er hatte immer Zeit; er erklärte ihr alles, was sie wissen wollte; kam zu ihr, wenn andere sie vergessen hatten; nahm Anteil an ihren kindlichen Interessen. Und sie hatte nie einen Wunsch, der so abwegig war, daß sie nicht sicher sein konnte, Örnolf würde ihn bereitwillig erfüllen. Immer ging sie zu Örnolf. Wenn sie ins Kino wollte, obwohl ihre Ziehmutter es verboten hatte, dann ging sie heimlich zu Örnolf, und sie gingen zusammen, wie kleine Schwester und großer Bruder. Und wenn sie sich irgend etwas Törichtes kaufen wollte, was nach Ansicht aller anderen überhaupt nicht in Frage kam, dann konnte sie sich stets darauf verlassen, daß Örnolf es für ganz selbstverständlich und richtig hielt. Dann gingen sie beide in die Stadt und kauften ein, sie wählte aus, er bezahlte. Wenn sie ihre Freundinnen im Sommer zu einem Ausflug einladen wollte, dann ging sie zu Örnolf, und er holte auf der Stelle den Wagen, setzte sich wie ein gehorsamer Diener ans Steuer und fragte: Wohin? Und dann antworteten sie: Hinauf in die Mosfellssveit oder hinaus nach Alftanes, und schon ging es los, und die kleinen Mädchen sangen und lachten im Sonnenschein.

Als er das letzte Jahr aufs Gymnasium ging, war sie sechs Jahre alt. In dem Winter hatte er ihr das Lesen beigebracht. So unglaublich es auch scheinen mochte, daß der Direktor der Firma Ylfing einem kleinen Mädchen das Lesen beigebracht haben sollte, so war es doch so gewesen: Sie saß ein paar Abende lang auf seinem Schoß, und ehe sie sich's versah, beherrschte sie die Hexerei. Sie schauten einander an, sie klein und blond, er halb erwachsen und mit schwarzen Brauen; sie schauten einander in die Augen und lachten vor lauter Freude. Im Frühjahr, als er Abitur machte, war sie schon so gelehrt, daß sie ohne Hilfe die Geschichten von Schneewittchen und Rotkäppchen lesen konnte. Erst im Jahr darauf, als sie anfangen sollte, etwas über Abraham und Isaak und Jakob und andere langweilige, alte Männer zu lernen, bereute sie, daß sie lesen gelernt hatte.

Örnolf studierte Wirtschaftswissenschaften und war zuerst anderthalb Jahre in Amerika. Dann studierte er teils in Deutschland, teils in Dänemark, bis er im Frühjahr 1915 an der Universität Kopenhagen sein Examen machte. Die Sommerferien verbrachte er für gewöhnlich in Reykjavik.

Aber obwohl er, wenn es Herbst wurde, verschwand, in den abgrundtiefen Wirbeln ausländischer Großstädte unterging und man nichts von ihm hörte, abgesehen davon, daß er bisweilen einen außerordentlich trockenen und langweiligen Zeitschriftenartikel über Finanzprobleme schrieb, so vergaß er doch nie das kleine Mädchen, dem er das Lesen beigebracht hatte. Wenn er in den Sommerferien nach Hause kam, brachte er ihr ungewöhnliche Geschenke mit, und er blieb auch weiterhin ihr guter, alter Örnolf. Sie freute sich jedes Jahr auf seine Rückkehr.

Natürlich war zwischen ihnen ein viel zu großer Unterschied in Alter, Wissen und Reife, als daß sie sich wie Spielkameraden hätten verstehen können. Sie entwickelten sich in verschiedene Richtungen: Sie wuchs in ihre Träume hinein, er ins Geschäftsleben.

Und je verständiger sie wurde, desto besser fühlte sie, daß er zu erfahren, zu sehr ein Mann der Realitäten war, um sich in ihren Jungmädchenträumen, dieser unsteten *city of beautiful nonsense,* heimisch fühlen zu können. Was ihn ernsthaft beschäftigte, war ihr ein Buch mit sieben Siegeln und weit davon entfernt, irgendeine Saite ihrer Seele zum Klingen zu bringen. Und obwohl die Offenheit der Kindheit bei der heranwachsenden jungen Frau geringer werden mußte, so blieb die gegenseitige Sympathie dennoch erhalten, und sie fühlte sich in der Gegenwart dieses hochgewachsenen, fremd aussehenden Mannes sicherer als sonst. Und die Jahre vergingen.

Es war nicht ihre Schuld, daß es zwei Welten gab, sondern die des Schicksals. Freundschaft ist wie ein Scheideweg. Sie lächelten sich immer noch zu, wenn sie sich sahen, als wenn ihnen unwillkürlich die Erinnerung an die Kindheitsjahre durch den Sinn ginge, und wenn ihre Interessen auch dem anderen unbegreiflich waren, so zeugte eine unermüdliche beiderseitige Aufmerksamkeit doch von gegenseitiger Sympathie. Selbst wenn er bekümmert aussah, vergaß er nie, Rücksicht auf sie zu nehmen. Immer öffnete er die Tür für sie, wie als sie klein war. Ebensowenig wie damals durfte sie heute dort sein, wo ihr kalt war. Machte man einen Ausflug mit dem Wagen, so bestimmte sie, wohin die Fahrt gehen sollte, und man kehrte um, wenn sie nicht mehr weiterfahren wollte.

Ihr ganzes Benehmen ihm gegenüber war von der Freude geprägt, einen Dienst erweisen zu können. Sie war mit stets wacher Fürsorge auf seinen Vorteil bedacht. Wenn er ins Ausland reiste, war sie es, die das Packen seiner Koffer beaufsichtigte, seine Kleider durchsah, dafür sorgte, daß es ihm an nichts fehlen würde. Wollte er auf Gesellschaften oder zu anderen Festlichkeiten, so überließ sie das Bürsten seines Fracks niemand anderem. Im Winter ging sie manchmal in sein Zimmer, um nachzusehen, ob die Heizung aufgedreht war, damit es warm war, wenn er nach Hause kam. Geschah es einmal, daß er sich mittags eine Ruhepause gönnte, dann war es ihr ein wirkliches Vergnügen, am Telefon zu sagen, er sei nicht da. Manchmal stellte sie heimlich das Telefon um, bevor er zum Essen kam, so daß es drinnen im menschenleeren Kontor läutete, während er zu Tisch saß, und nicht nebenan im Wohnzimmer.

49

Vielleicht war es ihr gar nicht klar, daß im philosophischen Sinn für praktische Großtaten dieselbe Kraft erforderlich ist wie für geistige, aber sie wußte dennoch, daß Örnolf ein bedeutender Mann war. Sie sprach nie darüber; nicht einmal wenn sie ihn ansah, ließ sie es sich anmerken, doch sie fühlte es. Die Luft um ihn herum war geladen, sein Wille ein stilles

Element: Sie spürte es jedesmal, wenn sie seine weiche und starke Stimme in der Diele hörte.

Sie wußte, daß die Geschäftstätigkeit von Ylfing erst so angewachsen war, nachdem Örnolf begonnen hatte, seine Kraft, sein Wissen und sein Finanzgenie der Firma zugute kommen zu lassen. Als Ylfing von den beiden Ziehbrüdern, ihrem Vater Thorstein und Grimulf, geleitet wurde, waren verschiedene Fischereiunternehmen besser zum Zuge gekommen. Wenige Jahre, nachdem Örnolf eingetreten war, übertraf Ylfing alle Fischereiunternehmen des Landes.

Es war ein offenes Geheimnis, daß Örnolf Ellidason eine der wichtigsten Stützen unserer Gesellschaft war. »Parlament und Regierung sind nichts anderes als Vogelscheuchen auf den Brutplätzen von Ylfing«, wie es das Organ der Sozialdemokraten mit der ihm üblichen Bildhaftigkeit formulierte. Wenn man von der Ylfing A. G. sprach, wußten alle, daß damit vor allem Örnolf Ellidason gemeint war; wenn gesagt wurde, daß die Fischerei das gesamte Erwerbsleben dominiere, dann meinte man diesen einen Mann, denn die Fischerei war Ylfing, und Ylfing war Örnolf Ellidason. Wenn fanatische Stimmen behaupteten, das Land sei den unbarmherzigen Klauen des Kapitalismus ausgeliefert, meinten sie seine unbarmherzigen Klauen. Wenn die Bauern eine politische Partei gründeten, um im Parlament und außerhalb davon ihre Interessen gegen die alles verschlingende Fischerei zu verteidigen, und Zeitungen herausgaben, um den Grimsby-Pöbel durchzuhecheln, dann wurde das Geschütz auf diesen schlanken, liebenswürdigen Büromenschen gerichtet, der noch nie über eine Katze etwas Böses gesagt hatte, geschweige denn über einen Menschen. Und wenn die Sozialdemokraten am ersten Mai demonstrierten, Fahnen und Spruchbänder mit irgendeinem hochtrabenden Unsinn in roter Schrift herumtrugen und auf dem Platz vor dem Parlament Reden hielten über die Steuerhinterziehung der Kapitalisten, dann symbolisierte der Demonstrationszug nichts anderes als das Stöhnen des Volkes unter Örnolf Ellidasons Joch.

Nie konnte man ihm genug Schandtaten vorwerfen, er war es, den Tausende von kleinen Leuten am liebsten im Staub zertreten gesehen hätten. Er war es, »der Parlamentsabgeordnete mit Darlehen, Geldgeschenken und Festen bestach und den Ministern Bedingungen stellte«; und »wenn im Parlament über wichtige Dinge abgestimmt wird, dann spukt immer derselbe Teufel in den Gängen. Das ist Örnolf Ellidason, der durch den Türspalt hineinspäht, um ein Auge auf seine Untertanen zu haben. Es heißt, sie verraten die konservative Fahne nicht so leicht, wenn sie ›das Lächeln‹ sehen.« »Am Ende einer schlechten Fangsaison kann man immer sicher sein, daß ein großer, eleganter Mann mit Goldzähnen sich durch die Hintertüren in die Banken schleicht. Das ist Örnolf Ellidason. Mit ausgesucht höflichen Worten deutet er an, daß es vielleicht sinnvoller sei, wenn die Banken ihre Tresore zugunsten seiner Firma leeren, als daß der Staat bankrott gehe. Mit allem Respekt vor der Allgemeinheit schlägt er vor, daß man ihm erlauben solle, in die Tasche eines jeden Menschen im Land zu greifen und ein Drittel vom Wert jeder Krone zu stehlen, damit Ylfing auch weiterhin spekulieren könne. Obwohl er lächelt und freundlich ist, wenn er bei Lohnverhandlungen mit den Vertretern der Arbeiter zusammentrifft, behaupten einige, es gebe Zeugen dafür, daß er neulich im Ministerium auf den Tisch geschlagen habe.« »Es ist Örnolf Ellidason, der den Schmierfinken der Zeitungen ein Vermögen dafür bezahlt, daß sie der Bevölkerung schamlose politische Lügen vorsetzen, skandalöse und beleidigende Geschichten über alle ehrlichen Menschen im Land verbreiten, raffinierte Verleumdungen über die Situation in Sowjetrußland erfinden, die Großherzigkeit amerikanischer Millionäre preisen und Aufsätze und Gedichte der arrivierten Dichter publizieren, die von den Almosen der Kapitalisten leben und sich dafür als Reklamekasper, die das Lob der Reaktion singen, benützen lassen« – und so weiter.

Jeden Tag las Dilja neue Verleumdungen über Örnolf, direkte und indirekte. Unermüdlich ließen diese geschwätzigen Halunken und Lästermäuler ihre Druckerpressen Lügen und Beschimpfungen über das Volk ausspeien. Wie oft hatte sie aus Zorn und Ekel einen Kloß im Hals gehabt oder aus Wut die Fäuste gegeneinander geschlagen, wenn sie sich dazu verleiten ließ, diese Schmierblätter zu lesen, die jeden Morgen ins Haus gebracht wurden.

Pünktlich um halb ein Uhr hörte man seine Stimme im Flur oder nur seinen Schritt, fest und beherrscht. Und wenn er sich zu Tisch setzt und sie sieht die Ruhe, die Sicherheit, die sein Gesicht ausstrahlt, dann vergißt sie alles, was sie am Morgen geärgert hatte; sie spürt nur, daß dieser Mann seine Gegner überragt. Wie wunderbar, seinen Gegnern überlegen zu sein, denkt sie; denn die Frau bewundert die Stärke des Mannes, nicht seinen Standpunkt. Sie wird von stillem Stolz darüber erfüllt, daß sie mit einem Mann zu Tische sitzt, der mehr wollte und konnte als die übrigen 99 999 – und doch jeden Tag wie ein Fremder in sein eigenes Haus kommt.

50

Geschah es, daß sie nachts vom Schreien leichtlebiger Frauen, die sich von betrunkenen Männern nach einem Lumpenball nach Hause begleiten ließen, aufwachte, dann dauerte es lange, bis sie wieder einschlafen konnte, denn diese wilden Stimmen, die die Stille der Nacht zerrissen, sprachen die Sprache des Lebens. Das Leben war nicht das Lesen von Romanen in einem weichen Sessel. Und sie wußte schon seit langem, daß nichts weiter vom Leben entfernt war, als der ruhige Schlaf zwischen weißen Laken. Das Leben in seiner ganzen Gewalt und Brutalität kristallisierte sich in einem Schrei aus der Stille der Nacht. Während sie nachts wachlag, schlug ihr Herz rascher als am Tag. Ihr Herz schwieg am Tag, in der Nacht hörte sie es schlagen.

Und sie fragte: Warum bin ich hier eingesperrt? Sie war eine erwachsene Frau und konnte nicht mehr im Frühling am Fenster sitzen und sich von etwas Blauem, Ewigem und Unwirklichem träumen lassen. Sie sehnte sich nach der Erfüllung des Lebens.

Vielleicht glaubten die Leute, sie sei dafür geschaffen, als begabte alte Jungfer zu enden, die sich auf Gesellschaften für die französische Kultur einsetzte; oder wie lange, glaubten die Leute, konnte sie es ertragen, die Zeit stillstehen zu sehen? Ach, wie lange konnte sie es ertragen, daß geschwätzige Tanten, ehrbare Frauen und anderes Gesindel über Selbstbeherrschung, Vernunft und Reife sprachen und sie lobten? Warum stürzte sie sich nicht in die seligen und gedankenlosen Freuden des Lebens, wie andere Frauen in ihrem Alter? Warum mißbrauchte sie nicht ihren Händedruck und ihren Blick, wie andere Frauen? Warum spielte sie nicht mit dem Feuer?

Das Herz in ihrer Brust klagte sie an, wenn sie nachts wachlag, und sagte: Feig-ling, Feig-ling – bis sie den Entschluß faßte, von hier fortzugehen, ein ausschweifendes und verrücktes Leben zu führen, zugrunde zu gehen und glücklich zu werden wie andere Frauen und später dann Krankenschwester zu werden, wenn sie der Bühne überdrüssig war. Fort, fort, hinaus ins Leben! sagte sie, hinaus in die Wirklichkeit! Alles ist besser als Romane und Träume, alles besser als der ruhige Schlaf zwischen reinen Laken! Fort, fort!

Doch wenn es Tag wurde, schlug sie die Augen auf und entdeckte, daß sie immer noch am selben Ort war; sie war nicht fortgegangen, sondern eingeschlafen. Die Wände waren dieselben wie gestern und vorgestern. In dem Haus, in dem sie nach dem Urteilsspruch des Schicksals ihr Leben zubringen mußte, wurde nie etwas gesagt, geschweige denn getan, weder in der Nacht noch am Tag, das die Wände nicht unbesorgt der ganzen Welt hätten erzählen können, wenn sie Augen und Ohren gehabt und aus der Schule geplaudert hätten. Und sie hatte das Gefühl, daß, wenn zwischen diesen Wänden etwas getan würde, was keiner wissen durfte, sie dann zusammenstürzen und einen lebendig begraben würden.

Und der heutige Tag kam wie der Tag gestern und vorgestern; die Uhr machte weiter mit ihrem idiotischen Ticken, doch die Zeit stand still. Jeder Schritt, den Dilja Thorsteinsdottir machte, war vorausberechnet, jedes Wort, das sie sprach, überlegt. Sie ging hier umher wie ein Geist aus einer anderen Welt, während die tausend Farben der Wirklichkeit draußen vorbeiflimmerten, eine Bettlerin in ihrem eigenen Leben, während andere Frauen in glückseligem Lebensrausch auf den Straßen schrien und sich nach Hause begleiten ließen.

51

Eines Sonntags kamen Gäste zu Örnolf. Es war am späten Nachmittag, Frau Valgerd war bei einem Damenkränzchen, die Mädchen hatten frei, Dilja mußte die Gäste bewirten. Es waren Kapitäne, schwerfällige Männer, dick, rot und laut wie ein Gewittersturm, sie lachten wie Riesen, waren eben erst vom Meer gekommen und bereit, gleich wieder aufs Meer hinauszufahren. Als sie gingen, wurde es totenstill.

Ganz gegen seine Gewohnheit blieb Örnolf daheim, und das Mädchen spürte eine unerklärliche Angst, als sie ins Wohnzimmer kam, nachdem alle gegangen waren, denn es war lange her, seit sie mit ihm allein im Haus gewesen war. Jetzt wird etwas geschehen, dachte sie. Er hielt ein paar ausländische Broschüren in der Hand, Tabellen oder Listen, lauter Zahlen, und trug einen langen Hausmantel. Er legte selbst ein paar Scheite auf das Kaminfeuer, setzte sich ihr gegenüber in den anderen Lehnstuhl vor dem Kamin.

Sie blickte aus dem siebten oder achten Buch des *Jean-Christophe* auf und spürte, daß sie zum ersten Mal, seit sie erwachsen war, sein Lächeln ohne Zeugen erwiderte. Sie beeilte sich, wieder in ihren *Jean-Christophe* zu schauen, um die Röte ihres Gesichts zu verbergen.

Wo ist Mama? fragte er.

Doch sie tat, als sei sie in das Buch vertieft und antwortete, ohne aufzublicken:

Bei einem Kaffeeklatsch.

Gehst du nicht aus? fragte er.

Nein; ihre Freundin hatte angerufen und gefragt, ob sie mit ihr um neun Uhr ins Kino gehen wollte, aber sie hatte nein gesagt. Ich will heute abend früh zu Bett gehen, fügte sie hinzu.

Fühlst du dich nicht wohl?

Doch; aber sie hatte letzte Nacht schlecht geschlafen.

Schlecht geschlafen? Wie kommt denn das? Warst du krank?

Nein, nein, es kommt oft vor, daß ich schlecht schlafe. Ich wache auf und kann nicht wieder einschlafen. Aber das macht nichts.

Du mußt dich tagsüber mehr bewegen, sagte er.

Nein, sagte sie, es ist nicht aus Mangel an Bewegung. Aber wenn es auf der Straße laut ist, dann wache ich auf.

Laut –? Was für ein Lärm ist das? Hier auf der Straße? Das muß abgestellt werden.

Nein, sagte sie. Das macht nichts. Es ist nur gewöhnlicher Lärm; laute Stimmen; manchmal Singen; manchmal Lachen; manchmal...

Kommt das oft vor?

Manchmal.

Ich melde es der Polizei, sagte er. Man braucht sich nicht damit abzufinden, daß die Nachtruhe der Leute gestört wird.

Nein, nein, sagte sie; um alles in der Welt, melde es nicht der Polizei! Es wäre schade! Es ist nur gewöhnlicher Lärm. Es – es ist das Leben. Ich liebe den Lärm.

Das Leben –? echote er verwundert. Was meinst du damit?

Ach, ich weiß nicht, was ich damit meine! sagte sie, warf plötzlich das Buch auf den Kaminsims, lehnte sich im Sessel zurück, so daß ihre Arme auf den beiden Seitenlehnen ruhten, und schloß die Augen. Er schaute auf ihre offene Umarmung, auf ihre nackten, weißen Arme. Das Lächeln verschwand allmählich von seinen Lippen, dann runzelte er, zum Zeichen dafür, daß er sich auf andere Dinge konzentrierte, ein wenig die Brauen, begann in seinen Tabellen zu blättern; die Selbstbeherrschung dieses Mannes war wie eine unbesiegbare Armee.

Und als sie die Hoffnung aufgegeben hatte, daß er noch etwas sagen würde, sprang sie auf und ging zum Spiegel, um ihr Haar zu ordnen. Sie sah von ihrem Spiegelbild auf seines und dachte: Gibt es denn nichts anderes zwischen Himmel und Erde, was in seinen Augen einen Wert hat, als die Trawler in den Fanggründen und die Fischtransporte nach Grimsby und Genua? Er fuhr mit den Fingern an diesen und jenen Spalten in den Broschüren entlang, verglich, machte sich in Gedanken Notizen, war beeindruckt. Du lieber Gott, was für eine Lektüre an einem Sonntag!

Schließlich blickte er auf. Er legte die Broschüren nicht weg, nein, er hielt sie in Händen, als ob er bereit wäre, jederzeit wieder anzufangen. Schaute er sie vielleicht heimlich an, weil sie ihm den Rücken zukehrte, weil er glaubte, sie könne ihn nicht sehen?

Es war kein Lächeln mehr in seinem Gesicht. Seine Züge drückten eher heimliches Leiden aus. Es war fast erschrekkend, wie tiefe Furchen sein Gesicht trug und was er für dunkle Ringe unter den Augen hatte. Sah er vielleicht immer so aus, wenn er allein war, in seine Arbeit vergraben?

Sie ging vom Spiegel hinüber zu dem kleinen Tisch am Fenster, wo das neunte oder zehnte Buch des *Jean-Christophe* lag. Wie unendlich lange es her ist, seit ich klein war, dachte sie und wurde von dem heftigen Verlangen gepackt, ihm eine Freude zu machen, ihm zu beweisen, daß die Trawler in den Fanggründen und die Fischtransporte nach Grimsby und Genua nicht alles waren; daß es auch menschliche Gefühle gab auf der Welt; und die Freundschaft des kleinen Mädchens sich mit den Jahren zu fraulicher Fürsorge wandelte. Dennoch brachte sie es nicht über sich, die Zigaretten aus dem Nebenraum zu holen und sie ihm anzubieten. Alles, was sie tat, war sich zu räuspern. Er räusperte sich auch. Und sie vergaß alles, bis auf das, daß sie allein im Haus waren. Oder setzte ihr die intensive Spannung zu, die in der Luft lag? Nichts ist schrekkenerregender als das Unausgesprochene zwischen Mann und Frau.

Warum hatte sie das Buch beiseite geworfen und war aufgestanden – statt ihm gegenüber sitzen zu bleiben und sich in die Lektüre zu vertiefen? Sie war eine schlechte Schauspielerin. Nachdem sie ihre Rundreise durchs Zimmer beendet hatte, setzte sie sich schließlich wieder, nahm ihr Buch vom Sims und fing an zu lesen.

Eine Zeitlang blickte keiner von ihnen auf. Draußen hörte man den kalten Schnee unter den Füßen der Leute knirschen, hier brannte das Kaminfeuer, die Flammen kletterten über die Holzscheite, südländische Sommerhitze im Zimmer. Doch als es ihr schließlich gelang, sich auf die Lektüre zu konzentrieren, legte er seine Hefte auf den Stuhl neben sich, faltete die Hände und schaute sie an. Erst als er anfing zu sprechen, wurde ihr bewußt, daß er nicht mehr las. Vielleicht hatte er sie drei oder vier Minuten lang angesehen, ohne daß sie es bemerkt hatte.

Entschuldige, daß ich dich störe, Dilja, sagte er, und sein Lächeln und seine Stimme waren nicht so sicher wie gewöhnlich. Es war, als wollte er über etwas eine Meinung äußern, obwohl er wußte, daß er nichts davon verstand.

Was ist? fragte sie über ihr Buch gebeugt, denn diesmal hatte sie sich vorgenommen, nicht mit dem Lesen aufzuhören, was auch geschehen mochte.

Es ist bald einen Monat her, seit ich aus dem Ausland zurückkam, sagte er; und ich habe mich immer wieder über eines gewundert.

Was denn?

Du weißt, daß ich mit Stein Ellidi gesprochen habe. Wie kommt es, daß du dich nie mehr nach ihm erkundigt hast?

Ich? sagte sie und sah Örnolf jetzt direkt in die Augen. Warum hätte ich mich nach ihm erkundigen sollen?

Du brauchst nicht zu befürchten, daß es mir einfallen könnte, dir so etwas wie Gewissensfragen zu stellen. Aber ich hoffe, du nimmst es mir nicht übel, daß ich keine Veranlassung sehe, dir zu verheimlichen, daß ich mich darüber ein wenig gewundert habe.

Ich verstehe dich nicht, sagte sie und schaute wieder in das Buch.

Ist es denn unverständlich, daß es mir seltsam vorkommt, daß ihr, die ihr wie – Geschwister wart, einander vergessen zu haben scheint?

Sie blickte nicht auf und gab keine Antwort.

Ich war davon überzeugt, daß ihr, die ihr geradezu wie geschaffen dafür wart, einander zu verstehen, trotz der Trennung Freunde bleiben würdet. Aber statt dessen scheint ihr einander ausgestrichen zu haben: Er vermied es, dich zu erwähnen, du hast vermieden, ihn zu erwähnen.

Da blickte sie auf und antwortete in dem ruhigen, beherrschten Ton, der ihr eigen war, wenn sie Zeit zum Überlegen gewinnen wollte.

Es ist ein völliges Mißverständnis zu glauben, Stein und ich hätten unserer Freundschaft ein Ende gemacht – wenn es sie jemals gegeben hat. Wir gingen vor drei Jahren wie Freunde auseinander, oder besser gesagt, wie Kinder. Und wir werden immer freundschaftlich aneinander denken, wenn wir überhaupt aneinander denken.

Er starrte sie eine Weile an und war genauso klug wie zuvor. Vielleicht war es für jemanden, der kein Psychoanalytiker oder Menschenkenner war, zwecklos, das verstehen zu wollen. Und nachdem er die Hoffnung aufgegeben hatte, aus ihrem Gesicht mehr herauslesen zu können, als ihre Worte sagten, entschlüpfte seinen Lippen beinahe unfreiwillig die indiskrete Mutmaßung:

Und ich glaubte, daß ihr euch Freundschaft gelobt hättet!

Freundschaft gelobt! wiederholte sie und tat, als wäre sie hell empört. Was für ein verdammter Unsinn! Gelobt! Das hätte noch gefehlt! Und du täuschst dich sehr, wenn du behauptest, wir seien wie dafür geschaffen gewesen, einander zu verstehen. Dazu war er ein viel zu großer Idealist. Ich kann mir kaum ungleichere Kinder vorstellen als Stein und mich.

Wie würdest du dann zu Stein stehen, wenn er eines schönen Tages nach Hause käme? fragte Örnolf.

Kommt er denn? fragte sie rasch, diesmal ganz spontan, und fügte hinzu: Wenn ich mich nicht täusche, sagtest du neulich, er käme überhaupt nicht.

Gewiß. Er sprach nicht davon, nach Hause kommen zu wollen, er vermied es, Genaueres über seine Absichten zu sagen. Aber mich würde es nicht überraschen, wenn er völlig unerwartet hier auftauchen würde. Mich würde es nicht einmal wundern, wenn ich eines schönen Tages hörte, er sei hier Redakteur bei den Sozialdemokraten geworden, oder etwas in der Richtung. Wie fändest du das?

Das wäre eine Schande, sagte sie und fügte hinzu: Aber das ist undenkbar. Stein tut sich nicht mit Schurken zusammen.

Er hat sich schon mit ihnen zusammengetan, Dilja. Ihre Ansichten sind auch seine. Er will die Probleme der Gesellschaft auf dieselbe Weise lösen wie sie, und er wäre ganz gewiß nicht wählerischer, was die Mittel angeht. Und der entscheidende Unterschied ist: Er ist begabter als sie. Er könnte ein gefährlicherer Gegner werden als alle anderen zusammen.

Ich würde ihn hassen, sagte sie. Aber ich glaube es nicht, bevor ich es schwarz auf weiß sehe, daß Stein einer Partei beitritt. Er ist viel zu unbeständig, um länger als ein paar Tage hintereinander von einer Idee überzeugt zu sein. Seine Ansichten waren nie etwas anderes als Dichterlaunen.

Die Dichter sind am gefährlichsten, antwortete Örnolf. Es hat keinen Sinn, ihnen auf der gleichen Ebene begegnen zu wollen wie den übrigen Bürgern. Sie stehen außerhalb der Gesellschaft und haben nie etwas zu verlieren. An ihnen prallen alle Waffen ab. Sie haben nur das eine Ziel, nämlich das Volk zu verwirren – um jeden Preis. Sie haben anderen Menschen die bemerkenswerte Eigenschaft voraus, sich nie etwas vorschreiben zu lassen. Deshalb werde ich nie müde, meinen Parteifreunden einzuschärfen, wie wichtig es für uns ist, diese Gaukler nicht an die Revolutionären zu verlieren. Aber Stein hat privates Vermögen und kann tun, was er will, ohne wie die anderen sagen zu müssen: *Wes Brot ich eß, des Lied ich sing.*

Es war deutlich, daß Örnolf sich schon häufiger Gedanken darüber gemacht hatte, daß Stein zu einer großen Gefahr werden konnte. Doch obwohl es das erste Mal war, daß er sich veranlaßt fühlte, Dilja eine ernste Sache zu erläutern, berührte es sie so wenig, daß sie weiterlas.

Sie beugte sich über ihr Buch, und er sah die weichen Locken in ihrem Haar und schien trotz vielfältiger Erfahrungen keine Ahnung davon zu haben, wie Frauen behandelt werden wollen. Sie las weiter, völlig gewissenlos: ja, sie blätterte sogar um. Schließlich griff er wieder zu seinen Broschüren und begann aufs neue, sie durchzublättern. Wieder hörte man knirschende Schritte draußen im Schnee, und kurz darauf schlug die verrückte Maschinerie an der Wand sechs Schläge, ohne eine Ahnung davon zu haben, daß hier im Haus die Zeit stillstand.

Schließlich war es das Mädchen, das es nicht mehr aushielt. Johann Christof flog wieder auf den Kaminsims. Sie lehnte sich im Sessel zurück, faltete die Hände hinter ihrem Nacken und brach das Schweigen:

Ich möchte ins Ausland.

Er legte die Hefte langsam und sorgfältig wieder an den gleichen Platz, faltete wieder die Hände im Schoß, sah sie an und lächelte.

Aha, sagte er.

Ich gehe hier ein! sagte sie.

Wie meinst du das?

Ach, ich weiß nicht.

Jetzt folgte eine lange Pause; sie starrte voll von weiblichem Eigensinn und weiblicher Launenhaftigkeit in die Luft, während er versuchte, gute Miene zum bösen Spiel zu machen, und immer noch lächelte.

Ich bin hier überhaupt kein Mensch! sagte sie.

Wie meinst du das? fragte er.

Ich weiß es nicht.

Dennoch fügte sie nach einer kurzen Pause hinzu: Ich lebe nicht. Das hier ist kein Leben! Tausendmal lieber im Unglück landen! Tausendmal lieber zugrunde gehen. Ich hasse das Klavier dort drinnen; es ist falsch. Ich hasse diese Schwarten, die ich lese; sie sind erlogen. Ich halte das nicht mehr aus. Ich kann nachts nicht schlafen. Ich werde wahnsinnig in dieser fürchterlichen Leblosigkeit. Ich gehe fort.

Was möchtest du denn gerne tun, Dilja? fragte er mild.

Ich weiß es nicht! antwortete sie und drehte sich im Sessel um, beugte sich über die Rückenlehne und vergrub das Gesicht in ihren nackten Armen. Sie hatte alles gesagt, alle Mauern eingerissen; ihre Sehnsüchte hatten ein Ziel bekommen, alle auf einmal, und sie schämte sich so, daß sie nicht mehr wagte, den Mann ihr Gesicht sehen zu lassen. Er glaubte, sie hätte angefangen zu weinen, und wußte sich keinen Rat. Er war an so scharfe Waffen wie weibliche Schwäche nicht gewöhnt, stand auf, berührte in einer Art Verwirrung ihren Arm, brannte sich aber.

Dilja, mein Kind! stammelte er. Verzeih!

Es gelang ihm nicht, seine Gedanken in Worte zu fassen. Unwillkürlich berührte er sie wieder, diesmal legte er seine Hand auf ihren blonden Bubikopf. Doch sie schüttelte den Kopf unter seiner Hand und vermied es aufzublicken. Mit einem Mal sprang sie auf, ohne die Hände vom Gesicht zu nehmen, lief in stummem Schrecken aus dem Zimmer und ließ die Tür hinter sich offenstehen.

Die nächsten zwei Tage war sie krank und ließ sich nicht sehen.

Am dritten Tag setzte sie sich zu Tisch, ohne aufzublicken, lächelte keinem zu, ordnete ihr Haar mit den schmalen Fingern. Sie war nach den zwei Tagen Bettruhe wie verklärt, ein Schmuckstück, das eben aus seiner Verpackung genommen wurde, aber herrlicher als alle Pretiosen; eine Frau in jungfräulicher Blüte, die personifizierte Anmut. Von ihren Fingerspitzen troff Verzauberung; sie magnetisierte alles, was sie berührte. Die Weiblichkeit wogte mit jedem Atemzug durch ihren Körper, leuchtete in dem feuchten Glanz ihrer Augen, vibrierte um den Mund; ihr Körper und ihre Seele waren eins. Es war, als ob sie all das selbst wüßte, denn sie wagte ebensowenig aufzuschauen wie eine vornehme Perserin, die ihren Schleier verloren hat.

Örnolf schaute sie drei- oder viermal an, doch sie sah ihn nicht. Er erkundigte sich nach ihrem Befinden, und sie sagte, es gehe ihr gut. Er schenkte ihr Wein in ihr Glas und reichte ihr die Erdbeermarmelade, aber sie bedankte sich nicht einmal, wie ein unartiges Kind. Sobald das Mittagessen beendet war, verschwand er.

Sie kam nicht zum Abendessen, Frau Valgerd auch nicht.

Wo ist die gnädige Frau? fragte er.

Sie war bei einer Einladung.

Wo ist das Fräulein? fragte er viel beiläufiger, als ob es ihn nicht interessierte, und nahm Platz.

Das Fräulein war gegen drei Uhr mit einer Freundin weggegangen und wurde erst spät zurückerwartet; sie wollten ins Theater. Er saß allein am Tisch und rührte das Beefsteak nicht an, aß jedoch das Kompott, rauchte Zigaretten und trank ein Glas Wein.

Der Herr Direktor macht sich wohl nichts aus dem Braten? sagte das Dienstmädchen.

Ein himmlischer Braten, sagte der Direktor, stand auf und ging.

Er setzte sich nicht, wie gewöhnlich, an seinen Schreibtisch, sondern ging in seinem Kontor auf und ab, zündete sich eine

Zigarette nach der anderen an und warf sie alle halb geraucht weg, sah auf seine Armbanduhr, vergaß sofort, wie spät es war, und sah wieder auf die Uhr. Es klingelte an der Haustür, doch er ließ sich verleugnen, das Telefon klingelte, doch er nahm nicht ab.

Schließlich zog er seinen Mantel über und ging hinaus. Es war spiegelglatt, ein scharfer Nordwind wehte. Er ging auf die Stadtmitte zu und benutzte die ruhigsten Straßen, damit möglichst wenig Leute den Direktor der Firma Ylfing bemerkten. Die Uhr im Foyer des Theaters schlägt halb zehn, der letzte Akt hat angefangen. Er geht hinauf auf den Balkon, ohne den Mantel abzulegen, setzt sich in eine leere Seitenloge und schaut im Saal herum. Doch er kann nirgends Dilja oder ihre Freundin entdecken. Er steht auf und sieht sich genauer um im Halbdunkel, läßt den Blick von einer Parkettreihe zur andern wandern, niemand bemerkt ihn; alle warten gespannt auf die Entscheidung auf der Bühne; aber Dilja war nirgends zu sehen. Er blieb bis zum Ende des Stücks und hörte zerstreut dem Stimmengewirr auf der Bühne zu, schlich sich dann vom Balkon hinunter, bevor der Vorhang fiel, und wartete im Foyer, bis die Zuschauer herauskamen. Doch sie war nicht dabei. Er wartete noch eine Weile am Ausgang, falls er sie übersehen haben sollte, paßte genau auf, aber sie war nicht im Theater. Er verstand nicht, was es damit auf sich hatte, trank im nächsten Kaffeehaus eine Tasse Kaffee und machte sich wieder auf den Heimweg.

Erst eine halbe Stunde nach Mitternacht hörte man das Rascheln ihrer Kleider auf der Treppe, dann ihren Schritt auf dem Gang. Sie ging leicht, zufrieden, öffnete rasch die Tür zu ihrem Zimmer und stand da in ihrem aufgeknöpften Pelz, warm, atemlos, die Augen dunkel vor Freude; vielleicht noch berauscht von den Komplimenten dessen, der sie nach Hause begleitet hatte. Doch sie blieb überrascht in der Tür stehen, denn sie hatte nicht erwartet, daß in ihrem Zimmer Licht brannte, und noch weniger, dort einen Mann, den Kopf auf die Hand gestützt, sitzen zu sehen.

Sie machte große Augen und schnappte nach Luft. Örnolf! sagte sie. Du hier!

Entschuldige, sagte er, indem er aufstand. Entschuldige, daß ich auf dich gewartet habe. Ich lauere dir hier auf wie ein Wegelagerer...

Ich wollte schon viel früher kommen, sagte sie, als ob sie das Bedürfnis verspürte, sich zu entschuldigen. Aber ich war im Theater, fügte sie hinzu. Und hinterher gingen wir dann ins Café. Es hat ziemlich lange gedauert.

Wie kommt es, daß ich dich nicht entdecken konnte im Theater? Wo hast du gesessen?

Warst du im Theater? fragte sie und wurde feuerrot.

Ich habe dort vorbeigeschaut.

Ja, das heißt, wir beschlossen im letzten Moment, doch nicht hinzugehen, korrigierte sie sich eilends, blaß und beschämt. Aber wir wollten gehen. Wir hatten Karten bestellt. Wenn ich gewußt hätte, daß du gehst, dann...

Ich ging nur hin, um nach dir zu sehen, sagte er. Es ist so glatt und stürmisch. Ich wollte dich nach Hause begleiten. Und außerdem – kann ich es nicht länger aufschieben...

Was aufschieben?

Ich muß mit dir sprechen. Dilja.

Er stand in der Mitte des Zimmers und starrte sie an, mit aufgerissenen Augen und erstarrten Gesichtszügen, als ob ein Unglück geschehen würde, seine Arme hingen an den Seiten herab.

Mein Gott! sagte sie erschrocken. Bist du wütend auf mich? Ich will dir genau sagen, wie es war: Ich war den ganzen Abend bei Sigga P. Es waren Gäste dort. Wir tanzten ein bißchen; nur ein winziges bißchen. Du darfst nicht böse sein.

Welchen Grund sollte ich haben, auf dich wütend zu sein? Das ist absurd, Dilja.

Setz dich hin! sagte sie ruhiger. Und als er sich wieder gesetzt hatte: Verzeih, Örnolf, daß ich geschwindelt habe. Aber wir hatten tatsächlich Karten bestellt, ganz bestimmt. Aber es war so glatt und windig.

Sie ging in ihr Schlafzimmer, hängte ihren Pelz in den Schrank, nahm den Hut ab, ordnete ihr Haar, puderte ihr Gesicht, kam wieder ins Wohnzimmer, schob ihm eine silberne Dose mit Zigaretten zu, die auf dem Tischchen neben ihm stand, setzte sich ihm gegenüber, war immer noch mit ihrem Haar beschäftigt.

Nach einer längeren Pause begann er zu sprechen:

Ich bin seit Sonntagabend meiner Sinne nicht mehr mächtig, Dilja. Es ist keine Übertreibung, wenn ich sage, daß ich die letzten Tage weder geschlafen noch gegessen habe. Die Zeit ist gekommen, in Wirklichkeit schon längst gekommen; ich habe nur aus Feigheit geschwiegen. Es gibt nichts, was ich so fürchte wie meine eigenen Gefühle. Ich habe mich so darüber geärgert, daß mir die Worte fehlten, als wir zuletzt miteinander sprachen, oder besser gesagt darüber, daß ich nicht den Mut hatte, dir zu sagen, was ich auf dem Herzen hatte, was ich seit vielen Jahren auf dem Herzen habe...

Sie war Frau genug, die Kunst der Verstellung zu beherrschen. Sie gab sich den Anschein völliger Ahnungslosigkeit und verstand überhaupt nichts:

Ich bitte dich, Örnolf, sagte sie, es ist doch hoffentlich nichts Trauriges!

Ich habe nicht vergessen können, was du mir am Sonntag gesagt hast, daß du dich danach sehnst, fortzugehen.

Nein, Örnolf, unterbrach sie ihn, ich sehne mich überhaupt nicht so sehr danach. Ich sehne mich nur ein bißchen danach – manchmal.

Jetzt entstand eine kleine Pause, und das Mädchen verspürte ein deutliches Angstgefühl, als es sah, wie leidenschaftlich sein Gesichtsausdruck wurde: So hatte sie ihn noch nie gesehen; seine Stimme, sein Blick, seine Züge, sein ganzes Wesen hatte sich verändert. Doch soviel ihm auch auf der Seele liegen mochte, er verstieß in dieser Stunde ebensowenig wie sonst gegen die Grundprinzipien des Geschäftsmannes und erzählte ohne Umschweife die ganze Geschichte seines Herzens, mit dieser einfachen Erklärung:

Dilja, ich liebe dich schon viele Jahre.

Örnolf! sagte sie vorwurfsvoll, als ob er geflucht hätte. Ich glaube, du bist nicht ganz bei Trost! Wie kannst du nur so dummes Zeug sagen, Mensch! – und im selben Augenblick nahm sie ihre Puderdose vom Tisch und wollte sich aus alter Gewohnheit pudern, doch er legte einen Finger auf ihr Handgelenk, so daß sie mit diesem Unsinn aufhörte.

Dilja, hör mir zu! sagte er, und seine Augen flackerten. Hör zu, wenn ich dir schon einmal mein Herz öffne! Ich habe hier auf dich gewartet, weil ich es nicht länger hinausschieben kann, dir das tiefste Geheimnis meines Herzens anzuvertrauen. Ich weiß genau, was ich dir sagen will. Hör zu.

Ich habe hier auf dich gewartet, um dir zu sagen, daß ich dich liebe, Dilja, ich liebe dich und habe dich immer geliebt. Ich habe in Wirklichkeit nie etwas anderes geliebt als dich. Mein Leben ist nichts als Liebe zu dir. Ich habe dich geliebt, seit du ein kleines Kind warst. Es ist vielleicht schlecht und sündhaft von einem halb erwachsenen jungen Mann, ein kleines Mädchen zu lieben, aber mir ist das gleich. Die Wahrheit ist, daß ich dich liebe, seit du als kleines, sechsjähriges Mädchen auf meinen Knien gesessen hast. Tief in deinen Kinderaugen sah ich die Frau schlummern.

Ich war viele lange Jahre im Ausland, fuhr er fort und wählte jedes Wort mit hypnotischer Gelassenheit, obwohl seine Augen glühten. Ich werde dich nicht damit ermüden, dir die Ausbildung zu beschreiben, die ich erhielt. Du würdest das nie verstehen, und ich würde nie verlangen, daß du das verstehst. Aber ich habe viele traurige, leere Tage erlebt und mir von morgens bis abends den Kopf zerbrochen über Probleme, die nichts mit persönlichem Leben zu tun haben. Ich lebte wie ein Asket, und genau das hat mich stark gemacht. Rücksichtslos kämpfte ich immer gegen alles Menschliche in meinem Wesen an, und das hat es mir ermöglicht, mich über den Durchschnitt zu erheben. Was, glaubst du, war meine Freude während all dieser Jahre? Es war, an ein kleines, blondes Mädchen zu denken, das mir auf den Knien gesessen hatte, als ich hoch oben im Norden ein junger Bursche war. Meine Gäste sahen nur ein Bild in meiner Wohnung, es stand auf meinem Schreibtisch: Die Fotografie eines siebenjährigen Kindes, ein lächelndes Mädchen mit zwei blonden Zöpfen, in einem weißen Kleid und mit weißen Schuhen. Nachts träumte ich kindische Träume: Ich schien sie an der Hand zu halten und mit ihr im Sonnenschein durch grüne Täler zu wandern, und wir pflückten Blumen am Ufer des Baches und lauschten dem Zwitschern der Vögel.

Nach einer kurzen Pause fuhr er fort:

Ich habe noch nie über meine Gefühle gesprochen, Dilja, und ich weiß, daß es mir schwerfällt, mich verständlich zu machen. Ich kann nicht schönreden, aber ich kann fühlen. Ich vertraue darauf, daß du nicht nur auf meine Worte hörst, sondern auch auf meine Seele. Du verstehst, was man nicht in Worte fassen kann. Ich wäre mir wie ein Gotteslästerer vorgekommen, hätte ich jemals gewagt, über meine innersten Gefühle zu sprechen; so empfindlich waren sie.

Ich habe sie mein Leben lang verachtet, diese Marktschreier, diese splitternackten Straßenmädchen, die sich an jeder Ecke lautstark über menschliche Gefühle verbreiten. Diese Abneigung ergriff mich zum erstenmal eines Sommers hier daheim, als ich Stein Ellidi, der damals vierzehn Jahre alt war, seine Gedichte vorlesen hörte.

Dilja! Mir war Stein Ellidi schon unsympathisch, als er noch so klein war, daß ich ihn mit einer Hand hätte verprügeln können. Von Kindesbeinen an war seine ganze Persönlichkeit voller Hinterlist, jede seiner Bewegungen, jeder Blick, jedes Wort war verhext. Seine Mutter ist eine Dirne, und von ihr hat er diese Dichterlaunen; in unserer Familie hat es nie Liederlichkeit in irgendeiner Form gegeben. Stein Ellidi ist ein aus der Art schlagender Vandale und kann für nichts anderes leben als für seine Taschenspielertricks.

Als ich die Sympathie in euren Blicken leuchten sah, wurde mir klar, daß in diesem Neffen der Erzfeind meines Lebens steckte. Ich wußte, er brachte alle Voraussetzungen dafür mit, deinem Herzen näherzustehen: Er war etwa so alt wie du; er war dein Spielkamerad und außerdem ein Dichter. Die Frau ist ein unschuldigeres und einfacheres Wesen als der Mann, immer bereit, sich von den Zauberkunststücken des Gauklers täuschen zu lassen. Ein blitzschnelles Zauberkunststück betört sie mehr als das gewaltige Lebenswerk eines ehrlichen Mannes.

Dilja, ich hätte mit Gleichmut zugeschaut, wenn du dich in einen ganzen und wahren Mann verliebt hättest, einen Mann, der nur den einen Wunsch gehabt hätte, dein ein und alles sein zu dürfen. Ich hätte dich zu einem solchen Mann beglückwünscht und mein Leben lang über meine eigenen Gefühle geschwiegen. Aber mir war von Anfang an klar, daß Stein ein

Mann war, der nur dein Leben zerstören würde, sollten sich eure Wege nicht trennen. Die Liebe bedeutet den Dichtern nur deshalb etwas, weil sie auf Straßen und Plätzen von ihr singen können wie die Heilsarmee vom lieben Gott. Die Frau bedeutet ihnen nur deshalb etwas, weil sie sie verführen können. Verlorene Seelen und entehrte Frauen sind diesen Salutisten der Liebe die liebsten Themen für ihre Dichtungen. Der Dichter ist der sprechende Homunkulus, ein gewissenloser Geist, seine Seele ist ein durch und durch verlogenes Ungeheuer. Denn es werden nur solche Männer Dichter, die bereit sind, sich in den Dienst der Lüge zu stellen, überall, in allem und immer. Ich hasse Stein Ellidi.

Und ich sagte mir: Sei verschwiegen und stark. Sprich nicht mit Worten, sondern mit Taten. Beweise Dilja, daß die Größe nicht in hochtrabendem Gerede und prunkvollem Gewäsch liegt, sondern viel eher im handlungsfähigen, eisernen Willen eines schweigsamen Mannes, der Tausenden oder Hunderttausenden imponiert. Vielleicht begreift sie einmal, so herrlich ihr auch das Geplauder, die Gaukeleien und die Luftschlösser vorgekommen sein mögen, daß es Mannesmut kostet, sich mit dem Meißel an die rauhe Wirklichkeit zu wagen, sich sein Arbeitsgebiet mitten auf dem Schlachtfeld des Lebens zu wählen und dort ein Denkmal zu errichten, um das herum noch Kinder spielen werden, beschützt und zutraulich, wenn die Luftschlösser der Schwätzer schon längst der Stille der Vergessenheit anheimgefallen sind.

Sie hatte vornübergebeugt und bewegungslos dagesessen, hatte es vermieden, ihn anzusehen, um ihn nicht aus dem Konzept zu bringen; ihre Ohren waren durstig. Doch hier verstummte er, und sie spürte, daß er darauf wartete, daß sie etwas sagte.

Ich habe immer gewußt, daß du ein großer Mann bist, Örnolf, sagte sie und schaute ihm ruhig in die Augen, denn sie hatte Zeit gehabt, sich zu sammeln – viel größer als alle anderen. Und ich habe sogar oft daran gedacht, besonders während der letzten zwei Jahre, daß Stein Ellidi sich überhaupt nicht mit dir messen kann.

Dann schaute sie in ihren Schoß hinab und fuhr fort: Aber ich habe manchmal befürchtet, du seist zu egoistisch, um wirklich jemanden gernhaben zu können. In Wirklichkeit bist du rücksichtslos, Örnolf, das kannst du nicht abstreiten. Es liegt beinahe wie ein Fluch auf dir, wie wohl auf allen großen Männern, daß du alles an dich reißen willst, ohne auf andere Rücksicht zu nehmen. Hast du dir schon einmal überlegt, ob deine Herrschsucht nicht in Wirklichkeit dein stärkstes Gefühl ist? Ich habe Angst vor einem herrschsüchtigen Mann.

Liebe Dilja! antwortete er mit einem bitteren Lächeln. Ich sehe, du hast mich nicht verstanden, du hast dir die Hauptsache nicht klargemacht, das, was ich die Grundlage meines Lebens nannte. Hätte ich dich nicht geliebt, Dilja, wäre mir nie in den Sinn gekommen, den Handschuh vor dem Rachen des Raubtieres aus der Arena heraufzuholen. Ich wäre in der farblosen Alltäglichkeit zwischen anderen Durchschnittsmenschen untergegangen, ohne jemals ein Wagnis einzugehen, alles auf eine Karte zu setzen oder ein gefährliches Spiel zu spielen. Die Liebe des Mannes ist die Allmacht des Mannes. Daß ich mir schwor, entweder der mächtigste Mann im Land zu werden oder unterzugehen, geschah, um in den Augen der Frau, die ich liebte, zu wachsen. Ihretwegen sehnte ich mich danach, in die tiefsten Tiefen zu tauchen, wie der Mann, der den Becher heraufholte, denn ich fühlte mich nicht würdig, vor sie hinzutreten, ehe nicht die Prüfungen meine Kräfte geweiht hatten. Ihretwegen liebte ich meinen Beruf und arbeitete Tag und Nacht. Ihretwegen wurde mein Beruf nicht nur meine Kunst und Wissenschaft, sondern auch meine Welt.

Es stimmt, Dilja, meine Arbeit bestand nie darin, das, was man gute Taten nennt, zu tun; eine ernsthafte Arbeit kann man überhaupt nicht mit einem banalen Ausdruck charakterisieren. Und es stimmt auch, daß ich die Menschen bei weitem nicht so sehr liebe, wie es diese sogenannten Männer von Geist von sich behaupten. Aber ich hasse sie auch nicht; ich bin ehrlich genug zuzugeben, daß sie mir gleichgültig sind. Ich entdeckte bald, daß alle Ziele außerhalb meiner Arbeit unsinnig und läppisch sind. Ein ernsthafter Mann setzt sich kein anderes Ziel als seine Arbeit. Nur durch die Vollkommenheit seiner Arbeit gewinnt der Mann Macht; wenn man ganz in seiner Arbeit aufgeht, macht man diese Erfahrung. Der Jurist verteidigt einen Fall nicht deshalb, weil er einem Klienten, dem vielleicht Unrecht zugefügt wurde, zu seinem Recht verhelfen will, sondern aus Liebe zur Kunst der Verteidigung. Der Arzt heilt nicht, weil er den Kranken liebt; der ist ihm völlig gleichgültig. Er heilt, weil er seine Kunst, seine Wissenschaft liebt. Ich habe nichts dagegen, daß du das, was ich anderen Menschen voraus habe, Egoismus, Rücksichtslosigkeit und Herrschsucht nennst. Wenn ein Mann sich im Lebenskampf als stärker erweist, dann wird er für gewöhnlich so charakterisiert. Die Schwachen werden immer für ihre christlichen Tugenden gelobt; aber darüber wollen wir nicht sprechen. Ich wollte dich nur an folgendes erinnern: Wäre ich nicht egoistisch, rücksichtslos und herrschsüchtig gewesen, wäre Ylfing nie etwas anderes als ein gewöhnliches Kleinkrämergeschäft geworden; Reichtümer wären ungenutzt liegengeblieben; Tausenden von Menschen wäre es schlechter gegangen; die Kinder hätten in den letzten Wintermonaten weiter vor Hunger geweint; ein ganzes Volk wäre verzagter, hilfloser, unkultivierter, unselbständiger gewesen. Weil mich mein Egoismus und meine Herrschsucht viele schlaflose Nächte voller Sorge und Kopfzerbrechen gekostet haben – es zog immer eine neue Gefahr herauf, sobald die alte abgewendet war –, kam es dann schließlich so weit, daß es mir gelang, meine Unternehmen auf eine sichere Grundlage zu stellen. Und obwohl ich nicht der Mann dazu bin, eine psychologische Abhandlung über mein Gefühlsleben zu schreiben oder mich mit philosophischer Geschwätzigkeit darüber auszulassen, in welchem Verhältnis diese sogenannte Herrschsucht zu meinen anderen Gefühlen steht, so scheue ich mich doch nicht davor, mich mit denen zu messen, die hierzulande am hochtrabendsten über Sonnensysteme und Atome und die Stellung des Menschen im Kosmos dahergeredet haben. Denn ich habe gewußt, daß durch meinen Einsatz die Reichtümer des Meeres geborgen werden, Kinder satt und froh werden, der Rücken des Armen wieder gerade wird, das Wohl eines ganzen Volkes erblüht. Ich erwarte kein Lob, weder von dir noch von anderen. Denen, die Gedichte schreiben, ist das Recht vorbehalten, sich auf Händen tragen zu lassen, was auch sehr gut paßt. Doch vor der Frau, die ich liebe, fühle ich mich durchaus nicht unwürdiger als irgendein Nebenbuhler, so sehr sein Name auch strahlen mag.

Fünftes Buch

53

Stein Ellidis Elternhaus hatte keine feste Adresse. Es lag bald hier, bald dort auf der Welt. Reykjavik und Bilbao, Genua und Baden-Baden, Brighton und Paris, frisch renovierte Luxuswohnungen, wo die Möbel nach Politur rochen; Hotels, Eisenbahnzüge und Passagierdampfer – das war sein Zuhause. Seine Eltern hatten mehr als ein Vaterland.

Das Leben und die Arbeit Grimulf Ellidasons gründeten auf dem Sprichwort *ubi bene, ibi patria,* oder besser gesagt: *ubi pecunia, ibi patria.* Er war wie eine Maschine, die Gott dazu geschaffen hat, auszurechnen, wo und wie seelenlose Unternehmen den größten Gewinn bringen können. Er tat immer das Richtige, und es gelang ihm alles, gleichsam instinktiv, denn er nahm sich nie die Zeit, darüber nachzudenken, wozu der Mensch auf die Welt kommt. Es machte ihm nichts aus, in fünf Wochen zehn Fahrten über die Alpen zu unternehmen, wenn die Aussicht bestand, daß seine Reisen einem idiotischen Profitunternehmen nützlich sein konnten. Sein Eifer war wie der eines Kindes, das Sandburgen baut. Er war in Wirklichkeit ein naiver Künstler, dem das Talent dazu fehlt, sich auf etwas so Abenteuerliches wie das, einen neuen Gedanken zu denken, einzulassen, ein Narr, der draußen sitzt und die Sterne zählt, nicht etwa weil er wissen will, wie viele es sind, sondern weil es ihm Spaß macht zu zählen, ein Schlafwandler in den Händen der Vorsehung. Seit Stein Ellidi kein kleines Kind mehr war, war ihm nie eingefallen, seinen Vater für etwas anderes als einen Dummkopf zu halten.

Für seine Mutter sah das Dasein anders aus. Sie lebte in einer anderen Welt, unter einer anderen Vorsehung. Diese Menschen hatten durch ein Versehen ihre Schicksale zusammengeworfen, ohne daß ihre Seelen die Möglichkeit gehabt hätten, einander kennenzulernen – falls sie überhaupt eine Seele hatten. Seine Mutter hatte ihr Vaterland für sich allein, ihren Götzen, das war die Lungenschwindsucht. Sie lebte für dieses Vaterland. Und es gab keinen Zweifel, eines Tages würde sie dafür sterben, so wie ein französischer Soldat auf dem Felde der Ehre. Die Tuberkulose war ihr ein und alles. Jeder, der sie kennenlernte, wurde sogleich in eine Kapelle mit bläulichen Vorhängen und lila Blumen an den Wänden geführt, und dort stand ein Götze auf einem Podest: die Lungenschwindsucht. Alle mußten auf Zehenspitzen um diesen Götzenteufel herumschleichen und vor ihm den Kopf senken. Man durfte nicht laut sprechen. Keinen Lärm! Vielleicht hatte ursprünglich irgendein niederträchtiger Arzt den Einfall gehabt, ihr dieses Leiden anzudichten, weil er hoffte, dann in Zukunft gut zu verdienen, wenn er ihr Rezepte und allen möglichen Unsinn aufschwatzte. Von da an hatte sie am liebsten alte, halbtote Tanten und geistesschwache Jünglinge um sich, denen sie ihr Leid klagen konnte. Ihr Sohn hingegen verspürte überhaupt keine Neigung, die Lungentuberkulose anzubeten. Er hatte nie Mitleid mit seiner Mutter. Er wurde wütend, sooft er sie von ihrer Krankheit sprechen hörte. Doch als er älter wurde, gewöhnte er sich an, ihr mit mehr Rücksicht zu begegnen als in der Kindheit, nicht aus Liebe, sondern weil er fand, daß sich etwas anderes nicht gehört hätte. Es war ein Verstoß gegen die bürgerliche Konvention, seiner Mutter Verdruß zu bereiten. Wenn er an einem sonnigen, windstillen Tag eine Spazierfahrt durch Reykjavik mit ihr unternahm oder sich einmal in der Woche zu ihr setzte, um ihr ein Kapitel aus den pseudophilosophischen Werken von Blavatsky, Trine, Besant und Leadbeater oder anderen Schwindelphilosophen, die sie sehr schätzte, vorzulesen, so war das Heuchelei; es war ihm klar, daß der Tag kommen mußte, an dem er mit seiner Mutter brechen würde. Jetzt war dieser Tag schon längst vorbei. Seine Mutter war nichts als eine unbedeutende Kindheitserinnerung. Wenn sie ihm schrieb, warf er ihre Briefe ungeöffnet in den Papierkorb.

Und als er ein Telegramm erhielt, daß seine Mutter gestorben sei, sagte er sich: Du meine Güte, warum telegrafiert man mir, wenn irgendwo im Süden eine Frau den Geist aufgibt? Was geht es mich an, ob sie lebendig ist oder tot? Das einzige, was mich angeht, ist, ob ich selbst lebendig oder tot bin; und nicht einmal das! Trotzdem warf er das Telegramm nicht gleich weg, sondern las die Buchstaben geistesabwesend immer und immer wieder: *Your mother deceased last night. Bradford.*

Er fing an, im Papierkorb zu wühlen, der bis zum Rand mit zusammengeknülltem Papier und anderem Abfall gefüllt war, bis er einige der letzten Briefe seiner Mutter gefunden hatte. Er glättete sie, riß sie auf und überflog die Datierungen. Es zeigte sich, daß der letzte in Taormina, Hotel Regina, vor einem Monat, am 15. April 1925, geschrieben war. Taormina war ein Touristenort in Ostsizilien, auf halbem Wege zwischen Messina und Catania.

Ihre Briefe waren von Anfang bis Ende nichts als die gequälten Seufzer einer bedrängten Seele, die erhofft, was sie befürchtet, und befürchtet, was sie erhofft. Sie bat ihren Sohn ständig darum, zu kommen und sie zu beschützen, doch ohne ihm begreiflich zu machen, wovor sie Schutz brauchte. Es war, als ob alle ihre Gedanken in heiße, erstickende Dämpfe gehüllt wären, und ihm wurde übel vom Lesen. Er überflog eine Seite nach der andern, bis er bei einem kleinen Abschnitt im letzten Brief anhielt, einer Stelle, von der er glaubte, daß sie eine tiefere Bedeutung hatte:

Es ist vielleicht meine schmerzlichste Qual gewesen, lieber Stein, in dieser letzten Zeit, während ich mich ganz langsam immer tiefer in die lachende Verzweiflung verloren habe, an die Verachtung zu denken, die ich von Dir verdiene. Oft glaube ich, daß vieles ganz anders gekommen wäre, hätte ich Dich immer bei mir haben dürfen, mein liebster Junge. Einmal warst Du mein kleiner Schutzengel, der mich vor einem schrecklichen Schritt bewahrte, und so hätte es auch während der letzten Jahre sein können, hätte ich nur ab und zu die blauen, reinen Augen meines Jungen sehen dürfen. Es ist, als ob ich erst jetzt, da alle Brücken hinter mir abgebrochen sind, verstehe, daß nur das Kind der Erlöser der Frau ist. Stein, vergib Deiner Mutter wenigstens, wenn sie tot ist, denn der Staub verdient es nicht, gehaßt zu werden.

Nichts war klarer, als daß diese Zeilen mit den letzten Blutstropfen eines Menschen geschrieben worden waren, über den das Schicksal das endgültige Urteil gefällt hatte. Hinter jeder Zeile lag ein ganzes Universum von Verzweiflung einer verdammten Seele. Es ist einfach lächerlich, wie sehr sich ein armes menschliches Wesen quälen kann. Ein Mann stürzt über eine Klippe, bricht sich an den Steinen am Strand die Knochen und schreit dort bis zum Morgen, bis ihn die Flut überspült; eine Frau läßt ihr Kind in einen großen Topf fallen und kocht es aus Versehen; ein Liebender klettert auf den Eiffelturm, um sich den Hals zu brechen. Das alles sind größere Ereignisse als eine Eruption der Hekla oder ein Erdbeben in Kalifornien, und dennoch vergessen die Leute solche Begebenheiten in genau fünf Sekunden, selbst wenn sie in der Zeitung davon lesen. Warum vergißt man diese Katastrophen so leicht? Das kommt daher, daß nichts so banal ist wie menschliches Leid. In London erleiden täglich fünfzig Menschen Knochenbrüche oder andere Verletzungen bei Verkehrsunfällen. Stein Ellidi wußte, daß er, wenn er von diesen Unglücksraben Notiz nähme, nicht umhin käme, sich einen Wagen zu kaufen und dann von morgens bis abends nichts anderes mehr zu tun, als von einem Unfallort zum anderen zu fahren und Karbolwasser auf die Wunden sterbender Menschen zu gießen. Wenn er die Konsequenz daraus zöge, daß die Menschheit von Anbeginn an dazu verurteilt war, immer unter Kutschen und Lokomotiven, Latrinenkarren und Automobilen ihren Tod zu finden, dann hätte er nicht weniger Liebe zur Menschheit gebraucht als Gott, der vom Himmel herabstieg und sich aus lauter Mitleid kreuzigen ließ. Er knüllte das Telegramm aus Taormina und alle Briefe zusammen und warf sie wieder in den Papierkorb, wobei er Nietzsches Aphorismus vor sich hinmurmelte: *An seinem Mitleiden mit den Menschen ist Gott gestorben.*

54

Die Stimme des Herzens ist stärker als die Philosophie. Nacht für Nacht kam Steins Mutter zu ihm ins Zimmer, in ihrem blutigen und erdverschmutzten Leichenhemd. Nie geschah es, daß sie Türen öffnete; es machte ihr nichts aus, durch geschlossene Türen zu gehen. Anfangs hatte Stein Mitleid mit ihr, daß eine so feine Dame in einem so schmutzigen Leichenhemd herumgehen mußte; doch konnte er sich lange Zeit nicht dazu überwinden, sie anzusprechen, denn das Gesicht der Spukgestalt war traurig und müde. Manchmal drückte sie die gefalteten Hände an ihre Brust. Ob sie noch immer Schmerzen in der Brust hat? dachte er. Konnte nicht einmal der Tod die Brust heilen? Oh, der Tod, sagte sie, er ist der Liebhaber *par excellence!* Keine Frau wurde so stolz geboren, als daß er nicht ihre Liebe gewinnen könnte. Ich kämpfte viele Jahre lang gegen seine Zudringlichkeit, aber er kroch immer abends, nachdem ich die Lichter gelöscht hatte, zu mir ins Bett und betastete mit seinen kalten, schlanken Fingern meinen nackten Busen und hauchte mir Grabgeruch ins Gesicht. Und schließlich nahm er mich ganz. Das Leben! Gott segne das Leben – ich mache ihm keine Vorwürfe! Doch der Tod nahm mich, ehe er mir einen süßen Trank angeboten oder mich im Sonnenschein draußen im Wald heiß auf die Wange geküßt hatte. Hätte ich dich bei mir haben dürfen, mein liebster Junge, so wäre vieles ganz anders gekommen.

Was nützen philosophische Argumente, wenn man mit einem Gespenst spricht? Denn als Stein glaubte, sie davon überzeugt zu haben, daß er nicht für ihren Tod verantwortlich war und daß sie froh sein könne, unter die Erde gekommen zu sein, während andere Seelen sich auf der Erde abplagen mußten, da fing sie an zu tanzen, wie die bekannte Tänzerin Anna Pawlowa, die sich auf eine Südamerika-Tournee vorbereitet. Er bat sie, zu verschwinden, doch sie verschwand nicht. Er las das Vaterunser, doch sie gähnte nur, als wäre ihr das völlig gleichgültig. Er beschimpfte sie und sagte, sie solle zum Teufel gehen, doch sie richtete ihre dummen und seelenlosen Augen auf ihn und blieb ruhig stehen. Er schnitt Grimassen und brüllte, doch sie nahm keine Notiz davon und blieb immer noch ruhig stehen. Und obwohl ihn vom philosophischen Standpunkt aus überhaupt keine Schuld traf, litt er die Seelenqualen eines Mörders, genau wie Raskolnikow, der eine alte Frau umbrachte und dann hunderttausend Mal um sich selbst im Kreis herumging: Er wußte, daß er keine Ruhe finden würde, ehe er nicht die Stelle gesehen hatte, an der er das Verbrechen begangen hatte.

Als Stein Ellidi in Giardino, der Bahnstation von Taormina, aus dem Zug stieg, nach fünftägiger, ununterbrochener Reise, da hatte er überall am ganzen Körper Schmerzen, wie ein Märtyrer, den man ein paar Tage auf der Folterbank vergessen hat. Nach zahllosen Kurven einen kaktusbewachsenen Hang hinauf lieferte ihn das Auto vor der Halle des Hotels Regina in Taormina ab. Es war die Zeit des Tages, zu der die Hitze am größten ist, an den Häusern alle Fensterläden geschlossen sind und sich, abgesehen von deutschen Touristen und Hunden, keiner auf die Straße hinauswagt. Sobald man ihn in sein Zimmer geführt hat, wirft er sich auf das Sofa, ohne die Energie aufzubringen, sich den Staub und Schweiß aus dem Gesicht zu waschen, das Hemd zu wechseln und den Eisenbahnruß aus den Falten seiner Wembleyhose zu bürsten, und schläft ein.

Erst um die Abendessenszeit ließ er den Wirt rufen, einen dunkelhäutigen Sizilianer mit stattlichem Bauch in einer weißen Flanellhose und einem Sporthemd, das in Schnitt und Farbe der neuesten Mode folgte, stellte sich vor und fragte nach seiner Mutter.

Der Wirt setzte eine Maske herzlicher Teilnahme auf, als er wußte, mit wem er es zu tun hatte. Mit zweitausend Jahre alter Höflichkeit erklärte er, es sei ihm ein Vergnügen, ihm alle Auskünfte zu geben, die er über die letzten Stunden der Signora Ellidaso, wobei er die Betonung auf das A legte, geben könne, einer Frau, die *molto simpatica* gewesen war und die *il buono Dio* nun so weit von Verwandten und Vaterland entfernt zu sich gerufen hatte. Keiner, der die Dame kennengelernt habe, konnte daran zweifeln, daß sie aus vornehmer Familie stammte und außerdem hochgebildet sei: Sie sprach fließend Englisch, Spanisch und Französisch. Er erwähnte jedoch, daß es möglicherweise jemanden gab, dem vielleicht noch weitere Einzelheiten dieser Angelegenheit bekannt waren, den Freund der Dame, Signor Bambara Salvatore, ein Wissenschaftler und Besitzer eines *istituto,* der ihr Begleiter gewesen sei, als sie Anfang April mit ihrer jungen englischen Gesellschafterin nach Taormina kam. Es war gut, daß Signor Bambara Salvatore noch nicht zu seiner geplanten wissenschaftlichen Expedition nach Rußland aufgebrochen war. Und er fügte hinzu:

Es wird Ihnen ein Vergnügen sein, die Bekanntschaft von Signor Bambara zu machen. Er ist Millionär und stammt aus Mailand, Antiquitätenhändler und Archäologe, und hat die ganze Welt bereist; sein Spezialgebiet ist die Ikonographie. Sein Wissen ist grenzenlos. Aber im Gegensatz zu vielen Wissenschaftlern verachtet er auch nicht *le bellezze della vita,* und deshalb gibt er nie einer glücklichen Frau einen Korb. Ich kann Ihnen also versichern, daß es ein schreckliches Erlebnis für Herrn Bambara Salvatore war, mit anzusehen, wie eine glückliche Frau bei einem unschuldigen Charleston in seinen Armen den Geist aufgab – an einem Abend gegen Ende der Saison, als wir hier unten im Salon eine kleine *soirée internationale* arrangiert hatten. Keiner ahnte, daß Ihre Frau Mutter schon seit langem an Lungenschwindsucht litt, und Sie können sich das Entsetzen vorstellen, das uns alle ergriff, als die Dame während des Tanzens plötzlich Blut spuckte. Nach dem Abendessen hatten Ihre Frau Mutter und Herr Bambara einen Spaziergang zum Hotel Castello a Mare gemacht, um die Isola Bella im Mondschein zu sehen, und da war nichts Besonderes. Zwei Stunden später war sie tot. Wir sahen plötzlich, daß Herrn Salvatores Weste rot von Blut war, und die Dame lag ohnmächtig in seinen Armen. Er trug sie sofort in ein Nebenzimmer, wo sie wenige Minuten später starb. Ein junger englischer Arzt, der sich unter den Gästen befand, erklärte, daß keine irdische Macht etwas hätte tun können. Eine schlecht verheilte Wunde in der Lunge war aufgebrochen, und sie verblutete innerhalb weniger Minuten. Der Tod der Dame wurde sofort Ihrem Herrn Vater in Genua telegrafiert, und zwei Tage später kam er mit dem dänischen Konsul aus Palermo und einem englischen, protestantischen Pfarrer aus Rom hierher. Wir haben alle unvergeßliches Leid erfahren, und ich kann Ihnen versichern, daß wir untröstlich sind, Signore!

Als Stein Ellidi wenige Minuten vor dem Abendessen in Begleitung des Wirts in das Restaurant hinunterkam, saß in einer Ecke ein Mann in einem tiefen Sessel, versteckt hinter Il Mondo, klein und schlank, das kastanienbraune Haar sorgfältig gewellt, das Gesicht leichenblaß mit schwarzen Ringen unter den Augen, mit einem Monokel im linken Auge und in einem Faschistenhemd aus schwarzer, glänzender Seide. Das war Bambara Salvatore. Er legte die Zeitung weg, nahm das Monokel geschickt zwischen seine kleinen, schlanken Finger und verneigte sich unterwürfig:

Mein Herr, sagte er zu Stein Ellidi. Es erfüllt mich mit größerem Entzücken, als sich mit Worten ausdrücken läßt, endlich das Glück zu haben, das zu erleben, was ich so lange ersehnt habe: Sie begrüßen zu dürfen.

Er sprach nicht nur fehlerfreies Englisch, sondern seine Aussprache und sein Wortschatz stammten eindeutig aus Boston.

Mir kommt es so vor, als ob ich Sie schon lange kennen würde, fuhr er fort. Ich kann Sie versichern, daß ich mehr Gutes über Sie gehört habe als über irgendeinen anderen Menschen. Und es ist erst eine knappe Woche her, seit ich eine englische Literaturzeitschrift erhielt, in der Ihr Porträt abgedruckt ist und eine überaus begeisterte Besprechung Ihrer kürzlich erschienenen Gedichte, in der Sie vorbehaltlos den größten Meistern an die Seite gestellt werden.

Als sie sich zu Tisch gesetzt hatten, wechselte Bambara Salvatore ins Französische über, denn die meisten Gäste im Restaurant waren Amerikaner, die sich auf englisch unterhielten.

Es schmerzt mich überaus, sagte Bambara Salvatore, und es zeigte sich rasch, daß ihm das Französische nicht schwerer fiel als das Englische, daß ich mir nicht das Vergnügen gönnen kann, mich während der Zeit, die Sie vielleicht in Taormina zu verbringen gedenken, Ihrer Gesellschaft zu erfreuen. Aber es ist so, daß ich gezwungen bin, mich morgen abend auf eine längere Reise zu begeben, und morgen früh bin ich nach Giarre vorgeladen, einer Stadt, die fünfundzwanzig Kilometer von Taormina entfernt liegt, um dort vor Gericht mein Urteil über ein paar vor kurzem verkaufte Antiquitäten abzugeben, bei denen der Verdacht besteht, es handle sich um Fälschungen. Diese braven Amerikaner lassen sich immer wieder zum Narren halten, was nicht verwundern kann, denn das einzige, von dem sie etwas verstehen, sind Wertpapiere, und dann rennen sie vor Gericht, sobald ihnen jemand sagt, daß ihr Adonis mit der heilen Nase gefälscht sei. Ich würde mich ganz besonders gern mit Ihnen unterhalten, bevor ich abreise, und obschon es spät ist, hoffe ich, daß Sie es mir nicht übelnehmen, wenn ich Sie bitte, mir die Ehre zu erweisen, mich heute abend zu besuchen. Ich wohne in der zweiten Etage, Nummer fünf bis acht.

Eine halbe Stunde später saßen sie unter den Palmen draußen im Garten und tranken Kaffee. Zwei Europäer des zwanzigsten Jahrhunderts, zwei maskierte Seelen, zwei Schauspieler. Hätte Fra Angelico sieben Jahre nach dem Weltkrieg gelebt, dachte Stein, dann hätte er Bambara Salvatore als Modell für seine Heiligen genommen.

Stein war im Vergleich zu Salvatore ein Kind. Zweifellos hatte Salvatore tausendmal mehr Abenteuer erlebt als Stein. Er hatte sicher nach dem Becher getaucht. Er war offensichtlich ein alter Hase auf der Rennbahn des Ultramodernismus, während Stein noch ein Grünschnabel war, und sein Vaterland war die *terra nullius* zwischen den Schützengräben. Salvatore hatte sich in Sicherheit gebracht und verbeugte sich höflich vor dem Chaos der Eitelkeit, im schwarzen Hemd der Faschisten und mit Monokel. Er betrieb Ikonographie. So etwas tut nur der, der die Welt auswendig kann. Bambara Salvatore hatte sich in Rom unter Prälaten aufgehalten, in Monte Cassino unter Mönchen, in England unter Lords, in Paris unter Künstlern, in Berlin unter Homosexuellen, in New York unter Millionären, in Kalifornien unter Filmschauspielern, in Indien unter Jogis, in Moskau unter Schachspielern. Während die Europäer einander für Freiheit und Vaterland an der Gurgel hatten, hielt sich Bambara Salvatore abwechselnd im Orient und in Amerika auf und machte sich lustig über diese Affen. Als sie nach dem Essen aufstanden, nahm er geschickt den Faden wieder dort auf, wo das Gespräch abgebrochen worden war, und erzählte sehr lebendig von seinen Reisen durch Radschputana im Jahre 1917, von seinem Aufenthalt in Dschaipur, dem Paris Indiens, von der heidnischen und göttlichen Erhabenheit, die über dem Stil der sonnenweißen Mausoleen und prächtigen Tempel von Dschaipur liegt.

55

Ich sehe, mein Herr, daß Sie wegen der Heiligenbilder, die Sie um mich herum sehen, große Augen machen, als ob Sie in Gedanken fragten: Hat er Gott tatsächlich nicht überwunden?

Doch, mein Herr. Sie irren sich. Ich weiß genausogut wie Sie, daß die Gottesvorstellung, diese Hypochondrie oder *maladie imaginaire,* an der wir alle leiden, die fundamentale Schwäche der menschlichen Seele und die ursächliche Quelle menschlichen Unglücks ist. Doch ich sammle Antiquitäten und habe eine Vorliebe für Dinge, die älter sind als ich und mich überdauern werden. Vor geschmacklosen Christus- und Buddhafiguren entzünde ich andächtig meine Kerzen, denn es amüsiert mich, daß gewisse Dinge dauerhaft sind. Und da die katholische Kirche die Antiquität aller Antiquitäten ist, werden Sie sich leicht denken können, welchem Glauben ich anhänge. Ich liebe die Kirche, wie sie nur ein Mensch lieben kann, der ihr Dogma durchschaut hat, dieses seltsamste aller Kreuzworträtsel unter der Sonne, und der die ganze, wie Meeresleuchten gleißende Leere der Wertlosigkeit erkannt hat, die vom Himmel herabstieg und sich in den Knochen eines Petrus Wohnung nahm. Die katholische Kirche ist so alt wie Gott, ich und die Welt, mein Herr. Sie ist die Illusion aller Illusionen, die eine wahre Lüge, die aus dem Herzen der Schöpfung kommt, das Harfenspiel des Abgrundes, über allem und in allem, wie der Fudschijama auf den Bildern Hokusais. Vor tausend Jahren lehnte ich mich an die Säulen ihres Vorhofs und ging fort. Sie bleibt ruhig stehen und ruft dir nach, während du dich davonmachst: *Vous vous en allez; moi, je reste.* Tausend Jahre später ruhe ich mich unter den Säulen in ihrem Vorhof aus, und sie fragt: Wo warst du? Ich liebe sie auf eine sündige Weise, wie ein Unwissender, der das Harfenspiel des Abgrundes im Lächeln seiner Geliebten wahrnimmt, liebe sie, weil sie ruhig stehenbleibt, während die Welt untergeht, weil sie zurückbleibt wie der Fudschijama auf den Bildern Hokusais, während ich verschwinde, und ich verschwinde, während sie zurückbleibt.

Sie fürchten nun vielleicht, mein Herr, daß ich im Begriff bin, einen Vortrag über die Askese vorzubereiten, als würde ich in der katholischen Kirche nichts anderes als eine göttliche Einrichtung gegen Prostitution, Homosexualität oder *crimine bestiali* sehen, aber dem ist nicht so: Ich habe von Kindheit an die Dogmen durchschaut, und obgleich Sie hier Heilige und gekreuzigte Christusfiguren sehen, kann ich Sie, nachdem ich die Askese der Kirche bis auf den Grund durchschaut und nichts anderes als sehr primitive und unzulängliche Formen von Sadismus gefunden habe, damit trösten, daß die höchste Weisheit und der süßeste Genuß nur am Busen der Freude getrunken werden kann. Wie Signor d'Annunzio es formuliert, unser unvergleichlicher d'Annunzio: *La vita ... c'insegna che il piacere è il più certo mezzo di conoscimento offertoci dalla Natura, et che colui il quale molto ha sofferto è men sapiente di colui il quale molto ha gioito* –, das Leben lehrt uns, daß die Freude der sicherste Quell der Erkenntnis ist, den uns die Natur bietet, und wer viel gelitten hat, ist weniger klug als der, der sich viel gefreut hat.

Die unverfälschte Verbrechernatur ist die höchste Stufe menschlicher Vollkommenheit. Wenn Sie Deutsch verstehen, will ich diese Lehre so formulieren: *Der reine Verbrecher ist der einzig wahre Erkennende.* Dostojewskij, der ganze Dostojewskij. Der totale Verbrecher ist heilig wie die Taube. Seine Verbrechen werden nicht von der Blindheit des Untermenschen erzwungen, der sich gegen die Gesetze von Menschen und Göttern vergeht, sondern sind die kalkulierte Klugheit des Übermenschen mitten in der Verschwörung gegen das Genie, welche die Welt symbolisiert. Die Welt ist die Verschwörung der Unfähigkeit gegen das Genie. Was ist der Bürger in den Augen des Genies? Er taugt zu nichts anderem, als die Fliege, mit der man ihn ködert, zu schlucken und Frauen und Töchter aufzuziehen, die mitten in der Trauungszeremonie heimlich ihre Ehre feilbieten und sich einige Tage früher, als sie es dem Kalender nach sein sollten, als schwanger erweisen.

Der Übermensch kommt auf die Welt, um die Welt zu quälen. Er kommt, um die Mädchen zu entjungfern und die Frauen zu schänden, wenn es mir erlaubt ist, in Bildern zu sprechen. Es liegt in der Natur des Schwachen, sich für die

Starken zu opfern, und der Starke ist leicht daran zu erkennen, daß der Rauch, der vom Opfer aufsteigt, für seine Nase Gestank ist und er sich nie der Schwäche erbarmt. Ein Mann, der eine Frau glücklich macht, macht sich selbst zum Narren. Die Hure, die Inkarnation der Selbstverleugnung, ist die Offenbarung des Höchsten und Edelsten in der Frauennatur. Sie ist heilig, denn sie hat das Unglück als Lohn für ihr Opfer gewählt, und keiner hat ihr dafür, daß sie bei dem Handel ihre Ehre unterschlägt, einen Titel verliehen. Das Genie rührt sie nicht an, denn sie hat die höchste Form des Genusses in der niedersten Art des Unglücks gefunden und läßt sich nicht quälen. Doch der Verbrecher, der es liebt zu quälen und an die Heiligkeit des Genusses glaubt, weiß, daß das Schicksal der modernen Frau sich aus der Tiefe ihrer Augen lesen läßt, und schreit: *Pereat!* Ihr Weg führt ins Verderben, denn sie sucht in ihrer Liebe die höchste Seligkeit. Über dem Scheiterhaufen der Wollust schweben kleine Teufel, die ununterbrochen *pereat* singen, während ihre Seele und ihr Körper untergehen. Nichts kann das Element des blinden Triebes, das in der Brust der modernen Frau wütet, befriedigen, nichts außer der Umarmung des Todes. Lachend und zagend, jubelnd und klagend verehrt sie ihre eigene Vernichtung. Sie vergießt ihren Liebesschmerz in mißratenen Flüchen, Weinen, Beißen, Kniefällen, Perversität, tränenreichen Lachkrämpfen, in blindem Akzeptieren Ihrer unnatürlichsten Liebkosungen.

Sie arbeiten, mein Herr, denn Sie sind Nordländer und entwickeln sich langsam. Sie haben kaum die Hälfte Ihrer Lebensbahn hinter sich gebracht. Doch wenn Sie schließlich die Erfahrung gemacht haben werden, daß die Arbeit die schlechteste und gröbste Art von Opium ist, die die Gesellschaft ihren Sklaven geben kann, dann werden Sie gegen die Heiligkeit kämpfen, und jahrelang werden sich Erfolge und Mißerfolge abwechseln, bis Sie die höchste Stufe der Vollkommenheit erreicht haben, das Stadium des totalen Verbrechers, das entweder mit Selbstmord endet oder mit der höchsten Freude – dem Genuß der besten Mohnsorte, die unsere Erde hervorbringt, des chinesischen Mohns. Wenn die sexuelle Potenz, dieser Angel- und Schwerpunkt des Lebens, versagt, dann hört der Spaß am Spiel auf, und dann ist es für das Genie genauso beglückend, sein Bewußtsein im Rausch zu verlieren, wie für Buddha, sich nach tausendjähriger Wanderung vom Menschen zum Tier und vom Tier zum Menschen im Nirwana zur Ruhe zu legen. Was mich betrifft, so habe ich schon einen so großen Teil der Bahn durchlaufen, daß ich mich beruhigt der Ikonographie widmen kann. Als Beispiel dafür, wie weit ich schon auf dem Weg des totalen Verbrechers fortgeschritten bin, werde ich Ihnen mitteilen, daß ich, als mein amerikanischer Freund, einer der berühmtesten Bakteriologen der Welt, mir anbot, einen Krankheitserreger loszulassen, der die ganze Menschheit innerhalb von vierzehn Tagen ausrotten könnte, mit den Schultern gezuckt und geantwortet habe: Nein, es ist lustiger, sie ganz allmählich an Kokain, Syphilis und Psychoanalyse eingehen zu lassen.

56

Stein Ellidi geht in der Mittagshitze den Corso Umberto entlang, durch die Porta di Messina hinaus, fragt sich weiter, bis er westlich der Stadt hohe Zypressen aufragen sieht. Ihm ist, als ob er auf seinem Scheitel glühende Holzscheite trüge. Hier ist gut sein für die, die auf dem Weg zur Hölle sind und sich an die Hitze gewöhnen möchten. Bei jedem Schritt wirbelt weißer Staub auf vom Weg. Das Mittelmeer ist ein schönes, grünes Einsprengsel in dem gelbblauen Sonnendunst draußen am Horizont, eine Wirklichkeit, die in nicht deutbare Träume übergeht. In diesen Ländern haben die Todgeweihten wollüstige Visionen wie der heilige Antonius.

Er geht an der Mauer entlang und bleibt vor dem Friedhofsportal stehen, wo die Zypressen sich mit böcklinischer Feierlichkeit vom glühenden Mittagshimmel abheben. Er hatte sich nie in einer seltsameren Umgebung befunden. Schließlich legte er die Hand an seine Stirn, wie um einen bösen Traum abzuwehren, und seine Handfläche wurde naß von Schweiß. Zwei schwarzäugige Bauernmädchen mit großen Körben auf dem Kopf kamen den Weg entlang, hielten nicht weit vom Friedhofseingang an, stellten ihre Körbe ab und setzten sich auf eine verfallene Mauer, um sich auszuruhen. Sie hatten dicke Hintern und fingen an, die Inschrift über dem Portal zu entziffern.

Questa soglia divide due mondi. La pietà li congiunge.

Das eine Mädchen sah das andere an, feierlich und nachdenklich: *È vero!* sagte sie und nickte.

Auf der Innenseite des Portals standen zwei stattliche Bananenstauden. Dann führte eine breite Zypressenallee quer durch den Friedhof, und aus den kegelförmigen Baumkronen tönte ununterbrochen das Zirpen der Zikaden. Zu beiden Seiten des Hauptweges lagen die Gräber erster Klasse, denn der Friedhof war nach Rang und Ansehen in drei Abteilungen aufgeteilt. Hier war ein Grabstein schöner als der andere, denn unter ihnen ruhten angesehene Menschen, während diejenigen, die in der dritten Klasse am Rand des Friedhofs begraben waren, meist unter nackten Gräbern lagen. Stein suchte und suchte, ohne zu finden. Er studierte die Inschriften auf den Grabsteinen und hatte keine Hemmungen, auf die Gräber zu treten, trotz der Hitze froh darüber, auf der Erde spazieren zu dürfen, während diese armen Teufel in der Erde verwesen mußten.

Schließlich kam er zu einer grauen Mauer, die voller Grabkammern war. Es ist im Süden sehr gebräuchlich, Leichen auf maurische Art unterzubringen: Der Sarg wird in ein Fach in der Mauer geschoben, dann wird eine Platte vor die Öffnung geschraubt und der Name dessen, der darinliegt, auf die Platte geschrieben. Grün schillernde Eidechsen liefen schnell und behende über die Mauer und verschwanden in den unglaublichsten Ritzen, wie die Seelen Verstorbener. Ihre Augen waren wie lebende Stecknadelköpfe. Stein las sorgfältig die Inschriften auf den Platten, möglicherweise war seine Mutter in eines der Fächer gesteckt worden. Aber es war vergebens.

Schließlich sah er ein, daß es kindisch war, eine Ausländerin in einer so großen Stadt suchen zu wollen. Nichts war wahrscheinlicher, als daß sie in einem nackten Grab dritter Klasse lag, deshalb sah er keine andere Möglichkeit, als sich an den Friedhofswärter zu wenden. Links vom Portal, auf dem Friedhof selbst, stand ein kleines Haus mit einer Hundehütte davor, dort lag ein alter, nachdenklicher Wachhund und ruhte sich auf seinen Pfoten aus. Der Hund sah Stein an, als er an ihm vorbeiging, und erkannte sogleich, daß dieser Mann den Kopf gesenkt hielt, deshalb fiel es ihm auch nicht ein zu bellen, und sein Blick war voller Mitleid, als wollte er sagen: *nihil humani a me alienum puto.*

Das Haus stand offen, und zwei Frauen mittleren Alters machten sich in der Küche zu schaffen; die eine war die Hausfrau. Sie kam zur Tür und stellte sich vor den Fremden hin, schwarzgekleidet, groß und vertrocknet, wie die Klageweiber bei den billigsten Begräbnissen. Stein lüftete den Hut und fragte nach der Ausländerin, die hier beerdigt worden war.

Die Hausfrau antwortete, daß ihr Mann seinen Mittagsschlaf halte; er wisse Bescheid über alle, die hier im Friedhof ihre letzte Ruhestätte gefunden hätten.

Aber vielleicht kann ich Ihnen weiterhelfen, sagte sie und fügte hinzu: War diese Ausländerin denn rechtgläubig, oder war sie eine Ketzerin?

Sie war sehr rechtgläubig, sagte Stein und hoffte, allen unangenehmen Fragen zu entgehen.

Katholisch? bohrte die Frau weiter.

Nein, sie war nicht direkt katholisch, aber dennoch sehr rechtgläubig, antwortete Stein und lachte im stillen darüber, daß dies das erste Mal in seinem Leben war, daß er etwas Gutes über seine Mutter sagte.

Dann ist es etwas anderes, sagte die Frau. Wenn sie nicht katholisch ist, dann liegt sie auf dem anderen Friedhof.

Was für einem anderen Friedhof?

Nun, es gibt noch einen anderen, kleinen Friedhof hier ganz in der Nähe, für Türken, Juden und Ketzer. Die werden nämlich nicht in der Kirche aufgebahrt, wie Sie wissen, sondern wie Hunde verscharrt.

Ja, sehr traurig, sagte Stein Ellidi.

Ich glaube trotzdem, daß der liebe Gott, der die ganze Welt regiert, sich ihrer erbarmt, sagte die Frau. Übrigens höre ich an Ihrer Aussprache, daß Sie aus Norditalien sind, mein Herr, fügte sie hinzu.

Ja, ich bin aus Norditalien.

Nein, was für ein glücklicher Zufall! sagte die Frau. Mein Mann stammt nämlich auch aus Norditalien. Wenn Sie ihm ein paar Soldi für Tabak geben, dann glaube ich fast, er würde sich wecken lassen, anziehen und mit Ihnen zum Ketzerfriedhof hinübergehen. Warten Sie ein Weilchen, mein Herr, mein Mann wird gleich hier sein.

Als die Frau wieder im Haus verschwunden war, schlug Stein beide Hände vors Gesicht. Vor der Hundehütte lagen zwei Reisigbündel. Einen Augenblick lang war ihm, als ob er das Gleichgewicht verlieren und in Ohnmacht fallen würde. Er ließ sich auf einen der Reisighaufen fallen, stützte den Ellbogen auf die Knie und vergrub das Gesicht in seinen Händen. Sein Körper wurde plötzlich von einem unkontrollierbaren Schütteln gepackt. Es war, als ob seine Brust springen würde, und sein Schluchzen drängte sich wie unaufhaltsames Lachen durch seine wunde, trockene Kehle. Der Wachhund schaute Stein Ellidi an wie ein Weiser, während Stein Ellidi heulte wie ein Wachhund.

Er selbst wußte nicht, ob er lachte oder weinte. Natürlich lachte und weinte er zugleich. Seine Brust ließ sich keine Vorschriften machen. Weder der Himmel mit all seiner Macht noch die Erde mit all ihrer Weisheit konnte diese Kraft bezwingen. Die Tränen brachen hervor wie Wasser, das plötzlich aus dem Fels springt; sie liefen über seine Hände hinab und fielen in den weißen Staub zu seinen Füßen, den Staub, der unaufhörlich nach menschlichen Tränen dürstet, den Staub, der alle menschlichen Tränen schluckt. Der Wurm krümmt sich im Staub.

57

Ego autem sum vermis et non homo:
opprobrium hominum et abjectio plebis.

Auf den Treppen der Via dei Vespri, der steilen Straße, die zur Villa Valverde hinaufführt, wo Stein sich ein Zimmer gemietet hatte, sitzt ein einbeiniger Bettler und bläst auf seiner Flöte. Jedesmal, wenn Stein durch die Via dei Vespri geht, greift der Bettler zu seiner Flöte und pfeift eins ihm zu Ehren. Tagsüber, wenn Stein draußen auf dem Balkon sitzt und beobachtet, wie der Rauch seiner Zigarette in der Windstille durch die Finger der Palmen hinaus- und hereinschlüpft, hört er das Flöten von der Via dei Vespri herauf, während die Zikade in den Baumkronen die Begleitung spielt. Der Bettler kann drei kurze Melodien, die er ständig durcheinanderbringt, und meist verliert er den Faden, wie ein junger Hahn, der noch nicht richtig krähen kann. Aber immer klingt aus der Flöte beseligender Jubel und himmlisches Delirium. Es wirkt sehr anregend, einer solchen Musik zuzuhören.

Der Virtuose heißt Leonardo Peppino. Er hat einen gelben Hund, ein knochendürres, unbedeutendes Tier. Doch Leonardo Peppino ist nicht nur ein musikalisches Genie; er ist auch Instrumentenbauer; die Anfertigung von Flöten ist seine Spezialität; und mehr als Instrumentenbauer, Instrumentendekorateur; er verziert Flöten. Er macht sie aus ausgehöhlten Ästen oder Rohrstengeln und schmückt sie mit figürlichen Schnitzereien. Seine Bilder sind unvergleichlich. Er schnitzt verschiedene übernatürliche Pflanzen und zwischen diesen schauen Gesichter hervor, wie grinsende Leichen oder halbfertige Gespenster, aus deren Augen ein schaurig kaltes und furchterregendes Totenglück leuchtet. Zweimal am Tag kommt ein dunkelhäutiges, schmutziges Mädchen aus einem nahe gelegenen Haus, reicht ihm ein Stück Brot und Wasser in einem Krug mit zwei Henkeln. Sie sagt nichts und verschwindet sofort wieder.

Peppino ist klein, sein wirres Haar graumeliert, graue Bartzotteln hier und dort im staubigen Gesicht. Er hat leuchtend rote Augenlider, ist aber für gewöhnlich schmutzig um den Mund, weil er jedesmal, wenn ein Amerikaner vorbeigeht, die Erde küßt. Doch er ist ein glücklicher Mensch und lächelt den ganzen Tag, freut sich von morgens bis abends über das Glück im Anblick der Dinge. Er lächelt die Gespenster an, die unter seiner Messerspitze ihre Gesichter zeigen, lächelt seinen Hund an, während er ihn laust, lächelt die Amerikaner an, die seine Flöten kaufen, *Ricordo di Taormina,* lächelt die glatzköpfigen Herren und gnädigen Frauen an, die ihm im Vorbeigehen zwei Soldi geben, in Anerkennung seiner Existenz; und wenn es Nacht wird, lächelt er den lieben Gott im Himmel an, ehe er einschläft. Und er schläft in der Via dei Vespri, auf offener Straße im fünf Zoll tiefen Staub, und schläft tief und ruhig. Das Glück wohnt in Taormina auf Sizilien, denn schließlich wird Taormina die Perle Europas genannt. Es schläft draußen auf der Straße in der Via dei Vespri.

Stein fiel es schwer, der Anziehungskraft Leonardo Peppinos zu widerstehen. Er hielt oft an auf den Treppen, wo der Bettler saß, und hörte seinem Sizilianisch zu, wenn er über seine Flöten sprach und von der Großzügigkeit der Amerikaner schwärmte, dieser gottesfürchtigen Menschen, die der Herr schickt, um den Armen Gutes zu erweisen. Sonst hatte Stein nicht die schlechte Angewohnheit, Almosen zu geben, denn das heißt Gott beleidigen, der den Menschen einen ganzen Planeten voller Reichtümer überlassen hat. Peppinos Lebensfreude und Kunst waren jedoch von der Art, daß zwanzig Soldi kein zu hoher Preis dafür waren, daß man in den Genuß seiner Bekanntschaft kam, und es stand nicht in Steins Macht, diesem Wunschkind des Glücks auf andere Weise seine Bewunderung zu zollen. Und er lachte innerlich darüber, daß er in der Via dei Vespri als *gran' signore* galt, denn er fühlte sich nicht würdig, die Schuhriemen eines Mannes zu lösen, der einen solchen Sieg über sich errungen hatte, daß er den Staub vor jedem Amerikaner küßte. Und eines Tages, als er in der Villa Valverde beim Essen saß und das Flötenspiel durch das offene Fenster hereindrang, sagte der Kellner:

Der Herr muß dieses ständige Dudeln aus dem Lärminstrument des Bettlers entschuldigen. Aber er hat nun einmal vom Präfekten die Erlaubnis bekommen, hier auf der Straße zu sitzen, und obwohl wir uns bei der Obrigkeit immer wieder über ihn beschwert haben, ist es uns noch nicht gelungen, ihn wegjagen zu lassen.

Wollen Sie damit vielleicht sagen, daß Sie schöner Flöte spielen können als Leonardo Peppino? entgegnete Stein.

Da der Kellner einräumen mußte, daß dem nicht so sei, war es ihm ein Trost, hervorheben zu können, daß dieser arme Teufel vierzehn Jahre im Zuchthaus zugebracht hatte.

Im Zuchthaus? fragte Stein Ellidi.

Ja, er mußte eine Zuchthausstrafe verbüßen, mein Herr, sagte der Mann.

Weshalb?

A fatto malo a una piccola ragazza, antwortete der Kellner, scheute sich aber davor, das näher auszuführen. Und der Tag verging. Am Abend spielte ein Blasorchester auf der Piazza San Agostino, und ein rosa Mond wachte im grünen Nebel über dem Horizont des Mittelmeers, und vor dieser Zauberwelt als Kulisse standen die zinnoberroten Pfeiler am Rand des Platzes und achteckige Säulen an jedem zwanzigsten Pfeiler und Blumengefäße auf den Säulen und Agaven in den Gefäßen. In der Menschenmenge, die über den Platz hin- und herwogte, stand Stein Ellidi ruhig an eine Palme gelehnt, rauchte eine Zigarette und schaute aufs Meer hinaus. Die Blaskapelle spielte einen ganzen Satz aus dem Barbier von Sevilla, und Stein kannte jeden einzelnen Ton und spürte in jeder Schwingung den Atemzug des Meisters, doch *durch alle Töne tönte ein zarter Liebeston,* das war die Flöte des Bettlers, die von Strafe und Buße sang, wild vor Freude und Dankbarkeit wie ein Singvogel.

Saluti, saluti, Eccellenza! sagte der Bettler, als Stein am Abend vorbeiging. Er erhob sich aus dem Staub, um nach seiner Pfeife zu greifen und zu Ehren des Vorbeigehenden zu spielen. Stein blieb stehen, lehnte sich dem Virtuosen gegenüber an die Mauer, schaute ihn an und wartete, bis das Perpetuum mobile zu Ende war. Dann fragte er:

Stimmt es, Leonardo Peppino, daß Sie sich an einem kleinen Mädchen vergangen haben?

Der Bettler wackelte ein paarmal mit dem Kopf und schielte, blies darauf einen langen Heulton auf seiner Pfeife und antwortete:

Mein Herr, ich bin ein schrecklich schlechter Mensch. Wie kommt es, daß ich ein schlechter Mensch bin, während Sie ein guter Mensch sind? Die Tochter des Schreibers war zwölf Jahre alt, mein Herr, und stand unter der Tür. Sie hatte zwei Tauben. Und abends, wenn ich von der Arbeit kam, sah ich, wie sie auf der Schwelle stand, sich an den Türrahmen lehnte und ihre Tauben an den Füßen hielt und sie auf die Brust küßte. Sie vermied es, mich anzusehen, wenn ich vorbeiging. Aber wenn ich vorbeigegangen war, schaute sie mir nach. Gott und die Menschen haben mich gerecht bestraft. Ich glaube, ich verstehe immer besser, wie gerecht Gott und die Menschen sind. Vierzehn Jahre im Zuchthaus, mein Herr, vierzehn Jahre im Zuchthaus mit Tuberkulose im Bein, vierzehn Jahre. Doch was ist das? Es ist genauso glücklich, sie hinter sich zu haben, wie vierzehn Jahre auf dem Thron, denn wer zählt die Stunden, wenn sie vergangen sind? Es heißt, Gott höre die Tränen der Elenden fallen, und wenn Gott meine Tränen fallen hört, wie könnte ich es dann besser haben als der König auf dem Quirinal in Rom? Und da Gott und die Menschen gut sind, wie verdiene ich es da, etwas anderes als ein armer Teufel vor Gott und den Menschen zu sein? Habe ich vielleicht keinen Grund, Gott und Unserer Lieben Frau dafür zu danken, daß ich hier sitzen und für die netten Amerikaner Flöte spielen darf? Als ich mehr tot als lebendig aus dem Zuchthaus entlassen wurde, mit Krücken unter beiden Armen und nur einem Bein, da hatte ich keinen, der mir half, mein Herr, keinen außer dem lieben Gott, der die Welt regiert. Da dachte ich bei mir: Wie selig ist es doch, unter deinem freien, weiten Himmel atmen zu dürfen, mein Gott. Du hast dich unter deinem Himmel kreuzigen lassen, mein Gott, aus Liebe zu mir. Und ein Mörder aus Kalabrien, der ein ungeheuer großer Musiker war, denn er hatte sein Leben lang droben im Gebirge Kohlen gebrannt – er lehrte mich, auf der Flöte zu spielen, als ich im Zuchthaus Tuberkulose hatte. Und am Tag bevor ich freigelassen wurde, durften wir uns im Gefängnishof voneinander verabschieden, und er schenkte mir zum Abschied seine Flöte, seine einzige Flöte, und von da an hatte er keine Flöte mehr.

58

Stein hatte den festen Vorsatz, aller Eitelkeit, allem, was sein Dasein an das Gesetz des Lebens band, ein Ende zu machen, und er hatte – nicht ohne lustbetonte Gefühle – versucht, sich vorzustellen, wie er auf die komischste Weise den Tod finden könnte. Er wollte auf aufsehenerregend schmähliche Weise sterben und fragte sich immer wieder: Was würde Bambara Salvatore am besten gefallen?

Er war in Kaschmir geboren, im Tal der Rosen, mit einer Harfe in der Hand, wie die Götter. Eines Tages erwachte er von seinem Harfenspiel und sah sich selbst. Die Rosen waren unter seinen Fußsohlen verwelkt und verdorrt. Doch die menschliche Gesellschaft kennt nur zwei Möglichkeiten für ihre Genies, sie macht sie zu Verbrechern oder zu Selbstmördern. Vor der Tür des Totengräbers hatte er seine letzten menschlichen Gefühle fortgeweint. Und diese ganze lächerliche Tragödie ging auf kein größeres Ereignis zurück, als daß seine Mutter vergessen hatte, Spermatozoontabletten zu benutzen. Doch nun war er wiedergeboren. Sein Selbstmord symbolisierte nicht die Angst davor, zum Verbrecher zu werden, wie der Selbstmord Dr. Otto Weiningers, sondern die Flucht aus einem Kerker.

Er war wahrhaftig wiedergeboren. Es war bei weitem nicht mehr so, daß die Gefühle einen wilden Tanz in seiner Brust vollführten, wie früher, als er ein gewöhnlicher Mensch war. Heute nacht war er nicht verzweifelt. Er murmelte beinahe unfreiwillig diesen verrückten Aphorismus Maupassants, den Schluß von *Une Vie: La vie, ça n'est jamais si bon ni si mauvais qu'on croit.* Selbstmord ist in Wirklichkeit keine schrecklichere Tat, als ein Wurstbrot zu essen. Es gibt überhaupt keine nebensächlichere oder unbedeutendere Handlung. Über einen toten Menschen hat das Schicksal keine Macht; ein Toter hat die Fesseln seines Daseins abgestreift. Ein Toter ist freier als Gott. Was Stein wollte, war, diesen Gott der Tiefen und der Morgenröte, dem man nirgends entgehen kann, zu besiegen, diese Macht zu besiegen, die selbst dazu verurteilt war, zu leben und leben zu lassen. Wie arm und wertlos ist alle Pracht des Daseins vor dem eigentümlichen Siegeslächeln auf dem Gesicht eines Toten! Selbst die Vierzeiler des göttlichen Omar Khajjam verblassen dagegen.

Er sitzt im Sessel auf dem Balkon, böse wie ein Troll in einem Grabhügel, mit eiskaltem Sinn. Unten auf der Via dei Vespri brennt eine Laterne, und die Elektrizität und der Mond erleuchten mit vereinten Kräften den Garten draußen, Fledermäuse, *bêtes à bon dieu* und Heuschrecken spielen in den Kronen der Palmen, und die giftigen Stechmücken summen wie Geigen. Er zündete sich eine neue Zigarette an, riß ein Blatt aus seinem Notizbuch und schrieb:

An das dänisch-isländische Konsulat in Palermo, Sizilien.

Ich Unterzeichneter usw. bitte Sie zu entschuldigen, daß ich Sie hierher nach Taormina bemühen muß, um sich um meine

Beerdigung und anderes mehr, was mein Ableben angeht, zu kümmern. Da ich davon ausgehe, daß die Gesandtschaft in Rom nähere Auskünfte über meinen Tod verlangen wird, ist es mir ein Vergnügen, Ihnen mitzuteilen, daß ich heute nacht um zwei Uhr Zyankali einnehmen werde. Mit vorzüglicher Hochachtung, usw.

Er las den Brief durch und fand, daß er noch nie bei klarerem Verstand gewesen sei als heute nacht. Er hatte seine fünf Sinne erbärmlich gut beisammen. Am meisten schmerzte ihn der Gedanke, zu sterben, ohne ein Frauenzimmer vergewaltigt oder wie Egil Skallagrimsson einem Mann die Kehle durchgebissen zu haben. Doch als er darüber richtig nachdachte, sah er, daß es in Wirklichkeit nicht seine Absicht sein konnte, durch seinen Tod Verwirrung zu stiften.

Er mußte nur noch einen Brief schreiben, bevor er starb, und zwar an Bambara Salvatore, nur wenige Zeilen, ein paar geistreiche Sätze, die genügten, um Bambara zu beweisen, daß es dem Sohn der Frau Ellidaso nicht an Mut und tiefschürfendem Geist gefehlt hatte. Seine Gedanken suchten und suchten nach diesen geistvollen Worten. Der Mond über dem Ätna grinste ihm direkt ins Gesicht und machte es ihm um so schwerer, ernsthaft nachzudenken, je schelmischer er wurde. Es war, als ob der Mond ihm aus seinen engen Pupillen das bißchen Genialität, das noch in seiner Seele übrig sein mochte, heraussaugen würde; ja, der Himmelskörper hielt diese arme Seele zum Narren, wie eine schamlose Dirne, die einem Heiligen eine Schnute zieht. Schließlich hielt Stein es nicht mehr aus, er warf sich wie ein Akrobat über den Balkon hinunter und machte zwölf Saltos, ehe er unten ankam.

59

Ein kleines Mädchen hütete Gänse an einem blauen Teich auf einer grünen Wiese. Und die Gänse plätschern und planschen und schnattern oder zupfen sich mit den Schnäbeln an den Federn. Bisweilen stecken sie den Kopf ins Wasser und schauen auf den Grund, den Hintern in der Luft, denn sie sind sehr unhöfliche Vögel. Das Mädchen hat die Beine im Gras ausgestreckt und strickt einen roten Strumpf für ihre Aussteuer, denn sie will heiraten, wenn sie groß ist. Ich nehme sie zur Geliebten! sagt Stein Ellidi und geht geradewegs auf sie zu. Als das Mädchen merkt, was er im Schilde führt, windet sie sich aus seiner Umarmung und macht sich auf und davon. Verdammtes Luder! denkt er und läuft schreiend und fluchend hinter ihr her. Ich bringe dich um, wenn du nicht stehenbleibst! Die Gänse machen ein erbärmliches Gezeter und rekken die Hälse. Die Sonne ist mitten im Zeichen des Schützen und kommt bald in den Widder, dann in die Waage. Das Mädchen flieht um den Teich herum, so schnell sie ihre Füße tragen. Stein ihr hinterher, während er die neueste Operette von Verdi singt:

La Donna ist mobil
und herrlich im Profil,
hat kein Automobil,
fährt Dampfer auf dem Nil.

Und als der Gänserich das hörte, verstand er, was es mit all dem auf sich hatte, und begann, mit seinem ganzen Harem Stein nachzulaufen. Diese Jagd dauerte einen ganzen Tag. Da erinnerte sich Stein plötzlich daran, daß er nur ein Bein hatte und seine Krücken drunten in der Via dei Vespri vergessen hatte und deshalb in Wirklichkeit gar nicht laufen konnte. Er setzte sich traurigen Mutes ans Teichufer und nahm zum Trost seine Flöte zur Hand, doch auf der anderen Seite des Teiches saß das Mädchen mit dem halbfertigen Strumpf und sang:

Zum Spaß im Westen die Sonne schien, Sonne schien,
Sonne schien,
Ach, du lieber Augustin, Augustin, Augustin,
Ach, du lieber Augustin, Augustin, Augustin,
Zum Spaß im Westen die Sonne schien, Sonne schien,
Sonne schien.

Da merkte Stein, daß die Flöte gar keine Flöte war, sondern eine primitive Wasserpistole aus einem Engelwurz-Stengel mit einem Loch am Ende. Nun fing er an, mit aller Kraft zu spritzen, bis er sah, daß das Mädchen tot zu Boden fiel. Da bekam Stein Gewissensbisse, nahm sich aber dennoch vor, zum Vater des Mädchens zu gehen und zu fragen, was er bezahlen mußte. Doch die Sonne hatte ihm nur etwas vorgegaukelt.

60

Die Lage in Kairo.

In Kairo soll ein großes Fest stattfinden. Man erzählte ihm, daß die Frauen des Sultans sich gegen den Sultan erhoben und ihn kastriert hätten. Das fand in der Presse kein gutes Echo, man machte die bolschewistische Agitation dafür verantwortlich. Um das wettzumachen, hatten die Frauen alle wichtigen Männer des Landes eingeladen. Stein stieg vom Pferd und band es an die Säulen vor dem Eingang zum Palast und ging hinein, um die Gobelins anzuschauen. Die Teppiche auf dem Boden stammten sämtlich aus berühmten Teppichländern. Der Samt quoll in üppigen Falten von den Ottomanen auf die Teppiche herab. Die Fenster waren oben unter der Decke, und in jedem Fenster saß ein schlafender Vogel, im Hintergrund der abendblaue Himmel und vereinzelte Sterne. Eunuchen servierten Wein, und die Mädchen verließen ihre Gemächer und erschienen im Festsaal in langen, seidenen Hüllen, die man mit einem Ruck von oben bis unten zerreißen konnte und die mit langbeinigen Pelikanen und anderen bösen Vögeln bestickt waren. Ihre Lenden und Brüste wogten unter der Seide wie die Wellen des Meeres im Sonnendunst. Ihre Augen blitzten wie schwarze Diamanten. Und die feinen Herren kamen herein, mit weißen Zähnen, langem Schnurrbart und Fez auf dem Kopf, im übrigen aber gekleidet wie Dandys aus London oder Paris, sie sahen aus wie Tausendkünstler, Alchimisten und Auguren. Nach einer langwierigen Begrüßungszeremonie setzten sich jeweils zwei Frauen und zwei Männer an einen Tisch; die Becher wurden bis zum Rand gefüllt und das Gespräch über Politik begann:

Mosul, sagte einer.

Angora, antwortete das Mädchen und lachte.

Moskau, sagte ein anderer.

Afghanistan, sagte ein anderes Mädchen und lachte.

Einmal geschieht alles zum erstenmal, sagte der dritte, wie um philosophische Tiefe in das Gespräch zu bringen.

Alles ist schon einmal geschehen, sagte das dritte Mädchen und lachte.

Bena Kipa! sagte der vierte, als ob es ihm gleichgültig sei.

Bena Kipa, Bena Kipa! sagten alle und lachten schallend. Was haben die Chinesen nicht schon zweitausend Jahre vor uns gekannt? Prosit!

Stein Ellidi hatte noch nie eine geistlosere oder verrücktere Gesellschaft erlebt.

Im ganzen Saal hörte man das Klingen von Gläsern, und der Wein wurde in hohen Bögen in die Luft gespritzt; er fiel nieder wie Regen. Es war ein Chaos von glühenden Blicken, glitzernden Diamanten, wogenden Busen, schwitzenden Händen und glänzenden Lippen.

Ich träume goldene Träume hinter einer leuchtend roten Mauer,

sagt einer.

Du Mißgeburt! sagt das Mädchen, um abzulenken.

Ich träume von mörderischen Geliebten,

sagt der Mann.

Und die Musik
jubelt
die Kanone
klingt
im hunderttausendmillionenfältigen Gewimmel des Urwalds,
wo sich die Riesenrosse der Sturmwolken aufbäumen
und betrunkene Nilpferde rücklings auf den Felsen liegen,
wie Rhodymenia palmata,
auf den Hinterbeinen stehen und schnauben,
wiehern
sich bäumen
schnoben
fauchen
pissen

wie das Schicksal der Millionen. *Il piacere, il piacere!* – meine Herren. Der Sinn des Lebens ist der Genuß. Oder richtiger gesagt, der Genuß des Lebens ist der Tod, der das Bewußtsein des Lebenden im bodenlosen Chaos des Wahnsinns verschluckt. Aus allen Richtungen klingt es: Hurra! Hurra! Hurra! Her mit dem Wein, *ave Dionysos!* In heulendem Gelächter und weinendem Gesang schlummern die Geheimnisse der Lotosblume. OM! meine Damen und Herren, OM! Und die Männer gießen Becher um Becher ihren Frauen über den Kopf und trinken den Wein aus lebenden Quellen und seufzen das tibetanische Gebet wie Geigen mit schlaffen Saiten: *Om mani padmi hum!* Und sie beugen sich über ihre Geliebten wie Lotosblüten über das trübe Wasser. Oh, Freude der Lotosblüte! Bis sich alles beruhigt. Hier und dort hört man, wie Seide auseinandergerissen wird, atemlose Geschöpfe stöhnen, und die Eunuchen sprengen Wein und duftende Essenzen über die Gesellschaft, deren Teilnehmer einander umschlingen wie Tang, auf dem Boden und auf den Ottomanen. Sie streuen Rosen über die Leichen und kreischen wie Teufel auf diesem herrlichen Friedhof. Es ist Mitternacht, und von einem nahem Minarett hört man den Ruf:

Allah ist Allah, und Mohammed ist sein Prophet!

Die Vögel in den Fenstern antworten mit müdem Krächzen:

Allah ist Allah, und Mohammed ist sein Prophet!

Die Pelikane liegen überall in zerrissenen und klatschnassen Fetzen oder hängen wie Notsignale an den Beinen umgestürzter Tische. Vom Minarett klingt es ein drittes und letztes Mal:

Allah ist Allah, und Mohammed ist sein Prophet!

Die Tausendkünstler, Alchimisten und Auguren stehen langsam und müde auf und wickeln sich die klatschnassen Seidenlappen mit den Pelikanbildern um die Köpfe. Es ist drei Minuten nach zwölf Uhr. Meine Herren, wir kommen zu spät zum Nachtgebet; wir wollen schnell in die Moschee gehen, oder wenigstens hinaus in die klare Luft, vielleicht haben wir das Glück, den Osten zu finden. Wir wollen das Andenken des Propheten ehren! Die Türen gehen auf, und der blaue Nachthimmel drängt herein; von den Sternen weht ein frischer Hauch durch den Saal; die Männer eilen zum Gebet. Zurück bleiben die Mädchen, die verstreut auf dem Boden und auf den Ottomanen liegen, volltrunken und nackt.

61

Die Erlösung ist näher, als irgend jemand ahnen kann. Auf der Türschwelle traf Stein einen Benediktinermönch und erinnerte sich, daß er zusammen mit ihm im Rom-Paris-Expreß gefahren war. Dieser Benediktiner brachte ihm das erlösende Wort.

Leicester Square! *Farewell, farewell!* sagte der Mönch und legte ihm die Hand auf den Kopf, doch Stein hielt die Kutte des Mönchs fest und folgte ihm. Und der Mönch sprach das erlösende Wort bei jedem dritten Schritt:

Leicester Square, eins, zwei drei. *Farewell, farewell,* eins, zwei drei, Leicester Square.

Hier auf dem weltberühmten Leicester Square ging es recht lustig zu. Das Menschengewühl war so ungeheuer, sowohl auf dem Platz selbst wie in den angrenzenden Straßen, daß Straßenbahnen und Autos nicht mehr fahren konnten, während alte Frauen und Kinder zu Tode getrampelt wurden, ohne daß jemand davon Notiz nahm oder sich die Mühe machte, diese armen Geschöpfe aufzusammeln und wegzuschaffen.

Was war los?

Stein drängte sich durch das Gewühl und gab nicht eher auf, bis er gesehen hatte, worin die Belustigung bestand. Mitten auf dem Leicester Square wurde Jesus gekreuzigt. Alle waren gekommen, um die Kreuzigung zu sehen; um sie herum kreiste der Pöbel. Christus hing dort an einem riesigen Baum, offenbar war er in großer Eile angenagelt worden, wahrscheinlich wider alles Recht und Gesetz, denn die Leute hatten sich nicht einmal die Zeit genommen, ihm die Kleider vom Leib zu reißen. Er war nach der neuesten Mode gekleidet, wie ein junger Akademiker, da die Armut schon längst nicht mehr als Tugend gilt, das Hemd aus feiner, dezent gestreifter Seide, goldene Manschettenknöpfe, Diamanten in der Krawatte, das Haar sorgfältig gescheitelt, die Socken aus heller Seide, Bügelfalten in der Hose, dandyhafte Schuhe. Das helle, glattrasierte Gesicht hatte offensichtlich bis zu diesem Tag von Begabung und guten Eigenschaften gestrahlt, aber jetzt war es verschwitzt und verzerrt, die Augen blutunterlaufen.

Was für eine unglaubliche Menge Pack! So weit man über das Gewimmel schauen konnte, sah man nichts als Huren. Lauter Huren! Die ganze Menschheit nichts als lauter niederträchtige Huren! Und alle wollen sich in Seide und Diamanten, Federn und Pelze kleiden und verlangen Musik, Rosen und Glück! – dürre oder fette Huren, dreckige oder aufgedonnerte Huren, gewaschen und gestriegelt bis in die Seele hinein, schöne oder häßliche Huren, dumme Huren oder kluge, Huren mit Baßstimmen oder betörendem Säuseln. Sie stehen hier dichtgedrängt wie Sardinen und schreien Jesus Christus, dem Gekreuzigten zu: Ich! Ich! Mich! Mich!

Und da bemerkte Stein Ellidi, daß er keine Ausnahme war: Er war selbst eine Hure, wie die anderen, und als er an sich hinabsah, entdeckte er einen großen Fleck auf seinem Kleid, unten auf dem Bauch. Da hatte bei der letzten Orgie jemand Champagner über ihn geschüttet. Er wollte eben den Gekreuzigten um ein neues Kleid bitten, als Blitze aufzuckten und Donner erdröhnte und Himmel und Erde anfingen zu beben. Der Tag des Zorns war da. Die Sonne verdunkelte sich und die Berge barsten, und aus ihnen heraus liefen Tote in Unterhosen und wußten weder aus noch ein. Stein kam es so vor, als würde auch der Vorhang des Tempels von oben bis unten zerreißen.

Sechstes Buch

62

Brüssel – Berlin – Moskau! ruft der Stationsvorsteher über Lautsprecher in den Wartesaal erster Klasse auf dem Bahnhof in Basel, als ob das drei einander benachbarte Dörfer wären, und die Uhr schlägt. Es ist Morgen, und zwei Minuten später ist der Schnellzug abgefahren. Den ganzen Tag peitscht ein solcher Sturzregen gegen die Abteilfenster, daß man glauben könnte, der Zug fahre auf dem Grund eines reißenden Flusses.

Durch das Wasser schimmern Wälder, Äcker und menschliche Behausungen wie Filme hinter geriffeltem Glas, und der Regen klatscht auf die Bahnsteige mit einem Lärm wie von Applaus in einem großen Saal. Der Abend kommt und es wird dunkel.

In einer kleinen belgischen Stadt speit der Zug ein paar geduckte Gestalten in die Dunkelheit und Nässe aus. Unter ihnen befindet sich ein ausländischer Reisender mit schmutzigem Kragen und Manschetten, die schwarz sind vom Eisenbahnruß. Die aussteigenden Passagiere hüllen sich in ihre Mäntel, schlagen die Hutkrempen nach unten und die Kragen hoch, eilen durch das Bahnhofsgebäude und verschwinden in Autos und Pferdewagen. Nur der Ausländer bleibt auf dem Bahnsteig zurück, als der Zug abgefahren ist, schaut sich um wie ein Mensch, der einen Wasserfall hinuntergefallen ist, mit einer unbrauchbaren Schirmmütze auf dem Kopf, verschwitzt und rußig. Als er sich auf die Reise machte, hatte sein ganzes Gepäck aus einem schmutzigen Taschentuch bestanden, doch das hatte er vor zwei Tagen zwischen Rom und Florenz verloren. Er steht mit leeren Händen da, und der Regen läuft ihm am Hals hinab; als alle ihre Fahrkarten abgegeben haben, wagt er sich endlich durch die Sperre. Mit pochendem Herzen und leise, wie ein frisch konfirmierter Junge, der zum erstenmal die Straße besucht, wo die Huren ihrem Gewerbe nachgehen, fragt er den Kontrolleur:

Gibt es hier ein Kloster?

Leider nicht hier auf dem Bahnhof, mein Herr! antwortet der Flame und schaut sich um, ob jemand so nahe steht, daß er seine schlagfertige Antwort bewundern kann.

Ich meine, hier in der Nähe, korrigierte der Reisende.

Das ist etwas anderes, sagte der Mann. Aber ich glaube, es ist besser, wenn Sie hier im Ort übernachten, denn es regnet und ist dunkel.

Würden Sie so freundlich sein, mir zu zeigen, in welcher Richtung das Kloster liegt?

Es liegt droben am Berg. Am Tag braucht man mindestens eine halbe Stunde. Aber bei dieser Dunkelheit und diesem Unwetter ist es hoffnungslos für einen Fremden, sich dort hinaufzuwagen.

Dennoch ließ er sich dazu herab, mit dem Ausländer auf die Straße hinauszugehen und in die Luft zu deuten.

Dort ist das Kloster, sagte er.

Ein Arbeiter zeigte ihm dann, wo am Ortsrand der Weg zum Kloster den Berg hinaufging. Zuerst mußte man eine ganze Weile Treppen steigen. Das trübe Licht einer Laterne unten auf der Straße warf einen Schimmer den Hang hinauf, doch als er weiter zwischen die Bäume hinaufkam, verschwand der Lichtschein. Der Reisende befand sich in völliger Dunkelheit auf einem schmalen Pfad zwischen hohen Nadelbäumen; der Regen strömte herab. Jetzt galt es, nicht vom Weg abzukommen, und er tastete sich mit Händen und Füßen vorwärts.

Als er eine Weile so weitergestolpert war, merkte er, daß alles umsonst war: Er befand sich nicht mehr auf dem Weg, sondern auf einem schräg abfallenden Absatz am Berghang. Er suchte eine Weile herum, ob er den Weg vielleicht wiederfinden könnte, aber ohne Erfolg; das Gelände wurde immer unwegsamer, je länger er suchte. Der Hang war glitschig von nasser Erde und verfaultem Laub. Er rutschte aus, doch zum Glück konnte er sich an einem Baumstamm festhalten und den Fall abbremsen; er watete bis über die Knöchel in Erde; seine Schuhe füllten sich mit Schlamm.

Sollte er umkehren?

Aber ehe er in Ruhe überlegt hatte, was er tun sollte, hatte er unwillkürlich die Richtung bergauf eingeschlagen. Er kroch abwechselnd auf den Knien und auf allen vieren auf der nassen Erde, suchte Halt an Zweigen über sich, brannte sich an Brennesseln, beschmierte seine Hände; ab und zu stemmte er sich gegen Baumstümpfe oder klammerte sich an Stämmen fest. Er kletterte immer höher hinauf, der Aufstieg schien unendlich lange zu dauern. Schließlich glaubte er, sehen zu können, wo sich die Linie des Bergrückens gegen den Himmel abhob.

Hier erwartete ihn das unwegsamste Stück, ein dichtes Dornengestrüpp, gut hüfthoch. Er suchte nach einem Durchschlupf, aber das Gestrüpp wuchs überall, an der ganzen Bergkante entlang, gleich dicht, so daß er keine andere Wahl hatte, als sich hindurchzuzwängen. Und er zwängte sich hindurch. Die Dornen stachen ihn in seine bloßen Hände; sie verfingen sich in seinen Kleidern und zerrissen sie, sie stachen durch seine Kleider hindurch auf seinen nackten Körper. Aber er kümmerte sich um nichts mehr, jammerte über keinen Schmerz mehr, sondern packte die Dornenbüsche mit den Händen, bog die elastischen Zweige zur Seite und stand im nächsten Augenblick auf dem Bergkamm.

Die Dunkelheit war zu schwarz, als daß er irgend etwas hätte unterscheiden können. Er schaute herum, ob er vielleicht irgendwo Licht in einem Fenster sehen könnte, aber vergebens. Er lief eine Weile ziellos umher und rechnete schon damit, daß er sich nun irgendwo einen Schlafplatz im Freien suchen müßte. Doch da fingen, nicht weit von ihm entfernt, gewaltige Glocken an zu läuten; die Luft zitterte von diesem starken Schall. Sie können nicht mehr als fünfzig Schritte von hier weg sein, dachte er und ging überglücklich dem Klang nach. Bald kam er an eine hohe Mauer, fand ein Tor und stand in einem Vorhof zwischen hohen Häusergiebeln. Das Erz der Glocken dröhnte und dröhnte; und das Herz des Fremden pochte vor Angst, als er im Klosterhof stand. An jedem der beiden Giebel befand sich ein Windfang: auf der einen Seite ein Klostergebäude, auf der anderen Seite eine Kirche. Nach kurzem Zögern beschloß er, die Stufen zum Kloster hinaufzugehen, tastete, fand den Klingelzug und läutete an der Türglocke. Erst als er geläutet hatte, wurde ihm bewußt, wo er war; er erwachte wie ein Schlafwandler. Was wollte er denn hier? Er kannte hier keinen, und keiner kannte ihn! Dieses Haus war nicht für Leute seines Schlags gebaut; hier wohnten heilige Männer. Hier wohnten Männer, die an Gott und Jesus Christus glaubten, er aber war der profanste aller Menschen und glaubte weder an Gott noch an Jesus. Was suchte er hier? Seine Heimat waren die unwegsamen Weiten, die Wüsten. Nein, dachte er, ich mache mich davon und lege mich auf dem Friedhof hin, bis es Tag wird.

Aber es war zu spät; drinnen machte sich jemand an der Tür zu schaffen, und im oberen Teil der Tür öffnete sich eine kleine Luke, durch die eine Nase herausgestreckt wurde. Im nächsten Augenblick ging die Tür auf, ein Laienbruder in rotbrauner Kutte, die Kapuze tief ins Gesicht gezogen, ließ eine Laterne durch den Spalt leuchten. Das Licht fiel auf ein klägliches Menschenwrack, das aussah, als ob es auf dem Weg von Jerusalem nach Jericho in die Hände von Räubern gefallen wäre. Er stand dort an der Schwelle des Klosters mit einer großen Hornbrille vor den aufgerissenen und schreckensstarren Pupillen, schmutzig, durchnäßt und zerlumpt wie ein Torfstecher. Der Regen spülte die Farbe aus seiner Mütze und lief ihm braun über das Gesicht hinab: Der große Weber von Kaschmir.

Der Pförtner musterte ihn sorgfältig, als habe er den Verdacht, der Fremde sei vor kurzem aus einer Irrenanstalt entsprungen, erwiderte seinen Gruß nicht, sondern fragte direkt:

Was wollen Sie?

Gibt es hier einen Mann, der Alban heißt? fragte Stein Ellidi.

Wenn Sie den Prior des Klosters meinen, dann ist Pater Alban de Landry nicht vor sieben Uhr morgen früh zu sprechen. Die Patres haben eben das *completorium* beendet, und wir haben jetzt *magnum silentium.*

Magnum silentium?

Ja, *magnum silentium.*

Die abweisende Haltung des Pförtners genügte, um die Herrennatur in Stein Ellidi wachzurufen, und ohne sich weiter danach zu erkundigen, was dieses *magnum silentium* bedeutete, befahl er:

Gehen Sie zu Pater de Landry und sagen Sie ihm, daß hier ein Mann ist, der unverzüglich mit ihm sprechen muß.

Wenn es so dringend ist, mein Herr, sagte der Pförtner, als er festgestellt hatte, daß der Ausländer sich gebildet ausdrückte, darf ich Sie bitten, in das Vorzimmer einzutreten – und führte ihn in ein schönes Wartezimmer, das neben der Eingangshalle lag, machte Licht und verschwand.

Es verging eine längere Zeit, und Stein wartete. Die Stille war wie auf dem Meeresgrund. An der Wand hing das Gnadenbild Unserer Lieben Frau von Luxemburg, *consolatrix afflictorum:* die Muttergottes mit ihrem *bambino,* wie ein herausgeputztes Meerweib, mit einer Krinoline unter einem leuchtend roten, goldbestickten langen Kleid, eine Krone auf dem winzigen Köpfchen. Es war beinahe lächerlich, daß diese Dame die Trösterin der Unglücklichen sein sollte. Über der Tür hing das spanische Bildnis des heiligen Christus von Limpias, eines der ergreifendsten Kreuzigungsbilder der Welt, denn der Schweiß, die Tränen und das Blut, die auf die Brust herunterfließen, sind nicht wie ein Abbild von Schweiß, Tränen und Blut, sondern wie Schweiß, Tränen und Blut selbst. Und die Augen irren hin und her im Todeskampf, schauen bald auf mich und bald auf dich, als ob sie sagen wollten: *memento mori,* und bald zu Gott im Himmel, rufend: *Eli, Eli!* Dort hängt ein lebendiger Mensch an seinem Kreuz und wird wohl in dieser Nacht den Geist aufgeben.

63

Pater Alban öffnet rasch die Tür, bleibt in der Türöffnung stehen, in einer langen, rabenschwarzen Kutte, die Hände in den weiten Ärmeln versteckt. Der kräftige, markante Kopf des Mönchs ist unbedeckt, bis auf ein Käppchen, das auf der Tonsur sitzt. Seine Wangen sind bleich, aber der Blick ist um so stärker, der Mund geschlossen; Kraft und kalte Strenge gehen von ihm aus. Doch als er seinen Gast sieht, geht ein unglaublich sanftes Lächeln über sein Gesicht, und augenblicklich hat sich die Strenge in Milde verwandelt. Er hat Stein Ellidi auf den ersten Blick wiedererkannt, wünscht mit sonorer, gregorianischer Stimme einen guten Abend, reicht ihm beide Hände und umarmt ihn. Stein Ellidi begreift nicht, was in ihm vorgeht, denn ehe er sich's versieht, hat er sich vor dem Kuttenträger auf die Knie geworfen und seine Hand geküßt. Vielleicht war es nicht so sehr die Person des Mönchs, die er mit solcher Zuneigung und Begeisterung begrüßte, sondern weit eher die Hoffnung auf die eigene Erlösung.

Verzeihen Sie, daß ich in der Nacht hierherkomme und Sie belästige, stöhnte er. Aber ich bin einen weiten Weg gekommen, um Sie zu bitten, mir zu sagen, was ich tun soll. Wenn es Gott gibt, dann ist alles andere eitel. Meine Leiden haben alle Grenzen überschritten. Sagen Sie mir, glauben Sie, daß es Gott gibt? Und was verlangt dieser Gott?

Stehen Sie auf, mein Lieber, und fassen Sie Mut! antwortete der Asket. Gott selbst hat Ihnen den Weg hierher gezeigt, und auf Sie wartet ein großes Fest. Wenn Sie daran gedacht hätten, Ihre Adresse auf die Briefe an mich, für die ich Ihnen herzlich danke, zu schreiben, dann hätte ich Ihnen schon längst geantwortet. Doch jetzt sind Sie gekommen, und ich habe nicht nur Gelegenheit, Gott dafür zu preisen, daß er einen jeden dorthin führt, wohin er will, auch ohne daß ich Briefe schreibe, sondern auch wieder einmal aufs neue das Herrlichste am Evangelium zu bewundern, daß nämlich weder Tod noch Leben, noch Engel, noch Mächtige, weder Gegenwärtiges noch Zukünftiges, weder Kraft noch Höhe, noch Tiefe oder irgendein anderes Geschöpf uns der Liebe Gottes, die sich in unserem Herrn Jesus Christus offenbart, entfremden kann. Was Gott verlangt, fragen Sie? Er verlangt nur das eine: daß Sie zu ihm kommen wie ein kleines Kind. Wenn Christus den heutigen Menschen dazu auffordert, ihm zu folgen, dann befiehlt er ihm nicht, Vater und Mutter, Schwestern und Brüder, Weib, Kinder und Haus zu verlassen, denn der heutige Mensch hat all dem schon längst den Rücken gekehrt, und es bedeutet ihm nicht viel. Der heutige Mensch hat Ansichten, Interessen, Ideale, Überzeugungen und Kenntnisse. An diesen Dingen hängt er genauso, wie die Menschen früher Vater und Mutter, Weib und Kinder liebhatten. Deshalb sagt Christus zum heutigen Menschen: Verlasse deine Ansichten, Interessen, Ideale, Überzeugungen und Kenntnisse; schultere dein Kreuz und folge mir. Wenn Sie nicht umkehren und werden wie die Kinder, kommen Sie in keinem Fall ins Himmelreich...

Und er half Stein aufzustehen, und lächelte ihm mit tiefer Güte in die Augen. Und all das bewegte Steins Herz.

Dieses Haus steht Ihnen offen, fuhr der Mönch fort. Stellen Sie sich vor, Sie seien nach Hause gekommen. An diesem Ort herrscht Frieden. Wir Benediktinermönche haben zwei Wahlsprüche; der eine lautet *pax,* der andere *ut in omnibus glorificetur Deus.* Lassen Sie das für Sie zur Wahrheit werden! Nun folgen Sie mir bitte ins Kloster, mein Freund, und der Bruder wird Ihnen ein paar Eier braten, denn Sie müssen hungrig sein. Aber wie sehen Sie denn bloß aus, mein Lieber! – ganz blutig! Sie wurden hoffentlich nicht in eine Schlägerei verwickelt! Und wo ist Ihr Gepäck? Nun gut; da Sie kein Gepäck haben, verschaffe ich Ihnen zumindest trockene Unterwäsche, Sie sind ja ganz durchnäßt. *Eh bien,* gehen wir ins Refektorium.

Eine schwere, schwarze Eichentür, über der mit roten Buchstaben das Wort *clausura* geschrieben stand, wurde geöffnet; dann kam ein nicht enden wollender Gang, still wie ein Grabgewölbe, die Schritte der Männer hallten wider von allen Seiten. Der Laienbruder ging mit der Laterne voran. Schließlich kam ein geräumiger, aber kalter und leerer Saal, das Refektorium, ein großes Kruzifix an der Stirnseite, nackte Tische und Bänke an den Wänden entlang und mitten im Raum ein kleiner Tisch mit Tischtuch und Stühlen daran. Dort wurde Stein ein Platz angewiesen. Nirgends durfte man laut sprechen. Dann verschwanden beide, der Laienbruder und der Pater, und Stein saß in dem dunklen Saal wie ein verzauberter Mann in einer Sage. Alles war still.

Eine Weile später erschien der Laienbruder wieder und war jetzt ungleich freundlicher als am Anfang, brachte dem Gast eine Schüssel mit dickem Brei, eine Platte mit Eiern, Erdbeeren, Salat und Brot, schenkte säuerlichen Wein in ein Glas. Da entdeckte Stein, daß er hungrig war wie ein Wolf, wurde ihm bewußt, daß er seit dem Morgen, als er auf dem Bahnhof in Basel Kaffee getrunken und Weißbrot gegessen, nichts mehr zu sich genommen hatte. Doch er war so zerstreut, daß er mit dem Salat anfing und mit den Eiern aufhörte, und es kam ihm nicht in den Sinn, den Eierkuchen zu zerteilen und sich eine passende Portion auf den Teller zu nehmen, sondern er streute Salz und Pfeffer auf die Eier und leerte die Platte im Nu.

Danach war er satt und stand auf. Der Laienmönch wartete eine Weile darauf, daß er sein Dankgebet spräche, doch als das nicht geschah, nahm er wieder die Laterne und bat den Gast, ihm zu folgen. Wieder wollten die Gänge kein Ende nehmen, sie waren wie ein Labyrinth. Schließlich kam eine Treppe. Stein ging dem Bruder nach; das Echo ihrer Schritte wurde wieder zur atonalen Musik, die die tiefe, nächtliche Stille des Hauses störte; es kamen noch mehr Gänge und Treppen, endlich die Tür des Zimmers, das Stein zugedacht war.

Es war feuchtkalt, obwohl Mittsommer noch nicht lange vorüber war, Stein war durchnäßt. Als er über die Schwelle trat und Pater Alban vor dem Kamin knien sah, wurde er von so tiefer Dankbarkeit ergriffen, daß er keine Worte fand. Die brennenden Holzscheite knisterten. Das Zimmer war eilends hergerichtet worden; neben der Tür lehnte ein Besen, Zeichen dafür, daß Pater Alban eben erst mit dem Kehren fertig geworden war, die Bettlaken dufteten vor Sauberkeit. An der einen Wand stand ein gepolsterter Betschemel, und über ihm hing ein Christus aus weißem Gips an einem Kreuz aus schwarzem Ebenholz, hinter das ein Immortellenkranz gesteckt war. An der anderen Wand war ein Bild des heiligen Benoist, *Abbé, Fondateur et Patriarche de L'ordre des Bénédictins*. Er trug dieselbe Art Kutte wie Pater Alban, streckte die Hände gen Himmel und betete, um sein Haupt erstrahlte ein Heiligenschein.

Der Lichtschein aus dem Kamin flackerte durch das halbdunkle Zimmer, und alles war wie in längst vergangenen Zeiten. Das Leben erfuhr hier im Lauf der Jahre und Jahrhunderte keine großen Veränderungen. Die Wahlsprüche waren dieselben wie in Subiaco: *Pax* und *ut in omnibus glorificetur Deus*. Der Regen schlug gegen die Fenster. Vater Alban erhob sich, wandte sich Stein zu und lächelte.

Eh bien! sagte er. Sie sehen, daß wir trockene Unterwäsche auf Ihr Bett gelegt haben. Die Oberkleider können Sie über die Stuhllehne hängen und am Feuer trocknen. Hoffentlich haben Sie sich nicht erkältet. Schlafen Sie gut und lange. *Tout ira mieux!* Gott lasse seine Engel bei Ihnen wachen, mein Lieber. Ich freue mich darauf, Sie morgen früh zu sehen. Gott gebe Ihnen fromme Träume.

Und der Mönch nahm seine beiden Hände und drückte sie, ging dann und schloß leise die Tür. Dieses Haus war wie ein liebendes Herz. Welche Stille, welcher Frieden! Stein Ellidi weinte wie ein junges Mädchen.

64

Er wurde früh am Morgen vom Glockenklang geweckt, zog sich rasch an, verließ sein Zimmer und irrte lange durch endlose Gänge und über Wendeltreppen. Hier und da stieß er auf schwarzgekleidete Gestalten, die er nicht anzusprechen wagte, denn sie hatten ihre Kapuzen über den Kopf vorgezogen; sie eilten lautlos vorüber und verschwanden. Durch die Fenster, die so hoch saßen, daß man sie selbst mit ausgestreckten Armen nicht erreichen konnte, sah man den klaren, blauen Sommerhimmel, unschuldig und tief wie das Auge eines Kindes.

Schließlich kam er im untersten Gang zu einer Tür, einem soliden und breiten Portal, über dem diese Worte geschrieben standen: *Haec est domus Domini* – dies ist das Haus des Herrn. Endlich! dachte er, als er zum ersten Mal vor der Tür zu diesem Haus stand, bekam Herzklopfen. Sollte er zurückweichen oder sich erdreisten zu öffnen? Beides konnte gefährlich sein. Er war wie der Gichtkranke, der sich den Kopf darüber zerbricht, ob er seinen Stock aufheben oder ihn liegen lassen soll. Und schließlich, was würde der Herr sagen, wenn ein solcher Mensch, der Sohn der unwegsamen Weiten, sich erdreistete, über die Schwelle seines Hauses zu treten? Würde ein solcher Mensch nicht die *communio sanctorum* beleidigen?

Er hatte nie ein seltsameres Haus als das Haus Gottes betreten. Aus den Gewölben stierten Wesen mit langen, bartlosen und bizarren Gesichtern auf ihn herab, mit geschlossenen Augen und gefalteten Händen. Es war schwierig zu erraten, ob sie tot oder lebendig waren; vielleicht beides zugleich oder vielmehr keines von beidem, sondern über Leben und Tod erhaben und in die Tiefe ihrer selbst und der Allmacht schauend; um ihre Gesichter herum wuchsen die wunderlichsten Pflanzen, wie auf Leonardo Peppinos Flöten. Auf den Säulen zur Rechten standen große, bärtige Männer in Togen. Einer hielt einen Schlüssel, ein anderer ein Schwert, ein dritter ein Buch, ein vierter einen Krummstab, ein fünfter ein Haus – und so weiter: Das waren verschiedene Heilige Gottes. Etwas war verwunderlich, der Schlüssel in der Hand des ersten war viel größer als das Haus in der Hand des fünften; übernatürlich, falls man ein so kleines Haus mit einem so großen Schlüssel öffnen konnte. Auf der linken Seite standen heilige Witwen und Jungfrauen in so langen Kleidern, daß man nur ihre Zehen sah, Hauben verdeckten ihr Haar, Hals und Brust waren mit hellen Tüchern verhüllt, doch die klaren und seligen Gesichter streckten sie unter dem Kopfputz hervor und die langen, schmalen Finger aus den Ärmeln heraus: Hier stand Scholastika und hielt eine Taube, als glaubte sie an die Tugenden der Vögel, und Hildegard hielt eine Feder (nur eine Feder, und ich sterbe vor Lachen, sagt Joseph Delteil), Gertrud, Walpurga und Matthilde; alles Bräute Christi und schon längst gen Himmel gefahren. An der Stirnseite stand ein großer Altar auf einem Marmorsockel, darüber ein weißer Himmel, der mit goldenen Rhomben und anderen Verzierungen besetzt war und von vier Säulen gehalten wurde, und zwischen den hinteren Säulen spannte sich ein grüner Samtvorhang. Auf dem Altar standen allerlei glänzende Gegenstände, deren Sinn niemand versteht, und darüber das Kreuz. Ganz hoch oben im Altargewölbe war ein goldenes Dreieck als Symbol der heiligen Dreifaltigkeit und in dem Dreieck ein weißes Lamm mit einer Fahne und auf einem großen Buch liegend, das nach alter Sitte mit Schnallen versehen war. Wie um alles in der Welt sollte das gute Lamm im Buch blättern können, wenn es Lust bekäme zu lesen? Denn es ist nicht möglich, mit zwei Hufen in einem Buch umzublättern; und was würde mit der Fahne geschehen, wenn das Lamm aufstände? Denn das Lamm geht auf vier Beinen und kann keinesfalls eine Fahne halten. In den Seitenwänden öffneten sich viele kleine Gewölbe, und in jedem war ein Altar und über jedem Altar eine Szene aus dem irdischen Leben Gottes und seiner Heiligen, einige aus Holz geschnitzt und in leuchtenden Farben bemalt, andere auf den Kalk gemalt, wieder andere in Stein gehauen und die Altäre aus poliertem Marmor, der die Farbe von Schokoladenpudding hatte. Das Eigenartigste im Hause des Herrn waren die mystischen Männer vor jedem Altar, die man nur von hinten sah, da sie mit dem Gesicht zur Wand standen. Sie trugen prächtige Meßgewänder und darunter weiße Kleider. Einige der Meßgewänder waren rot wie Blut, andere hellgelb wie die Mittagssonne, wieder andere gelbgrün wie der Berg Ätna um fünf Uhr früh an einem Julimorgen, und schließlich konnte man Meßgewänder sehen, die so schwarz wie geteerte Särge waren; auf den Altären brannten Kerzen in dreiarmigen Leuchtern. Alle diese übernatürlichen Männer murmelten etwas Unverständliches, ein jeder vor seinem Altar. Sie sagten *gloria, misericordia* und *secula seculorum,* und ihr Murmeln brauste zwischen den Gewölben wie der Westwind im Laub; manchmal wurden Glöckchen geläutet, mit schwachem Klang wie neugeborene Lämmer, und die Gewölbe warfen den Schall zurück wie ein Wald, und am Fuß jedes Altars, hinter den Zauberern, kniete eine kleine rotbraune Gestalt, schlug sich an die Brust und stöhnte *mea culpa, mea maxima culpa.* Das war *la Basse Messe.* Stein schien sich noch immer auf dem Meeresgrund zu befinden, zwischen göttlichen Wassermännern, die weder sündigen noch sterben konnten, sondern seit der Erschaffung der Welt hier standen und zur Ehre Gottes ihre tägliche Messe lasen, während die Menschheit sündigte und starb. Alles war gleich überwältigend im Hause des Herrn, und er warf sich vor einem Altar auf die Knie und starrte mit tränenschwerem Blick auf das Kreuz.

65

I *Si me vis esse in tenebris, sis benedictus, et si me vis esse in luce, sis iterum benedictus. Si me dignaris consolari, sis benedictus: Et si me vis tribulari, sis aeque et semper benedictus.*

Willst du, daß ich in der Finsternis bin, so sei gepriesen. Und willst du, daß ich im Lichte bin, so sei abermals gepriesen. Gefällt es dir, mich zu trösten, so sei gepriesen. Und willst du, daß ich betrübt bin, so sei ebenso und stets gepriesen.

Gott, ich trete vor deinen Altar und knie nieder; ich werfe mich flach auf den Boden. Ich werfe mich vor deinem Altar in den Staub und rufe zu dir. Ich rufe zu dir und bete dich an. *In manu tua sum; gyra et reversa me per circuitum!* Ich bin in deiner Hand; führe mich auf diesen Weg und stoße mich zurück auf jenen Weg, ganz wie es dir gefällt. Wenn es dein Wille ist, daß ich in der Finsternis bin, so sei gepriesen. Und gefällt es dir, meine Seele in viel Licht zu führen, dann führe meine Seele in viel Licht. Gelobt sei der Name des Herrn von jetzt an bis in alle Ewigkeit.

II Es ist meine Seele, die ruft. Sie ruft laut, wie ein kleines Kind, wenn andere Stimmen brüchig und heiser geworden sind. Lange, lange habe ich diese Kinderstimme unterdrückt, doch jetzt ruft sie. Sie ruft hinaus in die Finsternis und fragt: Bist du da? Beantworte mir nur dies eine, ob du da bist! Und alles ist beantwortet. Dann weiß ich, daß du es warst, der die Finsternis über meine Seele goß und mir den Kelch der Verzweiflung an die Lippen führte. Und ich preise deinen Willen. Denn wenn du da bist, dann bist du mein Gott, und wenn du mein Gott bist, dann ist dein Wille heilig, und er ist meine Seligkeit, und die Leiden sind Geschenke deiner Gnade. Und ob du mich auf diesen Weg führst oder mich auf jenen zurückstößt, so bin ich in deiner Hand. Meine Seele ruft hinaus in die Finsternis und will nur dies eine wissen: Bist du da?

Höre! Die Stimme, die spricht, ist wunderbar tief und ruhig und antwortet mit diesen alten, weisen Worten: Hättest du nicht gewußt, daß ich da bin, dann wäre es dir nie in den Sinn gekommen, mich zu rufen.

Ja, mein Gott, ich habe immer gewußt, daß du da bist. Ich ahnte dich immer im Unbekannten. Und ich verspottete dich, eben weil ich glaubte, daß es dich gab. Und obwohl ich dich verspottete, hatte mein Weltverständnis nie einen anderen Pfeiler als diesen: Die Ahnung, daß es dich gibt. Vielleicht war es mir nie so klar, wer du warst, wie eben da, als ich die Eigenschaften des Menschen über deine Allmacht stellte; war ich nie so nahe, dir zu Füßen zu fallen, wie da, als ich deinen Namen mit den bittersten Ausdrücken verhöhnte, nie so angstvoll im Bewußtsein der eigenen Schmach wie da, als ich deine Stimme mit den lautesten Urteilen meines Verstandes unterdrückte. Meine Empörung gegen dich war die niedrigste Stufe meiner Feigheit.

III Jetzt hat mich mein Weg vor deinen Altar geführt. Siehst du mich? Siehst du diesen lächerlichen Wurm im Staub? Und ich, der ich nichts anderes als Staub bin, erdreiste mich zu sprechen! Ich erdreiste mich, mit dir zu sprechen!

Ich bin vor dein Angesicht getreten, daß dein Auge mein Herz erkenne. Wie du mich siehst, so bin ich. *Respice in me, Deus, et miserere mei, quia unicus et pauper sum ego* – genau das bin ich: arm und verlassen. Ich bin das zerbrechliche Gefäß, in dem die Schwäche Wohnung genommen hat. Ich bitte dich, mich zu zertreten. Ich bitte, daß dein Wille geschehe, nicht meiner; ich bitte, daß dein Wille geschehe auf Erden wie im Himmel; ich bitte, daß ich nichts mehr bin, nichts außer dir. Gepriesen sei dein Wille! Ich bitte, daß ich mich in dir verlieren darf.

IV Ich spähe hinaus in die Finsternis, die mich umfängt. Ja, ich weiß, du bist da. Ich kann nichts anderes glauben, als daß du da bist. Es kann nichts dasein außer dir! Was sollte denn dasein außer dir? Und ich preise dich noch einmal, weiß, daß dein heiliger Ratschluß mich nicht vergeblich hinaus in die Finsternis geführt hat. Ich glaube, je dunkler die Finsternis war, um so heller wird das Licht sein.

Sieh, meine Brust wartet darauf, daß du deine heilende Hand auf sie legst. Ja, es ist wahr, mir ist es oft schlecht gegangen. Manchmal hat selbst eine längst verheilte Narbe wieder zu bluten begonnen, und oft kam es mir vor, als ob sieben stählerne Pfeile mein Herz durchbohrten. Warum sollte ich nicht zugeben, daß ich geweint habe? Sobald es abends dämmerte, war ich allein. Es ging mir schlecht, ich war arm und verlassen. Mein Gott, ich weinte die ganze, lange Winternacht hindurch, weil ich arm und verlassen war. Ich war zu selbstsüchtig, einen Freund zu finden, zu stolz, dich anzurufen.

Ich habe noch nie jemandem davon erzählt, daß ich geweint habe. Und ich werde es sonst niemandem sagen, nur dir. Ich sage dir alles, weil ich an dich glaube. Sage mir, ob du mich hörst, damit ich nichts vor dir verheimliche. Willst du mir versprechen zu vergessen, daß meine Brust voll mit Narben alter Wunden ist? Hilf mir, mich von nun an nur noch darüber zu freuen, daß du es warst, der meine Brust erschaffen hat.

V Ich danke dir dafür, daß du mich in dein Haus eingeladen hast. Welches Glück, mit dir sprechen zu dürfen. Wie unsagbar wohltuend zu wissen, daß ich bei dir bin! Alle Verzweiflung schwindet vor der Freude darüber, zu wissen, daß du mich siehst und hörst. Mein Gott, mein Gott, ich habe dich gefunden und bin zu dir gekommen.

Die Welt voll von Blendwerk und Illusionen liegt hinter mir. Hilf mir, diese schrecklichen Erscheinungen zu vergessen! Laß mich dich lieben und alles andere vergessen. Laß mich immer bei dir sein; laß mich nie mehr die Gewißheit verlieren, daß du bei mir bist. Willst du mich behüten? Willst du mir alles sein? Nimm dein kleines, unwissendes Kind in die Arme und sei gut zu ihm.

Sieh, mein Gott, ich komme zu dir wie ein kleines, unwissendes Kind. Ich weiß nichts, will nichts, bin nichts. Du, der Schöpfer der Welten, der Himmel der Himmel, der Gott der Götter, bist mein Vater. Mein Vater, ich bin zu dir gekommen.

VI Wenn es dein Wille ist, meine Seele in viel Licht zu führen, dann führe meine Seele in viel Licht, denn ich bin ein kleines Kind, und das einzige, wonach ich mich sehne, ist viel Licht. Und jetzt habe ich mich hier vor dem Altar, an dem deine Diener die Wahrheit verehren, niedergeworfen. Und ich bitte dich mit der Demut eines kleinen Kindes: Willst du mir sagen, ob es deine Wahrheit ist, die einzige Wahrheit, die deine Diener verehren, oder gibt es eine andere Wahrheit? Ich weiß, du willst, daß das einzige, was ich wissen soll, die Wahrheit ist. Und ich weiß, du hast mich dazu erschaffen, in der Wahrheit zu leben, denn ich werde nie frei und komme nie zu dir, wenn ich die Wahrheit nicht kenne, denn du bist die Wahrheit. Du bist die einzige Wahrheit, und alles außer dir ist unwahr. Willst du mir zuflüstern, ob das, was sie lehren, die Wahrheit ist? Hast du eine Kirche unter den Menschen gegründet, wie deine Apostel sagen? Und wozu hast du diese Kirche gegründet? Ist es wahr, daß du sie gegründet hast, um ihnen deine Wahrheit zu verkünden und sie zu erlösen? Flüstere, flüstere! Meine Ohren dürstet! Denn wenn es wahr ist, dann trete ich ein in deine Kirche und weihe der Wahrheit von dieser Stunde an mein Leben.

Und wenn es nicht die Wahrheit ist, die deine Apostel verkünden und deine Diener verehren, und wenn es nicht wahr ist, daß du eine Kirche gegründet und sie damit betraut hast, die Wahrheit zu verkünden, und wenn die Kirche nicht unfehlbar ist und nicht gerechter als jede beliebige andere menschliche Einrichtung, dann bitte ich dich, mich von diesem Altar wegzuführen. Ich bitte dich, mich zu jenem Altar zu führen, an dem die einzige Wahrheit, deine Wahrheit, zu finden ist. Wenn du mir sagst, deine Wahrheit sei am anderen Ende der Welt zu suchen, dann bin ich bereit, mich heute auf den Weg zu machen.

Vater, bist du da? Hörst du dein Kind!

VII Ist es wahr, daß du am Anfang die Welt geschaffen und den Menschen nach deinem Bild gemacht hast? Und ist es wahr, daß der Mensch später seinen Willen auf Dinge gerichtet hat, die weniger wert sind als du? Ist es wahr, daß sich der Mensch zu dem hingezogen fühlt, was gegen deinen Willen verstößt? Ist es wahr, daß es die Sünde gibt und daß die Sünde die Empörung gegen deinen Willen ist? Wenn es wahr ist, daß der Wille des Menschen völlig mit deinem heiligen Willen übereinstimmt, dann sage es mir, mein Gott, denn ich halte diese Ungewißheit nicht aus.

Nur dies, und ich werde ein neues Leben beginnen. Ist es wahr, daß es dir weniger wert ist, wenn der Mensch sein Begehren auf das Geschöpf richtet, aber wohlgefällig, wenn er sein ganzes Wesen auf den Schöpfer, die ewige Wirklichkeit hinter der Schöpfung ausrichtet? Ist es wahr, daß der Mensch auf ewig verloren ist, der Gott von sich stößt und sich mit dem Herrn der Lüge verbündet; und daß jeder das ewige Leben gewinnen wird, der seine Seele dem Schöpfer weiht und seine fleischlichen Triebe durch Entsagung bezwingt? Ist es wahr, daß der, der nach der Natur lebt, sich auf dem Weg des Verderbens befindet, und der, der nach den Forderungen des Geistes lebt, deine Herrlichkeit schaut? Ist das wahr? Wenn das wahr ist, dann werde ich von jetzt an nach den Forderungen des Geistes leben, denn ich sehne mich nur danach, deine Herrlichkeit zu schauen.

VIII Nimm die Ungewißheit von mir. Sagt diese Kirche die Wahrheit? Ist es wahr, daß einmal ein Mensch namens Jesus Christus gelebt hat? Ist es wahr, daß er der Bote der Vollkommenheit war, der Adam der höchsten Menschlichkeit, wie deine Weisen sagen? Ist es wahr, daß Jesus Christus über alle Geschöpfe erhaben ist?

Ich habe noch nie so große Fragen gestellt; jetzt frage ich in kindlicher Einfalt: Ist es wahr, mein Gott, warst du es selbst? War Jesus Christus, dieser Sohn des Leidens, dieser Heimatlose unter den Menschen, dieser von allen Ausgestoßene, den sie anspuckten und auspeitschten – warst du es selbst? Ist es wahr, daß du dich selbst in die Schwachheit des Menschen gekleidet hast, um die Menschen zu lehren, wie man die Welt überwindet? Oder ist etwa wahr, daß du dich immer in deinem Himmel versteckt hast und der Mensch nie etwas über dich wissen kann, nicht einmal, ob es dich gibt? Was ist wahr, was ist nicht wahr?

Wer war dieser Jesus Christus, wenn er etwas anderes war als du selbst. Und wenn es nicht du selbst warst, dann bitte ich dich, mich zu lehren, Jesus Christus zu verstehen.

IX Ich habe die Evangelien an einem Stück gelesen; sie immer wieder an einem Stück gelesen; sie vorwärts und rückwärts gelesen und doch keineswegs gewagt, dem einzigen Schluß, den man meiner Ansicht nach aus ihnen ziehen konnte, zu trauen: daß du selbst Jesus Christus warst. So lange wie möglich habe ich es vermieden, einer so wunderbaren Botschaft Glauben zu schenken. Stelle dir vor, welche Enttäuschung es für mich gewesen wäre, wenn ich zuletzt gemerkt hätte, daß ich mich geirrt habe.

Ich habe versucht, mir einzureden, Jesus Christus sei ein Lügner gewesen. Ich habe alle Evangelien von der Voraussetzung her gelesen, daß er ein falscher Prophet war. Aber wie unglücklich ist der Lügner, der sich für seine Lüge kreuzigen läßt! Wann hat es das schon einmal gegeben? Trotz all meiner Versuche, mich davon zu überzeugen, es müsse eine Lüge sein, daß er mit dir eins sei, da hatte ich kaum meine Lektüre beendet, als dieser Schluß sie alle zur Seite fegte: Doch, er und der Vater sind eins. Man kann die Evangelien nicht lesen, ohne zu diesem Ergebnis zu kommen. Anfang und Ende des Neuen Testaments sind genau dies: Er und der Vater sind eins. Welche Freudenbotschaft, wenn es wahr ist.

Ich habe alle Evangelien von der Voraussetzung her gelesen, daß er verrückt war; daß er am Größenwahnsinn des Genies litt; daß er Wahnvorstellungen hatte; daß seine Vorstellung von der eigenen Göttlichkeit eine fixe Idee war; daß er überhaupt nicht der Weg ist; daß er weder die Wahrheit noch das Leben ist.

Aber es geschah immer wieder, daß mir die Beantwortung dieser Fragen große Schwierigkeiten machte: Wie kann ein Verrückter all das getan haben? Und zum anderen: Wie kann man es einordnen, daß das Neue Testament, das Buch, in dem die Weisen der Welt die höchste Vollkommenheit sehen, von einem Geistesgestörten handelt? Dazu müßte man alle gesunde Vernunft auf den Kopf stellen. Dazu müßte man eine Neubewertung vornehmen und die Verrücktheit als Höchstes einstufen und als das Unvollkommenste das, was alle für das Vollkommenste halten. Dann wäre das Vollkommenste, das der menschliche Geist kennt, zur fixen Idee und Verwirrung geworden und das Tier zu unserem Vorbild. Die gesunde Vernunft kann Jesus Christus nie als Verrückten gelten lassen. Ganz im Gegenteil, die gesunde Vernunft versteht nur deshalb die Vollkommenheit Jesu Christi, weil sie weiß, daß er und der Vater eins sind, sie verehrt nur deshalb seine Lehre, weil sie in ihm selbst die Vollkommenheit Gottes sieht. Die menschliche Vernunft kann nicht zwischen Gott und Christus unterscheiden.

Und selbst wenn ich vorgebe zu glauben, daß all die Demut und Güte, die er seinen Schmähern und Peinigern gegenüber zeigte, nur eine Art Größenwahn war, so muß ich doch immer vor dieser abschließenden Frage stehenbleiben: Wie kann ein Mensch, selbst wenn er größenwahnsinnig ist, aus seinem Grab auferstehen? Denn auf welche Weise ich auch über das Neue Testament nachdenke, es gelingt mir einfach nicht, mich dieser wundersamen Begebenheit gegenüber, die alle Wissenschaft der Welt zu eitlem Tand macht, taub zu stellen.

Ich habe alle Evangelien von der Voraussetzung her gelesen, daß sie reine Fiktion seien; daß Jesus Christus nie gelebt

habe. Doch da komme ich immer wieder zu dieser Frage: Wer hat dann diesen Roman verfaßt? Mein Gott, willst du mich zu dem Mann führen, der die Geschichte Jesu Christi erdichtet hat? Und wenn es viele gemeinsam waren, willst du mich dann zu ihnen führen? Ich habe genug Erfahrung, um zu wissen, daß es nicht möglich ist, über etwas anderes als sich selbst zu dichten. Es ist nicht möglich, schöner zu dichten, als man selbst ist. Es ist nicht möglich, einen Menschen zu beschreiben, der besser ist als man selbst, und auch nicht einen, der schlechter ist. Nur der konnte die Geschichte von Jesus Christus schreiben, der selbst so groß wie Jesus Christus war. Wenn du mir sagst, daß ich nicht an Jesus Christus glauben darf, dann glaube ich an den, der die Geschichte Jesu Christi erdichtet hat. Wer die Geschichte von Jesus Christus verfaßt hat, hat der Menschheit deine Vollkommenheit offenbart. Und ich glaube an deine Vollkommenheit. Als ich mir sämtliche *videtur ut non* über die Göttlichkeit Jesu Christi vorgebetet hatte und glaubte, endlich diesen Galiläer besiegt zu haben, entdeckte ich, daß dieser Lobgesang stärker als jemals zuvor in meiner Seele klang:
Unus altissimus Jesus Christus.

Mein Zweifel konnte den Galiläer nie zu Boden strecken.

Mein Gott, hilf mir! Er verfolgt mich. Ich komme nicht gegen diesen Galiläer an. Ich bin wie Wachs in seinen Händen.

X Ich glaube an Jesus Christus. Ich kann nicht anders, ich muß an Jesus Christus glauben. Für mich ist alles außer Jesus Christus wertlos. Ich sterbe, wenn ich nicht an Jesus Christus glauben darf.

Ich höre, wie du mich rufst, damit ich an ihn glaube. Halte mich an, wenn ich auf dem falschen Weg bin! Sagst du mir nicht, daß deine Heiligen durch Jesus Christus heilig wurden? Sagst du mir nicht, daß in seinem Namen den Menschen ihre Sünden vergeben werden? Sagst du mir nicht, daß keiner zu dir in den Himmel komme, außer durch Jesus Christus? Und befiehlst du mir nicht, das Kreuz zu schultern und ihm zu folgen?

XI *Si quidem aliquid melius et utilius saluti hominum, quam pati, fuisset, Christus utique verbo et exemplo ostendisset,* sagt der große Meister der *Imitatio.* Wäre etwas notwendiger und glückbringender für den Menschen als das Leiden, dann hätte Christus es uns durch seine Worte und sein Beispiel gelehrt.

Endlich bin ich vor dein Angesicht getreten, um dich zu bitten, mir den Weg zur Vereinigung mit dir zugänglich zu machen, den Weg, den Christus abgesteckt hat, den Weg, den alle Heiligen und frommen Menschen seit undenklichen Zeiten gegangen sind, *regiam viam sanctae crucis.* Ich bin gekommen, um dich zu bitten, mir das Kreuz auf die Schultern zu legen. Ich bitte um dich und nichts als dich und weiß mir keine andere Erquickung als in dir. Du allein bist meine Hoffnung, mein Heil und meine Rettung. Und der Weg zu dir ist der Weg des Kreuzes. Ich weiß, wohin ich auch gehe und wo ich auch suche, ich werde keinen besseren oder sichereren Weg finden als *regiam viam sanctae crucis.* Es gibt keinen anderen Weg zum Leben, zum Leben in dir, als den königlichen Weg des heiligen Kreuzes. Das Kreuz – das Ärgernis und die Dummheit –, es ist jetzt meine einzige Hoffnung geworden, denn ohne dieses kann ich mich niemals von mir selbst befreien, und nun bitte ich dich um die Gnade, es tragen zu dürfen.

Ich bitte dich um die Gnade, mein Ich auslöschen zu dürfen, damit ich anfangen kann, in dir zu leben. Du hast mich hinaus in die Finsternis geführt und meine Seele mit der Ahnung meiner Verdammnis gefüllt, um mir zu zeigen, daß es innerhalb der Grenzen des Daseins nichts gibt, was mich trösten könnte, solange ich nicht mich selbst verleugne. Du hast meine Seele in große Finsternis hinausgeführt, daß ich allen Glauben an meine eigene Kraft verlieren und dich finden konnte. Mein Hochmut führte mich hinaus in unwegsame Wüsten, damit ich die Fußspuren Christi finden konnte, *hanc regiam viam quae est via crucis,* den königlichen Weg des Kreuzes in der eisigen Kälte. Und jetzt weiß ich, daß du meine Seele in viel Licht führen wirst. Der Mensch findet keine Lösung der Rätsel seiner Seele, bevor er sich nicht vor dem Kreuz in den Staub geworfen hat. Im Kreuz ist Heil, sagt der große Meister der *Imitatio;* im Kreuz ist Leben; im Kreuz ist Schutz vor Feinden. Im Kreuz ist die Fülle himmlischer Wonnen; im Kreuz ist die Vollendung der Tugend; im Kreuz ist die vollkommene Heiligkeit. Es gibt keinen Seelenfrieden und keine Hoffnung auf ewiges Leben, außer im Kreuz.

O crux, ave, spes unica!

XII *Factus sum omnibus humillimus et infimus, ut tuam superbiam mea humilitate vinceris,* sagt die Stimme des Galiläers. Er nahm für mich das Kreuz auf seine Schultern und ließ sich für mich kreuzigen, damit ich lernen sollte, das Kreuz auf meine Schultern zu nehmen und für mich am Kreuz zu sterben. Sterbe ich in ihm, dann werde ich in ihm leben. Und nehme ich Anteil an seinen Leiden, werde ich auch Anteil an seiner Herrlichkeit haben.

Über dem Eingang zum königlichen Weg stehen die Worte, die auf den Schlüssel zum Vorhof weisen:

Nichts sei dir erstrebenswert oder bewundernswert und nichts teuer außer Gott allein und dem, was Gottes ist.

Der Trost, den dir das Geschaffene gewähren kann, ist eitler Tand.

Eine Seele, die Gott liebt, verachtet alles, was niedriger ist als Gott.

Gott allein ist ewig und unveränderlich, erfüllt alles, ist Seelentrost und wahre Herzensfreude.

66

Die Blumen hier im Klostergarten duften am besten, wenn es tags zuvor geregnet hat. Dort steht der Rosenstock mit dreihundertfünfzig Rosen. Und die Beete mit den großen, bunten Blumen! Die in der Mitte heißen Georginen, weil sie aus Georgien kommen, einem Land, das auf der anderen Seite des Erdballs liegt. Ist das nicht ein hübscher Weg zwischen den jungen Bäumen? Das Laub kitzelt Sie an der Wange; am westlichen Ende steht ein Springbrunnen auf einem freien Platz, umgeben von schönem, grünem Gras. Am östlichen Ende ist ein kleiner Hain. Und in dem Hain steht die Jungfrau Maria, die uns den Herrn geboren hat. Die Jungfrau Maria ist gebenedeit unter den Weibern, wie es im Englischen Gruß heißt. *Ad Chris-*

tum per Mariam. Wir lieben dieses Marienbild im Hain; es ist gut gemacht. Dichte Schlingpflanzen verhüllen den Sockel, auf dem es steht. Beachten Sie, wie der Schleier um Kopf und Schultern fällt. Dieselbe Anmut leuchtet auch aus dem Wickeltuch des Knaben. Es ist beinahe durchsichtig. Sieh das Lamm Gottes! Es ist etwas wunderbar Menschliches über diesem Bild von *il bimbo;* sein Gesicht ist wie das jedes beliebigen Säuglings. Sie sehen hier kein bißchen von diesem Ausdruck stolzer Göttlichkeit, den so viele große Bildhauer seinem Gesicht zu geben vermochten. Der Mariensohn ist wie jedes andere Kind, und so ist Jesus Christus als Erwachsener. Wir stellen ihn uns wie jeden Menschen vor. *Homo factus est,* sagt das Glaubensbekenntnis kurz und treffend. Er selbst war sich seiner Menschlichkeit so bewußt, daß er, als man ihn gut nannte, antwortete: Keiner ist gut, außer Gott allein. Die Verdienste unseres Herrn Jesus Christi sind vor allem deshalb so tröstlich für uns, weil er als Mensch zu uns kam, als Mensch lebte, als Mensch starb. In seinen Adern floß Blut wie in Ihren und meinen Adern. Diesen Weg wählte Gott, um die Menschen zu lehren, die Welt zu besiegen: Er kam als Mensch zu uns und besiegte die Welt als Mensch. Wir schultern unverzagt das Kreuz, weil der Mensch Jesus Christus es schon vor uns getragen hat. Denken Sie nicht an Ihre Sorgen, sondern vertrauen Sie alles Gott an, Vergangenes und Zukünftiges; der Herr besänftigt Wind und Wogen. Sie sind an einen heiligen Ort geführt worden, und der Herr hat Ihre Schritte gelenkt; lassen Sie die Gnade über Ihre Seele strömen. Denken Sie daran, daß der Mensch nichts ist ohne die Gnade Gottes, und schauen Sie sich um: Um Sie herum herrscht die *pax benedictina,* der benediktinische Frieden. Gestern war Sturm und Regen. Heute nacht hat es aufgeklart, und dieser Morgen ist voller Versprechungen. Gottes Welt breitet sich schön wie im ersten Sonnenlicht vor Ihren Augen aus. Stellen Sie sich vor, Sie seien heute nacht erschaffen worden und hätten die Sonne zum erstenmal gesehen, als sie heute morgen über dem Waldrand aufging. Begrüßen Sie dieses Universum, in dem wir uns befinden, nicht als Kind Adams, sondern als Sohn Gottes, ein Glied des Leibes Christi, der wiedererschaffene Mensch, der nicht mehr nach der Natur lebt, sondern über der Natur; nicht mehr nach seinem eigenen Verstand urteilt, sondern nach der Offenbarung Gottes weiß; nicht mehr aus den salzigen Quellen der Philosophie trinkt, sondern nach der Reinheit des Herzens strebt. Ein reines Herz sieht durch Himmel und Hölle.

Ich sagte Ihnen gestern abend, daß Gott Sie liebt. Ich sage Ihnen heute dasselbe. Ich werde Ihnen morgen dasselbe sagen: Gott liebt Sie. Ich höre nicht auf, mit Ihnen darüber zu sprechen, bis Sie es begriffen haben: Das ist das Herrlichste von allem, was auf der Welt gesagt worden ist, der Kern des Evangeliums. Gott selbst, der Allmächtige, der Schöpfer, er liebt Sie. Er liebt Sie so, daß er sich nicht vorstellen kann, Sie nur eine Sekunde aus den Augen zu verlieren. Sein Blick folgt Ihnen, wohin Sie auch gehen. Sein Ohr hat jede Ihrer Tränen fallen hören. Er hat Sie geliebt, seit Sie ein kleines Kind waren. Ja, er liebte Sie, bevor Sie entstanden, liebte Sie vor der Erschaffung der Welt, schuf Sie, damit Sie sich seiner Herrlichkeit erfreuen können. Und er ist aus dem Himmel herabgestiegen, um Ihnen den Weg zu seiner Herrlichkeit zu erleichtern, hat sich Ihretwegen zum Niedrigsten und Geringsten von allen gemacht. Er ließ sich für Sie ans Kreuz schlagen, so als gäbe es keinen anderen Menschen auf der Welt und damit Sie nicht die Folgen Ihrer Gleichgültigkeit gegenüber seiner Liebe und Ihrer Auflehnung gegen seinen Willen tragen müssen. Er war es, der Sie auf Schritt und Tritt beschützte, als Sie ohne Freund, ohne Weg und ohne Ruhe durch die Welt wanderten, der bei Ihnen wachte wie eine Mutter am Bett ihres leidenden Kindes. Und jetzt hat er Sie zu uns, seinen armen, unwürdigen Dienern geführt, damit wir Ihnen dienen können.

An Ihren Augen erkenne ich das Vorhandensein einer entwickelten Seele; ich bin mir darüber im klaren, daß Sie viel klüger sind als ich. Und deshalb schäme ich mich, daß ich hier an Ihrer Seite gehe, als würde ich mir einbilden, Sie etwas lehren zu können. Ich bin selbst der unwissendste unter den Jüngern. Das einzige, was in meiner Macht steht, ist, Gott dafür zu danken, daß er mir Unwürdigem die Gnade erwiesen hat, einer Seele, die er liebt, den Weg zu unserem Haus zu weisen. Alles, was ich tun kann, ist, Sie so zu empfangen, wie ein armer Untertan einen Edelmann empfangen muß, den der König zu ihm schickt.

Schauen Sie nicht auf zu mir, mein Herr; darum bitte ich Sie ganz besonders, denn in den Augen Gottes bin ich nicht mehr wert wegen meiner Mönchskutte oder dem heiligen Priesteramt, das mir auf die Schultern gelegt worden ist. Beides vergrößert nur meine Verantwortung. Ich bin der schwächste und gebrechlichste aller Menschen, und ich vergesse ständig die Gegenwart Gottes. Denken Sie immer daran, wenn Sie mit mir sprechen. Keiner ist weiter vom Ziel entfernt als ich. Wenn Sie einen von Gottes geplagten Armen sehen wollen, dann schauen Sie mich an. Ich bin nicht siebenmal gefallen wie die Gerechten, sondern vierhundertundneunzigmal wie die Elendesten. Aber jedesmal, wenn ich falle, erhebe ich mich mit den Worten des heiligen Augustinus auf den Lippen: *Potuerunt isti et illi, quare non ego!* – diese konnten es und jene, warum nicht ich? – und falle aufs neue. Sie haben recht, wenn Sie mich lächerlich finden.

Es ist der Adel eines Christen, den Schlüssel zur wahren Vollkommenheit zu kennen. Verliere nie die Gegenwart Gottes aus dem Gedächtnis. Der Schlüssel zu deiner Vollkommenheit ist es, in jedem Augenblick deines Lebens daran zu denken, daß du vor Gottes Angesicht stehst. Deshalb sei dein Leben ein unaufhörliches Gebet, jede deiner Taten ein Gottesdienst; jeder Gedanke *ad majorem Dei gloriam* – zur größeren Ehre Gottes. Genauso, wie die Liebe Gottes dich umschließt, sollst du deine Gedanken jetzt und immer auf ihn richten. Am Morgen, wenn du erwachst, sei dein erster Gedanke ein Loblied für ihn. Und wenn du am Abend die Augen zum Schlaf schließt, dann sei dein letzter Gedanke: *In manu tua sum.* Bei jedem Schritt, den du tust, jedem Wort, das du sprichst, jedem Blick, sollen alle deine Gedanken in diese eine Richtung gehen. Es ist der Adel der Heiligen, vor Gottes Angesicht sich selbst zu vergessen. Du sollst beten und nichts anderes tun als beten. Bete zu Gott. Bete immer zu Gott. Bete überall zu Gott. Und um alles.

Einige Tage später, nach Beendigung des Abendessens, fand im Kapitelsaal des Klosters die Einkleidung zweier Novizen statt. Stein Ellidi wurde eingeladen, dabeizusein, und der Gästepater wies ihm auf einem besonderen Stuhl seinen Platz an. Zwei junge Männer wurden in die Reihen der Novizen aufgenommen, nachdem sie während der vorausgegangenen Monate in Laientracht und mit voller Bewegungsfreiheit den geistlichen Übungen im Kloster beigewohnt und am Leben der Novizen teilgenommen hatten. Der eine war aus dem Haag, der andere aus Paris. Sie waren Stein Ellidi sogleich im Chor aufgefallen, zwei weltliche Männer unter achtzig Mönchen, ständig verwirrt durch das, was vor sich ging. Der Holländer sah aus, als ob er Bankbeamter oder Angestellter eines größeren Handelskontors gewesen sei, mit Goldrandbrille und Pomade im Haar, nach der Mode vom letzten Jahr gekleidet, Schuhe, Hemd und Krawatte ordentlich, ohne besonders aufzufallen, wie es sich in einer anständigen und soliden Firma gehört. Er hatte einen Füllfederhalter und einen Bleistift in der Brusttasche. Der Pariser war blutjung, offensichtlich der Sohn einer großbürgerlichen Familie, vielleicht adlig, hervorragend erzogen, dunkelhaarig, die Haut hell und zart wie die eines jungen Mädchens; der Mund zeugte von Empfindsamkeit, desgleichen die Hände, seine Kleidung war ebenso geschmackvoll wie unauffällig, das Zeichen guter Erziehung. Diese beiden jungen Männer hatten der Welt entsagt, um sich von nun an dem Kreuz zu weihen.

Alle Fenster im Saal aus farbigem Glas, nur dämmriges Licht, doch über dem Stuhl des Abts leuchtet ein Lämpchen, es wirft einen schwachen Schein auf das Barock des Saales und die Porträts der Äbte aus vielen Jahrhunderten, die an den Wänden entlang Wacht halten. Alles ist still. Schließlich wird irgendwo in einem fernen Turm eine dumpfe Glocke geläutet; die Türen des Saales öffnen sich, die Mönche kommen zwei und zwei herein, in schwarze Chormäntel gekleidet, die Kapuzen über den Kopf gezogen, jeder geht schweigend an seinen Platz im Saal. Als letzter kommt der Abt mit einer weißen Mitra auf dem Kopf und setzt sich auf seinen Ehrenplatz.

Schließlich haben sich alle gesetzt. Achtzig schwarzgekleidete Wesen schauen ausdruckslos wie Versteinerungen vor sich hin; alles ist still, wie vor einer Hinrichtung.

68

Pater Alban, dieser Narr des Herrn, *le fou de bon dieu,* wie er sich selbst nannte, der energisch bestritt, daß er sich selbst, geschweige denn anderen, etwas beibringen könne, er war doch derjenige, den Stein sich ganz selbstverständlich zu seinem geistigen Führer wählte. Pater Alban hatte den Weg gefunden, den der Sohn der unwegsamen Weiten ständig gesucht hatte. Obwohl Pater Alban Arbeit genug hatte und nicht nur ein ganz gewöhnlicher Mönch war, der täglich fünf Stunden Chordienst verrichten mußte, sondern zwei verantwortungsvolle Ämter innerhalb der Bruderschaft bekleidete, das des Priors und das des Novizenmeisters, so fand er doch immer Zeit zum Gedankenaustausch mit dem ausländischen Gast. Stein saß lange und sprach mit ihm in seinem Zimmer, und die Sonne schien durchs Fenster, ein sanfter Sommerwind wehte vom Garten herein, mit Rosenduft vermischt. Oder sie gingen nebeneinander zwischen den jungen Bäumen, deren Kronen nicht höher waren, als daß sie einen an der Wange kitzelten, und die Tage vergingen so schnell, als ob die Sonne um drei Uhr unterginge. Und Unsere Liebe Frau steht im Hain.

Es dauerte nicht lange, bis der Mönch Steins Seelenleben und Geschichte, seine kindlichen Hoffnungen und Enttäuschungen, seine Träume und seine Wirklichkeit, seine Pläne und Schiffbrüche, seinen Kampf, seine Siege und seine Niederlagen bis in alle Einzelheiten kannte. Er wußte, was krank und was gesund war in seiner Seele. Stein lernte die Philosophie der christlichen Askese kennen, teils durch das lebendige Wort aus dem Munde des Mönchs, teils durch Bücher, die er ihm zu lesen gab. *De Imitatione Jesu Christi* wurde allmählich seine liebste Lektüre, dann *Introduction à la Vie Dévote* von St. François de Sales, St. Ignatii *Exercitia Spiritualia,* Meister Eckhart, Pascals *Pensées* und schließlich der *Doctor Angelicus* – Thomas von Aquin.

Nach und nach begann Stein, sich im Kloster zu Hause zu fühlen; das Gefühl des Fremdartigen verschwand; er entdeckte, daß es hier einen Alltag gab wie unter anderen Sterblichen. Er lernte, sich auf den Gängen zurechtzufinden, machte Bekanntschaft mit den Mönchen; er ging zu den Horen, tauchte seine Finger in das Weihwasser an der Kirchentür und bekreuzigte sich, beugte das Knie, sooft er vor das Kreuz trat, bekam einen Psalter und folgte dem gregorianischen Meßgesang, der *cantilena romana,* verstand die Messe immer besser, gab sich nicht zufrieden, bis er jedes Detail der Liturgie in seiner Bedeutung erfaßt hatte.

Die Mönche waren die kultiviertesten Menschen, die er kennengelernt hatte, angenehm im Umgang, heiter, bescheiden. Wenn sie zum Chorgebet gingen, waren ihre Gesichter von starker Konzentration geprägt und während des Chorgebets von tiefer Versenkung, die kein äußerer Einfluß stören konnte. Sie hätten sich nicht aus der Ruhe bringen lassen, auch wenn das Haus eingestürzt wäre. Doch im Gesprächszimmer, wo den Gästen nach dem Mittagessen Kaffee und Likör gereicht wurde, waren sie glänzender Laune, erzählten lustige Anekdoten aus Ost und West oder machten witzige Bemerkungen über aktuelle Ereignisse in der Welt draußen und lachten, wie nur der lachen kann, der ein gutes Gewissen hat. Stein lernte ihre Namen kennen und nach und nach die Menschen, die dahinter standen; jeder hatte seine besonderen Eigenarten, auch wenn auf den ersten Blick alle in derselben Form gegossen schienen. Pater Alexandre hatte eine riesige Nase; er war überaus gelehrt und gleichermaßen zerstreut und klopfte auf alles, was er in die Hände bekam, als wolle er herausfinden, ob es innen hohl sei, starrte auf sein Weinglas wie auf die Kugel einer Wahrsagerin, hob beim Essen sein Besteck ans Ohr wie eine Stimmgabel. Er führte sicherlich eine Menge Selbstgespräche über vielerlei interessante Dinge. Pater Benjamin sah aus wie ein Beuroner Heiligenbild, feierlich und doch innig; seine Augen strahlten vor kindlicher Reinheit und tiefer Hellsichtigkeit; draußen in der Welt hätten sich alle dazu verpflichtet gefühlt, einen solchen Menschen in den Schmutz zu treten. Pater Boots hatte gewöhnlich einen verkniffenen Mund, aufgeblähte Nasenflügel und eine tiefe Falte zwischen den Augen und machte einen Eindruck, als habe er soeben eine Untat begangen und sei dazu imstande, gleich noch eine zu begehen; doch sprach man mit ihm, so erwies er sich als demütig und unsicher, rieb sich die Hände, als wolle er um Nachsicht bitten, und lächelte über das ganze Gesicht, so daß man ihm seine Untaten auf der Stelle vergab. Pater Benoit war gebieterisch und ehrwürdig, wohlbeleibt wie ein Mönch aus dem Mittelalter, etwa sechzig, sprach schnell und lachte viel und hatte etwas Verschmitztes in den Augen. Dorval, der Gästepater, war fröhlich und lebhaft, umgänglich und neugierig; er hörte gern Neuigkeiten und erzählte sie selbst, wenn andere keine wußten, denn er las Zeitungen. Es hieß, er rauche manchmal heimlich Pfeife im Garten, aber er war bei allen beliebt, und deshalb machte ihm niemand Vorwürfe; er war ein *homme du Midi* und verbrachte jeden Winter drei Wochen an der Riviera wegen seines Asthmas. Das Klima in Belgien, sagte er, das ist vielleicht ein elendes Klima! Als Kind hatte er unter Palmen gespielt. Der hochehrwürdige Vater, der Abt selbst, war ein vornehmer und würdevoller Mann, sein Lächeln und sein Blick gütig und väterlich, und alle hatten vor Freude geweint, als er im vergangenen Jahr nach einer sechsmonatigen Reise in den Kongo wieder zu ihnen zurückgekehrt war; sein Gesichtsausdruck war entschlossen und ehrfurchtgebietend, seine Stimme ein wenig brüchig, wenn er bei den Mahlzeiten das *Benedicite* intonierte. Er war sparsam mit seinen Worten, doch nicht mit seinem freundlichen Lächeln, und er wärmte alles um sich herum, wohin er auch kam, die Personifizierung benediktinischer Würde und Güte. Zwischen diesen Menschen ging Pater Alban, streng und gütig, königlich und demütig, weise und kindlich, inspiriert und wortkarg, durchdrungen von dem Schuldbewußtsein eines Heiligen, selbst ein heiliger Mann. *Voilà un homme!* Was für ein Adlerblick! Was für eine Haltung! Das Profil edel wie auf einer römischen Münze. Wenn Stein an Benedikt von Nursia dachte, den Adligen, der zum Vater des christlichen Mönchslebens wurde, dann konnte er ihn sich nicht anders als Pater Alban vorstellen.

Es war eine von Pater Albans Besonderheiten, daß er nie über sich selbst sprach, abgesehen von den seltenen Fällen, in denen er nicht umhin konnte zu betonen, welch ein erbarmungswürdiger Mensch er sei und wie unvollkommen, schwach und hilflos, unwürdig in den Augen Gottes. Es geschah nie, daß er etwas über sein früheres Leben erzählte. Hatte er alle seine Erinnerungen eingeschläfert, oder war er mit dem Skapulier um die Schultern geboren? Was Stein über die Herkunft und das frühere Leben seines Meisters in Erfahrung brachte, hörte er von anderen, insbesondere dem geschwätzigen Gästepater Père Dorval.

Die Geschichte Pater Albans erinnerte in verschiedenerlei Hinsicht an das Leben seines Landsmannes Charles de Foucauld, des Asketen, der in der Wüste verschwand und 1916 von den Tuareg ermordet wurde. Landry war adlig, wie Foucauld, stammte aus einem alten, berühmten Geschlecht, wurde in Paris geboren und wuchs teils dort, teils auf den Landsitzen der Familie in den Pyrenäen und in der Provence auf. Früh zeigte sich die einzigartige künstlerische Begabung des jungen Adligen, so daß er im Alter von sieben Jahren mit seinem Violinspiel selbst Virtuosen in Bewunderung versetzte. Sein Vater glaubte nicht an Wunderkinder, deshalb sollte der Junge eine solide Schulbildung erhalten. Doch neben dem Schulunterricht übte er weiterhin eifrig Violine, seine Energie war unerschöpflich. Nach dem Jurastudium ging er als Zwanzigjähriger auf das Konservatorium, und kein erfahrener Musiker hatte Zweifel daran, daß es sich hier um eine begnadete Begabung handelte und der junge Mann eine glänzende Zukunft vor sich haben mußte. Nach gut zwei Jahren Studium am Konservatorium schickten ihn seine Lehrer fort und bescheinigten ihm, daß er ihnen über den Kopf gewachsen sei. Im Winter 1910 gab er im Alter von fünfundzwanzig Jahren sein erstes Konzert in Paris. Sein Triumph wurde zur Legende. Damals wurde Alban de Landry in den Pariser Salons wie ein Gott verehrt, eine elegante Erscheinung, mit einer Jugend als Virtuose hinter sich und einer Zukunft als Meister vor sich. Doch er war zurückhaltend und verschlossen. In seinem Blick waren Wahrnehmungen einer anderen Welt verborgen, die breiten Wege waren nicht seine. Weder die Anbetung der Frauen noch die Ehrerbietung der Genies konnte ihn zur Bequemlichkeit verführen, er fuhr vielmehr auf das alte Schloß in den Pyrenäen und hielt sich dort nach dem Vorbild Paganinis zwei Jahre lang vor der Welt versteckt und lebte nur seiner Kunst, spielte Tag und Nacht Geige, und zwischendurch durchstreifte er die Natur und lauschte dem Klang der Windharfe. Keine Landschaft ist besser dazu geeignet, einen wahren Troubadour hervorzubringen, als das Land der Gascogner, und als er der Auffassung war, die Zeit sei reif, erschien er wieder unter den Menschen und unternahm eine Konzertreise in verschiedene europäische Hauptstädte. Der Ruhm folgte ihm von Stockholm nach Rom, von St. Petersburg nach Madrid. Im Jahre 1913 war er in Amerika; sein Triumphzug führte ihn von einer nordamerikanischen Großstadt zur andern, dann nach Brasilien und Argentinien. Dort begann seine Spur zu verwehen, bis man sie nicht mehr verfolgen konnte. Monate vergingen, und man war sich nicht darüber einig, wo er sich aufhielt. Einige glaubten, er habe seine Reise fortgesetzt, sei nach Europa zurückgekehrt, um neue Konzerte vorzubereiten. Eine Zeitung behauptete, er halte sich in Gesellschaft eines berühmten spanischen Musikers in Capri auf, und sie arbeiteten an einer Oper. Eine andere Zeitung meldete, er sei zur Erholung auf seinem Schloß in den Pyrenäen.

Doch es stellte sich heraus, daß nichts davon stimmte. Erst Anfang 1914 erfuhren seine Verwandten seinen wahren Aufenthaltsort. Er war zwar nach Europa zurückgekehrt, doch weder um neue Konzerte vorzubereiten, noch um eine Oper zu komponieren, und schon gar nicht, um sich in den Pyrenäen zu erholen. Er nahm nicht mehr den Platz neben Kreisler und Elman ein – er hatte seine Violine zerschlagen, die Saiten zerschnitten. Er war Novize geworden in St. Anselm in Rom, dem Priesterseminar der Benediktiner. Die Versuche seiner Verwandten, ihn dort herauszuholen, waren erfolglos, selbst der letzte, verzweifelte Ausweg, die Erklärung des Hausarztes, daß er schon immer geisteskrank gewesen sei. Ende 1917 erwarb er den Doktorgrad in thomistischer Philosophie. Zwei Jahre später wurde er zum Priester geweiht und in das französische Benediktinerkloster in Solesmes geschickt. 1921 wurde er nach Sept Fontaines versetzt und übernahm dort das Amt des *père maître* und wurde wenig später zum Prior ernannt.

Er ist unvergleichlich, sagte ein Novize einmal zu Stein, als das Gespräch auf Vater Alban kam: Er führt uns mit seideumkleideter eiserner Hand. Wir wissen nicht, ob wir ihn mehr als Vater oder als Bruder lieben. Er ist demütig wie der Mensch Jesus Christus, streng wie der Richter Jesus Christus. Er ist ein Mensch, der weder das Tiefste noch das Höchste eines jeden Ideals jemals aus dem Blick verliert. Alles außer dem Äußersten ist für ihn wertlos. Als Lehrer ist er in jedem Fach zu Hause. Er unterrichtet Kirchenrecht mit derselben Fertigkeit, mit der er griechische und hebräische Texte erläutert; Biologie, Mathematik, Geschichte, Literatur, Kunst, Sprachen, er ist mit allem vertraut. Er sitzt jeden Tag fünf Stunden im Chor beim obligatorischen *Opus Dei,* hält täglich mit uns Novizen drei Stunden Übungen ab, versieht seine Pflichten als Prior und spricht mit Gästen, und auf seinen Regalen kann man ellenlange Reihen von Manuskripten sehen: Klostergeschichte, Psalmenkommentare, Exegese, philosophische Abhandlungen und Theologie, Vorlesungen über Askese, alle in der offiziellen Kirchensprache Latein abgefaßt. Wann er Zeit gefunden hat, das zu produzieren, weiß niemand. Es ist ein offenes Geheimnis im Kloster, daß er die halbe Nacht im Gebet verbringt; doch am Morgen kommt er als erster in den Chor.

70

Nachdem Stein die Überzeugung gewonnen hatte, daß Jesus Christus die Inkarnation des Göttlichen war, gab es kein Hindernis mehr: Er betrachtete sich als Christ. Der menschliche Wille konnte frei wählen zwischen dem Schöpfer und dem Geschaffenen, dem Ewigen und dem Vergänglichen. Es unterlag keinem Zweifel, daß der Wille des Menschen sich von dem angezogen fühlt, was eher seinem Verderben als seiner Erlösung förderlich ist, von dem Sichtbaren und Vergänglichen statt von der immerwährenden Wirklichkeit hinter der Schöpfung, von der Fessel statt von der Freiheit, von der Eitelkeit statt von Gott. Diese Neigung führte zu dem, was die christliche Ethik mit dem Wort Sünde bezeichnete. Sündigen heißt, sein Verlangen vom Schöpfer abzuwenden und auf das Geschaffene zu richten. Jesus Christus ist der Weg zur höchsten Wirklichkeit; niemand gelangt zum Vater, denn durch ihn. Wenn Gott existiert, wenn seine Liebe sich der Menschheit in der Person Jesu Christi offenbart hat, dann ist das Christentum eine einleuchtende Wahrheit, eine Selbstverständlichkeit. Erst jetzt verstand Stein die Worte Robert Hugh Bensons, die er früher als allzu gewagte Behauptung empfunden hatte, daß dann, so Gott existiert, auch die katholische Dogmatik eine einzige logische Folgerung ist, bis hinunter zum Weihwasserbecken an der Kirchentür.

Wenn Jesus Christus eine Kirche gestiftet hatte, was aus den Aussagen der Apostel, wie sie im Neuen Testament niedergeschrieben sind, klar hervorging, dann fiel es ihm nicht ein, daran zu zweifeln, welche Kirche das war. Er kam nicht auf den Gedanken, die Kirche Luthers, Calvins, der Methodisten, der Baptisten oder eine andere der späteren christlichen Erfindungen könne die Kirche Christi sein. Es kostete ihn weder Kopfzerbrechen noch Scharfsinn, sich an dem Tag, an welchem er sich als Christ bekannte, eine Kirche auszuwählen. Jesus Christus hatte gelobt, seine Kirche alle Tage bis zum Ende der Welt zu unterstützen, fünfzehnhundert Jahre bevor die Kirchen Luthers und Calvins gegründet wurden. Und Stein war sich über eins völlig im klaren: Wenn Jesus Christus selbst eine Kirche gestiftet hatte, um die Menschen zur Wahrheit zu führen, dann war es anstößig und leichtfertig anzunehmen, diese Kirche könnte die Unwahrheit lehren, und andere Kirchen, die von Menschen gegründet und geleitet wurden, predigten die Wahrheit. Abweichende Sekten existierten nicht, es gibt nur eine Herde und einen Hirten. Entweder waren alle menschlichen Vorstellungen von einer christlichen Kirche Geschwätz und Unsinn, oder die Kirche Christi ist die Botin der Wahrheit – *ancilla veritatis.* Andere Kirchen sind wurzellose Zweige, Beduinenzelte, die für eine Nacht zu Füßen einer Pyramide aufgeschlagen wurden; und wenn die Zelte abgebrochen und die Beduinen in die Wüste verschwunden sind, steht die Pyramide weiterhin an ihrem Platz. Eine Kirche, die heute das eine und morgen etwas anderes lehren will, kann nicht die Kirche Christi sein, denn Gott ist unveränderlich und seine Wahrheit ewig. Die Göttlichkeit Jesu Christi und die Unfehlbarkeit der Kirche stehen und fallen gemeinsam. So unwahrscheinlich das Christentum auch scheinen mag, seine Wahrheit ist verbürgt durch die Tatsache, daß die Kirche auf dem geistlichen Amt errichtet ist, das Christus seinen Jüngern mit diesen Worten übertrug: Wer euch hört, der hört mich. Ist die Kirche von Gott gestiftet, dann ist ihre Lehre wahr. Ist die Kirche von Menschen gegründet, wie die lutherische und die kalvinische, dann gibt es guten Grund, ihre Lehre als Lüge zu betrachten.

Jesus Christus wußte, daß Geschriebenes ausgelöscht werden kann. Deshalb schrieb er nur einmal sichtbare Buchstaben. Er schrieb sie mit dem Finger in den Sand. Er wußte, daß Paläste und Tempel einstürzen, deshalb baute er sich nie ein Haus, sondern suchte unter den Dächern seiner Freunde Schutz oder schlief unter seines Vaters Himmel. Und die Häuser, die seine Freunde ihm errichten, selbst die Kathedralen, sind nie so stark, daß sie nicht beim nächsten Ansturm zerbrechen könnten. Der Vatikan kann jederzeit zusammenstürzen. Doch Jesus ritzte mit unsichtbaren Buchstaben sein Monogramm in das Herz der Menschheit und errichtete sich einen lebendigen Tempel in der Seele der Menschen; und die Pforten der Hölle sollen sie nicht überwältigen, sprach er. Die Kirche, die Gott sich in den Herzen der Menschen errichtet hat, wird nie einstürzen, solange ein Menschenherz schlägt. *Anima naturaliter christiana,* sagt der Kirchenvater. Die menschliche Seele ist von Natur christlich. Die Kirche Gottes wird bis zum Jüngsten Tage von Feinden verleumdet, beschimpft, mißhandelt und verfolgt werden, wie bisher. Doch sie wird bestehen. Die Sekten, die sogar in China um Christus Krieg führen, laufen Eintagsfliegen nach und lehren heute dies und morgen das – sie verschwinden plötzlich in der Wüste wie die Beduinen. Sie sterben stumm und unbeachtet aus, das Luthertum ebenso wie der Arianismus, der Kalvinismus genauso wie der Nestorianismus. Und die Geschichte meißelt die Worte Voltaires in ihre armseligen Monumente ein: *Rien n'est plus désagréable que d'être pendu obscurément.* Weltreiche werden untergehen,

Könige entthront und neue Gesellschaftssysteme etabliert werden. Neger werden Europa erobern, fremde Kulturen werden dort entstehen, wo weiße Wilde vor tausend Jahren ihre Reife erlangten, und die Worte des großen, englischen Historienschreibers werden sich bewahrheiten: Wenn die Bewohner Neuseelands auf den Ruinen Londons tanzen, wird für die katholische Kirche noch eine neue Blütezeit bevorstehen.

Und siehe, sagt der Herr, ich bin bei euch alle Tage bis an der Welt Ende.

71

Selbstverständlich gab es für die Kirche Christi immer Gefährdungen, lehrt die Geschichte, aber vom Untergang war sie nie bedroht.

Ecclesia militans, die Schildmaid Gottes, ist mit Schwertern und Speeren durchbohrt worden. Bisweilen geschah es, daß ihre Feinde ihre höchsten Ämter bekleideten. Am schlimmsten waren jedoch zumeist die, welche aus ihren eigenen Reihen davongelaufen waren und ihre Vernichtung wollten, weil sie wußten, daß sie selbst zu schwach waren, nach ihren Geboten zu leben. Nach jeder überstandenen Gefahr stand sie mächtiger da als zuvor. Sie ist stets neu, anders mit jedem Jahrhundert und doch immer gleich. Christus wacht nicht nur über sie, sondern auch in ihr, das macht den entscheidenden Unterschied. Ihr Kern ist das allerheiligste Sakrament, der Leib und das Blut Christi, die übernatürliche Nahrung der Seelen, die in jedem christlichen Altar verborgen ist.

Ich bitte dich, mein Gott, mich vergessen zu lassen, daß meine Brust die Narben alter Wunden trägt, sagt Stein Ellidi. Jetzt bitte ich dich, die Zungen zu binden, die aus Schadenfreude von den Wunden deiner Kirche rufen und sie verspotten, weil sie von Schwertern und Speeren durchbohrt wurde, denn das sind eben die Zungen, die den gegeißelten Christus verspotteten. Meine Feinde sind diese Säuglinge der Ketzerei, die darauf hoffen, sich beim Jüngsten Gericht damit rechtfertigen zu können, daß das Kleinod der katholischen Kirche manchmal Unwürdigen in die Hände gefallen ist.

Das Schicksal des Menschen schlummert in seinem Willen. Der Mensch gelangt dorthin, wohin er will, so hoch hinauf, wie er will, so tief hinunter, wie er will, nicht weiter und nicht kürzer. Wer Gott liebt, kommt zu Gott; wer den Teufel liebt, kommt zum Teufel; so einfach ist das. Jeder, der die Kräfte des Leibes und der Seele von den Täuschungen der sichtbaren Welt abwendet und die Gelüste des Fleisches und den Hochmut des Geistes besiegt, sich in Askese, Demut, Güte, Friedfertigkeit, Opferbereitschaft und Gebet übt, das Geschaffene, sich selbst und seine Triebe besiegt und wie ein reiner Geist vor Gottes Angesicht lebt, der wird den Zustand erreichen, der Himmelreich genannt wird. Himmelreich bedeutet Einswerden mit dem Göttlichen. Wenn sein Leben in irdischen Fesseln zu Ende ist, dann ist seine Seele frei.

Wer sein Leben der Täuschung opfert, lebt, um zu essen und zu trinken, Hurerei und Unzucht für die höchsten Güter des Lebens ansieht, nach Reichtum, Ehre, Macht, Ruhm, Ansehen strebt, glaubt, was er in den Augen der Menschen darstellt, sei wichtiger als das, was er in den Augen Gottes ist, heilige Dinge verspottet, alles Streben seines Geistes nach höheren Zielen unterdrückt und nichts Höheres als sich selbst kennt, der fährt zur Hölle, oder besser gesagt aus einer Hölle in eine andere und schlimmere. Er kann alle Hoffnung aufgeben. Er hat schon den Teufel gewählt; er hat die Liebe Gottes von sich gestoßen. Er kann bis in alle Ewigkeit nicht auf Gnade hoffen, wenn er nicht bereut. Die Hölle ist ewig; das heißt, der Zustand der Seele im Jenseits ist festgelegt. Die Zeit vergeht nicht mehr. Der Zustand der Menschenseele in der Stunde des Todes ist ihr Ewigkeitszustand. Es ist zu spät, nach dem Tod Reue zu zeigen.

Niemand hat dem Menschen mehr Ehrerbietung erwiesen als die Kirche. In Wirklichkeit ist der Mensch heilig, denn er ist nach dem Willen Gottes entstanden und hat eine unsterbliche Seele, ist dazu geschaffen, die höchsten Wonnen in Ewigkeit zu genießen. Der Mensch ist für das ewige Leben geschaffen und für nichts anderes. Deshalb sind alle anderen Ziele des Menschen als sein Seelenheil gegen den Willen Gottes. Also hat Gott die Welt geliebt, daß er seinen eingeborenen Sohn gab, auf daß alle, die an ihn glauben, nicht verloren werden, sondern das ewige Leben haben. Mann und Frau werden im Sakrament der Ehe Gott geweiht, denn ihre Nachkommenschaft ist für die göttliche Prädestination geschaffen. Das Ehesakrament ist heilig, denn Mann und Frau sind keine verantwortungslosen Kreaturen, sondern das Kind ist ein lebendiges Heiligtum, das ihnen von Gott übergeben wird, und sie müssen beim Jüngsten Gericht Rechenschaft darüber ablegen, wie sie dieses Heiligtum bewahrt haben. Ein Kind, das von seinen Eltern nicht gelernt hat, Gott zu lieben, wird seine Mutter verfluchen, wenn es heranwächst, und beim Jüngsten Gericht die Verdammnis über sie herabrufen, weil sie es unterließ, es das Vaterunser zu lehren.

Die Kirche gibt ihren Kindern alles und jedem das Seine. Sie gibt dem Weisen das Seine und dem Alltagsmenschen das Seine. Sie heiligt das Leben des Alltagsmenschen mit den Sakramenten und verleiht seiner Tätigkeit hohe Würde. Verrichte jedes Werk im Namen Gottes und nach dem Willen Gottes, sagt die Kirche durch den heiligen Franz von Sales, *the gentleman saint.* Dem Apostel befiehlt sie, vor allem anderen das Reich Gottes zu suchen. Ihren Asketen gibt sie die Kraft zu bestehen. Jedem, der ihre Gebote befolgt und an ihre Wahrheit glaubt, sichert sie Glück im diesseitigen, Erlösung im jenseitigen Leben. Sie hat die Ehe zum Gottesdienst, das Heim zur Kapelle gemacht. Sie hat den gewöhnlichen Alltagsmenschen zur selben Ehre berufen wie den, den Gott zu einem heiligen Leben auserwählt, und den Menschen die Heiligen als Maß der Vollkommenheit gegeben. Und obwohl die Verdienste des Alltagsmenschen gering sind im Vergleich mit denen des Heiligen, verspricht sie dennoch denselben Lohn. Der Herr gibt dem einen hundert Talente, dem anderen nur zwei. Dem einen wird die Gnade gewährt, das Joch des Asketen auf sich zu nehmen, dem anderen, die Stiefel des Bürgers zu besohlen. Doch beiden ist derselbe Lohn verheißen.

Pater Alban war Steins theologischer Mentor und entschied im Herbst, daß Stein nun gerüstet sei, in den Schoß der Kirche aufgenommen zu werden. Daraufhin wurde er *sub conditione* getauft und war damit Katholik.

Die Woche davor verbrachte er mit Gebeten vor dem allerheiligsten Sakrament und sprach mit niemandem außer seinem Lehrer. Die Zeremonie fand an einem hellen, schönen Sonntagmorgen statt, vor dem Hochamt. Alle Mönche waren anwesend und eine Vielzahl von Gästen, denn es hatte in der Zeitung gestanden, daß an diesem Tag ein »englischer Dichter« in der Klosterkirche seinem Irrglauben abschwören wolle und in die eine, heilige Kirche aufgenommen werden solle. Die Kirche war voll bis auf den letzten Platz.

Vor dem Hochaltar schwor er dem lutherischen Irrglauben ab, in dem er erzogen worden war, und der Bischof löste ihn dann aus dem Kirchenbann, der auf dem Luthertum liegt, und sang über ihm eindrucksvolle Beschwörungsformeln, mit denen der Geist des Teufels aus dem Ketzer getrieben wird. Danach legte Stein die Hand auf die Heilige Schrift und las vor dem Erzbischof laut das lateinische Glaubensbekenntnis der Kirche. Anschließend wurde er mit Wasser übergossen, dann auf Rücken und Brust gesalbt, und das Salz der Weisheit, *sal sapientiae*, wurde ihm auf die Zunge gelegt; doch spuckte er es aus, denn es schmeckte sehr schlecht. Nach Beendigung der Taufe wurde er in Taufgewänder gekleidet und in die Sakristei geführt, wo er vor der heiligen Kommunion beichten sollte. Es war ein Raum mit bespannten Wänden und Fenstern hoch oben unter der Decke, und der Himmel draußen war voller Morgensonne. An einer Wand hing ein schlichtes Kruzifix und darunter saß Pater Alban auf einem niedrigen Stuhl; er stand auf, als der Täufling sich näherte, und umarmte ihn; sein Lächeln war niemals gütiger gewesen.

Als der Mönch sich wieder gesetzt hatte, bat er Stein, auf dem Schemel an seiner Seite niederzuknien, und strich ihm gleichzeitig sanft mit der Hand über den Kopf, als wäre er ein kleines Kind. Hier sollte Stein zum erstenmal von einem Diener der apostolischen Kirche die Absolution für seine Sünden erteilt werden, entsprechend der Machtbefugnis, die Christus den Aposteln mit diesen Worten verliehen hat: Welchen ihr die Sünden erlasset, denen sind sie erlassen. Was ihr auf Erden löset, soll auch im Himmel los sein. Was ihr auf Erden bindet, soll auch im Himmel gebunden sein.

Stein zitterte vom Scheitel bis zur Sohle, als er auf dem Betschemel neben seinem Beichtvater niederkniete und zum erstenmal das *Confiteor* begann. Er hatte sich tags zuvor auf die Beichte vorbereitet und notiert, was ihm die himmelschreiendsten Verbrechen gegen den Willen Gottes zu sein schienen. Und als er zu sprechen anfing, geschah es mit einer Stimme, die er nicht kannte, obwohl sie aus seinem Mund kam. Es war, als ob sein Organ von einem anderen Wesen benutzt würde. Er sprach mit der Stimme eines betrübten Kindes, das lange von unterdrücktem Weinen geschüttelt wurde, und der große Weber von Kaschmir war nur mehr eine ausgebrannte Hülle.

Als Kind hatte er Vater und Mutter verachtet, sich nie nach ihrem Befehl oder Verbot gerichtet, kaum jemals mit seiner Mutter gesprochen, ohne zu lügen, überhaupt allen gegenüber ständig gelogen. Es hatte ihm besonderes Vergnügen bereitet, Tiere zu quälen. Er hatte schlechte Gesellschaft gesucht, sich häßliche Ausdrücke angewöhnt, unzüchtige Reden geführt mit seinen Kameraden und sich daran ergötzt, an all das zu denken, was eine reine Seele mit Abscheu erfüllt, obszöne Postkarten mit sich geführt. Zu Hause und in Gesellschaft Erwachsener hatte er immer den ehrlichen, braven Jungen gespielt. Im Alter von elf Jahren hatte er sich zum ersten Mal betrunken, im Alter von vierzehn Jahren gegen das Gebot der Keuschheit versündigt.

Da ein Verstoß gegen die heilige Keuschheit eine Todsünde ist und genau gebeichtet werden muß, fragte der Beichtvater, wie oft er gefehlt hatte. Darauf konnte das Beichtkind nicht bestimmt antworten, machte aber eine ungefähre Angabe.

Und die Beichte ging weiter. Abgesehen von hysterischen Phantasien, »große Taten für die Menschheit« vollbringen zu wollen, hatte er nie freundlich an einen Menschen gedacht, war er nie jemandem dankbar gewesen. Zwar hatte er den einen oder anderen wegen seiner Genialität, seiner Begabung und seinem Wissen bewundert, aber für gewöhnlich war er bei näherer Bekanntschaft von diesen Menschen enttäuscht worden und hatte sie dann verachtet. Er hatte sich einen Sport daraus gemacht, die Schwächen der Menschheit zu erkennen. Überhaupt hatte er die Menschheit nur als *Staffage zu gewissen Ideen* gesehen. Von den Ansichten anderer hielt er nie etwas, nur das, was ihm selbst in den Kopf kam, war intelligent. Dies waren Verstöße gegen das Gebot der Demut.

Er hatte nie jemandem etwas Gutes getan *secundum intentionem puram,* aus Liebe zu Gott.

Es fielen ihm zwar drei gute Taten ein, die er im Laufe seines Lebens vollbracht hatte, doch sie wogen gering gegenüber seinen Sünden: Einmal kam er mit einer Packung Nestlés Chocolate aus einer Confiserie in der Oxford Street. Gerade als er das erste Stück in den Mund stecken wollte, sah er einen Gassenjungen, der im Dreck nach Zigarettenkippen suchte. Er gab ihm die ganze Packung Schokolade und ging weiter. Ein anderes Mal ging er an einem Sommertag die Hverfisgata in Reykjavik entlang. Vor dem Nationalmuseum sah er einen klapperdürren Droschkengaul auf dem Asphalt stehen. Im Garten vor dem Museum dagegen waren Rasenflächen mit saftigem Grün. Stein hatte nicht lange gezögert, die Mähre am Ziegenbart gefaßt, über die Straße geführt, das Gartentor geöffnet und sie hineingelassen. Dann schloß er das Tor und ging seines Wegs. Einmal war er in einer Trattoria in Rom, nicht weit von der Peterskirche. Am nächsten Tisch saß ein deutscher Pilger, ein alter Bauer, der weder italienisches Geld hatte, noch Italienisch sprach, und trank Bier. *Wieviel?* sagte er, als der Krug leer war. Der Kellner hielt fünf Finger empor, und das bedeutet fünf Lire. Da zog der Bauer einen Fünfmarkschein heraus und wollte ohne zu murren sein Bier bezahlen, Stein sah, daß der Mann arm und demütig war, mischte sich ein und bezahlte selbst das Bier des Pilgers und ließ ihn sein Geld behalten. Das waren alle seine guten Taten. Waren nicht alle guten Taten auf der Welt in etwa so wie diese? Es ist nicht schwer, gute Taten zu vollbringen. Dagegen ist es viel schwieriger, sich zu versagen, böse Taten zu begehen; da erleiden die besten und klügsten Menschen Schiffbruch. Niemand ist berühmter für seine guten Taten als die schlimmsten Verbrecher und Unmenschen, wie zum Beispiel amerikanische Millionäre.

Dagegen hatte er nie eine Gelegenheit versäumt, Gott zu verspotten und das Christentum zu verhöhnen, sondern hatte alles getan, die Stimme Gottes in seiner Brust zum Schweigen zu bringen, hatte eine Lehre um so freudiger unterstützt, je menschenfeindlicher sie war, hatte begeistert zugehört, wie der Teufel in Menschengestalt seine Schriften über die Vernichtung des Menschen und der Menschheit darlegte, und hatte von da an den Drang, unerhörte Verbrechen zu begehen. Schließlich hatte er beschlossen, Hand an sich selbst zu legen, doch die Vorsehung hatte ihn daran gehindert und ihn in einen tiefen Schlaf fallen lassen.

Es war, als ob fauler Eiter aus einem Geschwür gedrückt würde; seine Seele fühlte sich erleichtert, wie der Himmel nach einem Hagelschauer. Er dachte sich keine sinnreichen philosophischen Systeme mehr aus, um seine Sünden zu rechtfertigen, sondern trat in Demut vor Gott und bat um Vergebung. Er bat um Gnade, um Ablaß der gerechten Strafe, die sein Sündenfall auf ihn herabrief. Manche Bekenntnisse wollten ihm so schwer über die Lippen kommen, daß er seine ganze Kraft aufwenden mußte. Aber er wußte, daß nichts seine Seele heilen konnte, bevor die Wunden ganz gesäubert waren, daß er nicht ein neues Leben als neuer Mensch beginnen konnte, ohne Absolution erhalten zu haben, selbst für die heimlichste Sünde. Er wußte, daß ihn nur die Liebe Gottes rechtfertigen konnte, denn wenn er auch von dieser Stunde an einen so starken Glauben bekäme, daß er Berge versetzen könnte oder seinen Reichtum zur Sättigung der Armen hergäbe oder seinen Leib auf dem Scheiterhaufen für die Sache des Gottesreiches opferte, so konnte nichts davon seine Vergehen sühnen. Nichts davon war in den Augen Gottes etwas anderes als seine natürliche Pflicht. Auch wenn er von dieser Stunde an ein heiliges Leben führte, so konnte er die Vergebung seiner Sünden doch nur durch Gottes Gnade erlangen. Gottes Gnade heiligt den sündigen Menschen, wenn er seine Verfehlungen bereut und sich ändert. Halb bestürzt über den Gedanken daran, welches Grauen und welchen Abscheu sein Lebenswandel in der Seele dieses Mannes hervorrufen mußte, der ihn noch vor einem Augenblick mit Liebe und Güte begrüßt hatte, wurde er dadurch ermuntert, daß er vor dem Angesicht Gottes kniete und die Absolution für seine Sünden empfangen durfte von einem der Diener der apostolischen Kirche, denen Christus die Macht gegeben hatte, zu lösen und zu binden.

Als die Beichte beendet war, entstand eine kurze Pause; man hörte nur den Klang der Orgel, der aus der Kirche herüberdrang wie aus weiter Ferne. Er wird entsetzt sein, dachte Stein und beugte sich noch tiefer auf dem Betschemel. Zuletzt glaubte er, daß wenn Pater Alban seinen Mund öffnen würde, dann nur, um ihm zu verkünden, daß ein gerechter Gott solche Sünden nie vergeben könnte. Und Stein hätte das nicht verwundert. Der große Weber von Kaschmir lag hier auf den Knien, vornübergebeugt, das Gesicht in seinen Händen vergraben, und fürchtete, daß selbst die Allmacht Gottes solche Verbrechen nicht auslöschen konnte.

Doch da begann Pater Alban zu sprechen.

Nein, es war beileibe nicht die gnadenlose Stimme des Anklägers. Es war eine Stimme, die *con brio* sprach, gütig, hell und rein, voller Liebe. Nicht die Andeutung eines Vorwurfs, keine Verwunderung über den Umfang seiner Verfehlungen, nicht einmal ein Seufzen über seine Schlechtigkeit.

Wir danken Gott dafür, daß er uns die Gnade erwiesen hat, uns in den Schoß seiner heiligen Kirche aufzunehmen. In dem Augenblick, in dem ich Ihnen die Absolution für Ihre Sünden erteile, stehen Sie wie ein reiner Geist vor Gott, wie ein neugeborenes Kind, wie die Engel selbst. Heute sind Ihre Gebete stark wie die Gebete der Engel, wie die Gebete der Heiligen. Die menschliche Vernunft kann den Überfluß der Gnade, die Sie in dieser Stunde überschattet, nur zu einem geringen Teil begreifen. Behüten Sie Ihre Taufgnade! Beten Sie für alle, denen Sie Gutes tun wollen. Beten Sie für uns unwürdige Diener des Herrn, daß wir die Kraft erlangen, treu im heiligen Dienst zu stehen. Beten Sie für die Kirche Gottes auf Erden, für den Stellvertreter Jesu Christi, den Heiligen Vater in Rom. Und beten Sie für die Seelen im Fegefeuer. Weihen Sie von jetzt an Ihr ganzes Dasein in der Demut einer reinen Seele Gott, all Ihre Kräfte, Ihr ganzes Leben und jeden

Schritt in Ihrem Leben, ohne Ausnahme. Nun erteile ich Ihnen die apostolische Absolution.

Als er die lateinische Absolutionsformel gesprochen hatte, erhob sich der Beichtvater, richtete Stein aus dem Betschemel auf, nahm seine beiden Hände, küßte sie und sagte:

Beten Sie für mich armen und unwürdigen Diener des Herrn!

73

Der hochehrwürdige *père abbé* hatte Stein eingeladen, sich bei den Mönchen aufzuhalten, solange er wollte, und er nahm die Einladung dankbar an, denn er wußte, daß er sich nirgends besser in den Geist des Katholizismus einleben könnte. Bei den Ordensbrüdern war er zum ersten Mal in seinem Leben unter Freunden, schon der Gedanke daran, daß er eines Tages von Pater Alban Abschied würde nehmen müssen, brachte ihn beinahe zum Weinen.

Seine Arbeitslust war wieder erwacht; er vertiefte sich eifrig in das Studium von Katholizismus, Kirchengeschichte, Hagiographie, Philosophie, Theologie. Am meisten beschäftigte er sich jedoch mit der Asketik, mit allem, was das Gebet und die innere Verbindung mit Gott betraf. Er verwendete große Sorgfalt auf seine Gebete, nahm an den Stundengebeten teil, ging sogar oft zu den nächtlichen, den *tenebrae,* die lange vor dem ersten Morgengrauen begannen. Zuerst hatte er sich zur Regel gemacht, täglich eine Stunde lang zu beten. Bald darauf verspürte er das Bedürfnis, die Zeit für sein Gebet auf das Doppelte zu verlängern. Schließlich schien es ihm, als ob der ganze Tag einschließlich der Nacht nicht ausreichte; so viel hatte seine Seele ihrem Schöpfer zu sagen. Einmal meditierte er nach dem jesuitischen System der Konzentration, ein andermal nach den einfachen Regeln des Rosenkranzes. Er versuchte, seine Frömmigkeit mit der liturgischen Lebensform der Benediktiner in Einklang zu bringen, fand aber, daß die höchste Form des Gebets die war, nach Art der Kartäuser wie ein kleines Kind vor Gott zu treten. Das innigste Gebet ist nicht das in Worte gefaßte, sondern das Weinen des Kindes. Er machte sich daran, die *Imitatio Christi,* seiner Ansicht nach die kostbarste Perle von allem, was auf der Welt geschrieben worden war, in seine Muttersprache zu übersetzen, lernte bei einem der Patres Hebräisch und versuchte, die Psalmen Davids in metrischer Form zu übertragen.

Mit jedem Tag, der verging, wurde sein Geist ausgeglichener; weniges ist besser dazu geeignet, einen unruhigen Geist zu beruhigen, als die benediktinische Güte, *la douceur bénédictine.* Er schlief nachts normal; seine grundlose Angst war verschwunden; sein Denken wurde beherrschter und konsequenter als früher. Er dachte an die lange und freudlose Zeit voller Prüfungen und schlafloser Nächte, als er sich in der Villa Warren Hastings in Hounslow bei London aufgehalten hatte; ihn schauderte bei der Erinnerung daran, wie einen Menschen, der lebendig begraben wurde. Er erinnerte sich an Zimmer, die ein einziges Chaos gewesen waren, ein Hurenhaus in Seenot, ein Durcheinander von Büchern und Zeitungen auf dem Fußboden und auf den Möbeln, und dazwischen schwammen unzählige Hefte, vollgeschrieben mit Englischübungen, die von Mr. Carrington mit Rotstift verbessert worden waren, und endlose Entwürfe zu Gedichten, die der Verfasser nach langen Kämpfen mit dem Stoff kassiert hatte. Überall Staub und Schmutz, denn hier war es streng verboten, sauberzumachen; alles von Tabakrauch gebeizt. Sein Zimmer im Kloster war eine Behausung anderer Art, sauber und einfach, nur ein paar wenige Bücher auf einem Regal über dem Schreibtisch, alles ordentlich, kein Zierat, kein Luxus, kein Komfort. Stein gewöhnte sich an den mönchischen Brauch, nichts um sich zu haben, das nicht unentbehrlich war. Zwei große Fenster gingen auf den Klostergarten hinaus und standen meist offen, und die reine Luft strömte herein, vermischt mit dem Geruch von modernden Pflanzen und regennasser Erde. Als es Winter wurde, warfen die Bäume ihr Laub ab, und die nackten Zweige hoben sich vom Himmel ab wie ein auf graue Leinwand gemaltes Bild eines menschlichen Gehirns, und der Mond stand über dem Waldrand wie ein Kupferkessel auf einem Regal.

Je normaler sein Zustand, je gesünder sein Seelenleben wurde, desto stärker machten sich die Forderungen des Trieblebens bemerkbar, die *la fureur intellectuelle* während der vergangenen Jahre zurückgedrängt hatte. Womöglich war die intellektuelle Raserei nur ein Ventil für seinen unbefriedigten Geschlechtstrieb gewesen? Wenn der Mensch nicht wie ein Tier leidet, leidet er wie ein Gott. Er vermied es, seine Situation vor der Bekehrung zu analysieren, alte Wunden aufzureißen. Aber häufige Versuchungen waren eine Tatsache, der er ins Auge sehen mußte. Wenn solche Bilder tagsüber in seinem Bewußtsein aufstiegen, bezwang er sie, indem er die Finger in das Weihwasserbecken neben seiner Tür tauchte, sich bekreuzigte oder ein kurzes Mariengebet las. Doch sonntags, wenn viele Leute beim Hochamt waren, durchfuhr ihn eine fiebrige Hitze, wenn er hörte, wie das Seufzen einer jungen Frau die Stille während des Offertoriums durchbrach. Die ganze Kirche war von Frauengeruch erfüllt. Seine Empfindlichkeit selbst für die schwächste Welle der Ausstrahlung eines Frauenkörpers wurde ihm zur unglaublichen Plage. Aber er schlug sich tapfer und pflichtbewußt. Während der Messe gab er nie seinem Verlangen nach, sich nach den Frauen in der Kirche umzudrehen, damit er nicht zur Salzsäule erstarrte. Und wenn er einen Spaziergang auf der Landstraße machte und ihm zufällig ein Mädchen begegnete, vermied er es, sie anzusehen; dasselbe galt, wenn er durch ein Dorf ging und die Frauenzimmer aus Türen oder Fenstern den Ausländer anstarrten. Jedoch kostete es ihn unglaubliche Anstrengungen, sich so zu überwinden. In einem Haus an der Straße saß ein schönes Mädchen am Fenster und nähte. Jedesmal, wenn sie ihn von weitem auf der Straße sah, hörte sie auf zu nähen und tat alles, um seine Aufmerksamkeit zu erregen. Er spürte, wie das Begehren aus ihren Augen sein Blut in Wallung brachte, aber er sah ihr nie in die Augen. Er träumte nachts von ihr.

Unzüchtige Träume wurden zu seinen ernstesten Leiden. Nackte, lüsterne Frauen umringten ihn. Er schreckte aus dem Schlaf, genauso wie er früher mitten in der Nacht beim Gedanken an den Tod aufgeschreckt war. Er sprang aus dem Bett, machte Licht, kniete auf den Betschemel und betete lange unter dem Kruzifix.

Er vertraute all dies seinem Beichtvater an und erfuhr, daß das, was ihm zu schaffen machte, nichts Einzigartiges war. Die

Heiligen hatten alle denselben Kampf ausgefochten *propter regnum coelorum.* An die Versuchung des heiligen Benedikt erinnert man sich noch lange; gleiches gilt für die Versuchung des heiligen Franz. Und wie hatten die Heiligen gesiegt? Alle auf dieselbe Weise: Demütigung, mein Herr, Askese, Gebet, ständiges Gebet, endloses Gebet das ganze Leben lang. Gott hat die schwersten Versuchungen seinen Heiligen zugedacht, selbst Christus wurde mit allen denkbaren Kniffen in Versuchung gebracht, sogar noch nach vierzigtägigem Fasten. Er wurde auf einen hohen Berg geführt und bekam große Dinge angeboten. Nie den Mut verlieren, mein Freund, vor allem nicht, wenn wir fühlen, daß wir nichts ausrichten können. In der Schwäche zeigt sich meine ganze Stärke, sagt der Apostel. Wir sollen nie auf uns selbst vertrauen, sondern stets und in allem nur auf Gott; er siegt in unserer Schwäche; unser Schicksal liegt in seiner Hand. Er soll uns alles sein! Wir wollen unsere Gebete zu ihm aufsteigen lassen, und er wird seine Gnade über uns ausgießen.

74

Stein Ellidi hatte jetzt einen Entschluß über seine Zukunft gefaßt. Er hatte einen ganzen Winter lang nachgedacht und war zu der Überzeugung gelangt, daß seine Begeisterung für das Klosterleben nicht nur Phantasterei war: Alles außer dem Leben des Asketen war Eitelkeit und Tand. Dennoch riet sein Beichtvater ihm, sich die Sache sorgfältig zu überlegen, nicht dem Ruf zu folgen, bevor er sicher war, daß es die Stimme Gottes war, die rief.

Im übrigen sprachen sie über den Plan, als ob es beschlossene Sache wäre, und überlegten, wo er am besten in den Orden eintreten könnte. Stein hätte seine Ausbildung am liebsten unter der Führung Pater Albans begonnen, doch der Pater empfahl ganz besonders Solesmes und sagte, es sei nicht sicher, daß er seine Arbeit als Ausbilder der Novizen fortsetzen werde.

Doch als es Frühling wurde, begann Stein, an Island zu denken. Er dachte an die blauen Sunde bei Reykjavik und an die

Berge, die über diese Sunde wachen. In der Erinnerung sah er diese Landschaft mit derselben Herrlichkeit vor sich wie als Kind, und er träumte vom Hochland wie ein Jüngling, der vom Busen seiner Geliebten träumt, die Erinnerung an längst verklungene Lieder ließ ihn nicht schlafen. Das Hochgebirge, dachte er, die Stille des Hochgebirges, die Gletscher, das Licht der Gletscher; denn er liebte die göttliche Unberührtheit der öden Hochflächen seiner Heimat, den tiefen, weiten Himmel, der sich über diese majestätische Landschaft spannt. Gott im Himmel ist dort irgendwie anders als hier; der Gott unseres Landes.

Das Land der Kindheit übt einen starken Reiz aus. Er sehnte sich danach, noch einmal die Erde unter sich zu spüren, aus der er erwachsen war, das Land, das seit tausend Jahren sein Geschlecht ernährte. Im Juli werden die Nächte wieder dämmrig; der Gesang des Schwans tönt von den Bergseen, und aus den heißen Quellen steigen träge, weiße Nebel. Es war, als ob er in der Stille der Hochsommernacht schwebte und sang – und die Muttergottes stand im Hain.

Er wurde schwermütig vor Heimweh, wie ein Isländer aus der Sagazeit. Und obschon er fromm war, konnte er nicht umhin, an ein junges Mädchen zu denken, von dem er sich vor fast fünf Jahren droben bei den Bergen verabschiedet hatte. Sie mußte jetzt glücklich sein, auch wenn sie damals geweint hatte. Nein, er wollte nicht einmal ihre Hand berühren, sie nur von ferne ansehen. Ich bitte Gott, dich zu beschützen, würde er zu ihr sagen; dann würde er fortgehen und nie mehr wiederkommen. Er bat Gott, ihm zu vergeben, falls all das Sünde sein sollte.

Pater Alban, sagte er. Ist es verwerflich, daß ich mich danach sehne, mein Land noch ein letztes Mal zu sehen? Wenn es Ihrer Ansicht nach schädlicher Egoismus ist, dann fahre ich nicht. Aber Sie glauben nicht, wie sehr ich mich danach sehne, diesen letzten Sommer daheim zu verbringen. Ich habe noch nie daheim in Island zu Gott gebetet.

Pater Alban war weit davon entfernt, das als verwerflich anzusehen.

Es ist sogar nichts wahrscheinlicher, als daß Ihre Reise nach Island sich mit den Pilgerfahrten anderer ins Heilige Land messen kann, sagte er und fing sogleich an, ihm verschiedene gute Ratschläge für die Reise zu geben, Ratschläge, wie er sein Glaubensleben schützen und sein Gebet lebendig erhalten konnte, und schärfte ihm dreierlei ein: Nie den Glauben anderer Menschen anzugreifen, nie über den eigenen Glauben zu diskutieren und keinem von seinen Zukunftsplänen zu erzählen.

Einige Tage vor seiner Abreise empfing Stein eine ganz niedere Weihe und wurde ein benediktinischer *oblatus secularis.* Er empfing diese Weihe aus der Hand Pater Albans, sie fand vor dem Benediktsaltar in einer der Seitenkapellen statt; nur drei Mönche waren zugegen und assistierten bei der Zeremonie. Stein mußte weder einen Eid noch ein Ordensgelübde oder irgendwelche sonstigen Versprechen von klösterlicher Bedeutung ablegen, er verpflichtete sich nur dazu, im Geist des katholischen Glaubens zu leben. Am Schluß zog Pater Alban ihm ein kleines Skapulier über den Kopf, das sollte er Tag und Nacht auf dem bloßen Körper tragen.

Danach kniete Stein vor dem Altar nieder und verrichtete sein Gebet. Die Mönche taten dasselbe, und nun herrschte lange Zeit Stille. Er verbarg das Gesicht in seinen Händen und wiederholte immer wieder: Gott, ich opfere dir meinen Leib und meine Seele; Gott, ich opfere dir meinen Leib und meine Seele!

Für ihn hatte diese niedere Weihe die Bedeutung, daß sie ihn durch unzerreißbare Bande mit dem Übernatürlichen verband. Er sah sich als mit der fundamentalen Idee der Kirche verheiratet. Und würde er irgend etwas ihr vorziehen, so wäre das Ehebruch, Unzucht. *Credo in unam sanctam catholicam et apostolicam ecclesiam.* Er rief alle Heiligen um ihre Fürbitte an.

Als er schließlich aufsah, kniete Pater Alban noch neben ihm, doch die anderen Mönche waren gegangen.

Siebentes Buch

75

Ein Schiff kam in die Leiruvogar.

Das Schiff von Kopenhagen gleitet in einer hellen Nacht während der Hundstage über die Faxabucht hinein und passiert gegen sechs Uhr morgens den Grotta-Leuchtturm. Nur wenige sind auf den Beinen, um die Herrlichkeit des Sommermorgens zu begrüßen, obwohl das Schiff schon eine halbe Stunde später im Hafen sein wird. Gestern abend fand ein großes Trinkgelage statt, und die Leute gingen erst dann betrunken zu Bett, als die Sonne der Julinacht die Berge um die Bucht rot erglühen ließ. Jetzt liegen die Leute und träumen süß, bis die Stewards Anweisung bekommen, mit der Nachricht, das Schiff sei im Hafen, zu wecken.

Ein ausländisches Ehepaar in Sportkleidung lehnt sich backbords an die Reling und schaut hingerissen zur Halbinsel Kjalarnes hinüber. Vielleicht haben sie jahrelang davon geträumt, diese Reise zu machen, zu der Insel im Norden, wo die Saga ihre Heimat hat und die Sprache der heidnischen Götter niedergeschrieben wurde. Sie halten sich an der Hand, begeistert und andächtig wie orientalische Pilger, die in der Ferne die Tempeltürme von Benares erblicken.

An der Stirnwand des Rauchsalons sitzen zwei Geschäftsleute auf einem Sofa, rauchen ihre Morgenpfeife und genießen die Freude, die es zwei älteren Mitbürgern bereitet, so zu tun, als interessierten sie sich für die Familienverhältnisse des anderen. Der eine ist aus Kopenhagen, der andere aus Oslo; der eine spricht mit tiefer, der andere mit hoher Stimme. Sie haben nicht an dem Trinkgelage letzte Nacht teilgenommen. Die bürgerliche Tugend der Sparsamkeit, die bis auf den heutigen Tag kein echter Isländer verstanden hat, ist beider Ideal. Sie geraten über die Schönheit des Landes nicht außer sich, denn sie haben auf ihren Geschäftsreisen schon Hunderte von

Malen den Atlantik überquert, und die Insel der Sagas ist in ihren Augen nichts als ein ganz gewöhnlicher Ort, an dem Heringe gesalzen werden.

Doch in dem Augenblick taucht noch ein Frühaufsteher auf, ein hochgewachsener, gutaussehender junger Mann, mit sicherem Schritt. Er geht gemächlich das Deck entlang, die Hände in den Jackentaschen, und blickt zum Land hinüber, lehnt sich schließlich steuerbords über die Reling, schaut zuerst über Reykjavik hin, das mit seinen bunten Häusern wie schlechter Kubismus aussieht, läßt dann den Blick über die Berge wandern, von einem Gipfel zum andern. Ein kalter und frischer Wind weht ihm entgegen, die Berge öffnen ihre grünen und blauen Täler. Der Frieden des Sommermorgens ruht über dem Land, wo das Herz des Volkes seit tausend Jahren schlägt, und hier wachen noch immer die stolzen Berge über die Sunde, dieselben, die auch früher dort wachten. Sie heißen den Isländer, der nach langem Aufenthalt im Ausland zurückkehrt, willkommen, genauso wie früher. Und er grüßt das Land, das die Spuren seines Kinderfußes trägt, schweigend und gerührt, wie der heidnische Wikinger, der vor tausend Jahren mit seinem Schiff in die Leiruvogar kam, nach vielen gefahrvollen Reisen über fremde Meere und Beutefahrten in ferne Länder. Viele Male erlitt er Schiffbruch, kämpfte gegen eine Übermacht, saß in Kerkern, trug Königen kunstvolle Preislieder vor, um seinen Kopf zu retten. Jetzt wird er wieder an die Küste des Landes seiner Kindheit getragen.

76

Früh am Morgen geht die Türklingel im Haus von Direktor Örnolf. Wer kann auf den Gedanken verfallen, so früh am Tag an der Haustür zu klingeln? Die Köchin läuft bestürzt ins Obergeschoß, um das Stubenmädchen zu rufen; das Stubenmädchen wirft einen Blick in den Spiegel, läuft dann hinunter und öffnet erst, als die Türklingel noch ein paarmal geläutet hat.

Guten Tag. Ist Frau Valgerd zu Hause? Der Fremde spricht mit deutlich hörbarem, ausländischem Akzent.

Frau Valgerd ist leider nicht zu sprechen. Die gnädige Frau ist noch nicht aufgestanden.

Der Gast blickt etwas überrascht auf seine Uhr, als hätte er keine Ahnung davon, daß man in dieser Stadt nicht vor Mittag aufzustehen pflegt.

Ist Örnolf zu Hause? fragt er hierauf.

Örn ... – der Herr Direktor? Nein, der Herr Direktor ist leider nicht zu Hause. Der Herr Direktor ist in Spanien. Der Herr Direktor reiste vorige Woche. Der Herr Direktor kommt frühestens Mitte August zurück.

Das ist vielleicht ein Direktor, denkt der Fremde und sieht immer noch auf seine Uhr.

Ist das Fräulein da?

Wie bitte?

Wohnt hier nicht ein Mädchen namens Dilja?

Jetzt war Stina vollends davon überzeugt, daß der Fremde von Sinnen sei, fragte aber trotzdem:

Meinen Sie vielleicht die Frau Direktor?

Die Frau Direktor? Wer ist das? fragte er. Ist Dilja Thorsteinsdottir nicht da?

Wenn Sie die Frau Direktor meinen, dann ist sie noch nicht aufgestanden. Das heißt, die Frau Direktor schläft noch. Wer sind Sie, wenn ich fragen darf?

Er gab darauf keine Antwort, sondern starrte völlig entgeistert durch das Mädchen hindurch.

Gehen Sie hinein, befahl er schließlich, und sagen Sie, daß ich hier in der Diele warte.

Wen soll ich melden? fragte das Mädchen.

Kümmern Sie sich nicht darum! sagte er und ging an dem Mädchen vorbei in die Diele, zog den Reisemantel aus, nahm den Hut ab, warf beides von sich und nahm auf dem nächsten Stuhl Platz.

Das Mädchen zögerte einen Augenblick, verschwand dann. Ein getigerter Kater kam aus dem anstoßenden Zimmer, höflich und einschmeichelnd wie ein *valet de chambre,* begrüßte den Gast, indem er sich an seinem Bein rieb, und ging dann weiter durch die Diele zur offenen Haustür, um nach Vögeln Ausschau zu halten. Danach gab es eine Viertelstunde lang kein Lebenszeichen im Haus.

Schließlich erschien die alte Dame auf der Treppe, in einem einfachen Morgenkleid, das Haar lose aufgesteckt, vornehm und streng, ganz wie früher, ziemlich korpulent und schweren Schrittes. Doch als der Fremde aufsteht, um ihr entgegenzugehen, bleibt sie stehen und traut ihren eigenen Augen nicht.

Stein Ellidi! Bist du es wirklich, Kind!

Guten Tag, Großmutter, sagt er und küßt die alte Dame. Ja, ich bin es.

Sie mustert ihn noch einmal von Kopf bis Fuß, unwillkürlich bekommt sie Tränen in die Augen. Sie küßt ihn auf die Wange. Denn er ist trotz allem ihr Enkel, und sie hat ihn als Säugling in den Schlaf gewiegt.

Willkommen, mein Lieber, sagt sie. Wie du dich verändert hast und wie elend du aussiehst. Ich habe oft Mitleid mit dir gehabt, du Armer, weil du nicht das Glück hattest, ein richtiges Elternhaus zu haben. Du hast es wohl nicht immer besonders gut gehabt.

Doch die alte Dame war im Grunde keine empfindsame Seele und lenkte das Gespräch schnell in eine unverfänglichere Richtung:

Warum hast du denn nicht daran gedacht, uns ein Telegramm zu schicken, Kind, dann hätten wir dich abholen können? Wie konnte dir nur einfallen, uns alle so zu überraschen?

Ich schicke nie Telegramme, sagte er. Das hätte auch nichts geändert. Gibt es etwas Neues?

Oh, danke der Nachfrage, in letzter Zeit ist nichts Besonderes passiert. Aber wie ist es dir ergangen? Wir hatten manchmal Angst, was aus dir geworden sei, aber jetzt bist du ja berühmt, nicht wahr? Hier wurde in den Zeitungen über dich geschrieben. Und irgendwann tauchten deine Gedichte hier auf, von denen es heißt, sie seien ganz ausgezeichnet. Ich habe sie zwar nicht verstanden, mein Junge, aber das spielt keine Rolle. Wie geht es deinem Vater?

Ich weiß nicht. Ich habe ihn seit Jahren nicht gesehen.

Schreibt ihr euch nicht?

Ich schreibe nie jemandem.

Hattest du auch keine Verbindung mit deiner Mutter während der letzten Jahre ihres Lebens?

So gut wie keine.

Nun ja, mein Junge. Wir wollen nicht darüber sprechen. Sie hat ihren Frieden gefunden.

Alles ist in Gottes Hand.

Das ist schön gesagt, mein Junge, antwortete die alte Dame, lud ihn ein, Platz zu nehmen und setzte sich selbst ihm gegenüber.

Aber höre, mein Lieber, hast du schon gefrühstückt?

Ich habe im Hotel Kaffee getrunken.

Hotel? Was sagst du, Kind? Du bist doch hoffentlich nicht in ein Hotel gegangen? Warum in aller Welt bist du nicht direkt vom Schiff hierhergekommen? Wir hätten sofort ein Zimmer für dich hergerichtet.

Daran zweifle ich nicht. Aber ich wohne im Hotel Island. Macht meinetwegen keine Umstände. Ich will hinauf ins Gebirge.

Du bist immer noch derselbe. Du denkst nicht viel daran, was die Leute sagen.

Leute? Was für Leute?

Bist du denn nicht für immer nach Hause gekommen?

Nein.

Ich lasse nicht zu, daß du in der Stadt wohnst, Stein. Hörst du?

Das Mädchen sagte mir, Örnolf sei verheiratet.

Was denn, Kind? Wußtest du das nicht?

Wie sollte ich das wissen? Leute heiraten, ohne mich zu fragen.

Sie haben im April vor zwei Jahren geheiratet.

Gefällt es ihnen?

Wie fragst du, Kind?

Geht es ihnen gut?

Danke, den Umständen entsprechend geht es ihnen recht passabel, Gott sei Dank.

Den Umständen entsprechend – wie das? Sind sie arm?

Die Armut ist ein Segen und kein Unglück, Stein. Aber die arme Dilja hatte großen Kummer.

Dilja hatte Kummer? Das ist bedauerlich. Und Örnolf ist nach Spanien gefahren?

Ihr kleiner Sohn starb letzten Winter im Februar.

Ihr Sohn? Was für ein Unglück!

Ein ganz besonders hübscher Junge, und er gedieh so gut. Er hieß Ulf. Er wurde plötzlich krank und starb, zehn Monate alt. Ja, das waren traurige Tage für die arme Dilja.

Bisher hatte Stein dem, was seine Großmutter sagte, zugehört wie einer gewöhnlichen Zeitungsmeldung. Doch die Nachricht, daß Dilja nicht nur Mutter geworden war, sondern ihr Kind auch zu Grabe hatte tragen müssen, brachte ihn aus der Fassung, und er fragte:

Wie hat sie das verkraftet?

Ja, was soll ich sagen. Du kannst sicher verstehen, daß es ein unbeschreiblicher Verlust ist für eine junge Mutter, wenn ihr Kind stirbt.

Doch in dieser Familie war es nicht üblich, von menschlichen Gefühlen viel Aufhebens zu machen, und er fragte:

Kann sie nicht jederzeit ein anderes bekommen?

Seine Großmutter sah ihn vollkommen ruhig an.

Es ist kein Trost für eine trauernde Mutter, ihr zu sagen, sie könne ein anderes Kind bekommen, antwortete sie. Eine Mutter weiß, daß sie ein anderes, ja, vielleicht noch fünf, sechs bekommen kann, doch das gleiche Kind kann sie nie wieder bekommen.

Er schwieg eine Weile und überlegte, ob das, was seine Großmutter sagte, dummes Zeug war oder ob darin eine teuer erkaufte Lebenserfahrung verborgen lag.

Hat sie geweint? fragte er schließlich.

Ich meine, du bräuchtest das nicht zu fragen, sagte die alte Dame und fügte unaufgefordert hinzu: Der kleine Körper wurde im Zimmer hinter der Tür dort links aufgebahrt, und sie zeigte auf die Tür, durch welche die Katze herausgekommen war. Danach habe ich einen ganzen Monat lang im Zimmer der armen Dilja geschlafen und versucht, ihr zu helfen, so gut ich konnte. Zuerst war es seltsam, sie schien nicht begreifen zu können, daß der kleine Ulf tot war. Es war, als ob sie böse auf uns sei, weil wir ihr das einzureden versuchten. Immer wieder mußte ich sie mitten in der Nacht von hier unten heraufholen. Wenn sie glaubte, ich sei eingeschlafen, schlich sie aus dem Bett. Und ich fand sie, wie sie mit dem starren Leichnam im Schoß dasaß und sich vor- und zurückwiegte.

Es war, als glaubte sie, er sei immer noch am Leben. Es war schrecklich, Stein. Aber es ist vorbei, und die Wunden der Trauer verheilen wie andere Wunden.

Es schien, als würde das ganze Wesen der alten Frau durch diese Erzählung sanfter gestimmt. Ihr Enkel stellte keine weiteren Fragen.

Warte nur einen Augenblick, mein Lieber. Ich will Dilja wecken und ihr sagen, daß wir einen Gast haben. Ich hoffe, du frühstückst mit uns und berichtest Neuigkeiten.

77

Sie begrüßten einander wie Cousin und Cousine, die in verschiedenen Ländern aufgewachsen sind und sich nun zum ersten Mal sehen. Im letzten Augenblick entdeckten sie, daß ihre Verwandtschaft nur ein Mißverständnis war, das auf einem Fehler im Stammbaum der Familie beruhte. Sie waren nur zwei Fremde. Das Lächeln auf ihren Gesichtern war totgeboren. Seine Rückkehr schien sie nicht mehr zu überraschen, als wenn er erst vorgestern zu einem kurzen Besuch aufs Land gefahren wäre. Dennoch hieß sie ihn in der Heimat willkommen. Sie trug ein hellrotes, ärmelloses Kleid, das eng an Brust und Hüften anlag, ihr Haar war *à la garçonne* geschnitten. Ihre Augen hatten einen gefährlichen Glanz. Keine Spur von der Lebensfreude einer glücklichen Frau lag in ihrem Wesen. Im Gesicht sah sie älter aus, als sie war.

Sie hörte zu, wie ihre Schwiegermutter von seiner überraschenden Ankunft in aller Herrgottsfrühe berichtete und wie unpassend es sei, daß er ins Hotel gezogen war; das sei völlig unmöglich; er müsse sofort sein Gepäck hierherbringen lassen. Weiterhin, daß er ins Gebirge wolle, und das könne überhaupt nicht besser passen, denn sie würden gleich nach dem Wochenende zu ihrem alljährlichen Sommeraufenthalt in Haus Ylfing aufbrechen. Er könne zunächst einmal mit ihnen fahren. Dilja blickte auf ihre Schwiegermutter, dann blitzschnell auf ihn.

Wir müssen heute oder morgen abend hier eine kleine Gesellschaft geben, Dilja, fuhr die alte Dame fort, und ein paar von diesen guten Künstlern und Schriftstellern einladen und andere, die Stein gerne treffen möchte.

Nein, Großmutter, unterbrach er sie. Um alles in der Welt, erspare mir so etwas. Ich kann Gesellschaften nicht ausstehen. Ich habe schon längst aufgehört, mich unter Menschen wohlzufühlen. Ich wüßte nicht, daß ich mit irgend jemandem etwas zu bereden hätte.

Nichts zu bereden! Es gab eine Zeit, als du dir nicht zu gut warst, mit den Leuten zu sprechen! Weißt du nicht, daß hier verkündet worden ist, du seist in England ein berühmter Dichter? Es würde der Familie übel angekreidet, wenn wir so täten, als ob wir das nicht wüßten.

Berühmt! – ich? Daß ich nicht lache! Dichter! – ich? *Vanitas vanitatum!* Sie hätten genausogut schreiben können, daß ich Magenkatarrh habe. Ich habe auch keine Gedichte veröffentlicht. Das stimmt nicht! Man hat sie mir gestohlen. Ich habe keine Lust, irgend jemanden zu treffen. Ich will ins Gebirge hinauf.

Was soll denn das bedeuten, Kind? Ich dachte, du wärst mehr als überglücklich darüber, eine Gedichtsammlung in der verbreitetsten Kultursprache der Welt veröffentlicht zu haben.

Hör auf, Großmutter, es ärgert mich, das zu hören. Kultursprache! Blödsinn! Was ist eine Kultursprache? Vielleicht Aramäisch, die Muttersprache Jesu Christi. Englisch ist eine Seeräubersprache. Wo waren die Engländer, als die Evangelien geschrieben wurden? Was waren sie, als Laotse das Tao schrieb oder die indischen Weisen die Weden? Nein, Großmutter, lade niemanden ein.

Du hast schon immer zu Übertreibungen geneigt, mein Junge, sagte die alte Dame. Die Frau Direktor sah ihn an, ohne aufzuschauen.

Ihre Augen blickten gleichzeitig nach außen und nach innen. Sie betrachtete ihn wie eine Vision in einem Wachtraum, während sie seine Stimme mit ihren Kindheitserinnerungen verglich.

Frau Valgerd schenkte Kaffee ein und bot Kuchen an. Sie saßen in der sonnigen Halle, die Tür stand offen und bildete einen Rahmen um den Keilir und die anderen Berge am südlichen Horizont. Stein konnte es kaum glauben, daß er in sein

Heimatland zurückgekehrt war, so kalt waren die Berge, vor denen er in seinen Träumen gekniet war.

Wo kommst du jetzt her, Stein Ellidi? fragte die Frau Direktor höflich.

Ich komme aus Belgien.

Aha. Wie hat es dir dort gefallen?

Gut.

Dort wird französisch gesprochen?

Ja, dort wird französisch gesprochen; und flämisch; und noch ein paar andere Dialekte.

Flämisch hat Ähnlichkeit mit dem Holländischen?

Sie unterscheiden sich kaum voneinander.

Als mein Mann Kreisrichter im Ostland war, kam es oft vor, daß diese Flandrischen, wie man sie nannte, nicht weit von uns strandeten, sagte die alte Dame. Wir haben manchmal ganze Schiffsbesatzungen von ihnen aufgenommen. Es waren alles höfliche und dankbare Menschen.

Viel mehr ließ sich über das Flämische oder die Flandrischen nicht sagen, und deshalb entstand eine Pause.

Du bist wohl nicht sehr lange in Italien geblieben, begann die Frau Direktor wieder genauso höflich wie zuvor.

Ich war zum letzten Mal im vergangenen Jahr dort, kurz nachdem meine Mutter starb.

Man konnte nicht erwarten, daß sie das beinahe afrikanische Klima dort unten vertragen würde, oder ist sie nicht in Sizilien gestorben? fragte die alte Dame vorsichtig.

Doch.

Hat sie ein würdiges Grab bekommen? fragte sie daraufhin leise und taktvoll.

Ich verstehe nichts von Gräbern, antwortete er grob. Wieder entstand eine Pause im Gespräch.

Es muß schrecklich heiß sein dort unten in Sizilien, sagte die Frau Direktor, sie hielt sich an die Geographie.

Der Winter dort ähnelt dem Sommer hier.

Sind die Menschen dort im Süden nicht Halbwilde?

Die Menschen sind wie woanders auch.

Du meinst also, daß die Menschen überall gleich sind?

Er schaute rasch auf, wie er es auch früher zu tun pflegte, und antwortete scharf:

Du erinnerst mich an meine Mutter.

Beide Frauen spürten die Taktlosigkeit dieser Bemerkung und wußten nicht, was sie sagen sollten. Wieder hatte er das Gespräch durch eine unwirsche Antwort abgewürgt, und wieder entstand eine Pause. Schließlich sagte Frau Valgerd, halb versöhnlich, halb verletzt:

Ich kenne dich kaum wieder, Stein, so hast du dich verändert.

Da verlor die Frau Direktor einen Augenblick lang die Beherrschung, und sie sagte, ohne sich Zeit zum Abwägen ihrer Worte zu nehmen:

Ja, er hat sich unglaublich verändert – vollständig!

Ein kalter Schauer lief ihr über den Rücken, als sie diese Worte sagte, und sie wurde blaß.

Einmal hieß es, du seist Kommunist geworden, sagte Frau Valgerd. Ich hoffe bei Gott, daß das ein Mißverständnis gewesen ist.

Ich bin katholisch, sagte er.

Katholisch!? Katholisch!? Schwiegertochter und Schwiegermutter wiederholten das Wort in einstimmiger Verwunderung.

Ich bin *sub conditione* getauft worden.

Frau Valgerd konnte sich eines leisen Lachens über diese Narrheit nicht enthalten.

Nun ja, es gibt Schlimmeres, schlußfolgerte sie. Der Katholizismus ist ja bloß eine unschuldige Religionsgemeinschaft, aber nein, so etwas!

Du glaubst doch nicht etwa an Heilige? fragte die Frau Direktor.

Weshalb nicht?

Du mußt doch wissen, daß sie nichts anderes als Menschen sind.

Er sah sie wieder scharf an und fragte: Glaubst du nicht an Örnolf?

Das Blut stieg ihr in die Wangen und um ihre Mundwinkel lief ein leichtes Zittern. Sie mußte trotz allem sehr sensibel sein. Doch als ihre Schwiegermutter sah, daß sie um eine Antwort verlegen war, kam sie ihr zu Hilfe und antwortete:

Es ist ganz etwas anderes, ob man seinen Mann liebhat oder tote Menschen anbetet, wie es im Katholizismus üblich sein soll.

Oder der Ablaßhandel! begann die Frau Direktor wieder. Ich kann mir nicht vorstellen, daß du daran glaubst, man könne sich beim Papst die Vergebung seiner Sünden erkaufen!

Nein, sagte er und sah die junge, bleiche Frau wieder scharf an wie einen Feind. Daran glaube ich nicht, weil es nichts als eine gemeine lutherische Verleumdung ist. Gott allein vergibt alle Sünden. Es besteht jedoch kein Zweifel daran, daß der Weg zur Hölle sehr leicht zu finden ist.

Glaubst du, daß ich in die Hölle komme? sagte sie darauf und versuchte, unbekümmert zu lachen.

Das hängt davon ab, ob du den Unterschied zwischen recht und unrecht erkennen willst, antwortete er kalt.

Frau Valgerd lachte wieder leise und schüttelte den Kopf.

Doch die Frau Direktor hatte Angst und konnte den Blick nicht von dem Gast abwenden. Er war kein menschliches Wesen mehr, sondern ein Unmensch. Die charmante Nonchalance der Jugendjahre war verschwunden, an ihre Stelle war etwas Abstoßendes und Furchterregendes getreten.

Allmächtiger Gott, wie du dich verändert hast, Stein!

Dann schaute sie ihre Schwiegermutter an, versuchte zu lächeln und fragte:

Was, glaubst du, wird Örnolf sagen?

78

Stein ließ sich nicht dazu bewegen, die Einladung seiner Großmutter anzunehmen, sondern blieb im Hotel wohnen. Dagegen versprach er auf ihr eindringliches Bitten hin, jeden Tag zum Abendessen zu kommen.

Er hatte sich tatsächlich sehr verändert, das wurde immer deutlicher. Früher hatte er sein Herz ausgeschüttet, sooft sich eine Gelegenheit dazu bot, und das mit unsicherem Blick. Nun war er schweigsam und brütete über unaussprechlichen Dingen, und sein Blick war fest; früher behende und elastisch, mit geradem Rücken und geschwellter Brust; jetzt langsam, den Blick immer auf die Erde gerichtet, die Bewegungen sparsam und entschlossen. Er redete nicht mehr gestikulierend, fingerte nicht mehr nervös an seinem Zigarettenetui, hörte anderen ohne Anzeichen von Unruhe zu, was ihm früher unmöglich gewesen war. Früher waren seine Lippen geöffnet gewesen, so daß man seine zwei mittleren Schneidezähne sehen konnte; jetzt war der Mund meist geschlossen, diese Veränderung gab seinem Gesicht einen strengeren Ausdruck. Das Gesicht hatte klare, starke Züge, die von Disziplin zeugten. Seine Augen waren noch strahlender als früher, sie wurden von einer riesigen Hornbrille verdeckt. Wenn er in ein Buch schaute, nahm er die Brille ab und las mit bloßem Auge. Seine Stimme war klarer und voller als früher, doch seine Aussprache nicht frei von einem ausländischen Akzent. Bisweilen kam es vor, daß ihm Wörter fehlten, so daß er Umschreibungen benützen mußte, um das auszudrücken, was er sagen wollte. Früher war er außergewöhnlich elegant gekleidet gewesen, jetzt war seine Kleidung nicht nur einfach, sondern sogar derb; die Hosen ausgebeult, die Stiefel aus dickem, braunem Fettleder, Hemden und Kragen aus angerauhtem, flanellähnlichem Stoff. Das Haar erinnerte nicht mehr an eine Löwenmähne und fiel auch nicht in anmutigen Wellen nach hinten wie einst, sondern es war ungepflegt und die Locken hingen ihm unordentlich in die Stirn. Die Handrücken waren behaart.

Er ließ sich nicht mehr dazu bewegen, interessante Themen zu diskutieren, sagte am ehesten dann etwas, wenn über Belangloses gesprochen wurde, schien zu nichts mehr seine eigene Meinung zu sagen, ausgenommen dann, wenn er sich über etwas, das allgemeine Anerkennung genoß, lustig machte, wobei er sich einer fast unverständlichen Beweisführung bediente. Völlig unerwartet stellte er Fragen oder machte Bemerkungen, die entweder absurd oder ungehörig waren. In seiner Gegenwart mußte man auf alles gefaßt sein, man kam nicht umhin, Angst davor zu haben, was er als nächstes sagen könnte. Niemand war sicher, wenn er zugegen war. Obwohl er ruhig zuhörte und nie widersprach, hatte man den Eindruck, daß alles, was man zu ihm sagte, für ihn langweilig und ohne jegliche Bedeutung sei. Er lächelte fast nie.

Und die Frau, die da saß, war ganz anders als das Mädchen, von dem Stein Ellidi in einer Sommernacht vor fünf Jahren in Thingvellir Abschied genommen hatte. Was war aus dem leichten, arglosen Mädchenlachen geworden? Es ertönte nicht mehr, die Ewigkeit hatte es an sich genommen. Ihr Gesicht leuchtete nicht mehr von hochfliegenden Sehnsüchten und unerfüllten Träumen. Ihre Augen waren wie silbriger Samt oder gebrochenes Blei. Sie war eine große, stattliche Frau, ihre Körperformen rund und weich, so daß selbst die kleinste Bewegung des Körpers zu einem formschönen Spiel wurde. Der üppige Busen und die prallen Hüften strahlten einen Überfluß an weiblicher Fruchtbarkeit aus, während ihre Sprache und ihr Auftreten ein fast überzeugendes Bild entspannter Liebenswürdigkeit und Herzensgüte vortäuschten.

79

Beim Abendessen wurde ihm der Platz gegenüber dem Stuhl des Hausherrn angewiesen. Der einzige Gast war die Freundin der Frau Direktor, die Stein seit seiner Kindheit kannte, immer Sigga P. genannt, die Tochter eines hohen Beamten in der Stadt, die jetzt Frau Sigrid Geirdal hieß. Stein siezte sie.

Er wurde gefragt, wie er seinen ersten Tag in der Heimat verbracht habe. Danke, er war zum Haus seines Vaters gegangen und hatte den alten Gudmund getroffen. Dann hatte er drei Stunden im Hotel gesessen und Isländisch gelesen. Er hatte fünf Jahre lang kein isländisches Buch gesehen. Dann war er nach Kleppur hinausgegangen.

Aber Kleppur ist doch ein Irrenhaus! sagte Frau Geirdal.

Eben! sagte Stein.

Was hatte er gelesen?

Das Morgenblatt. Der alte Gudmund hatte ihm ein paar Nummern vom letzten Jahr geliehen.

Was für eine Lektüre! sagten die jungen Frauen.

Ellingsen annonciert Holzschuhstiefel und Segeltuch, sagte er.

Frau Sigrid zog ihr Taschentuch heraus.

Unterzeichneter sucht Frau per sofort, referierte er aus einer Anzeige.

Hast du nichts als Annoncen gelesen? fragte seine Großmutter.

Nein, er hatte nur Annoncen gelesen. Das übrige war Geschwätz.

Stein Ellidi sah Frau Sigrid an und fragte:

Sind Sie schon lange verheiratet?

Fast zwei Jahre, Dilja und ich haben etwa zur gleichen Zeit geheiratet, antwortete die junge Frau arglos.

Haben Sie Kinder? fragte er.

Nein, noch nicht – und sie lachte verschämt.

Wie kommt denn das? fragte er.

Die beiden jungen Frauen wurden schamrot, und Frau Valgerd erinnerte ihren Enkel daran, daß es sich nicht schickte, Damen so etwas zu fragen. Es entstand eine Pause, und Frau Sigrid aß mit viel Würde einen Bissen.

Gibt es hier ein lateinisches Wörterbuch? fragte er.

Lateinisches Wörterbuch, ja, es stehen ein paar zerfledderte Wörterbücher auf dem Regal in Örnolfs Zimmer. Du willst doch hoffentlich nicht jetzt mitten im Sommer Latein studieren, Kind?

Ist das verboten?

Du hast schon viel zu viel gelesen in deinem Leben, Stein Ellidi, sagte die Frau Direktor.

Ja, er hat sicher bleibenden Schaden genommen durch das viele Lesen, sagte Frau Sigrid hochnäsig. Doch die Frau Direktor wollte das Gespräch gerne auf ein unverfänglicheres Thema lenken und fragte:

Welchen Dichter schätzt du jetzt am meisten, Stein?

David, antwortete er.

David Stefansson von Fagraskogur! Nein, so etwas Seltsames habe ich noch nie gehört! sagte Frau Sigrid.

König David, korrigierte er.

Es ist kaum zu glauben, wie bibelfest Sie geworden sind, sagte Frau Sigrid.

Die Bibel ist nicht meine Stärke, bekannte Frau Valgerd. Wir hier im Haus sind nicht gerade fanatisch in Glaubensdingen.

Ich kann es im übrigen kaum glauben, daß Sie katholisch geworden sind, sagte Frau Sigrid.

Ich habe mich ein paarmal in katholische Kirchen verirrt, sagte die Frau Direktor, das ist die kümmerlichste Erbauung, die ich jemals in einem Gotteshaus kennengelernt habe.

Traurig, sagte er.

Ihre Meßgewänder sind auf jeden Fall prächtig, sagte Frau Valgerd.

Oder – nicht wahr – wie diese Katholiken dicht nebeneinandergedrängt daknien und laut beten, sagte Frau Sigrid. Das ist wahrhaftig nicht besser als bei der Heilsarmee. Es ist ganz einfach pervers.

Das geht ja noch, daß die Leute beten, sagte die Frau Direktor. Aber was mich am meisten ärgert, sind diese katholischen Predigten. Etwas ähnlich Schwachsinniges habe ich in meinem ganzen Leben nicht gehört. Das letzte Mal, als ich in einer katholischen Kirche war, sprach der Priester über das Erlöserwerk Jesu Christi. Und welch eine Weisheit, du meine Güte! In seinen Augen war Christus kein Mensch, sondern irgendein theologisches Phänomen, das mit dem einen Bein auf todlangweiligen Zitaten aus dem Alten Testament und mit dem anderen auf noch seltsameren Aussprüchen der Apostel und Kirchenväter stand.

80

Am folgenden Tag sah man ihn nicht. Vielleicht vertrug er die Luft in einem profaneren Milieu nicht mehr. Man wartete am Abend mit dem warmen Essen auf ihn, und schließlich telefonierte man ins Hotel; doch dort hatte man ihn seit früh am Morgen nicht mehr gesehen. Niemand wußte, wo er war.

Du hast den Jungen gestern mit dem, was du über den Katholizismus gesagt hast, verletzt, Dilja, sagte Frau Valgerd ernst. Man darf nicht unhöflich sein zu Leuten, nur weil sie einen anderen Glauben haben. Das bin ich nie. Man kann ja seine Meinung sagen, wenn es notwendig ist, aber der Ablaßhandel spielt wirklich keine Rolle, nein, Dilja, wir müssen nett sein zu dem armen Jungen. Es ist ganz sicher, daß das Leben für ihn kein Honiglecken gewesen ist, nachdem er von hier weggegangen war – der Arme.

Hat er vielleicht nicht zu verstehen gegeben, daß der Weg zur Hölle für uns leicht zu finden sei? sagte die junge Frau scharf. Jedes Wort, das er gestern abend bei Tisch gesagt hat, war eine Beleidigung.

Da hast du völlig recht, Stein ist ziemlich rücksichtslos in der Wahl seiner Worte, aber ich ziehe das seinen Dichterlaunen vor. Jetzt ist er seiner Verwandtschaft viel ähnlicher. Sein Großvater war nie besonders liebenswürdig. Was wissen wir Frauen darüber, Dilja, welcher Glaube richtig ist und welcher falsch? Wir sollten uns nicht darüber den Kopf zerbrechen. Und wenn jemand einen anderen Glauben hat als wir, so ist das seine Sache. Es mag durchaus sein, daß der Papst genauso gut ist wie unser Bischof. Was wissen wir darüber? Und über Jesus Christus weiß niemand etwas Sicheres, es kann uns also gleichgültig sein, ob bei anderen Glaubensbekenntnissen anders über ihn gepredigt wird, als wir es von unserem Gemeindepfarrer zu hören gewohnt sind.

Wenn Stein so weitermacht, wie er gestern angefangen hat, dann esse ich nicht mehr an diesem Tisch.

Unsinn, Dilja, wir müssen nett sein.

Da wurde die Frau Direktor zu einem kleinen Mädchen: Ja, Großmutter, das möchte ich gerne. Aber wenn ich doch die Beherrschung verliere! Es kommt mir beinahe so vor, als ob er mich haßt. Ach, ich wünschte, Örnolf wäre zurück.

Am folgenden Morgen telefonierte seine Großmutter wieder ins Hotel, doch er hatte die Nacht nicht dort verbracht, niemand wußte etwas über ihn. Gebe Gott, daß dem Kind nichts zugestoßen ist, sagte Frau Valgerd. Sie telefonierte im Laufe des Tages immer wieder, aber niemand wußte etwas, und seit Jahren hatte Dilja sie nicht so nervös gesehen. Ab und zu seufzte sie: Wenn dem Kind nur nichts passiert ist! Die Frau Direktor versuchte, ruhig zu wirken, aber sie vermied es den ganzen Tag über, ihrer Schwiegermutter ins Gesicht zu sehen. Sie ging ruhelos durch das Haus und konnte sich auf nichts konzentrieren. Schließlich wurde ihr die Atmosphäre daheim unerträglich, sie nahm Mantel und Hut und verließ das Haus, um sich zu beruhigen.

Draußen regnete es in Strömen und es war kalt.

Als Dilja wieder nach Hause kam, saß Frau Valgerd vor dem Kamin und Stein ihr gegenüber, schmutzig und unrasiert. Er hatte sogar im Gesicht überall Schlammspritzer. Er wischte mit der Innenseite seines Handschuhs den Beschlag von der Brille.

Sie blieb in der Tür stehen und traute kaum ihren Augen. So sehr war sie von dem Gedanken besessen, er sei nicht mehr unter den Lebenden. Sie machte ihrer Erleichterung mit einem schnellen Freudenseufzer Luft:

Stein, sagte sie. Wir glaubten, wir würden dich nie mehr sehen.

Guten Abend, sagte er.

Sie wollte direkt auf ihn zugehen und ihm die Hand reichen, doch er sah nicht auf und ließ sich nicht beim Putzen seiner Brille stören.

Wo bist du die ganze Zeit gewesen?

Er war in der Kjos gewesen, dem Tal auf der anderen Seite der Esja.

Ich verstehe den Jungen nicht, rief Frau Valgerd ärgerlich. Sich das zuzumuten! Er hat sich gestern früh um sechs Uhr zu Fuß auf den Weg gemacht! Und die Esja bestiegen!

Hierauf wandte sie sich an ihn:

Glaubst du vielleicht, unser Auto stünde dir nicht zur Verfügung, Junge! Was glaubst du, sagen die Leute! Es ist völlig unmöglich, daß die Leute dich zu Fuß auf der Landstraße dahinziehen sehen wie einen Armenhäusler, hörst du!

Du fragst nicht nach Neuigkeiten, Großmutter, sagte er und hielt seine Brille gegen das Licht, um zu sehen, ob sie schon sauber war. Du fragst nicht nach der Aussicht vom Gipfel; fragst nicht, wie man mich auf den Höfen aufgenommen hat; fragst nicht einmal nach den Ernteaussichten in der Kjos.

Ach, stecke dir deine Kjos an den Hut, sagte sie und sah ihren Enkel an, froh, ihn lebend zurückbekommen zu haben, strich ihm das Haar aus der Stirn und tätschelte ihm die Wange. Die Frau Direktor stand ein Stück weit von ihnen entfernt und sah zu.

Ich habe Hunger, Großmutter.

Das Essen war fertig. Es wurde nach dem Dienstmädchen geläutet, das kommen und ihm die Schuhe putzen sollte, und das Mädchen kniete nieder und verrichtete die Arbeit. Die Frau Direktor stand ein Stück weit davon entfernt und schaute zu; schließlich raffte sie sich auf und ging rasch hinaus.

Er hatte einen Bärenhunger und aß dicke Schinkenscheiben wie Blätterteiggebäck, italienischen Salat aß er mit der Gabel, als ob es Haschee wäre. Der Käse verschwand in großen Würfeln in seinem Mund. Er sprach über Quark, Roggenfladen, Tang, isländisches Moos, Dorschköpfe und das isländische Nationalgefühl. Er war in sechs Stunden vierzig Kilometer weit gegangen und gab absurde Antworten auf alles, was man zu ihm sagte.

Als ich in die Kjos hinaufkam, wachte ich auf, sagte er. Ich bin ein ganzes Menschenalter lang im Schlaf gewandelt. Die Wahrheit ist in der Kjos. Die Ratten hielten eine politische Agitationsversammlung hinter der Täfelung des Zimmers ab, in dem ich letzte Nacht schlief.

Es war, als ob der alte Stein Ellidi für einen Augenblick von den Toten auferstanden wäre. Seine Großmutter bot ihm nach dem Essen eine Zigarre an, doch er rauchte schon lange nicht mehr.

Nach dem Ende der Mahlzeit holte er das lateinische Wörterbuch, setzte sich vor das Fenster, suchte nach der Bedeutung einiger Wörter, die er nicht kannte, und machte sich auf einem Zettel Notizen. Seine Großmutter sprach ihn einige Male an, doch er gab völlig abwegige Antworten, wie es in der Familie Brauch war. Schließlich sank ihm der Kopf auf die Brust und er bewegte sich nicht mehr. Es war so still im Zimmer, daß man selbst die kleinste Bewegung wahrnehmen konnte. Zuerst hörte man einen leichten Plumps, das Wörterbuch fiel aus seinen Händen auf den Boden. Aber er machte keinen Versuch, es aufzuheben, saß totenstill wie zuvor, wenig später hörte man seine tiefen, regelmäßigen Atemzüge im Zimmer. Er schlief. Schwiegertochter und Schwiegermutter sahen einander an und lächelten, ohne etwas zu sagen. Er schlief den Schlaf der Gerechten am Herd seiner Familie, nach fünf Jahren im Exil und unzähligen Mühen in fernen

Ländern, wo die Wirklichkeit einer Korallenwelt auf dem Meeresgrund gleicht.

Die Glut im Kamin war zusammengesunken, es war kühler geworden im Zimmer. Er kann sich erkälten, dachte Dilja, denn er ist durchgeschwitzt von der Wanderung – und sie ließ das Mädchen eine Decke holen. Sie deckte ihn nicht selbst zu, sondern gab Frau Valgerd die Wolldecke. Die alte Dame legte sie ganz vorsichtig über seine Brust und steckte die Zipfel unter seine Schultern, doch davon wachte er auf.

Laß Großmutter ihren Jungen zudecken, sagte die alte Frau sanft.

Aber er machte sich nichts aus dieser Fürsorge, murmelte etwas, stand fröstelnd auf und rieb sich die Augen.

Schlaf heute nacht hier zu Hause, Stein, sagte seine Großmutter, und geh nicht wieder hinaus in den Regen. Du kannst krank werden davon.

Doch er bat um seinen Hut und ging, vergaß, eine gute Nacht zu wünschen. Seine Großmutter begleitete ihn auf die Treppe hinaus. Als er gegangen war, erhob sich Dilja und nahm das Buch vom Boden auf.

82

Am folgenden Tag wurde vom Hotel aus telefoniert, daß Stein Ellidi krank sei. Hatte man einen Arzt geholt? Hohes Fieber? Lungenentzündung? Kaum war er einer Gefahr entronnen, schwebte er bereits in einer anderen! Frau Valgerd zog sofort einen Mantel über und ging, um nach ihm zu sehen.

Als Dilja am Abend kam, um dem Patienten Blumen zu bringen, lag er ohne Brille, ungekämmt, in einem blaugestreiften, zerknitterten Schlafanzug, mit allen Zeitungen der Stadt vor sich da und las Anzeigen. Er begrüßte sie nicht unfreundlich, setzte sich auf und streckte sich. Er roch an den Blumen und legte sie auf eine Nummer der »Zeit«.

Wie geht es dir jetzt? fragte sie.

Ich habe zwei Pferde gemietet, sagte er.

Pferde?

Ich will ins Ostland.

Ins Ostland? Bist du denn nicht krank? Stein, du kannst dir nicht vorstellen, wie wir heute früh erschraken, als angerufen wurde, daß du krank seist.

Es ist ein Muskelkater, sagte er und gähnte wieder. Ich war wie mit Prügeln durchgewalkt, als ich heute morgen aufwachte, und außerdem erkältet.

Darf ich dir Pralinen anbieten? fragte sie und packte eine prächtige Konfektschachtel aus.

Er war begeistert über diese Aufmerksamkeit, drehte sich im Bett herum, daß alle Blumen auf den Boden fielen, streckte die Hand aus nach der Schachtel und sagte: Gib her!

Er hatte keine Freude an der kunstvollen Verpackung, riß den Deckel herunter und warf ihn weg. Die Pralinen in der Schachtel waren in verschiedenfarbiges Stanniolpapier eingewickelt. Vielen Dank! sagte er und fing an zu essen. Er legte die Konfektschachtel neben sich ins Bett, lehnte sich, auf den einen Ellbogen gestützt, über sie, wickelte eine Praline nach der anderen aus und mampfte eifrig. Sein Haar war so zerzaust, daß man versucht war, ihm einen Kamm anzubieten. Seine Arme standen weit aus den Ärmeln hervor, die Pyjamajacke war am Hals nicht zugeknöpft und öffnete sich über der Brust, wenn er sich bewegte. Er war behaart auf der Brust. Willst du? sagte er, als er eine Weile gegessen hatte, und reichte ihr eine Praline in leuchtend grünem Papier. Als er die halbe Schachtel leergegessen hatte, war er satt und sagte: Ich mag nicht mehr! Das ist ein Zeug! Gib mir etwas Wasser!

Sie füllte ein Glas mit Wasser und reichte es ihm, und als er genug getrunken hatte, sagte er:

Mir geht es schlecht. Den ganzen Tag schon übe ich, so zu denken wie die »Zeit«, aus Angst davor, vom Morgenblatt beeinflußt zu werden.

Doch sie nahm die Dinge ernster und konnte deshalb nicht darauf antworten. Sie nahm alles ernst, außer der »Zeit« und dem Morgenblatt, doch Stein hatte noch kein ernstes Wort gesagt, seit er nach Hause gekommen war. Es war, als redete er mit Idioten. In seiner Gegenwart war es, als ob alles albernes Zeug sei; und sie konnte sich nichts Ernsteres vorstellen als genau das. Sie sehnte sich danach, vom Ernst ihres Lebens erzählen zu dürfen, denn der Ernst einer Seele ist der Ernst des ganzen Daseins. Sie sehnte sich danach, zu fragen; sie sehnte sich nach Antwort; sie sehnte sich danach, zu seufzen; sie sehnte sich nach Trost. Aber sie fühlte, daß er nur antworten würde, die Wahrheit liege in der Kjos und er habe Angst, vom Morgenblatt beeinflußt zu werden. Sie starrte ins Leere und schwieg; wäre er krank, dachte sie, dann könnte ich etwas für ihn tun. Jetzt konnte sie nichts tun. Auf seinem Tisch lagen beschriebene Blätter und in schwarzes Leder gebundene Bücher.

Es ist besser, ins Ostland zu reisen, sagte er.

Du willst uns also nicht ein wenig die Zeit vertreiben, während du hier bist. Wenn du wüßtest, wie sehr dich deine Großmutter mag.

Pah, Weiber! sagte er. Sie saß heute zwei Stunden lang hier.

Ich werde nicht zu lang hier sitzen, Stein, sagte sie.

Er lag bewegungslos und schwieg. Begann er zu ahnen, daß ein menschliches Wesen gekommen war, ihn zu besuchen? Schließlich richtete er sich wieder auf den Ellbogen auf und sah sie zum ersten Mal an, mit tiefen, durchdringenden Augen, die aus einer Welt in eine andere schauten; und sie errötete.

Schließlich sagte er, als ob er die ganze Zeit sein Gewissen erforscht hätte:

Das einzige, was ich zum allgütigen Gott sagen kann, ohne mich dafür schämen zu müssen, ist dies: Ich bin ein ungeheuer schlechter Mensch!

Stein, wie kannst du das sagen! antwortete sie, denn sie wußte nicht, daß viel Schlechtigkeit dazugehört, andere Seelen zu durchschauen.

Dann sagte er:

Dilja, ich wünschte, ich hätte Grund gehabt, dir für etwas dankbar zu sein.

Wir waren einmal Freunde, Stein.

Du hast mich gehaßt, Dilja.

Sie blickte auf, begegnete wieder seinem durchdringenden Blick und sagte betrübt:

Willst du mir verzeihen, Stein?

Er schaute sie wieder an wie zuvor, ohne sich zu bewegen, ohne zu antworten, und am liebsten hätte sie ihr Gesicht versteckt oder wäre geflohen oder hätte die Hand über seine Augen gelegt, damit er nichts sehen könnte. Schließlich sagte sie:

Du hast mir nie geschrieben, Stein.

Er sah sie noch immer an.

Wenn du mir geschrieben hättest, Stein...

Es war beinahe so, als ob seine Augen ihr Leben aufsaugten; hätte sie einen eigenen Willen gehabt, so hätten sie ihr den geraubt.

Ich habe nichts verstanden, Stein. Was ist in all den Jahren geschehen? Wer lenkt die Welt? Warum hast du mich nie wissen lassen, wo du warst? Ich war allein. Vergib mir!

Er starrte noch immer, und sie nannte seinen Namen mit einem Schluchzen im Hals, wie jemand, der um Gnade bittet:

Stein!

Sie war so verwirrt, daß sie die Haare auf seinem Handrükken streifte, ohne seine Haut zu berühren. Doch er rührte sich nicht.

Nur eines, Stein, sagte sie; für alles andere kannst du mir die Vergebung verweigern. Neulich, als ich dich wiedersah, wurde ich von Schuldgefühlen gepackt. Ich sah, daß du nie aufgehört hattest, dein Gesicht von Gott abzuwenden. Er schüttelte endlich den Kopf und antwortete kalt:

Mann und Frau hassen sich. Es ist besser, einander nicht zu vergeben.

Stein, jammerte sie wieder, als ob er es auf ihr Leben abgesehen hätte. Versuche zu verstehen, daß ich ein menschliches Wesen bin.

Gott erbarmt sich der Menschen und versteht sie, nicht ich, sagte er.

Sie beugte sich auf dem Stuhl vor, verbarg ihr Gesicht in der einen Hand und griff mit der anderen um seinen Arm, der auf der Bettdecke lag.

Als ich Ulf verlor, glaubte ich, das Versprechen, das du mir als Mädchen abgenommen hast, habe die Strafe Gottes über mich gebracht. Ich haßte dich, weil du dich vor mir versteckt hattest. Als ich klein war, glaubte ich an dich, Stein. Sei mir nicht böse, auch wenn ich nur eine Frau bin und du ein Genie, und kein Gott so heilig und schrecklich ist, daß dein Wille dich nicht zu seinem Fußschemel führte.

Er schüttelte die Fessel ab, die sie um seinen Arm gelegt hatte, die helle, warme Frauenhand.

Hör auf damit! sagte er ungeduldig und fügte hinzu: Gott allein kann den Frauen vergeben.

Sie reichte ihm zum Abschied nicht die Hand. Doch in der Tür drehte sie sich nach ihm um. Ihr Lächeln war eine schmerzliche Grimasse. Ihre Blumen lagen auf dem Boden. Das Konfekt, das sie ihm mitgebracht hatte, lag auf dem Nachttisch. Die Luft im Zimmer war noch von ihrem Parfüm geschwängert.

Zu dumm, daß ich aufgehört habe zu rauchen, sagte er zu sich selbst und stieg aus dem Bett, um das Fenster zu öffnen. Er sah ihren Wagen um die nächste Straßenecke verschwinden.

> Mein Herz pocht wild und beweglich;
> es pocht beweglich wild:
> Ich liebe dich so unsäglich,
> du schönes Menschenbild.

Ach ja, das ist vielleicht das schönste Bekenntnis, das jemals abgelegt wurde auf Erden. Und doch ist es Sünde, den Menschen wegen etwas anderem als seiner ewigen Bestimmung zu lieben. Ja, alle Liebe zum Menschen ist sündig, ausgenommen die, welche sich in der guten Tat äußert, die ihm jenes erlösende Rezept für die Zusammensetzung des Göttlichen, das Glaubensbekenntnis, aufnötigt.

Er sitzt am Fenster und schaut auf die Straße hinunter, wo Menschenkinder Wettläufe um Straßenecken veranstalten. Nichts ist gleichzeitig so bitter und so köstlich, wie das Menschenleben um das Bild des Menschen zu lieben. Eine solche Liebe ist wirklich poetisch. Doch die Wahrheit macht den Menschen weder glücklich noch frei. Die Wahrheit macht den Menschen zum Pilger, Ausländer und Zuchthäusler. Der Papst ist im Vatikan gefangen. Man kann es kaum glauben, daß der Mensch für die Wahrheit geschaffen sein soll. Gott, sei nicht zu streng zu diesen Seelen! Erbarme dich der Menschen, denn sie sind arme Tröpfe! Sie können nichts dafür, daß sie sich nichts aus der Wahrheit machen.

Mein Herz pocht wild und beweglich;
es pocht beweglich wild ...

Und er bleibt da sitzen, bis die Sonne im Westen über den Fischgründen untergegangen ist, und die Geschichte der Menschheit geht ihm durch den Sinn wie ein wundersamer Traum, und er sieht und weiß alles in seiner Unvollkommenheit. So waren die Unvollkommenen seit undenklichen Zeiten. Niemand sah und niemand wußte außer den Unvollkommenen. Der Weg der Vollkommenheit ist der Weg der Unvollkommenheit. Gott helfe mir! sagte er; Gott helfe mir! Denn er fühlte sich machtlos, wie alle unvollkommenen Menschen. So sprach Jainavalkia lange vor den Tagen Buddhas: Wer sich dem Irrtum verschreibt, landet in der Finsternis; wer sich der Wahrheit verschreibt, landet in noch tieferer Finsternis.

Wie schon oft zuvor, wenn er in Schwierigkeiten geriet, wurde die *Imitatio* seine Zuflucht. Er schlug das zwanzigste Kapitel des dritten Buches auf:

Oft ist es ein gar schwaches Ding, von dem mir eine große Versuchung kommt, und wenn ich wähne, ich sei sicher, so befinde ich mich darniedergeworfen von einem schwachen Wind, sagt der Meister.

Er sah wieder die junge Frau vor sich, die sein Zimmer mit Trauer und Wohlgeruch erfüllt hatte, diese fragende Seele, dieses verweinte Menschenkind. Und sie hatte ihn um den Arm gefaßt, während sie ihre Bekenntnisse ablegte, als ob sie erwartete, dort die erlösende Kraft zu finden. Warum ist die Frau so geschaffen?

Er eilte wieder zurück zum Meister:

Darum, Herr, siehe meine Nichtigkeit und Schwachheit, die dir wohl bekannt ist. Erbarme dich über mich und errette mich aus dem Elend, daß ich nicht ersticke und ganz und gar verworfen bleibe.

Das ist es, was mich so oft straft und vor dir zu Schanden macht, daß ich so leicht falle und zu schwach bin, den Begierden Widerstand zu leisten.

Und obschon ich nicht darin einwillige, so ist es mir doch schwer und widerwärtig, daß sie mich so anfechten, und es verdrießt mich sehr, täglich in einem solchen Kampf zu leben.

Hieraus wird meine Schwachheit bekannt und offenbar, daß mir stets böse und schädliche Dinge und Phantasien leichter zufallen, denn daß sie weichen oder verschwinden.

Ich liebe dich so unsäglich,
du schönes Menschenbild...

Keine Frau verbarg mehr Weiblichkeit im Wachs ihrer Lenden. Ihre Bewegungen waren das Unaussprechliche. In ihrer Brust atmete der Anfang des Lebens selbst. Tief in ihrem Schoß schliefen Generationen, die darauf warteten, zur Ewigkeit erweckt zu werden. Ihr Busen war vollkommen. Er blickte auf seinen Arm, den sie einen Augenblick lang in Fesseln gelegt hatte, und spürte, daß es ohne sie keine Schöpfung gab. Die Frau ist die Mutter nicht nur der Menschen, sondern auch der Heiligen, sogar die Mutter Jesu Christi. *Ave Maria, gratia plena, Dominus tecum.*

Als er jedoch merkte, daß die Luft um ihn herum mit wollüstigen Bildern gesättigt war, versuchte er wieder, sich in das Buch des Meisters zu vertiefen:

Ich wollte aber, daß du allerstärkster Gott Israel, ein Eiferer aller gläubigen Seelen, die schmerzhafte Arbeit deines Knechts ansähest, und ihm in allen Dingen, denen er sich zuwendet, beistündest.

Kräftige mich mit himmlischer Stärke, damit der alte Mensch nicht siege, das elende Fleisch, gegen das ich streiten muß, so lange ich in diesem armseligen Leben schwebe...

Nein, dachte Stein Ellidi, der Frau hat die Stärke, die Gott dem Arm des Mannes verlieh, nie ausgereicht. Als Adam hinausging, um das Schöpferwerk des Herrn zu preisen, hatte Eva eine Verabredung mit dem Teufel unter dem Baum. Ist jemand im Zweifel darüber, was sich dabei abgespielt hat? Bontempelli läßt die letzte Eva so zum Teufel Bululu sprechen:

Qui, qui, in mezzo, sotto questi alberi così spessi, tu potresti...

Es war also nicht so, daß der Teufel das Weib versuchte, sondern umgekehrt.

Alles um ihn herum war voll von abscheulichen Bildern: Nackte Frauen, um deren Lenden sich Schlangen wanden,

Leda mit dem Schwan, Pelikane, die ihre Jungen mit ihrem Blut fütterten...

De profundis clamavi ad te, Domine, betete er: Aus der Tiefe rufe ich, Herr, zu dir. Herr, höre meine Stimme, laß deine Ohren merken auf die Stimme meines Flehens!

So du willst, Herr, Sünden zurechnen, Herr, wer wird bestehen?

Denn bei dir ist die Vergebung, daß man dich fürchte.

Ich harre des Herrn; meine Seele harret, und ich hoffe auf sein Wort.

Meine Seele wartet auf den Herrn von einer Morgenwache bis zur anderen.

Israel, hoffe auf den Herrn! Denn bei dem Herrn ist die Gnade und viel Erlösung bei ihm, und er wird Israel erlösen aus allen seinen Sünden.

Ich liebe ihn, denn der Herr hörte mein Gebet, ließ seine Ohren auf die Stimme meines Flehens hören. Und ich werde seinen Namen alle Tage anrufen.

Die Schrecken des Todes umringten mich, und die Gefahren der Hölle bedrohten mich.

Ich war in Not und Bedrängnis, und ich rief den Namen des Herrn an:

Oh, Herr, rette meinen Geist, du, der du barmherzig und gerecht bist! Und der Herr hat sich unser erbarmt.

Der Herr ist der Beschützer der Geringen; ich erniedrigte mich, und er erlöste mich.

Lenke meinen Geist zu deinem Frieden, denn der Herr ist meine Rettung.

Denn er rettete meinen Geist vor dem Tode, mein Auge vor den Tränen, meinen Fuß vor dem Fall.

Und ich werde, Herr, ins Himmelreich eingehen.

83

Am folgenden Tag, als Frau Valgerd wieder kam, um ihren Patienten zu besuchen, war er auf und davon. Er war mit einigen Engländern und einem Führer ins Ostland aufgebrochen. Sie hatten viele Pferde mitgenommen und rechneten damit, längere Zeit wegzubleiben. Hatte er keine Nachricht hinterlassen? Nein, nicht einmal einen Gruß.

Der Sommer ging weiter.

Schwiegermutter und Schwiegertochter verbrachten wie gewöhnlich den Hochsommer in Thingvellir. Haus Ylfing wurde zu einem komfortablen Aufenthaltsort, wo man in tiefen Sesseln saß, in Tidens Kvinder und Times Weekly las, Klavier spielte, Gäste bewirtete. In der milden Sommerluft spazierten Gäste und Gastgeber über die Lavawege, rauchten Zigaretten im Birkengestrüpp und machten Pläne für die Arbeit der Wohltätigkeitsvereine im nächsten Winter. Auf der Landstraße blitzen blankpolierte Autos. Manchmal erzittert die Gegend von Hurrarufen und Gesang aus dem Hotel Walhall, wo Gesellschaften für einflußreiche Leute aus dem In- und Ausland gegeben werden, doch dazwischen ist alles ruhig, denn die Dauergäste des Hotels sind vor allem geschlechtslose, belesene Lehrerinnen, Kunstmaler mit Fliegen und Damen mittleren Alters, die im Durcheinander des Lebens ihre Männer aus den Augen verloren haben. Die Kunstmaler sind auf der Jagd nach Stimmungen und stehen krummgebückt im Heidekraut und betrachten die Landschaft zwischen ihren Beinen hindurch, um sich besser orientieren zu können. Diese Menschen streben nach dem theosophischen, spiritistischen Frieden der Seele in sommerlichen Hainen und diskutieren über Oliver Lodge, Conan Doyle und Krischnamurti, und über den Wunderheiler Fridrik.

Eines Abends kurz vor Mitte August waren Gäste in Haus Ylfing, Bekannte, die ihre Sommerfrische im Hotel Walhall verbrachten, einige Damen und junge Mädchen nebst einem geistig interessierten Kaufmann aus dem Nordland. Es wurde des langen und breiten über die neuen Richtungen gesprochen, die in Island neu genannt werden, nachdem sie in England schon zwanzig Jahre passé sind. Alle interessierten sich sehr für Fords Selbstbiographie und Dr. Helgi Pjeturss' Theorie der Bioinduktion. Denn wenn des Lebensrätsels Lösung nicht die ist, daß die Erde auf einem Elefanten steht und der Elefant auf einer Schildkröte, wie es in Indien gelehrt wird, dann ist es sehr wahrscheinlich, daß Dr. Helgi Pjeturss recht hat und es den Menschen vorherbestimmt ist, sich auf anderen Sternen weiterzuentwickeln. Aber es ist leider zwecklos, eine neue Religion zu erfinden, die nicht auf abergläubischen Amerikanern oder Lamamönchen in Tibet aufbaut. Aus dem Nebenzimmer hört man die Toselliserenade.

Frau Valgerd nahm prinzipiell nicht an religiösen Diskussionen teil, denn in Dinge, die sowohl unwichtig als auch heilig sind, soll man sich am besten nicht einmischen.

Übrigens, ich habe gehört, Frau Valgerd, sagte eine der Damen, daß Ihr Enkel, der Dichter, katholisch geworden sei.

Das behauptet er jedenfalls, antwortete Frau Valgerd, als ob sie daran zweifelte, daß es mehr als ein Gerücht sei.

Wie gefällt es ihm bei den Katholiken? fragte eine andere.

Es dürfte wohl kaum ein großer Unterschied zwischen den verschiedenen Religionen bestehen, erwiderte Frau Valgerd. Ich stelle mir vor, daß ihr Gott weder schlechter noch besser ist als der unsere.

Es erfordert enormen Mut, so weit zu gehen, sagte der geistig interessierte Kaufmann aus dem Nordland. Aber die Gewißheit ist dort!

Ob die Katholiken wohl aufgehört haben zu bannen? sagte eine geschiedene Pfarrersfrau leise.

Nein, rief der Kaufmann, darauf können Sie sich verlassen, gnädige Frau; die haben nicht aufgehört zu bannen. Die würden Sie in Null Komma nichts bannen. Die bannen und bannen, was das Zeug hält. Da gibt es kein Erbarmen.

Aber die Ablaßbriefe sind sicher schon längst abgeschafft, hoffte eine andere.

Ablaß ... nein, mein Fräulein, ich will Hans heißen, wenn die die Ablaßbriefe abgeschafft haben.

Und nehmen sie tatsächlich immer noch Bezahlung dafür?

Bezahlung? Ja, darauf können Sie sich verlassen; die nehmen den vollen Preis, in Abgaben, Butter oder Geld, genau wie früher. Die würden Sie ganz gehörig schröpfen, meine Liebe! – Schließlich ist der Ablaß eine ernste Sache, genauso wie früher.

Es ist eigentlich traurig, wie intolerant die katholische Kirche ist, sagte eine der Damen; sie erkennt keine dieser neueren Richtungen an.

Neuere Richtungen! Nein! darauf können Sie Gift nehmen! Die katholische Kirche läßt sich von diesen neuen Richtungen nicht beeindrucken! Die Katholiken glauben an Gott und den heiligen Columcille, genau wie in alten Zeiten. Die geben nie zu, daß sie sich geirrt haben.

Aber ihre Zeremonien sind trotzdem hinreißend, sagte eine der Damen.

Ich werde nie den Sonntag im letzten Jahr vergessen, sagte die geschiedene Pfarrersfrau, als ich zusammen mit einer Freundin in die katholische Landakotskirche ging. Es war am späten Nachmittag, und die Sonne schien auf Jesus Christus. Die Nonnen sangen lateinisch, und die Ministranten schwenkten die Weihrauchgefäße, und ganz vorn in der Kirche beteten ein paar Katholiken. Finden Sie es nicht auch herrlich, Leute knien zu sehen? Ich hatte das Gefühl, daß Gott diesen Leuten viel näher war als uns.

Die Gewißheit ist nur dort! tönte der Kaufmann. Aber wer in ihre Krallen gerät, ist nicht zu beneiden.

Im Nebenzimmer wurde die Humoreske von Dvořák gespielt, wie eine Begleitung zu neckischen, melancholischen Küssen.

Ich würde so gern Ihren Enkel Stein kennenlernen, Frau Valgerd, sagte eine. Ich habe zwar seine Gedichte nicht gelesen, denn meine Englischkenntnisse sind beschränkt, aber ich habe oft davon sprechen hören, was er für ein außergewöhnlicher junger Mann sei.

Ich habe seine Gedichte gelesen, bekannte eine andere. Aber es ist nicht allen gegeben, sie zu verstehen, denn sie sind tiefsinnig und dunkel, und außerdem in so schwierigem Englisch geschrieben, daß man jedes dritte Wort nachschlagen muß. Aber man spürt dabei immer, daß das Gehirn des Dichters nicht wie gewöhnliche Menschengehirne gebaut ist. Seine Harfe ist weder in Dur noch in Moll gestimmt. Man fragt sich in jeder zweiten Zeile unwillkürlich: Sind das Klänge, oder was höre ich? Ich fühlte nur eines: Er muß ein außerordentlich begabter Mensch sein.

Ich erinnere mich an ihn, als er hier ins Gymnasium ging, sagte die dritte. Er war ein wirklich charmanter Junge. Alle Mädchen himmelten ihn an, denn er war zum Teil in südlicheren Ländern aufgewachsen. Ob er wohl in Reykjavik einen Vortrag hält, bevor er wieder ins Ausland fährt, oder eine Lesung seiner Gedichte veranstaltet?

Frau Valgerd hielt das nicht für wahrscheinlich. Er ist in letzter Zeit nicht sehr gesellig. Die Familienähnlichkeit wird immer stärker, je älter er wird. Sein Großvater brach zu langen Reisen auf, ohne sich zu verabschieden. Vor drei Wochen verschwand Stein aus der Stadt, und ich habe erst von ihm gehört, als er im Ostland angekommen war.

Vielleicht können wir ihn dazu bringen, auf einem bunten Abend bei uns im Fünfundzwanzigöre-Verein zu sprechen? sagte eine würdige alte Dame, die Vorsitzende eines Wohltätigkeitsvereins, der sich dadurch finanzierte, daß er unschuldigen Menschen auf der Straße fünfundzwanzig Öre für ein wertloses Papierabzeichen abnahm. Man hat mich nämlich gerade damit beauftragt, einen guten Redner für Samstag in zwei Wochen zu beschaffen.

Mitten in diesem Trubel erschien Stein Ellidi, als ob er geahnt hätte, daß von ihm die Rede war. Man hörte Pferdeschnauben, und draußen klirrte eisernes Zaumzeug, im nächsten Augenblick stand er in der Tür, in einem grauen, schmutzigen Sportanzug, mit Pferdeschuppen bedeckt, in Reisestiefeln, die bis zu den Knien hinauf geschnürt waren, mit langen Handschuhen, barhäuptig, mit staubigem und sonnengebräuntem Gesicht und wirrem Haar; Größe 180 Zentimeter. Guten Tag, sagte er um zehn Uhr abends. Und als er den Geruch wahrnahm, fragte er:

Tee?

Stein! Willkommen Kind! sagte die alte Dame und stand vom Tisch auf, um den Gast zu begrüßen. Wo kommst du her?

Er kam vom Gullfoss, hatte auf einem Bauernhof übernachtet, wollte Tee.

Am Tisch wurde geflüstert, und neugierige Blicke richteten sich zur Tür hin. Die Frau Direktor versicherte allen, daß das Stein Ellidi sei. Frau Valgerd führte ihn an den Tisch und stellte ihn ihren Gästen vor: Mein Enkel Stein Ellidi. –

Eine Hochzeit? fragte er.

Er kam ganz aus dem Osten, aus den Öraefi, war mit drei Engländern von Reykjavik aufgebrochen, hatte sie aber unterwegs verloren. Schöne Gegenden, herrliches Wetter, gute Heuernte, fette Milch. Die Isländer erinnern an heilige, alte Völker in Asien. Ist noch Tee in der Kanne?

Vor einigen Jahren strandete ein französischer Trawler bei Björg. Der Bauer in Björg ist arm, aber ein tüchtiger Fischer, und es gelang ihm, alle Menschen aus dem Schiff zu retten. Er allein rettete fünfzehn Menschenleben. Er nahm die Schiffbrüchigen mit zu sich in sein Haus, und die Familie überließ ihnen ihre Betten und schlief selbst in der Heumiete. Er schlachtete seine fetteste Kuh, wie wenn reiche Leute Hochzeit halten. Am Tag darauf machte er sich zu Fuß und trotz des Unwetters auf, um Tabak für seine Gäste zu beschaffen. Aber niemand in der Gegend rauchte, deshalb mußte er in ein anderes Kirchspiel gehen, und er kam nach zwölfstündiger Reise wieder nach Hause, und es wurde ein großes Fest gefeiert und Tabak geraucht.

Ein halbes Jahr später an einem Sommertag warf ein französisches Kriegsschiff Anker vor Björg. Sie schickten nach dem Bauern, und an Bord wurde für ihn und seine Familie ein Fest gegeben. Und bevor die Tafel aufgehoben wurde, sagte der Kommandeur: Mein Herr, Sie haben für ein großes Land weit draußen in der Welt fünfzehn Menschenleben gerettet. Das Land heißt Frankreich. Und ich bin beauftragt, Ihnen anzubieten, was immer Sie sich wünschen, bis zu einem Wert von fünfzehntausend Goldkronen, oder bares Geld, wenn Sie das lieber wollen.

Doch der Bauer in Björg wollte lange nichts davon hören und sagte: Gott sei Dank, daß die Männer nach Hause gekommen sind. Das waren anständige Leute.

Doch als er nicht umhin konnte, eine Belohnung anzunehmen, ließ er dem Kommandeur sagen:

Hochgeehrter Herr Kommandeur! Gott segne Frankreich und den König in Frankreich. Sagen Sie ihm, daß ich am Meer wohne und daß der Hof nicht viel abwirft. Mein Auskommen – das ist das Meer. Aber mein Boot hat angefangen zu lecken, denn es ist alt geworden, und ich habe oft darüber nachgedacht, wie ich mir ein neues Boot beschaffen könnte. In meinem ganzen Leben habe ich noch nie etwas gesehen, das ein so unchristliches Begehren in mir geweckt hat, wie die Rettungsboote auf dem Deck dieses schönen Kriegsschiffes. Das sind, weiß Gott, richtige Boote, sagte ich mir, und wenn Torfi in Björg eines davon hätte, bräuchte er sich um die Zukunft seiner Kinder keine Sorgen zu machen.

Das war ein echter Isländer! rief der Kaufmann und schlug so heftig auf den Tisch, daß die Frauen es mit der Angst zu tun bekamen.

Mehr Tee! sagte Stein Ellidi. Der Käse ist wie Gummi, Großmutter. Wie kommt es, daß so wenig gutes Gebäck auf dem Tisch ist? Die Gäste haben doch hoffentlich kein Bauchweh?

Es heißt, daß zwei Mandarine in China drei Stunden brauchen, um einander zu begrüßen, weil das Hofzeremoniell verlangt, daß sie unzählige Male voreinander hüpfen, knien, sich auf die Erde werfen und auf dem Kopf stehen, singen, hurra rufen, pfeifen, trällern, mit den Fingern schnalzen und auf einem Bein stehen, bevor sie es wagen, nach Neuigkeiten zu fragen oder über Politik zu sprechen. Als der heilige Franz zu den Vögeln im Wald sprach, hatte er Bedenken, denn er fühlte sich nicht würdig, zu Geschöpfen von Gottes Hand zu sprechen, und er begann folgendermaßen: Vergebt, liebe Geschwister, daß ich es wage, euch zu stören! Wenn ihr eure Rede beendet habt, könnte ich dann die Erlaubnis bekommen, etwas zu sagen, das mir am Herzen liegt? Doch wer hat es je mit Beintein von Fagurhol an Höflichkeit aufgenommen? Ein wohlerzogener, höflicher Mann begleitet seinen Gast zumindest bis über die Türschwelle, wenn er Abschied nimmt. Ein noch höflicherer Mann begleitet seinen Gast bis vor die Haustür, oder vielleicht sogar bis zum Gartentor. Beintein von Fagurhol begleitete seine Gäste heim bis zur Mauer um ihre eigene Hauswiese. Die Gegend ist sehr abgelegen, deshalb wird in Fagurhol jeder Gast wie eine Offenbarung empfangen. Dreimal hat Beintein Gäste aus Reykjavik vom Hofplatz in Fagurhol bis zu den Ellidaflüssen kurz vor Reykjavik begleitet; das sind elf Tagereisen, wie von Paris nach Peking mit der Transsibirischen Eisenbahn. Der Weg geht durch zwanzig Gemeinden, Sandwüsten und einige der gefährlichsten Flüsse Europas. Beintein läßt nicht zu, daß unterwegs die Pferde des Gastes benützt werden. Vor einigen Jahren übernachtete in Fagurhol ein junger Mann aus Reykjavik, der drei Landwirtschaftsschulen in Dänemark, Island und Norwegen absolviert hatte. Er untersuchte die landwirtschaftlichen Gegebenheiten im Ostland und kam auf einer rückenlahmen Schindmähre angeritten, die er wahrscheinlich irgendwo im Mula-Bezirk gestohlen hatte. Er holte droben in der Schlucht zwei kleine Steine, schlug sie gegeneinander, so daß sie zerbrachen, und untersuchte die Bruchfläche, anschließend nahm er Messungen am Wasserfall vor. Er wurde in Fagurhol wie ein König empfangen, und als er abreiste, brachte der Bauer Beintein ihn auf den Weg und ritt elf Tagereisen mit ihm. Als sie zu den Ellidaflüssen fünf Kilometer östlich von Reykjavik kamen, saß der Bauer Beintein ab, sie legten den Sattel des Gastes auf dessen Gaul und verabschiedeten sich dann mit einem Kuß, wie es auf dem Land üblich ist, wenn man von einem lieben Gast Abschied nimmt.

Hör, Beintein, sagte der Landwirtschaftsexperte, als sie sich verabschiedet hatten. Du bist nicht zufällig so gut bei Kasse, daß ich dich um einen Zehner anpumpen kann? Ich werde ihn dir mit der Post zurückschicken.

Nichts war selbstverständlicher. Beintein machte die Sicherheitsnadel an seiner Brusttasche auf und holte seinen Geldbeutel heraus, der in drei weiße Taschentücher eingewickelt war, nahm zehn Kronen aus dem Geldbeutel und gab sie dem Landwirtschaftsexperten. Hierauf trennten sie sich.

Es vergingen zwölf Monate, und zwölfmal kam die Post, doch kein Geld vom Landwirtschaftsexperten. Beintein hatte noch nie davon gehört, daß Schulden nicht bezahlt wurden, und dergleichen widerstrebte seinem Gewissen, deshalb nahm er an, der Landwirtschaftsexperte sei gestorben. Doch zwei Jahre später fuhr er mit dem Dampfschiff nach Reykjavik und erfuhr, daß der Landwirtschaftsexperte nicht tot war, sondern auf der Halbinsel Kjalarnes ein hypermodernes Versuchsgut errichtet hatte. Der arme Mann! Vergessen zu haben, seine Schuld zu bezahlen! dachte Beintein, und das ging ihm so nahe, daß er bei Wind und Wetter im Herbst zu Fuß nach Kjalarnes hinausging. Das Versuchsgut bestand aus einem Kater, einer Frau und drei Stühlen im amerikanischen Stil. Die paar Kronen müssen irgendwie in Vergessenheit geraten sein, sagte Beintein; nicht daß es etwas ausmachen würde, aber trotzdem ...

Das trifft sich ausgezeichnet, denn ich habe gerade heute morgen fünfhundert Lämmer gekauft, sagte der Landwirtschaftsexperte, trieb sie zusammen und zum Pferch hin und gab Beintein einen winzigen Spätentwickler von einem Lamm als Bezahlung für die Schuld.

Beintein entschuldigte sich dafür, daß er diese Kleinigkeit erwähnt hatte, bedankte sich und machte sich auf den Weg nach Reykjavik, mit dem Lamm auf den Schultern. Es wurde schon Abend, das Wetter war schlecht, die Herbstnacht dunkel, und deshalb entschloß sich Beintein, auf dem ersten größeren Bauernhof, den er erreichte, zu übernachten. Am Morgen, als er aufwachte, erinnerte er sich plötzlich daran, daß er das Lamm am Abend zuvor am Rand der Hauswiese vergessen hatte. Aber er machte kein Aufhebens davon, sondern bezahlte für die Übernachtung, wie es sich für einen Mann von Welt geziemt, verabschiedete sich von seinen Gastgebern mit einem Kuß und ging.

Wie wundervoll, diesem Mann zuzuhören! seufzte die Dame vom Fünfundzwanzigöre-Verein pathetisch.

Doch Stein Ellidi ließ sich von seiner Großmutter noch mehr Tee eingießen und aß weiter.

Auf dem Hof Hvol übernachtete ich zusammen mit Adalbjörn von Hris. Er war früher ein wohlhabender Bauer und Gemeindevorsteher in Lon. Doch wegen seiner Gutmütigkeit gegenüber Würdigen und Unwürdigen leerte sich die Gemeindekasse, und Adalbjörn wurde der Prozeß gemacht; er wurde dazu verurteilt, seinen ganzen Besitz herzugeben, aber nicht einmal das war genug. Er hatte sechs Söhne, große und tüchtige Männer. Zwei ertranken im Meer, einer in einem Fluß, der vierte starb an Schwindsucht, der fünfte wanderte nach Amerika aus. Der sechste studierte und wurde Säufer in Reykjavik. Nach dem Bankrott zogen der Gemeindevorsteher und seine Frau bettelnd von Hof zu Hof, doch die Frau starb unterwegs. Seitdem zieht Adalbjörn allein herum. Er ist zweiundachtzig Jahre alt. Er sieht aus wie ein Kardinal, altersschwach und würdevoll, ungewöhnlich häßlich und ungewöhnlich gut zu Kindern. Er erfindet Maschinen, schlägt sich auf die Schenkel und sagt: Oh, Kinder, wie viele Maschinen ich noch erfinden werde! Er hat so wichtige Aufgaben zu erfüllen, daß er keine Zeit hat zu sterben. Wir unterhielten uns fünf Stunden lang über Maschinen. Er erklärte mir sieben Maschinen, die er in den letzten Jahren erfunden hatte, und sagte, sie seien schon so verbreitet, daß ich sie auf jedem Hof im Ostbezirk und auf jedem zweiten Hof im Westbezirk finden würde. Dann fragte er mich, ob ich noch nie eine Maschine erfunden hätte? Da das nicht der Fall war, vertraute er mir ein Geheimnis an. Er ist nämlich dabei, eine neue Maschine zu erfinden, die alle früheren übertrifft, eine Daunenreinigungsmaschine, die eine Revolution auf dem Gebiet der Daunenreinigung herbeiführen und fünfundsiebzig Prozent Arbeitskraft einsparen würde. Er war zu Fuß über Berg und Tal gezogen und wollte nach Westen, um mit dem Kreisrichter in Vik über diese großartige Neuerung zu sprechen. Er wollte sich seine Erfindung patentieren lassen und dann seiner Gemeinde das Patent vererben, damit man dort mit der Zeit eine Volksschule bauen konnte. Er machte sich früh am Morgen auf den Weg, und er hatte große Angst vor dem Husten, den er unterwegs bekommen würde, denn der Wind blies ihm genau ins Gesicht. Der Weg wand sich wie eine Rauchfahne den steilen Hang hinauf. Er wollte noch heute in den Westbezirk hinübergelangen. Er ging vornübergebeugt und ein wenig unsicher, stützte sich auf einen Wanderstab. Der Wind spielte mit seinen silberweißen Locken. Ein scheckiger Hund lief ihm nach; im übrigen war er allein.

84

Stein kommt nach einem langen Morgenspaziergang zum Frühstück und setzt sich allein an den Tisch. Doch kurze Zeit, nachdem er begonnen hat, kommt die Frau Direktor herein. Morgens ist ihr Gesicht völlig farblos; ihr Körper Blendwerk, die Seele ist alles. Selbst ihre Hände sind nichts als Seele.

Guten Morgen! sagt er kauend. Ich glaubte, es hätten alle schon gegessen. Ich habe einen Spaziergang durch den ganzen Wald zum See hinunter gemacht. Welcher Duft!

Sie setzte sich müde hin und nahm sich Tee.

Ich stehe immer spät auf, sagte sie, ohne aufzublicken.

Das ist ungesund, sagte er mit vollem Mund.

Ich schlafe für gewöhnlich erst gegen Morgen ein.

Wie kommt denn das?

Sie zuckte mit den Schultern und antwortete nicht. Zweimal hatte er sie während der letzten Tage über den Flur huschen sehen, doch beide Male war sie in der nächstbesten Tür verschwunden, als habe sie ihn nicht bemerkt. Gestern war sie mit ihrer Begleiterin den Weg von Osten entlanggekommen, er von Westen. Doch sie beschleunigten ihre Schritte, um zum Hotel abbiegen zu können, bevor sie ihm begegneten, und verschwanden im Innern des Gebäudes.

Er tat so, als habe er keine Ahnung davon, daß sie Angst vor ihm hatte, aß in Ruhe und setzte das Gespräch fort.

Wer weiß, vielleicht kann ich dir einen guten Rat gegen Schlaflosigkeit geben, Dilja, sagte er. Ich habe mich mit Homöopathie beschäftigt und war einmal Experte in Quacksalberei.

Sie stützte den Ellbogen auf die Tischkante und aß einen halben Zwieback, aus Pflichtgefühl gegenüber dem Frühstück.

Du mußt dir vornehmen, nicht einzuschlafen, bevor du dich nicht an alle glücklichen Stunden in deinem Leben erinnert hast. Ich kann dir versichern, wenn du dich an die sechste noch wach erinnerst, dann kommt die siebente im Traum zu dir.

Ich habe nie glückliche Stunden erlebt – ihre Antwort kam wie ein Echo aus kalter Leere.

Zumindest doch die Flitterwochen, sagte der Arzt und verschlang ein ganzes Ei auf einmal.

Nein.

Nun, zum Teufel! sagte er. Das ist zu dumm. Hast du jemals versucht, vor dem Einschlafen das große Einmaleins aufzusagen? Oder C. Wagners *Menschentat* zu lesen? Das ist ein so niederträchtiges Buch, daß es einen fünfjährigen Stier einschläfern könnte.

Ach, hör auf, Stein! sagte sie.

Doch er ließ nicht locker:

Das beste Mittel gegen nächtliche Seelenzustände ist jedoch, sich daran zu gewöhnen, nach dem Kompaß zu schlafen. Alle Sorgen des menschlichen Herzens kommen daher, daß es nicht nach dem magnetischen Pol ausgerichtet ist. Sobald man sich nach der Kompaßnadel hinlegt, wird das Herz ruhig und die Gedanken werden rein wie die Lilien des Feldes. Wäre ich Protestant, so würde ich eine Religion erfinden, deren Ziel es ist, das menschliche Herz in Einklang mit der Magnetnadel zu bringen.

Stein, du machst dich lustig über mich! Warum kannst du kein ernsthaftes Wort mehr sagen?

Er schaute sie völlig verblüfft an, aber in seiner Brust steckte ein Teufel, der ununterbrochen kicherte. Wie konnte man erwarten, daß er in dieser verpesteten Atmosphäre ein ernsthaftes Wort sagen könnte?

Bin ich in deinen Augen so verachtenswert, Stein?

Endlich hörte er auf zu essen und sah ihr direkt ins Gesicht:

Du erwartest doch wohl nicht, daß ich menschliche Gefühle für heilig halte? fragte er. So ein Unsinn.

Sind die Menschen in deinen Augen dann um so lächerlicher, je mehr sie leiden?

Ja, antwortete er ohne Zögern. Ich bin dir dankbar, daß du diese Frage so präzis formulierst. Die Menschen sind in meinen Augen um so lächerlicher, je mehr sie leiden.

Ist das katholisch? fragte sie.

Nein, das ist buddhistisch.

Stein, ich habe das Gefühl, noch nicht mit dir selbst gesprochen zu haben. Warum dürfen wir dich nicht sehen, wie du bist?

Er konnte ein Lachen nicht unterdrücken.

Ich bin mit Riesen und Trollen aufgewachsen, sagte er.

Weißt du, was ich so gerne möchte, Stein?

Nein, er hatte keine Ahnung.

Ich möchte so gerne, daß wir Freunde sind, Stein, alle drei.

Drei?

Richtige Freunde, Stein, wie Geschwister, Örnolf, du und ich.

Ich werde für euch beten, wenn ich abgereist bin.

Warum abreisen? Deine Freunde sind hier.

Freunde! wiederholte er verächtlich.

Denk doch, was für ein großer Mann du hier in Island werden kannst!

Hör mit diesem blöden Unsinn auf! sagte er und erhob sich.

Stein, du hast ein Geheimnis! sagte sie erregt, und ihre Pupillen weiteten sich. Er sah sie verwundert an und verstand diese Heftigkeit nicht.

Ja, ich habe ein Geheimnis, sagte er und ging.

85

Es war eine Vase mit Rosen.

Der Skjaldbreidur ist in eine große Wolke gehüllt. Es hat angefangen zu regnen, die Almannaschlucht verläuft wie ein Trauerrand durch das ganze Dasein, vom Berg bis zum See hinunter, nur an einer Stelle unterbrochen, dort, wo der Wasserfall herabstürzt. Im übrigen sind die Berge bei weitem nicht so heilig, wie Stein es sich im Süden vorgestellt hatte. Welchen Wert haben Berge? Er streift ziellos über die Lavawege, und die Tropfen fallen vom Himmel. Die Tropfen kommen vom Himmel und fallen auf unterschiedlichen Boden, wie das Evangelium. Am meisten bestürzte ihn, daß er es genoß, ein schlechter Mensch zu sein, ganz wider sein Gewissen. Er machte sich gar nichts daraus, besser zu sein. Er liebte den Teufel viel mehr als Gott. Er mußte an eine Äbtissin aus dem Mittelalter denken. Sie hatte in ihrer Zelle einen Vertrag mit dem Teufel geschlossen. Einen langen und detaillierten Vertrag. Sie verschrieb sich dem Teufel mit Haut und Haaren. Sie weihte ihm ihren Leib und ihre Seele, ihr Tun und alle ihre Gedanken. Denn es ist so selig, sich dem Teufel zu verschreiben; das bringt weder Kopfzerbrechen noch Sorgen; nichts ist einfacher. Der Vertrag ist auf Pergament geschrieben. Er wird in einem Klosterarchiv aufbewahrt, mit den Unterschriften beider Vertragspartner.

Er dachte bei sich: Ist der Mensch von heute dem gestrigen gleich? Wenn dem so ist, dann gibt es keine gnadenlosere Wahrheit, und die Hoffnung auf das Himmelreich wird geringer.

Er dachte zum ersten Mal nach langer Zeit wieder an Hounslow, diese Vorstadt von London, wo er sich an Strindberg übergelesen und sich gesagt hatte: Ich habe es hier nicht besser als dort! Dort hatte er an Herzkrämpfen gelitten; dort wurde er auf einen Spieß gesteckt und über schwachem Feuer geröstet, wie Savonarola. Eines Nachts hatte er sich so in die Zunge gebissen, daß ihm das Blut aus den Mundwinkeln rann. Die ganze Nacht schrie er nach dem Trost der Leidenden, nach jenem Gott, an den er nicht glaubte und auf den er nicht vertraute. Auf der einen Seite grinste der Tod, auf der anderen brüllte der Wahnsinn. Er betete in einem fort das Vaterunser, immer und immer wieder, unaufhörlich, pausenlos, wie ein Seemann, der in Lebensgefahr flucht. Er betete zwölf Stunden hintereinander, vom Abend bis zum Morgen, ohne an Gott zu glauben.

Am Tag, wenn er lesen wollte, vollführten die Buchstaben vor seinen Augen einen Tanz und wurden rot; sie machten sich lustig; die Seiten flackerten von Irrlichtern. Doch hinter dem Tanz lauerte die Angst. Das wenige, was er verstand, waren Anmerkungen und Andeutungen der Vorsehung, des Inhalts, daß er verloren sei. Schließlich gab er James die Anweisung, alle Bücher, die im Haus waren, zu verstecken. Wo? Unten im Keller. Die Regale wurden geleert, die Tische und der Fußboden geräumt; man schaute unter den Möbeln nach, ob sich vielleicht irgendeine Schwarte dorthin verirrt hatte, bis die Zimmer leer waren, abgesehen von ein paar Insekten in einer Ecke. Doch auf einmal fiel aus einem Regal, das eben erst ausgeräumt worden war, ein dickes, großes Buch herunter; ein Kursbuch. Ein Wink des Schicksals, dachte er. Einige Züge fuhren 10.15 Uhr ab, andere 12.45 Uhr. Er zweifelte nicht daran, daß dieses Buch vom Teufel geschickt und verhext war, und er wurde von immer größerem Entsetzen gepackt, je genauer er den Inhalt studierte: Ein Verzeichnis von Zügen, die verdammte Seelen nach Yorkshire und Devonshire, Budapest und Prag transportierten. Er warf es zum Fenster hinaus.

Und während Stein im Hotel Walhall seinen Nachmittagskaffee trank, zog er die *Imitatio* aus der Tasche, um zu sehen, ob der Heilige nicht etwas für ihn in petto hatte. Worin besteht der dauernde Frieden des Herzens und der wahre Fortschritt?

Wenn du dir schließlich eine so große Ausdauer in der Hoffnung erworben hast, sagt der Meister, daß du dein Herz noch größeren Prüfungen unterziehst, auch wenn dir jeglicher innere Trost fehlt – wenn du dich nicht mehr selbst rechtfertigst, als ob du glaubtest, du ertrügest die Prüfungen ohne Grund, sondern Christus in allen seinen Beschlüssen als gerecht anerkennst und ihn als heilig preisest: Dann liegt dein Weg auf der wahren Straße des Friedens. Einmal Kaffee und Kuchen, zwei Kronen fünfzig. Er tötete durch einen Schlag mit dem Buch zwei Fliegen und stand auf.

Als er gegen Abend nach Hause kam, wunderte er sich, daß die Tür zu seinem Zimmer einen Spalt breit geöffnet war. Er hängte seinen nassen Mantel auf und ging hinein. Die Frau Direktor stand am Tisch in seinem Zimmer und ordnete Blumen in einer Vase. Er sah sie im Profil. Es waren Veilchen von den Berghängen, Vergißmeinnicht von der Wiese des Pfarrhofes und verschiedene andere Blumen, alle isländisch, schön und klein. Sie wachsen am Herzen des Landes.

Guten Tag.

Die nervösen Finger brachten den Strauß im selben Augenblick, in dem er eintrat, durcheinander; ihre Pupillen waren dunkel, aber sie wechselte nicht die Farbe. Sie schaute ihn an und begann, die Blumen von neuem zu ordnen.

Ich wollte aus dem Zimmer sein, bevor du kommst, sagte sie.

Sind das Blumen? fragte er.

Ich weiß nicht, ob man das Blumen nennen kann.

Was soll man mit Blumen? fragte er.

Blumen –? Das weiß ich nicht, sagte sie und machte weiter mit dem Ordnen der kleinen Blüten. Die Veilchen sollten ganz außen stehen, die Vergißmeinnicht in der Mitte, weil sie am kleinsten waren. Wir haben immer Blumen hier in diesem Zimmer. Ich habe sie zu meinem Vergnügen gepflückt, denn sie wachsen...

Es war beinahe seltsam, wie ihre Hände kleiner geworden waren, seit sie ein Mädchen gewesen war; damals wirkten sie groß; jetzt klein. Damals waren ihre Arme dünn; jetzt waren ihre Handgelenke rund, ihre Haut zarter, weicher, weißer. Früher hatte sie Zöpfe gehabt; jetzt war ihr Haar im Nacken kurzgeschnitten. Ihr Hals war kräftig und hatte dennoch eine weiche Kontur, ihre Weiblichkeit war von einer eigenartig samtenen Bläue umhüllt, ihre Waden muskulös, elastisch und schön geformt. Und sie stand da und ordnete Blumen.

Schließlich trat sie zu ihm und sagte:

Sag mir, Stein, was können wir für dich tun. Jetzt bist du den ganzen Tag draußen gewesen. Wir machen uns Sorgen darüber, daß du dich so langweilst.

Ich überlege mir, ob ich wieder anfangen soll zu rauchen, sagte er. Hast du nicht ein paar gute Zigarren bei der Hand?

Doch, es ist genug zu rauchen da, sagte sie. Willst du ein Glas Wein?

Wein, hast du den Verstand verloren?

Hör zu, Stein, sagte sie bittend und berührte seinen Arm. Darf ich eine Flasche Wein mit dir trinken? Ja, das wollen wir tun, nicht wahr? Du darfst nicht böse sein, weil ich diese Blumen gebracht habe. Das sind nur gewöhnliche, kleine Blumen, ich habe sie gepflückt, du verzeihst mir doch?

Das ist ein Verbrechen, sagte er und zeigte auf die Blumen.

Sie schloß einen Augenblick lang die Augen und seufzte; verzog das Gesicht, als ob sie anfangen wollte zu weinen, und wendete sich ab. Dann sah sie ihn wieder an und fragte mit großen Augen:

Bin ich denn so verdorben?

Er umarmte sie. Er war sehr stark. Sie kam ganz an seine Brust. Doch das dauerte nur einen Augenblick; dann stieß er sie von sich, drehte sich um, ging zum Tisch und starrte auf die Blumen. Schließlich fragte er grob, indem er sich rasch nach ihr umsah:

Was soll ich mit diesen verdammten Blumen anfangen? Weg mit diesen verdammten Blumen.

Er packte die Vase und warf sie mit aller Kraft gegen die Wand, so daß die Scherben durch das ganze Zimmer flogen und das Wasser über den Boden floß. Aber es war ihm nicht genug, die Vase zu zerschmettern, er zertrampelte die Blumen mit seinem Absatz, während er nieder mit den Blumen schrie.

Doch sie war noch nie ruhiger und überlegener gewesen; hier war die Frau in ihrem Element; sie sah ihn bewegungslos an und sagte kalt:

Wie du mich haßt!

Er trampelte weiter, sie zog weitere Schlüsse:

Du machst dir einen Spaß daraus, mich in Stücke zu treten!

Er ging direkt auf sie zu und gab ihr eine Ohrfeige mit der flachen Hand, so daß sie schwankte.

Ich liebe dich! sagte er.

Sie fing nicht an zu weinen, sondern setzte sich ruhig hin, hielt sich die Wange und sagte:

Ich weiß, daß du ein Geheimnis hast. Und ich weiß, was das für ein Geheimnis ist. Ich kann es dir genau sagen. Du bist verheiratet.

Ich bin ein Diener des Herrn, sagte er.

Diener des Herrn! wiederholte sie und lachte verächtlich.

Ich reise ab und werde Mönch.

Bist du also nicht verheiratet?

Ich will Mönch werden.

Wo?

In Frankreich.

Wo in Frankreich?

Solesmes.

Darf ich zu dir kommen, wenn du Mönch geworden bist?

86

Er ging schnellen Schrittes den Weg nach Westen, als habe er etwas Wichtiges vor. Doch als er auf die Ebene hinübergekommen war, entdeckte er, daß er gar nichts vorhatte. Ein paar Deutsche retteten ihn, kurzgeschorene, wißbegierige Wissenschaftler, die fragten: *Sprechen Sie Deutsch?* Stein war froh, menschliche Wesen zu treffen, und gern bereit, zu führen und zu informieren. Sie gingen zuerst zur Birgisbude, dann auf das westliche Flußufer hinüber und besichtigten die Ruinen der Thingbuden, setzten sich schließlich an den östlichen Rand der Almannaschlucht und unterhielten sich über den Ort. Schließlich senkte sich die Dämmerung über Berge und Täler; der Regen hatte nachgelassen; die Winde schliefen auf den Wegen; der See spiegelglatt und weiß; der Schrei eines Wasservogels. Dann gingen sie zum Hotel Walhall und diskutierten bei einer Tasse Kaffee über europäische Kulturprobleme und die Asienpolitik der Engländer und Russen. Stein sprach wie ein Telegramm von Agence Havas. Er kam eine halbe Stunde nach Mitternacht heim.

In Haus Ylfing gab es kein elektrisches Licht, denn man hielt sich während der dunklen Zeit des Jahres nicht hier auf. Er zündete eine Kerze an und schaute sich um, die Scherben und die Blumen waren verschwunden. Sie hatte sie selbst aufgesammelt, den Boden mit ihren manikürten Damenhänden gesäubert, ohne daß jemand etwas davon wußte. Er setzt sich hin und denkt in der nächtlichen Stille darüber nach, wie schön es wäre, noch mehr zu zerschlagen. Doch als er eine Weile so gesessen hat, fällt sein Blick auf etwas Ungewohntes auf seinem Tisch: Eine Flasche Champagner und zwei Gläser. Unter der Flasche schaut ein zusammengefaltetes Stück Papier mit Aufdruck und Adresse hervor, ein Telegramm. Es ist schon geöffnet worden, die Adresse lautet: Frau Dilja Thorsteinsdottir, z. Zt. Thingvellir, und der Inhalt wie folgt: London heute früh 9 Uhr. Unterwegs heim zu Dir, Örnolf.

Er wollte nicht begreifen, wie sich diese Dinge in sein Zimmer verirrt hatten, konnte sich nicht vorstellen, daß irgend jemand im Haus verrückt sei, dachte: Ein Mann hieß Joseph; er verstand nichts. Stein Ellidi war dazu entschlossen, Christus in all seinen Ratschlüssen als gerecht anzuerkennen und ihn als heilig zu preisen. In der Stille der Mitternacht, wenn die Welt schläft, ist der Herr dem, der ihn ruft, nahe. Der Herr wacht alle Nächte. *Sicut tenebrae ejus, sicut et lumen ejus.* Wie sein Licht, so ist auch seine Finsternis. Herr, lehre mich, dich zu lieben, wie deine Heiligen dich lieben, so daß mir nichts innerhalb der Grenzen des Daseins mehr wert ist als du, die letzte Wirklichkeit! Lehre mich, mein Herz auf noch mehr Prüfungen vorzubereiten, selbst wenn mir jeglicher innere Trost genommen wird! Mache mich zu einem Pilger in dieser Welt, die nur Stein für Brot und Würmer für Fisch gibt, und lasse mich nirgends Zuflucht finden, bis diese Wanderung durch das Jammertal ein Ende hat und meine Gebeine ruhen dürfen. Er zog seinen Rosenkranz aus der Tasche und begann, über Jesus zu meditieren, der für die Sünden der Menschen gestorben ist, und über seine fünf Leiden: Er schwitzte Blut in Gethsemane, wurde gegeißelt, wurde mit Dornen gekrönt, trug das schwere Kreuz, wurde gekreuzigt. Amen.

Seine Fingerspitzen tasten sich von Perle zu Perle, und nach jeder zehnten schlägt er ein großes Kreuz, drückt das Kruzifix des Rosenkranzes an seine Lippen und sagt ein Vaterunser, fängt dann mit den nächsten zehn Perlen an.

Aber selbst die geringste Bewegung von draußen stört, so hellhörig ist es in der Stille der Nacht; irgendwo im Haus wird behutsam eine Tür geschlossen. Dann hört man jemanden vorsichtig gehen. Seine Konzentration wird einen Augenblick gestört, doch wenig später ist alles wieder so ruhig wie zuvor; seine Finger tasten sich fünf Perlen weiter.

Da hört man wieder ein schwaches Geräusch, und nicht mehr weit weg im Haus, man kann deutlich hören, daß sich draußen vor der Tür jemand bewegt. Schritte, etwas streift die Wand entlang. Er steckt schnell den Rosenkranz ein und löscht die Kerze. Einen Augenblick lang hört er nichts als seinen eigenen Herzschlag, schwer wie ferner Kanonendonner, doch dann wird von außen die Türklinke berührt, vorsichtig nach unten gedrückt, bis die Falle aus dem Türstock zurückgezogen ist. Dann vergeht wieder eine Weile, bis die Tür ganz langsam geöffnet wird, und durch den fingerbreiten Spalt zwischen Tür und Türstock fällt ein schwacher Lichtschein.

Die Tür wird halb geöffnet. Es ist Dilja, die in einem Kimono mit weiten Ärmeln dasteht, die nackten Füße in Seidenpantoffeln mit hohen Absätzen; sie hat eine kleine rote Nachtlampe in der Hand. Der Schein von diesem schwachen, roten Licht fällt auf ihr Gesicht, das bleich und starr ist wie eine Wachsmaske, und die aufgerissenen Augen starren mit großen Pupillen ins Zimmer. Sie bleibt in der Tür stehen, noch immer die Klinke in der Hand, und starrt weiter; es scheint, als habe sie die Fähigkeit, ihre Augen zu bewegen, verloren; sie starrt und starrt. Die Fesseln der Vernunft sind gesprengt, eine blinde Naturgewalt zeigt sich in diesen nächtlichen Augen, göttliches Gesetz und menschliche Klugheit gelten nicht mehr in diesem rötlichen Schimmer. Ihre Persönlichkeit hat sich ins Leere verflüchtigt, dorthin, wo sich jegliche Form auflöst; sie offenbart sich hier als Inkarnation namenloser Gottheiten, ein Bild des ersten und des letzten Lebewesens, blind, gedankenlos und schrecklich.

Als sie ihn eine Weile angestiert hat, seufzt sie plötzlich, ein krampfartiger Schauer des Glücks oder des Unglücks durchfährt sie. Sie tritt über die Schwelle und schließt die Tür hinter sich. Er ging mit beinahe unnatürlicher Ruhe auf sie zu, nahm ihr das Licht aus den Händen und stellte es auf den Tisch, nahm sie bei den Armen und setzte sie in einen Sessel. Doch als er sie loslassen wollte, packte sie ihn an den Händen, hielt sie fest, starrte ihm voller Schmerz ins Gesicht und seufzte:

Oh, Wein!

Er setzte sich ihr gegenüber und sagte:

Gott hat unser beider Leben geheiligt. Wir dürfen seine Gnade nicht abweisen, denn unser Heil in einer anderen Welt ist besser als die Sünde. Du sollst Örnolf lieben, Dilja; er ist deiner Liebe wert; er ist dein Mann. Gott will, daß du in der Unbeflecktheit einer treuen Ehefrau lebst, nicht deinetwegen und auch nicht seinetwegen, sondern wegen der Kinder, die euch Gott schenkt. Denn vor dem Gericht der Ewigkeit wird nicht gefragt, wie heiß deine Liebe gewesen ist, sondern ob du deine Kinder gelehrt hast, Gott zu lieben. Meine Berufung ist es, der Welt im Namen Jesu Christi zu entsagen.

Nimm die Maske ab, Stein, bat sie.

Du weißt nicht, was du tust heute nacht, Dilja.

Du hast gesagt, du liebst mich.

Verzeih, was ich gesagt habe. Ich weiß auch nicht, was ich tue. Alles, was ich sage, ist Lüge. Ich bin nichts als Täuschung. Deshalb habe ich mich selbst aufgegeben. Gott allein ist die Wirklichkeit.

Da nahm sie seine Hände, beugte den Kopf zurück, schloß die Augen, und ihre Stimme zitterte erregt, als sie zu sprechen begann:

...alle meine erhabensten Gefühle würden dieses kleine, heilige, unschuldige Wesen umschließen. Wie selig würde ich Gott danken, wenn ich ihn an meine Brust legte. Seinetwegen würde ich bereitwillig jede Last des Schicksals auf mich nehmen. Stein, ich will alles opfern, alles! Das kann keine Sünde sein!

Wovon sprichst du eigentlich?

Von der Erinnerung an dich, Stein, eine fleischgewordene Erinnerung an den Gott in dir, an das Wahre in dir, an deine reinen, blauen Augen, an deine hellen Locken, deinen Mund, Stein, deinen Mund; die Erinnerung, die du mir schenken willst, die ich in meinem Schoß tragen will. Ich kann dir nicht mehr entfliehen, Stein. Es wäre lächerlich, wenn ich versuchte, mich zu verstecken.

Das ist sündig, Dilja.

Wenn ich gesündigt habe, dann hat Gott vor mir gesündigt, als er die Welt erschuf.

Dilja, nimm dich in acht, Kind! Gott ist heilig!

Gott ist heidnisch, sagte die Frau, und weder katholisch noch lutherisch; heidnisch! Ich hasse dieses abstoßende, göttliche Gewäsch.

Sie richtete sich im Sessel auf und schaute ihn mit wildem Blick herausfordernd an. Er fürchtete, das wilde Tier würde vollends die Oberhand gewinnen, wenn er nicht versuchte, sie zu beruhigen, streichelte ihren Handrücken und sagte:

Sei ruhig, Dilja. Wir wollen Freunde sein, wie du gestern morgen sagtest, reine und aufrichtige Freunde, wie Schwester und Bruder.

Unsinn, sagte sie. Das habe ich nie gesagt, nie gewollt! Schwester und Bruder! Gräßlich! Oh, Stein, Stein!

Er wollte sie noch immer beruhigen und fuhr in freundlichem, ruhigem Ton fort:

Dilja, ich werde dich nie vergessen. Du wirst immer meine liebste Kindheitserinnerung bleiben. Jeden Tag werde ich für dich beten, jede Nacht Gott bitten, seine Engel über dir wachen zu lassen. Doch Gott hat mich gerufen; er fordert mich; ganz. Ich habe geschworen, mich Gott zu weihen; ganz. Ich bat ihn, meine Reinheit zu beschützen, lange bevor ich meinen Stolz vor seiner Allmacht demütigte. Und er wollte, daß ich rein lebte, lange bevor es ihm gefiel, mich seine Stimme hören zu lassen. Wenn ich heute nacht sündigte, würde ich einen Fleck auf mein Taufsakrament machen. Ich ertrage es nicht, daran zu denken, daß ich freiwillig einen Schritt gegen den Willen Gottes machen könnte.

Flegel! rief sie und drohte ihm mit geballter Faust, ihr Gesicht vom Zorn der Erniedrigung verzerrt. Du verhöhnst mich! Das heißt man eine Frau verhöhnen! Hinaus mit dir! Du hast in diesem Haus nichts zu suchen! Das Haus gehört mir! Fort!

Da gab er sich demütig und elend, warf sich vor ihr auf die Knie, bat um Verzeihung und küßte ihre Hände, und sie packte mit ihrer Hand einen Schopf von seinem Haar; eine Weile verharrten sie in dieser Stellung. Dann stand er auf. Sie drehte sich um, ging zu seinem Bett, warf sich bäuchlings darauf nieder und fing an zu weinen. Sie lag dort lange mit schmerzlichem, schluchzendem Weinen. Er wartete. Dann ließ er sie hinaus.

87

Friede zwischen Mann und Frau ist das Schlimmste, was es gibt, nur eines ist noch schlimmer: Freundschaft. Am folgenden Tag saßen sie drei Stunden lang im Wohnzimmer und unterhielten sich einträchtig. Er erzählte ihr alles, was geschehen war, nachdem er seine Mutter im Herbst 1921 in Neapel verlassen hatte, bis er vor sechs Wochen in Island an Land gegangen war. Er beschrieb ihr Hounslow bei London, der schrecklichen Stadt; erzählte von seiner Pilgerfahrt nach Sizilien, wo das Grab seiner Mutter auf dem Ketzerfriedhof liegt, mit dänischer Inschrift, und grüne Eidechsen in der Mittagshitze herumlaufen und mit jedem Auge in eine andere Richtung schauen können. Dann erzählte er ihr von seinem Aufenthalt in den Ardennen, wo er zum rechten Glauben bekehrt wurde. Er sprach in Gleichnissen über religiöse Reife wie ein Seminarist. Er bewies ihr, daß Gott selbst die katholische Kirche gegründet hat und andere Kirchen ketzerisch sind. Er bewies ihr, daß die Menschenseele zum ewigen Leben bestimmt ist. Der Weg zur Erlösung ist, den eigenen Willen zu opfern. Hinterher war er wütend auf sich selbst wegen all diesem Geschwätz. Es kam ihm so vor, als ob er versucht hätte, sich zu entschuldigen.

Sie hörte zu, aber er wußte nicht, ob sie zerstreut oder aufmerksam war. Vielleicht dachte sie die ganze Zeit nur an das eine. Natürlich denken Frauen immer nur an das eine. Man muß mit ihnen sprechen wie mit Kindern und Hunden. Worin besteht der dauerhafte Frieden des Herzens und der wahre Fortschritt? Welche Frau versteht diese Frage? Hat sie eine glückliche Nacht gehabt, denkt sie den ganzen Tag daran. Ist sie in der Nacht enttäuscht worden, sinnt sie auf Rache.

Später unternahmen sie einen Ausritt. Gegen Abend bewölkte es sich, doch Wolken wie Berge waren mit Sonnenschein umrandet; es herrschte Windstille. Sie hatten erst ziemlich spät aufbrechen können, weil der Knecht so lange gebraucht hatte, um die Pferde einzufangen. Als die beiden Reiter nach Sonnenuntergang von einem der Berge herunterkamen und heimwärts ritten, zog eine Regenwolke am Himmel auf, und droben im Gebirge regnete es bereits. Bald spürten auch sie die ersten Tropfen, und kurze Zeit später goß es in Strömen. Sie hätten auf dem Heimweg gern den Pferden die Sporen gegeben, denn sie hatten nicht viel Regenzeug bei sich, doch es stellte sich heraus, daß eines der Pferde lahmte, weil ihm an der einen Hinterhand ein Eisen fehlte, so daß sie ganz langsam reiten mußten. Die Nacht brach herein.

Als sie das Lavafeld zur Hälfte überquert hatten, saßen sie in einer Senke ab, um die Pferde verschnaufen zu lassen, suchten Schutz vor dem Regen und fanden eine Lavaspalte, in der eine Wand überhing. Sie mußten sich dicht nebeneinander setzen, um dem Regen zu entgehen. Er nahm ihrer beider Fäustlinge und wrang sie aus. Sie verwünschten den Knecht, weil er die Pferde nicht besser beschlagen hatte, bevor sie losritten, und beschlossen, ihn zu entlassen. Schließlich sagte sie:

Hoffentlich bekomme ich keine Erkältung, denn ich will morgen früh nach Reykjavik.

Nach Reykjavik?

Ja. Die Botnia kommt morgen abend. Ich muß Örnolf abholen.

Er schwieg. Es regnete auf die Lava und das Birkengestrüpp; es wurde immer dunkler. Sie saß ganz dicht neben ihm. Er brauchte sich nur ein wenig nach links zu beugen, dann ruhte ihr Kopf an seiner Brust. Doch keiner von ihnen bewegte sich. Sie wagten sogar kaum zu atmen. Beide schienen vergessen zu haben, daß sie durchnäßt waren und sich beeilen mußten, nach Hause zu kommen, damit die Großmutter sich nicht ängstigte.

Schließlich fuhr sie in einer Art von Panik auf, drehte ihm rasch ihr Gesicht zu und flüsterte:

Stein! Was du von mir denken könntest! Alles Schlimme könntest du von mir denken! Du lieber Gott, wenn du mich falsch verstehen würdest; wenn du glauben würdest, ich sei leichtfertig!

Und jetzt packte sie die Kleider auf seiner Brust und flüsterte ihm bittend ins Gesicht:

Versprich mir, daß du nie glaubst, ich sei aus Leichtfertigkeit zu dir ins Zimmer gekommen. Ich könnte das nie ertragen. Das weiß der allmächtige Gott, daß ich Frivolität hasse, Stein, ich hasse sie! – Ihr Seufzen ging in ein wildes Schluchzen über, und sie schlang ihre Arme um seinen Hals, drückte sich an ihn, zitterte und weinte.

Stein, du kannst dir nicht vorstellen, wie sehr ich Leichtfertigkeit hasse. Ich könnte sterben!

Er ging in die Lavasenke hinaus und hielt nach den Pferden Ausschau, doch sie waren verschwunden. Warte! rief er und stieg auf den nächsten Hügel, doch Regen und Dunkelheit behinderten die Sicht, er konnte nichts sehen, was Ähnlichkeit mit ihren Pferden hatte. Er suchte in Senken, ging von Hügel zu Hügel. Sie brachte nicht die Energie auf, wieder vor dem Regen Schutz zu suchen, sondern blieb auf dem Reitpfad, starrte wie in Trance in die Nacht hinaus und ließ sich wie die Erde den Regen auf die Brust fallen. Plötzlich wurde ihr bewußt, daß Stein in Lebensgefahr war, denn in der Lava gab es überall sehr tiefe Spalten, und sie fing an zu rufen: Stein! Stein!

Er antwortete aus der Ferne.

Komm! rief sie, komm!

Sie wartete noch eine Weile, endlich hörte sie seine mit Eisen beschlagenen Stiefel auf der Lava, das nasse Birkengestrüpp streifte seine Kleider.

Die Gäule sind ausgerissen, sagte er. Ich sehe nichts in dieser Dunkelheit. Wir müssen zu Fuß nach Hause gehen.

Der Weg war nicht leicht zu finden, am schlimmsten war es, wo er über nackte Lava führte, dort war am schwierigsten zu erkennen, was der Pfad war und was nicht, doch wo er über weiche Erde führte, sah man in den Hufspuren das Wasser glitzern.

Sie gingen eine ganze Stunde lang schweigend weiter, watend, stolpernd. Sie verlor ihre Reitgerte, er den einen Fäustling. Der Schlamm klebte dick an ihren Stiefeln, sie konnte nicht mit ihm Schritt halten. Schließlich erinnerte er sich daran, daß sie eine Frau war, und bot an, sie zu führen.

Du mußt völlig durchnäßt sein, sagte er.

Wir müssen bald da sein, sagte sie.

Er antwortete ärgerlich: Der Teufel hole das Ganze.

Diese Nachtwanderung ging noch lange weiter, ohne daß sie die nächste Umgebung von Haus Ylfing wiedererkannt hätten, bis sie ganz in ihrer Nähe Hundegebell hörten, und bald kamen drei, vier laut kläffende Köter auf sie zugerast. Doch als diese unangenehmen Nachtwächter sich davon überzeugt hatten, daß sie keine Gespenster waren, verloren sie das Interesse an ihnen und trollten sich.

Wir müssen bei irgendeinem Hof sein, sagte Stein. Hier ist ganz offensichtlich eine Umzäunung, und dort drüben sehe ich die Umrisse eines Hauses.

Sie tasteten sich am Zaun entlang und kamen auf einen Hofplatz.

Was in aller Welt ist das für ein Hof? sagte sie. Ich kenne keinen solchen Hof in der Nähe von Thingvellir.

Aber er fluchte nur und hämmerte mit der Stiefelspitze gegen die Tür. Verdammter Mist. Wir sind genau in die entgegengesetzte Richtung gegangen – und er hämmerte weiter.

Endlich hörte man ein Geräusch hinter der Tür, und ein menschliches Wesen streckte seine Nase heraus. Eine verschlafene Stimme – es war schwierig zu entscheiden, ob sie einem Mann oder einer Frau gehörte – wunderte sich über den Lärm und fragte, wer da sei.

Leute aus der Stadt, antwortete Stein. Unsere Pferde sind uns davongelaufen, und wir haben uns verirrt. Können wir für den Rest der Nacht hierbleiben und etwas zu trinken bekommen?

Ja, ich weiß natürlich nicht, was ihr für Ansprüche stellt; das hier ist nicht gerade ein Schloß, wie ihr seht, aber selbstverständlich könnt ihr gern versuchen, in unserem bescheidenen Gästezimmer zu schlafen, statt bei Wind und Wetter draußen zu liegen.

Es war eine alte Frau. Sie sagte, sie sollten ihr folgen, durch einen finsteren Gang, in dem es nach saurer Erde roch, warnte sie vor ein paar Stufen, damit sie sich nicht den Hals brachen, und dann standen sie in einem winzigen Zimmer, das ein Fenster mit vier kleinen Scheiben hatte.

Ich bringe es nicht über mich, die anderen zu wecken, denn alle sind ganz erschöpft; wir konnten nicht einmal das Heu, das zum Trocknen ausgebreitet war, zusammenrechen, bevor der Regen kam. Ich war gerade eingeschlafen, als der Welpe zu bellen anfing. Wir haben noch kein Petroleum für die Lampen im Haus, aber dort steht ein gemachtes Bett zum Schlafen, wenn ihr damit vorliebnehmen wollt, und irgendwo muß eine Truhe sein, wenn ihr euch setzen wollt, solange ich versuche, etwas zu trinken zu finden. Seid ihr nur zu zweit?

Stein Ellidi bejahte dies.

Nach einer kleinen Weile brachte die Alte einen großen Krug mit frischer Milch und zwei große Tassen, stellte sie auf den Tisch unter dem Fenster und bat dann die Gäste, sich selbst zu bedienen.

Ihr braucht keine Bedenken zu haben wegen dem Bett, sagte sie, denn hier haben schon oft Leute aus der Stadt übernachtet, und bei uns wird auf Reinlichkeit geachtet.

Wann wird es hell? fragte Stein.

Oh, es fängt so gegen drei Uhr an zu dämmern, antwortete die Alte, aber macht euch darüber keine Sorgen, denn wenn ich aufstehe, werde ich der Bäuerin sagen, daß Gäste da sind, dann werdet ihr mit Kaffee geweckt.

Das alte Mädchen fand, damit alles bestens geregelt zu haben, denn sie wünschte ohne weitere Umständlichkeiten eine gute Nacht und ließ die Gäste allein mit ihrem Schicksal im Dunkel zurück.

Die Milch erwies sich als ausgezeichnetes, erfrischendes Getränk, und sie tranken gierig davon, während der Regen auf das Wellblechdach des Hauses prasselte.

Was glaubst du, wird Großmutter sagen, wenn wir nicht nach Hause kommen? fragte er.

Sie glaubt, wir seien tot, sagte die Schwiegertochter gewissenlos. Sie glaubt, wir seien in eine Schlucht gestürzt und haben uns das Genick gebrochen. Es wird ihr guttun, sich eine Nacht lang Sorgen zu machen.

Die Frau Direktor nahm den Hut ab und ordnete ihr Haar in der Dunkelheit, als ob sie diese Programmänderung sehr genösse.

Du mußt bis auf die Haut naß sein, sagte er.

Das macht nichts. Ich bin nicht nasser als du.

Wenn es hell wird, gehe ich die Pferde suchen.

Und ich hatte den Leuten daheim gesagt, sie sollten morgen früh um neun Uhr den Wagen bereithalten. Ich muß in zehn Stunden in Reykjavik sein. Im Augenblick kommt es mir vor, als ob ich irgendwo in Alaska sei. Stein, denk bloß, wir sind in Alaska!

Du hast wahrscheinlich bemerkt, daß es für uns beide nur ein einziges Bett gibt in dieser verfluchten Bruchbude, sagte er.

Was macht das schon? Ich bin es gewöhnt, nachts aufzubleiben, wenn ich nicht schlafen kann. Leg dich nur ins Bett, ich bleibe hier auf der Truhe sitzen.

Bist du übergeschnappt? Du bist naß und müde und außerdem eine Frau und kannst dich erkälten; leg du dich ins Bett; laß mich auf der Truhe sitzen. Ich gehe sowieso die Pferde suchen, sobald es anfängt zu dämmern.

Ich gehe auch, wenn es so hell ist, daß man den Weg sieht. Du bildest dir wohl nicht ein, daß ich mich morgen früh von den Leuten hier im Schlaf überraschen lassen werde.

Nein, laß mich auf der Truhe sitzen.

Ich rücke keinen Zentimeter von der Kiste herunter.

Ja, aber du mußt doch begreifen können, daß es absurd ist, das Bett leerstehen zu lassen.

Dann leg dich hin!

Du bist verrückt, Kind. Mir schadet es nicht, ein paar Stunden zu wachen.

Ich lege mich nicht vor dir ins Bett.

Vor mir? Ich lege mich überhaupt nicht ins Bett.

Nun, das mußt du wissen. Aber du kannst dich darauf verlassen, daß ich mich nicht ins Bett lege.

Liebe Dilja, was soll dieses Getue?

Meinetwegen kann das Bett leerstehen. Ich sage dir das ein für allemal.

Sie saßen eine Weile trotzig und schweigend und lauschten dem Regen.

Er trank eine Tasse Milch. Dann stand er auf, er zitterte vor Kälte.

Ich verstehe diese Dummheit nicht. Willst du das Bett benutzen oder nicht? fragte er.

Habe ich dir nicht gesagt, daß dieses blöde Bett meinetwegen bis zum Jüngsten Tag leerstehen kann!

Aber bis zum Jüngsten Tag mußte man noch lange warten, und es waren immer noch ein paar Stunden bis zur Morgendämmerung. Er ging eine Weile auf und ab, hielt am Fenster an, tastete herum und fand sie. Er faßte sie am einen Oberarm und flüsterte:

Ich lege mich ins Bett.

Sie sagte nichts.

Er begann, sich auszuziehen, und warf seine Kleider nachlässig auf den Boden, kroch schließlich in das weiche Bett und zog die Decke bis zum Kinn. Sie saß lange, ohne sich zu rühren, und er begann allmählich, wie im Schlaf zu atmen. Es verging eine lange Zeit. Der Regen trommelte noch immer auf das Dach. Er merkte, daß sich etwas im Zimmer bewegte, und plötzlich stand jemand neben dem Bett und berührte die Decke. Im nächsten Augenblick wurde die Decke aufgeschlagen, jemand stieg blitzschnell zu ihm ins Bett und schlüpfte neben ihm unter die Decke. Seine tastende Hand strich über nackte Brüste und unbedeckte Lenden, und ein weicher Arm legte sich unter seinen Kopf und umspannte seinen Hals.

Du stößt mich nicht nackt von dir? wurde ihm ins Ohr geflüstert.

Nein, ich danke dir dafür, Liebes, daß du dich von mir hast quälen lassen. Lieben heißt quälen und gequält werden.

Jetzt ist es soweit, seufzte sie. Hinterher darfst du mich umbringen.

Nein, Liebes, ich bringe dich nicht um; ich quäle dich, quäle dich, quäle dich. Ich verließ damals Island in der Absicht, dich zu quälen, und kam diesen Sommer nach Island, um dich zu quälen; und wenn ich abreise, dann reise ich wieder, um dich zu quälen. Denn du bist das einzige, was ich liebe. Die Liebe des Mannes zur Frau ist das einzig Wahre im Leben. Alles in meinem Leben ist Lüge, Dilja, Gott und der Teufel, der Himmel und die Hölle, alles ist Lüge, außer dir.

89

Als er aufwachte, war es schon längst heller Tag; die Sonne schien prächtig durch die vier Fensterscheiben und vergoldete die Armut im Zimmer: Unter dem Fenster stand ein Tisch aus rohem Holz, und auf dem Tisch ein Krug und zwei Tassen. Von seiner Bettgefährtin war keine Spur zu sehen. Er stieg aus dem Bett, trank die Milch, die noch in dem Krug war, und legte sich dann wieder hin. Seine Kleider lagen so auf dem Boden verstreut, wie er sie in der Nacht von sich geworfen hatte.

Er klopfte einige Male an die Wand und rief Hallo. Schließlich kam eine junge Frau zu ihm herein, die Bäuerin, wünschte freundlich einen guten Morgen und wunderte sich, nur einen Schlafgast zu sehen, denn man hatte ihr gesagt, daß in der Nacht zwei gekommen seien.

Mein Kamerad hat sich gleich heute früh auf die Suche nach den Pferden gemacht. Wir waren ein bißchen angeheitert, und die Pferde liefen uns davon, als wir Rast machten. Dürfte ich Sie vielleicht bitten, meine Socken zu trocknen?

Die Frau sammelte seine Kleider auf und verschwand mit ihnen, und wenig später kam sie mit dampfendem Kaffee, warmen Pfannkuchen und Waffeln wieder. Gegen Mittag wanderte Stein los, seine Kleider waren trocken, und er hatte sich gestärkt. Die Luft war rein und klar nach dem Regen, die Aussicht auf die Berge wundervoll, der Duft im Wald berauschend; überall stimmten Vögel ihre Instrumente; die Schmetterlinge entschlüpften seinen Händen, ehe er sie fangen konnte. Er ging gemächlich durch die Lava und dachte an eine Strophe in der Völuspa:

Emporsteigen sieht sie
zum zweiten Male
die ewig-grüne Erde
aus dem Meer;
die Wasser rauschen;
hoch schwebt der Adler,
der auf dem Berge
Fische fängt.

Er war weit davon entfernt, so etwas wie Gewissensbisse zu haben; ganz im Gegenteil, er war zufrieden mit sich, voll von der Sicherheit eines gesunden Mannes, von männlichem Stolz. Er hatte gelernt, in der Frau eine List des Teufels zu sehen und die Keuschheit als die höchste Leidenschaft eines Sterblichen zu betrachten. Heute pries er den Menschen für seine Fähigkeit, am Schöpfungswerk der lebendigen Allnatur teilhaben zu können. Zwei menschliche Wesen treffen die Ewigkeit ihrer eigenen Sterblichkeit im teuersten Opfer ihrer Körper und Seelen, gibt es ein schöneres Evangelium? Heute nacht hatte er den Mut gehabt, sein Selbst zu verlassen und die wahrhaftigste Lüge menschlicher Unvollkommenheit auszusprechen.

Und er ließ es zu, daß seine Ideale sich verflüchtigten wie Tau an der Sonne. Sein mönchisches Ideal? Spinnwebfäden, auf dem Webstuhl einer kranken Seele verwoben, genau der gleiche Fanatismus, wie fünfzig englische Gedichte über Gott zu dichten. Gott dient man mit einem mönchischen Leben genausowenig wie mit Dichten. Der Mensch besiegt sich durch ein mönchisches Leben genausowenig wie durch Poesie. Sein Leben wohlversorgt in einem stattlichen Klosterbau zu verbringen, um neun Uhr schlafen zu gehen und um vier Uhr aufzustehen, um irgendeine endlose Litanei aus dem Alten Testament zu singen, in verschiedenfarbige Meßgewänder gekleidet Messen zu lesen und Glöckchen zu läuten, das hatte kein bißchen mehr mit Christus zu tun, als in Hounslow bei London zu sitzen, um ein Uhr schlafen zu gehen und um acht

Uhr aufzustehen, um sich beim Haferbrei mit Mr. Carrington über klassische Dichtung zu streiten. Er war dazu entschlossen, jetzt ausführlich Freud zu studieren. Selbstverleugnung! Die sollten sich lieber an Laotse ein Beispiel nehmen und versuchen, die Heiligkeit zu besiegen! Der größte Teil der Menschheit lebt asketischer als die Mönche der strengsten Orden. In Großbritannien sind zur Zeit fünfhunderttausend Menschen arbeitslos und können es sich nicht einmal leisten, Milch zu ihrem Brei oder die Schilling-Ausgabe der Werke Bernard Shaws zu kaufen. Abends besaufen sie sich und stehlen. Es lebe der fünfte Stand, die Arbeitslosen, Trunkenbolde, Zuchthäusler und Huren, ihr Leben ist die wahre Askese. Mönchisches Leben ist nur für genußsüchtige Ästheten gleichbedeutend mit Askese, und nicht einmal für sie. Donquichotterie! Ich habe meine Zeit damit vergeudet, für Dulzinea von Toboso gegen Windmühlen zu kämpfen!

Fais le testament de ta pensée et de ton cœur, c'est ce que tu peux faire de plus utile.

Schließe einen Pakt zwischen deinem Herzen und deinem Denken, dem Triebleben und dem Intellekt, diesen kriegslüsternen Elementen, und gib jedem von ihnen das, was ihm zusteht! Nichts auf der Welt ist vernünftiger! Niemand erreicht ein höheres Ziel, als ein Mensch zu sein, wie Gott ihn geschaffen hat. Ich werfe die Gestalt des übernatürlichen Ungeheuers ab und beginne ein neues Leben, als Mensch unter Menschen, ein Bürger im Land der Wirklichkeit, ein einfacher Sohn meines Volkes:

Ich wähle die Liebe einer Frau,
des einfachen Mannes Königreich.

Und als er seinen Blick über den Kranz von Bergen schweifen ließ, der die Ebene von Thingvellir umgibt und dem sich seine Vorväter seit tausend Jahren an diesem geheiligten Ort gegenübergesehen hatten, da war er davon überzeugt, daß es von größter Wichtigkeit sei, eine Heimat zu haben, die mit der Majestät des Unaussprechlichen gesegnet war. Er fand, nichts sei wesentlicher, als die Eigenschaften zu besitzen, die man braucht, um ein guter Isländer zu sein.

Achtes Buch

90

Ostende. Hotel Windsor Castle. 10. Sept. 1926. R. P. Dom Alban O. S. B. Liebster Freund und Vater. Ich bin seit zwei Tagen wieder auf dem Kontinent und will jetzt Ihnen, ehrwürdiger und geliebter Vater, ein paar Zeilen schreiben, während ich mich von der Seereise erhole, um Ihnen mitzuteilen, daß ich damit rechne, schon in wenigen Tagen in Sept Fontaines zu sein.

Der Aufenthalt zu Hause hat viel dazu beigetragen, meine Moral und meine Selbsterkenntnis zu festigen. Während ich früher glaubte, der Beginn geistigen Fortschritts sei die Erkenntnis, daß alles eitel ist, so neige ich nach meiner Reise viel eher zu der Ansicht des alten griechischen Philosophen, der behauptet, der Anfang allen Glückes sei, daß der Mensch sich selbst kenne. Ich möchte gern, daß Sie mich in einem etwas anderen Licht sehen als früher, so wie ich mich selbst sehe.

Ich bin die lebende Verkörperung eines Menschentyps, der während der letzten zehn, zwölf Jahre das Licht der Welt erblickt hat und den es früher nicht gegeben hat: Ein isländischer Westeuropäer, geschaffen vom Geist der Zeit, die die Weltgeschichte zum Narren gehalten hat. Mein Denken ist frei, wie das eines Menschen, der im August 1914 vom Himmel gefallen ist und seitdem sein Leben in Nachrichtenagenturen und Zeitungsredaktionen zugebracht hat. Ein Dichter, der in der kontinuierlichen, ererbten Kultur, die bis auf die alten Griechen zurückgeht, aufgewachsen ist, hat mit mir nicht mehr gemeinsam als ein versteinerter Farn aus der biologischen Urzeit der Erde. Mein Denken wird von einem schaudererregenden Expressionismus und von einer surrealistischen geistigen Umnachtung beherrscht, die unvereinbar sind mit der ruhigen, fehlerlosen und dummen Lebensanschauung von Adligen mit Perücken oder Damen in Krinolinen, von Schoßhunden und Kommoden im Rokokostil ganz zu schweigen. Es würde mir nie in den Sinn kommen, Schriften aus der Zeit vor 1914 zu zitieren, auch wenn ich die wichtigsten von ihnen gelesen habe, es ist immer das alte Lied. Ich verbiete jedem, mich auf der Grundlage der klassischen Kriterien zu beurteilen, die bis zu den Tagen des französischen psychologischen Romans bestimmend waren.

Es gibt keine Weltgeschichte außerhalb meiner selbst, ich habe die Menschheit auf dem Gewissen wie einen alten Bubenstreich, kann sie auswendig und habe sie vergessen wie das Einmaleins. Die Zukunft soll auf lebendigen Gedanken aufbauen statt auf alten Tatsachen, auf dem lebendigen Leben statt auf geschichtlicher »Wahrheit«, auf den Träumen Gottes statt auf einem Sammelsurium alter Dokumente. Die Welt der Idee ist die wahre Welt, erhaben über Gesetze, Tatsachen und Handlungen; die Welt der Geschichte liegt auf den Friedhöfen. Die Geschichte handelt von Kämpfen und Taten, doch das, was der Mensch der Natur voraushat, ist, daß ihm ein seherischer Geist mitgegeben wurde, der über Kämpfe und Taten erhaben ist. *There is no such thing as history,* wenn man es genau betrachtet. Die Weltgeschichte ist eine politische Schrift und am wenigsten erbaulich, wenn sie von Stubengelehrten verfaßt wird, die entweder nicht wissen, was Politik ist, oder sich Mühe geben, es nicht zu wissen. Überschreitet der Mensch die Grenze des abstrakten Denkens, dann ist er ein politisches Wesen. So wird die Weltgeschichte entweder von Konservativen oder Liberalen, Aristokraten oder Demokraten, Kapitalisten oder Sozialisten, Katholiken oder Protestanten, Römern oder Barbaren dargestellt. Ein wahrer Mensch ist über die Weltgeschichte und alles, was außerhalb seiner selbst geschieht, erhaben. Arbeitet er, dann ist seine Arbeit so weit davon entfernt, ihn selbst zu berühren, daß er seinen Ausgangspunkt völlig vergessen hat, wenn er ans Ziel kommt. Er lebt in den Tag hinein. Sieg und Niederlage sind zwei Begriffe, die er nicht kennt, und ein Versuch, der glückt, ist genauso bedeutungslos für ihn wie einer, der mißglückt. Er leitet ein Revolutionstribunal und befiehlt genauso unparteiisch, wer unter das Fallbeil geführt wird, wie er vor einem Bettler auf der Straße den Hut abnimmt.

Ich zweifle nicht daran, daß die Menschen Gottes Sohn gekreuzigt haben. Und daß Gottes Sohn für die Sünden der Menschheit gestorben ist. Außerdem bin ich davon überzeugt, daß der, der die Existenz des Teufels abstreitet, in den Händen des Teufels ist. Das mönchische Leben hingegen ist kein bißchen bemerkenswerter als irgendeine andere Lebensweise. Ein paar Junggesellen bauen sich ein Schloß. Sie gieren danach, ihr Ackerland um ein paar Morgen zu vergrößern, und denken sich Mittel und Wege aus, den Preis für Schweinefleisch in die Höhe zu treiben. Sie dürfen nicht glauben, ich hätte meine Achtung vor dem menschlichen Streben verloren; ich habe die gleiche Achtung vor einem schlechten Mönch wie vor einem schlechten Dichter, denn beide geben sich redliche Mühe. Doch ich kann nicht abstreiten, daß ich mehr Achtung vor einem guten Dichter habe als vor einem Mönch, der nicht über sein Brevier hinausgewachsen ist. Alles Streben ist gut, sofern der Mensch unabhängig davon ist, alle Gebete sind gut, sofern der Mensch sie vergessen hat, wie die drei heiligen Greise, die das Vaterunser vergessen hatten, in den *Volkserzählungen* Tolstojs. Doch die meisten Mönche und Priester sind wie Kommoden. In einer Schublade ist Philosophie, in einer anderen Theologie, in der dritten Ethik, in der vierten Mystik – je nachdem, was man in sie hineingesteckt hat; in manchen sind nur andächtige Lügengeschichten auf Küchenlatein. Die Wissenschaftler unter den Geistlichen sind in der Regel anachronistische Phänomene, die Fabeln aus der Zeit studieren, in der Aberglaube Mystik genannt und empirische Wissenschaft mit Zuchthaus bestraft wurde. Doch die meisten sind Sklaven ihrer Vernunft. Jesus Christus ist der Erlöser der Menschheit, weil es absurd ist zu glauben, die Menschheit könne sich selbst erlösen. Alles, was nicht mit der gesunden Vernunft in Einklang gebracht werden kann, wird daher vernünftigerweise als Wunder bezeichnet, entweder von Gott oder vom Teufel. Sie bestaunen es als Wunder, daß Jesus Christus Wasser in Wein verwandelte, und ähnlichen Schabernack, aber es fällt keinem ein, die Wandgemälde in der Sixtinischen Kapelle ein Wunder zu nennen, oder die

Göttliche Komödie von Dante oder die Oratorien von Palestrina und Bach oder die Neunte Symphonie, die Beethoven als Tauber komponierte. Sie glauben, es sei ein großartigeres Wunder, Menschen von den Toten aufzuerwecken, als Kunstwerke zu schaffen. Ich bekenne, daß ich es für sehr wahrscheinlich halte, daß Christus Leute von den Toten auferwecken konnte, aber ich finde das so unwichtig und abstoßend, daß mir übel wird, wenn ich darüber spreche. Es würde mir nicht im Traum einfallen, vor einem Toten, der auferweckt wurde, den Hut zu ziehen. Jesus Christus ist das Höchste, was sich der menschliche Verstand vorstellen kann, mit anderen Worten, er ist unser Gott. Und ich bin viel zu überzeugt von der Göttlichkeit Jesu, als daß ich so unappetitliche Argumente wie Totenerwekkungen bräuchte.

Was es mir zu Anfang vor allem schwer machte, an die Göttlichkeit Jesu Christi zu glauben, war eben dies, daß er Kunststücke gemacht hat. Und es freute mich sehr, als ich erfuhr, daß es in der katholischen Kirche kein Dogma ist, daß Christus Wunder vollbracht hat, sondern nur eine fromme Annahme, die von Berichten des Neuen Testaments gestützt wird. Nichts im Bereich der Natur ist so weit davon entfernt, übernatürlich zu sein, wie ein Wunder. Nichts ist so übernatürlich wie die Natur selbst. Zum Beispiel glaube ich an die unbefleckte Empfängnis aus keinem anderen Grund als dem, daß die Kirche jetzt offiziell erklärt hat, was seit den Tagen des Urchristentums geglaubt worden war, daß Christus auf diese Weise auf die Welt gekommen sei. Hätten die Menschen genug gewußt, um das übernatürlichste von allem, die Natur selbst, bewundern zu können, dann hätten sie geglaubt, Christus sei auf die übliche Weise auf die Welt gekommen. Auf mich wirkt dieser ganze Unsinn von der jungfräulichen Geburt gleichzeitig obszön und blasphemisch. Dennoch halte ich es für unwahrscheinlich, daß die Jungfrau Maria ein Dutzend Kinder gehabt haben soll, wie es die protestantische Kirche lehrt, um ihre Familienverehrung zu rechtfertigen. Es ist mir ganz einfach unbegreiflich, wie ein denkender Mensch *conceptio immaculata* bemerkenswerter finden kann als *conceptio maculata*. Gibt es eine andere als eine übernatürliche Erklärung dafür, daß man mit einer Seele und mit der Fähigkeit, den Herrn zu preisen, in diese Welt geboren wird? Ich war glücklich, als ich entdeckte, daß Thomas von Aquin nicht an die bittere Wahrheit von der sogenannten unbefleckten Empfängnis glaubte.

Wenn Fakire im Nu aus einer Erbse eine Pflanze sprießen lassen und Jogis auf dem Wasser spazieren oder seherische Menschen sich verwandeln und wie Odin in eigener Sache oder im Auftrag anderer in fernen Ländern umherwandern, dann heißt es: Nehmt euch in acht, liebe Kinder, das ist der Teufel! Als ob der Teufel nicht machen dürfte, daß Erbsen sprießen, Leute auf dem Wasser spazieren und mediumistische Menschen durch die Luft sausen oder Brechdurchfall bekommen vom Teleplasma? Wenn der Teufel keinen größeren Schaden anrichtete, dann wäre es eine Lust zu leben. Ich gebe zu, daß ich den Teufel hasse, und ich weiß selbst am besten, daß er über eine ganz unglaubliche Macht verfügt; sogar die Macht, Kranke zu heilen und Trauernde zu trösten. Aber es erklärt überhaupt nichts, wenn man von einem Phänomen sagt: Das kommt vom Teufel! Ich frage: Wie vom Teufel? Genauso wie es nur eine Ausflucht ist, wenn jemand auf die Frage nach der Entstehung der Welt zur Antwort bekommt, sie sei von Gott geschaffen. Ich frage: Wie hat er das gemacht? Auf dieselbe Art und Weise sage ich zum Teufel, wenn er abends zu mir in mein Zimmer kommt: *Bonjour, monsieur le Diable! Je suis bien charmé de vous voir. Comment allez vous? Voudriez vous bien vous donner la peine de vous asseoir?* Ich lasse ihn nicht entkommen, bevor ich ihn genauer untersucht habe.

Alles in allem hoffe ich, daß Sie, hochgeliebter Vater, verstehen, daß ich nach wie vor erzkatholisch bin. Erlauben Sie mir, dies zu wiederholen: Ich glaube an Gottvater, Jesus Christus und den Heiligen Geist. Und ich glaube an die eine heilige, katholische Kirche. Die Kirche mit ihrer wunderbaren Lehre hat mein Selbst über die Grenzen der zeitlichen Welt hinausgehoben, und es ist ihr zu verdanken, daß ich mich als freier Geist fühle. Sie hat mir Gottes Träume gedeutet. Ihre Lehrsätze sehe ich vor meinem geistigen Auge als heilige Stationen, erlösende Mahnmale. Ich spüre hinter ihren häufigsten Begriffen einen klareren Himmel als die Geistlichen selbst; meine Wahrnehmungen kann ich nur mit dem Unaussprechlichen in den Visionen der Mystiker und Heiligen und anderer freier Menschen vergleichen. Ich gebe bereitwillig zu, daß ich durch meine Bekehrung zum Katholizismus nicht das geworden bin, was man einen »besseren Menschen« nennt. Nein, Gott ist immer gleich hoch über mir. Die Kirche hat mir nur Sicherheit gegeben, sie ist mein Rettungsanker. Ohne sie würde ich es nicht mehr wagen zu leben. Dort und sonst nirgends wage ich zu leben und zu sterben. Dort bete ich unerschrocken meine Gebete. Wenn ich nicht an Jesus Christus glaubte, würde ich sterben.

In der Hoffnung, Sie, lieber Vater, in wenigen Tagen persönlich begrüßen zu können, verbleibe ich Ihr demütiger und untertäniger Sohn in Jesu Christi.

92

Nach dreimonatiger Abwesenheit stand Stein Ellidi wieder an der Klosterpforte in Sept Fontaines. Weinranken hängen über die Gartenmauer herab. Er schaute verstohlen in den Klostergarten, wo er unzählige Male zwischen den Blumen spazierengegangen war. Es war in Wirklichkeit dieser Garten, der die Spuren seiner Kindheit bewahrte, hier war er ein Kind Gottes geworden. Er hatte Schiffbruch erlitten, und das Himmelreich harrte seiner in diesem Garten. Er war ein ganzes Jahr lang durch diesen Garten gestreift, in dem jeder einzelne Zweig von geweihten Händen gepflanzt worden war, und Gott ließ heilige Vorsätze auf seine Seele tropfen. Dort war die Allee, die zum Hain führte, waren die jungen Bäume; und Gott hat Himmel und Erde geschaffen. Die Gnade wirkt im Innern des Menschen, der um des Himmelreichs willen alles verlassen hat. Er war vor einem Vierteljahr als einer, der hier sein Zuhause hatte, fortgegangen; jetzt stand er wieder an der Pforte, als Gast. Er war so bedrückt, daß er sich am liebsten davongeschlichen hätte, um mit dem ersten Zug ins Blaue oder in den Tod hinaus zu verschwinden. Nichts ist so verlockend wie die Ungewißheit. Und die größte Anziehungskraft hat der Tod. Nichts ist so spannend, wie zu sterben. Der Tod ist der krönende Abschluß. Was ist wohl auf der anderen Seite? Nein, dachte er, ich spreche mit Pater Alban und ziehe ihn ins Vertrauen. Es wäre Feigheit, nicht zu wagen, Pater Alban von Angesicht zu Angesicht gegenüberzustehen.

Aus der Kirche drang Vespergesang. Gesegnet seien diese Männer, die glauben, man könne Gott mit Lobgesang, Musik und Hymnen dienen. Es wäre schändlich, ihnen den Gesang verwehren zu wollen. Die altbekannte *cantilena romana* wird vom Wind zu ihm herübergetragen. So singt die gute Kirche schon viele Jahrhunderte, ja, viele Jahrtausende lang durch den Mund ihrer Mönche – denn Text und Melodie stammen aus dem Orient, aus dem Tempel in Jerusalem:

Laetatus sum in his quae dicta sunt mihi:
in domum Domini ibimus.

Die bedeutendste Erfindung auf Erden ist der Herr. Die Elektrizität ist nichts im Vergleich zu ihm.

Stantes erant pedes nostri
in atriis tuis Jerusalem.

Er verrichtete sein Gebet im Schatten neben der Tür, und seine Ohren tranken jede Silbe des alten Psalms. Im Chor saßen die Gottesdiener, die Kapuzen über die Köpfe vorgezogen wie Weihnachtsmänner, und starrten, während sie sangen, in ihre eigene Seele hinein. Die Seelen der Mönche sind wie schöne Landschaften. Er erkannte alle Gesichter wieder, jeden Zug in jedem Gesicht. Das waren seine besten Freunde, und er war es nicht wert, ihnen die Schuhbänder zu lösen, und außerdem lösten sie ihre Schuhbänder selbst. Aber soviel er auch umherschaute, er konnte Pater Alban nicht entdecken. Auf dem Platz des Priors saß ein neuer Mönch. Was war mit Pater Alban geschehen? Ob er krank war, oder auf Reisen? Vielleicht war er gestorben, da doch ein anderer Mann auf seinem Platz saß? Welchen Grund konnte der Herr haben, Pater Alban sterben zu lassen? Stein wartete ungeduldig darauf, daß die Mönche ihr Offizium beendeten. Wenn Pater Alban tot war, würde alle Freude aus seinem Dasein verschwunden sein. Das Leben ist auszuhalten, wenn man das Glück gehabt hat,

Heilige kennenzulernen. Hat man keine Heiligen kennengelernt, dann ist das Leben nichts wert, und es wäre genausogut, nie geboren worden zu sein. Wie oft hatte er Pater Alban betrachtet und wie Maxim Gorki, als dieser den Alten von Jasnaja Poljana an einem Sonnentag allein am Strand sitzen sah, gesagt: Ich bin nicht allein auf der Welt, solange dieser Mann lebt! Dem letzten *deo gratias* folgt ein stilles Gebet, das mit einem Hammerschlag endet. Die Mönche erheben sich und verlassen zwei und zwei den Chor, die Hände auf der Brust, in den weiten Ärmeln der Chorhemden versteckt, ohne nach links oder rechts zu sehen, eine schweigende Prozession.

Einige Minuten später sitzt Stein im Gesprächszimmer und unterhält sich mit dem Gästepater, dem redseligen Père Dorval. Wie immer regnet es Fragen bei Pater Dorval, er hat einen nicht zu stillenden Hunger auf Neuigkeiten. Vielleicht findet er nichts so entsetzlich langweilig wie Neuigkeiten, doch er fragt und fragt, weil er von Gott dazu bestimmt wurde, mit Gästen zu sprechen. Wie hat Ihnen der Besuch in Ihrem Heimatland gefallen? Besteht Aussicht darauf, daß Ihre Landsleute sich noch in unserem Jahrhundert von ihrem lutherischen Irrglauben abwenden? Nicht. Der Arianismus hielt sich vierhundert Jahre lang, der Nestorianismus hat sich seit dem vierten Jahrhundert gehalten und hält sich immer noch. Doch im siebzehnten Jahrhundert wurde eine Gruppe von Nestorianern wieder mit der Kirche vereinigt. Der Protestantismus würde schon längst nicht mehr existieren, wenn er nicht von Königen über Wasser gehalten worden wäre. Ist Kopenhagen nicht eine wunderschöne Stadt? Ist die Seekrankheit nicht schrecklich unangenehm? Wie viele Fakultäten gibt es an der Universität in Reykjavik? Sind die Freimaurer stark in Island? Endlich fand Stein Gelegenheit, die Frage einzuschieben, die ihm die ganze Zeit auf den Lippen gelegen hatte:

Ich habe Pater Alban nicht im Chor gesehen. Ist er nicht da?

Als Pater Alban genannt wurde, verschwand das Lächeln aus dem Gesicht des Mönchs, und er wurde gottesfürchtig und feierlich:

Ja, es ist verständlich, daß Sie nach Ihrem Freund und Beichtvater, unserem guten Pater Alban fragen! Sie sehen ihn nicht mehr unter uns. Gott hat Pater Alban von uns gerufen.

Wollen Sie damit sagen, Pater Alban sei gestorben? fragte Stein.

Nein, mein Herr, das wollte ich damit nicht sagen. Pater Alban ist nicht das, was man normalerweise gestorben nennt, sondern er hat uns verlassen. Er ist in einen strengeren Orden eingetreten. Sein Hang zur Askese war so stark, daß das Leben bei uns seinen Bedürfnissen nicht mehr entsprach. Es ist jetzt beinahe sechs Wochen her, daß er uns verließ, um in die Schweiz zu gehen. Er hat als Novize bei den Kartäusern in Valle Sainte begonnen. Das ist hoch droben im Gebirge.

Er, der *père maître,* hat als Novize begonnen! Das ist ja unglaublich! Was glaubt er bei den Kartäusern finden zu können, was er hier nicht fand?

Seine Demut und Gottesfurcht war groß, mein Herr. Er war ein Mensch, der das höchste Ziel nie aus den Augen verlor. Er hatte sich schon zum Leben der Kartäuser berufen gefühlt, bevor er Benediktiner wurde, doch seine Gesundheit hinderte ihn daran, seine geistliche Laufbahn mit einer Lebensweise zu beginnen, die so grenzenlose Selbstverleugnung verlangt. Er war zuerst nur ein schwächlicher Geigenvirtuose, der während seiner ganzen Jugend in Watte verpackt gewesen war. Doch in den letzten Jahren wurde seine Gesundheit von Tag zu Tag besser. Nun fängt er wieder von vorne an, als der Demütigste der Armen des Herrn. Er beginnt damit, Fußböden zu wischen und Schweine zu füttern. Die Kartäuser haben keine Freiheit – verglichen mit uns. Sie dürfen nur einmal pro Woche eine halbe Stunde lang miteinander sprechen und fasten acht Monate im Jahr, essen niemals Fleisch. Jeder Mönch lebt allein in einer Zelle, und ihr Essen bekommen sie durch eine Öffnung in der Wand. Ihr Leben ist ein unaufhörliches Gebet. Sie stehen mitten in der Nacht auf und singen drei Stunden in der Kirche. Es ist niemandem erlaubt, sie zu sehen oder mit ihnen zu sprechen. Die Welt weiß nicht, daß sie existieren. Wer Kartäuser wird, ist für die Welt gestorben und begraben. Lieber Freund, kommen Sie mit uns ins Refektorium, auf eine Tasse Kaffee mit Milch und Butterbrot mit Honig. *Maintenant c'est exactement l'heure pour goûter.*

Stein Ellidi hatte das Kloster hinter sich gelassen und ging auf den Wald zu, der eben anfing, herbstliche Farben anzunehmen. Stein dachte darüber nach, wie unangenehm es ist, von etwas völlig überrascht zu werden. Vollkommene Menschen lassen sich durch nichts aus der Fassung bringen.

Pater Alban macht sich von Sept Fontaines aus auf und kauft sich eine Fahrkarte dritter Klasse. Er setzt sich zwischen spuckende Arbeiter, plärrende Kinder und schmuddelige Mütter, die mit entblößten Brüsten ihre Säuglinge stillen. Keiner ahnt, daß dieser ärmliche Mönch mit dem Kopf in der Kapuze und den Händen unter dem Skapulier einstmals der umschwärmte Mittelpunkt der Salons und der Vertraute von Potentaten und Genies in den Metropolen der Welt gewesen war. Er hat nicht einmal einen Brotbeutel umhängen oder einen Stab in der Hand. Er ist frei. Es gibt nichts zwischen Himmel und Erde, was ihn noch bindet, nicht einmal eine Flöte. Er fühlt sich eins mit dem Dichter und singt:

Ich hab meine Sach auf Nichts gestellt,
und mir gehört die ganze Welt.

Er hat auf alle weltlichen Ehren verzichtet, auf seinen Namen als Edelmann, Virtuose und Wissenschaftler, auf seine Privilegien und Besitztümer, Pferde und Automobile, Hunde und Katzen, auf Geliebte und Verehrerinnen, Familie und Volk, Land und Kunst. Schließlich hat er der *pax benedictina* adieu gesagt, dem milden Sonnenschein benediktinischen Lebens in Schönheit und Frieden, seiner Stellung innerhalb des Mönchsordens, der erhabenen Gemeinschaft und den frommen Gesprächen mit den Brüdern – allem. Nur eines ist übrig: Gott der allmächtige Vater, der Schöpfer des Himmels und der Erde, sein eingeborener Sohn Jesus Christus und der Heilige Geist. Jetzt sitzt er in einer kalten Gegend im Nadelwaldgürtel der Alpen, zwischen den elendesten Narren des Herrn, wischt Fußböden und bringt Schweinen Maische, er, der ein Profil wie ein römischer Kaiser hatte! Was anderes als dies hieß, den steilen Weg nach Golgatha mit dem Galgen auf der Schulter zu gehen?

In diesem Augenblick trat Stein Ellidi auf der anderen Seite aus dem Wald und stand auf der Landstraße. Neben der Straße steht eine kleine Wegkapelle mit einem primitiven Kruzifix über dem Eingang. Stein bleibt stehen und betrachtet es.

Der Leib ist dick und rund wie ein ausgestopfter Sack, von gelbgrüner Farbe und mit einer schrecklichen Fleischwunde auf der Brust, aus der das Blut fließt, dunkelroter Lack. Das Gesicht ist breit und unförmig, wie die Karikatur eines Landstreichers aus Punch oder Strix. Wer mir folgen will, muß alles zurücklassen. Stein Ellidi nahm den Hut ab und verrichtete, wie es sich vor einem Kreuz gehört, ein Gebet. Christus, Christus, wenn du nur ahnen könntest, was du alles auf dem Gewissen hast.

93

Die Pforte zum Kloster in Valle Sainte hat sich für Stein Ellidi geöffnet. Er wird in einen hellen, hohen Wartesaal im Gästehaus geführt. Er bittet darum, Pater Alban sprechen zu dürfen, und der Laienbruder verschwindet schweigend. Stein wartet lange, ohne irgendein weiteres Lebenszeichen im Haus zu bemerken. Er betrachtet die Ausschmückung des Saales, die Kupferstiche vom heiligen Bruno und von den ersten Kartäusern, dann lehnt er sich gegen das Fenster und schaut auf die Landschaft hinaus. Über die Berge, den Nadelwald und den Fluß wölbt sich ein kalter, grauer Herbsthimmel, nirgends sieht man menschliche Behausungen. Valle Sainte liegt wie ein Bergkloster in Tibet. Hier erwartete man eher, grinsende Buddhastatuen und Lamas vorzufinden als Jesus Christus und seine Söhne. Endlich hört man draußen auf dem Gang das Rascheln einer Kutte, das Rasseln eines Rosenkranzes, rasche Schritte. Die Tür geht auf und herein kommt ein Mönch unbestimmbaren Alters in einer bodenlangen Kutte, die Kapuze über das Gesicht vorgezogen. Sein Gesicht trägt scharfe Züge, seine Haut ist bläulich, der Mund zusammengekniffen, die Augen brennen vor verborgener Energie; er richtet sie auf den Gast – tiefe Falten zwischen den Augenbrauen. Er schiebt die Kapuze über die Tonsur zurück, verbeugt sich tief und reicht Stein seine blaue, kalte Hand.

Gott segne Sie, mein Herr! Sie sprechen mit Bruder Pascal, der die verantwortungsvolle Aufgabe hat, die Gäste zu begrüßen, die Er uns schickt. Was kann ich für Sie tun?

Hochehrwürdiger Vater! Ich würde gern die Erlaubnis bekommen, mit Pater Alban zu sprechen. Ich hatte die Ehre, ihn bei den Benediktinern in Belgien kennenzulernen, er war mein Vertrauter und Beichtvater.

Sie wollen mit Bruder Elias sprechen, sagte der Mönch.

Verzeihen Sie, hochehrwürdiger Vater, wenn ich mich nicht deutlich genug ausgedrückt habe. Es ist Pater Alban, mit dem ich gern sprechen möchte.

Der Mönch entblößte seine Zähne zu einem Lächeln und antwortete:

Ich weiß, wen Sie meinen, mein Herr. Der, den Sie suchen, heißt hier Bruder Elias; er ist Novize bei uns. Ich werde beim *père maître* um Erlaubnis ansuchen. Wollen Sie jetzt gleich eine leichte Mahlzeit oder später?

Stein hatte im Zug gegessen und zog es vor, zuerst mit Bruder Elias zu sprechen.

Der Mönch bat ihn mitzugehen und ging ihm schnell voraus durch die stillen und endlosen Kreuzgänge, welche die Zellen der Mönche miteinander verbanden. Sie gingen an vielen kleinen Türen vorbei und an einer breiten, eichenen Tür, vor der sich der Mönch der Länge nach auf den Boden warf, den Boden küßte und eine Weile bewegungslos liegenblieb, während Stein kniete: Die Kapelle, in der das allerheiligste Sakrament aufbewahrt wurde. Schließlich klopfte der Mönch an eine Tür, und sie warteten eine Weile, bis sich in der Türöffnung ein alter Mönch zeigte, mit hoher, gewölbter Stirn und einer Brille mit verrostetem Eisengestell vor den hellen und seherischen Augen. Er murmelte so etwas wie *deo gratias.*

Ich bitte um Vergebung, *père maître,* flüsterte Steins Begleiter. Aber hier ist ein Ausländer, der gekommen ist, um mit dem Bruder Elias zu sprechen. Bruder Elias war sein Beichtvater in Sept Fontaines.

Ausgezeichnet! sagte der *père maître,* als ob er schon immer damit gerechnet hätte, reichte Stein lächelnd die Hand und verbeugte sich mehrere Male, worauf er den Gast mit seinen klugen Greisenaugen, die von noch ungebrochener Lebenskraft zeugten, genau zu betrachten begann. Er begnügte sich damit, seine Seele zu ergründen, fragte ihn nicht nach seinem Namen und kümmerte sich nicht einmal um seine Nationalität. Der *père maître* gab Pater Pascal in wenigen Worten eine Anweisung, reichte Stein wie einem alten Bekannten die Hand und verschwand wieder in seiner Ewigkeit. Stein und sein Begleiter begaben sich wieder auf eine lange Reise durch das Labyrinth. Schließlich ließ der Gästepater Stein in Bruder Elias' Zelle ein und verschwand, nachdem er den Bescheid des *père maître* ausgerichtet hatte.

Sie begrüßten sich wie zwei Mönche, indem sie abwechselnd Wange gegen Wange legten, und Pater Alban führte Stein zu einem Stuhl und schloß die Tür. Er trug eine grobe, graue Kutte, die über den Schultern viel zu eng war; das Skapulier reichte nur bis zu den Knien hinunter, zum Zeichen, daß er ein Klosterbruder niedersten Ranges war. Seine Fußbekleidung war plump, grobe und häßliche Winterstiefel, seine Hände trugen die Spuren harter Arbeit. Sein Aussehen zeigte immer noch die seltsame Mischung von Adler und Lamm, doch die Schönheit der Armut war an die Stelle der Strenge des Vorgesetzten getreten. Seine Stimme war noch immer gütig und hell, von melodischem Brioso durchdrungen. Seine Behausung war diese Einzelzelle, an deren Stirnwand ein Fenster auf ein kleines Gärtchen hinausging. An der einen Wand war eine Pritsche mit einer Wolldecke; darüber hinaus gab es zwei Stühle und einen Betschemel, einen kleinen Arbeitstisch, auf dem Zangen und Stahldraht und halbfertige Rosenkränze lagen, eine Holzfigur der Muttergottes und ein Kruzifix an der Wand über dem Betschemel. In der Tür war eine Luke, durch die der Laienbruder zu den Mahlzeiten das Essen hereinreichte.

Ich habe die Erlaubnis bekommen, eine halbe Stunde mit Ihnen zu sprechen, mein Freund, sagte Pater Alban, legte seine Uhr auf den Tisch und nahm seinem Gast gegenüber Platz. Ich weiß, daß Sie mir etwas über Ihre Seele zu berichten haben. Ihr Brief aus Belgien wurde hierhergeschickt, aber einem Kartäusermönch ist es nicht gestattet, Briefe entgegenzunehmen, deshalb habe ich ihn nicht gelesen. Der *père maître* hat ihn in Verwahrung. Doch ich bin bereit, für Sie zu tun, was Gott will; und nun bitte ich Sie zu sprechen.

Aber in Steins Kopf wirbelten alle Gedanken chaotisch durcheinander wie erkaltete Sonnen in einem toten Sonnensystem. Er saß der Ewigkeit selbst gegenüber, es gab keine

Welt mehr, an der er sich festhalten konnte. Er hatte gehofft, ein paar Tage mit Pater Alban ausgiebig diskutieren zu können, ihm eher durch Andeutungen zu verstehen geben zu können, wie es um ihn stand, als es mit deutlichen Worten auszudrücken. Ein Anliegen! Er hatte kein Anliegen! Er war wie ein beliebiger Tourist hierhergekommen, um einen alten Freund zu besuchen. Er hatte überhaupt nichts auf dem Herzen! Doch um seine Gedanken zu verstecken, ließ er seiner Zunge freien Lauf.

Es ist schade, daß Sie meinen Brief nicht lesen durften, denn er enthielt eine ganze Reihe von Erklärungen. Ich habe nämlich eine gewisse Erfahrung darin, ein Mensch zu sein, und habe mich mit einem Gebiet beschäftigt, das die katholische Kirche gröblich vernachlässigt hat und deshalb allzu gern unterbewerten will. Ich habe den modernen Menschen bis ins Detail studiert und verstehe ihn viel besser, als es die katholische Kirche tut. Man mißbraucht den Namen Gottes, wenn man Exemplare dieser Affenart bittet, zu Jesus zu kommen. Sie ziehen den Schwanz ein und laufen heulend davon. Es ist verlorene Liebesmühe, ihnen den Teufel im guten austreiben zu wollen. Das Missionsgebiet der katholischen Kirche ist weder in Afrika noch in Asien, wie manche glauben, sondern in unserem Erdteil, wo die weiße Rasse in den letzten Zügen liegt. Meine Heimat ist die kulturelle Krise der Gegenwart. Daher habe ich mir vorgenommen, mein Leben dazu zu verwenden, die Ansichten des modernen weißen Menschen mit den Wahrheiten der katholischen Kirche in Einklang zu bringen. Es ist gut, daß es Mönche gibt, denn die Klöster sind die Banken der katholischen Kirche, die Wurzeln des Ahornbaumes. Doch *oportet et haereses esse,* und die Kirchengeschichte zeigt, daß mit Ausnahme der wertvollen Verdienste der Heiligen nichts besser dazu taugt, die Wahrheiten der Kirche vom Schmutz zu reinigen, ihre Kräfte wiederzuerwecken und ihre Söhne zu reformieren, als eben Ketzerei und Lüge. Ich habe zwar nicht mehr das Glück, Ketzer zu sein, aber ich weiß, daß die einzige Methode, in unserer heutigen Zeit Seelen zu fischen, die ist, die Wahrheit in das Gewand der Lüge zu kleiden und seine Werke auf den päpstlichen Index setzen zu lassen. So wie der Teufel sich als Christus verkleidet oder als wunderschönes, junges Mädchen, oder puritanische Sekten und Vereine der Inneren Mission gründet, um einfältige Seelen zu verführen, so muß der Apostel unserer Tage in die Maske Satans schlüpfen, wenn er den heutigen Menschen vor der ewigen Verdammnis bewahren will. Denn diese Affen sind so pervertiert, daß sie von dem, der im Namen des Herrn kommt, nichts wissen wollen.

Pater Alban sah seinen Schützling mit festem, ruhigem Blick an und wartete darauf, daß er seine Rede beendete. Er dachte nicht daran, darüber zu diskutieren, ob es notwendig sei, daß die Apostel Christi als Satan verkleidet auftreten, wenn sie das Evangelium predigen. Doch er erkannte bald, daß sein Schützling gewisse Zugeständnisse gemacht hatte, denn jedes Wort, das er sagte, zeugte davon, daß das, was in seinem Bewußtsein das Reinste sein sollte, seinen Glanz verloren hatte, seine Seele trug die Fingerabdrücke des Versuchers. Es war leicht herauszuhören, daß er zwar noch immer gern Christ sein wollte, aber nicht ohne sich mit dem Satan zu arrangieren; er hatte etwas zu verbergen. Und als Stein dem Mönch in die Augen schaute, bekam er Angst und wußte sich keinen Rat mehr. Pater Alban hatte nicht nur der Rede zugehört, sondern auch auf die innersten Regungen seiner Seele gelauscht. Stein saß hier einem Arzt gegenüber und war am Ende seiner Aufzählung der Krankheitssymptome angelangt, und er hatte das Gefühl, daß der Arzt den lateinischen Fachausdruck für die Krankheit haargenau kannte, und auch die Zusammensetzung der Arzneien, die dagegen halfen.

Der Mönch stand ohne Hast auf. Er rückte seinen Stuhl an die Wand unter das Kruzifix, nahm eine zerschlissene Stola, legte sie sich um und setzte sich. Darauf bedeutete er Stein, zu ihm zu kommen, wies ihn mit der einen Hand auf den Betschemel an seiner Seite und sagte nur dieses eine Wort, wobei er ihn duzte:

Beichte!

Etwas im Gesichtsausdruck Stein Ellidis erinnerte an einen verschreckten Idioten, als er dem Mönch ins Gesicht sah; oder vielleicht doch mehr an ein Schlachttier, das auf den Todesstoß wartet. Für die Bitte um Gnade fehlten ihm die Worte; dieser Befehl, unerwartet und demütigend zugleich, raubte ihm die Sprache. Die hypnotische Kraft des Mönchs fesselte seine Persönlichkeit, er spürte, daß er keine andere Wahl hatte, als sich ihm nackt zu Füßen zu werfen. Der Hochmut fand keinen Spielraum, seinen Sinn so in die Gewalt zu bekommen, daß er sich gegen die Unbedingtheit, die ihm dieser kuttentragende Tyrann zu zeigen wagte, wehren konnte. Der Blick Pater Albans ruhte auf ihm, unüberwindlich und allmächtig, er wartete darauf, daß sich sein Schützling wankend erhöbe und unter dem Kruzifix niederkniete. Schließlich stand Stein auf. Er warf sich auf dem Betschemel auf die Knie und stöhnte unwillkürlich den Gruß des Beichtkindes:

Benedic, pater, quia peccavi.

Und der Beichtvater schlug das Zeichen des Kreuzes über ihn und antwortete:

Benedicat te omnipotens Deus: In nomine Patris, et Filii et Spiritus Sancti.

Darauf herrschte Stille in der Zelle.

Eine ganze Weile lang vergrub Stein Ellidi das Gesicht in seinen Händen, ohne seinen Gedanken durch Worte Erleichterung verschaffen zu können. Als er schließlich zu sprechen anfing, war seine Stimme fest und spröde.

Bevor er einzelne Sünden aufzählte, erging er sich in Selbstanklagen, beklagte die völlige Verderbtheit seiner Seele, seine unkontrollierte Neigung, die eigene Persönlichkeit zu verbergen; seine unendliche Freude daran, über der eigenen Wertlosigkeit Irrlichter anzuzünden; seinen Mangel an Mut, mit der Aufrichtigkeit und Demut einer reinen Seele aufzutreten. Er vermied es unter allen Umständen, sein Ich mit dem Willen Gottes in Einklang zu bringen. Er liebte selbst die verwerflichste Regung seiner Seele und schuf sofort ein philosophisches System zu seiner Entschuldigung, wenn er fühlte, daß er gegen den Willen Gottes verstoßen hatte. Er glaubte an Gott und seine Kirche, zog aber die eigenen Lügen und Betrügereien der erlösenden Wahrheit vor. Er wußte genau, was Wahrheit und was Lüge war, was Eitelkeit war und was ewige Wirklichkeit, was recht war und was sündig, und er liebte die Lüge im vollen Bewußtsein dessen, daß sie Lüge war, zog den Betrug der Wahrheit vor. Als er Gott den Rücken kehrte und dem Teufel die Hand reichte, so geschah das weder aus Blindheit noch aus Schwäche, sondern nur deshalb, weil er vom Teufel begeistert war und ihn liebte. Er hatte ganz einfach das Verlangen, sich gegen den ewigen und allmächtigen Gott zu empören und sich dem Teufel zu verkaufen. Er hatte sogar erwogen, den Teufel einmal zu nächtlicher Stunde zu rufen und mit ihm einen Vertrag über seine Seele abzuschließen. Er wünschte sich oft und stets von ganzem Herzen, zur Hölle fahren zu dürfen, um in aller Ewigkeit am Aufstand gegen diesen allmächtigen Gott des Gerichts teilnehmen zu können. Er wollte diesem ewigen und allmächtigen Tyrannen des Daseins nicht um Haaresbreite nachgeben. Er wußte wohl, daß der Teufel und seine Dämonen zu ewiger Pein verurteilt waren, aber er wollte lieber ewige Pein erleiden, als sich zu beugen oder Gott gegenüber klein beizugeben.

So waren seine Gedanken, so sein Wille. Er glaubte sich verloren, spürte, daß es in ihm selbst nichts mehr gab, was ihn retten konnte. Wenn er in den Spiegel schaute, glaubte er, *poenam damni* in seinem Gesichtsausdruck zu sehen. Nur die Hand Gottes konnte ihm helfen. Er wollte sich nicht bessern, konnte es nicht aus eigenem Antrieb. Nur Gott, der Schöpfer seiner Seele, konnte ihn aufrichten. Wenn er nicht verloren sein sollte, mußte Gott ihn mit Gewalt nehmen und seine Seele von Grund auf erneuern, für ihn denken, für ihn wollen, einen Fuß vor den andern setzen für ihn, als ob er eine leblose Puppe sei. Denn wenn er seine Schritte selbst lenkte, ginge er direkt ins Verderben. Er war so tief gesunken, daß er alle Hoffnung verloren hatte, sich wieder befreien zu können.

Er zählte dann seine einzelnen Sünden in Gedanken, Worten und Taten auf, eine nach der anderen, als letzte die, daß er nichts von dem, was er getan hatte, bereute, sondern sich als ganz und gar verloren ansah, und endete damit, daß er sagte, es sei nicht der Mühe wert, ihm die Absolution zu erteilen. Auf die Beichte folgte ein langes Schweigen, und der Beichtling vergrub wieder das Gesicht in den Händen.

Schließlich wurde das Schweigen von der sonoren Stimme des Beichtvaters unterbrochen: keine Verzweiflung, keine Verwunderung, keine Trauer, nicht die Andeutung eines Versuchs einer Zurechtweisung.

Domine, si me vis esse in tenebris, sis benedictus, begann er. Wir dürfen auf keinen Fall vergessen, Gott zu danken, wenn er unsere Seele in die Finsternis geführt hat, aus der wir keinen Ausweg sehen. Denn Jesus Christus ist unser Erlöser, nicht wir selbst. Er ist es, der die Menschenseelen in der Finsternis sucht und sie hinausführt ins Licht. In Wahrheit sind wir nichts aus eigener Kraft. Mein Freund, wir wissen beide, daß der Weg der Heiligung schmal und steil ist. Doch auf diesem Weg ist Christus selbst unser Begleiter und alle seine Heiligen, und Gottes Engel sind unsere Beschützer. Wir stolpern. Nichts ist so sicher, wie daß wir stolpern. Wir fallen und bleiben liegen, wo wir sind. Immer wieder werden wir davon überzeugt, daß wir nichts aus eigener Kraft können; daß ohne die Gnade Gottes selbst unser bester Wille sein Ziel verfehlt. Dann können wir nichts anderes mehr tun, als unsere Klagen zu Gott aufsteigen zu lassen. Und Gott hat dem, der im Bewußtsein eigener Schwäche klagte, nie seine Gnade versagt. Denke daran, daß die heiligsten Männer vor dir gefallen sind. Sie haben hilflos und verzweifelt im Staub gelegen, wie du. Und sie beschlossen, dort liegenzubleiben, wo sie waren. Doch nirgends sehen wir Gott mächtiger als in unserer eigenen Schwäche. Gott offenbart seine Macht in unserer Schwäche. Je schwächer wir uns fühlen, um so bestimmter können wir uns auf die Führung Gottes verlassen. Die Heiligen wußten, daß Gott auf dem Weg nach Golgatha selbst dreimal unter dem Gewicht seines Kreuzes zu Boden fiel. Er bat in Gethsemane sogar darum, der bittere Kelch möge an ihm vorübergehen. Und sein Schweiß war wie Blutstropfen, die auf die Erde fielen. Und als die Heiligen daran dachten, erhoben sie sich aufs neue, wie Christus sich dreimal wieder erhob, bis er sein Kreuz ans Ziel getragen hatte. Mein Freund, denke daran, daß vor dir Christus selbst unter seinem Kreuz gefallen ist. Jesu Christi Kreuz ist die einzige Freude des sündigen Menschen. Christus, Christus, du trägst dein Kreuz vor mir her, gegeißelt und mit Dornen gekrönt, und rufst mich, daß ich dich zur himmlischen Hochzeit begleite! Dich allein liebe ich, meinen Schöpfer und Erlöser, meinen Herrn und Gott, der vom Himmel herabgestiegen ist um meinetwillen.

Kopenhagen. Hotel Phönix. 2. Februar 1927.

Mein geliebter Herzensfreund.

Sind alle meine Briefe verlorengegangen?

Oder soll ich glauben, daß Du mich verlassen hast, nachdem ich alles für Dich aufgegeben habe?

Immer wieder schrieb ich Dir in das Kloster in Belgien, ohne jemals Antwort zu bekommen, doch jetzt sagt man mir, Du seist irgendwo in Rom, und deshalb schicke ich diese Zeilen an die dänische Gesandtschaft und bitte Dich inständig, mir zu antworten, falls sie Dich erreichen.

Stein, weißt du denn nicht, was geschehen ist? Das Schicksal hat alles geschehen lassen, was geschehen mußte. Stein, Du gingst ohne Abschied, obwohl Du wissen mußtest, daß der Eid, den Du mir abnahmst, zwei ineinander verschlungene Fäden auseinanderreißen würde. Weißt Du denn nicht, Stein, daß ich zur Mörderin geworden bin um des Eides willen, den ich Dir in der letzten Nacht ablegte? Wo bist du, Stein, damit ich Dir noch mehr Eide schwören kann? Antwortest Du mir denn nie mehr?

Dabei war Örnolf vielleicht der beste Mensch auf der Welt, der einzige edle Mensch, den ich gekannt habe, der einzige gute Mensch. Alles wollte er für mich tun, als ich klein war.

Er lebte für mich und glaubte an mich, seit ich klein war.

Stein, kannst Du denn an nichts anderes als an Gott glauben? Stein, Gott liebt Dich nicht so sehr wie ich.

Als ich ihm erzählte, daß ich ihm untreu geworden sei, verloren in seinen Augen alle Dinge ihren Wert. Ich weiß, sie werden mich bis in den Tod verfolgen, die schrecklichen Worte, die mir in der ersten Nacht, nachdem er nach Hause kam, in einem Zustand höchster Erregung über die Lippen gingen. Ich sagte, daß ich ihn hasse, daß ich mich vor ihm ekle, bat ihn, mich lieber umzubringen, als mich jemals wieder als Ehefrau anzurühren. Ich habe Dir das alles in langen Briefen geschrieben, doch Du hast nicht geantwortet. Hast Du denn kein Wort des Trostes für Deine Geliebte, die Dir alles geopfert und ihre Freiheit mit ihrem Seelenfrieden erkauft hat? Ja, ihr Seelenheil hat sie Dir geopfert, falls es eine Ewigkeit gibt, ist Deinetwegen zur Mörderin geworden. Jetzt wartet sie auf Deinen Befehl. Es gibt kein Verbrechen, das sie nicht begehen würde, wenn Du es wolltest.

Weißt Du denn nicht einmal, daß ich zwei Monate lang Dein Kind unter meinem Herzen trug und erst nach langer Krankheit erfuhr, daß ich eine Fehlgeburt hatte? Stein, Deinen leiblichen Nachkommen habe ich in meinem Schoß getragen. Und als ich nach dem Fieber zu mir kam, traf mich der Blick Deiner Großmutter. Und im selben Augenblick verstand ich alles. Zwei Monate lang, während ich wieder zu Kräften kam, mußte ich in der eisigen Verachtung, die diese unbarmherzige Norne gegen die Hure richtete, leben und atmen.

Allein und verlassen stand ich eines Morgens im Herbst da. Man kam zu mir und berichtete, Örnolf sei mit einer Kugel im Kopf tot aufgefunden worden. Allein, ganz allein, und niemand weiter von mir entfernt als Du.

Aber was ist das schon, was ich erduldet habe, Stein, wenn Du mir treu bist? Nichts! Ein Spiel! Alles kann man erdulden für den, den man liebt, alles, ja. Sogar Gott und alles Gute verleugnen und eine Untat nach der anderen begehen. Ich will genauso sein, wie Du es willst, mache mit mir, was Du willst, denn ich gehöre Dir, mein innerstes Denken, Leib und Seele, jede Zelle meines Körpers, alles gehört Dir. Nur um eines bitte ich Dich: Stoße mich nicht von Dir! Nur eines kann wiedergutmachen, was ich verbrochen habe: daß Du mir gestattest, Dich zu lieben und für Dich zu leben, für Dich zu leiden. Gott vergibt mir, wenn Du mir gestattest, Dich zu lieben. Und wenn Gott existiert, gibt es nichts, was mich glauben machen könnte, daß Du mich nicht liebst. Du kannst mich nicht von Dir stoßen, wenn Du daran glaubst, daß Gott uns beide geschaffen hat, über uns bestimmt und uns richten wird! Denn wenn Du mich nicht liebst, dann gibt es in den Grenzen unseres Daseins keine Sühne für unsere Sünden.

Oh, Stein, laß es sich nicht mehr bewahrheiten, daß alles, was mich berührt, stirbt! Nein, Stein, ich *weiß,* ich *glaube,* daß Du mich liebst, ich *will* es glauben! Schließe mich in Deine Arme und laß mich die Mutter Deines Glücks und Deiner Kinder werden! Ich werde alles vergessen und sie an meine Brust legen und sie nähren, daß ich nicht auf ewig verdammt werde.

Und ich werde sie lehren, Gott anzurufen. Wir alle wollen Gott bitten, das Vergangene auszulöschen. Stein, Stein, komm und flüstere mir ein Wort ins Ohr! Kein Heiliger hat sich so leidenschaftlich nach Gott gesehnt, wie ich mich nach Dir sehne, kein Heiliger hat jemals seinen Gott heißer geliebt, als ich Dich liebe.

95

Rom. Convento Salisiani, Via Romagna.

Ich bitte Dich nicht, mir irgend etwas zu verzeihen, denn das steht nicht in Deiner Macht. Ich bin einem anderen, mächtigeren Gott für meine Sünden verantwortlich. Wenn Du sagst, daß Du mich liebst, hast Du keine Ahnung, was Du sagst. Du hast mich noch nie gesehen, wie ich bin, weißt nicht, wer ich bin, würdest sterben, wenn Du es wüßtest. Du hast nur die Seite meines Wesens gesehen, die von Gott abgewandt ist. Du hast Dich von den Betrügereien des Teufels in meiner Natur hinreißen lassen. Die Frau liebt nicht den Mann, sondern das Tier im Manne. Du liebst den Teil meines Selbst, den ich hasse und verachte, meine Unvollkommenheit. Meine Vollkommenheit haßt Du. Für die Seite meines Wesens, die Gott zugewandt ist, wirst Du nie Augen haben. Denn das einzige, was auf die Natur der Frau Eindruck macht, ist die Illusion. Du hast kein höheres Verlangen, als Dich mit dem Teil meines Wesens zu verbünden, den zu besiegen mir der Herr um des Himmelreiches willen befohlen hat. Ich bin eine unsterbliche Seele, dazu geschaffen, in Ewigkeit in Gott zu ruhen. Alles außer der Vorherbestimmung meiner Seele zum ewigen Leben ist wertlos für mich. »Mein Herz hat keinen Frieden, bis daß es ruht in Gott«. Alles außer Gott ist eitel. Nur Gott ist Wahrheit. Mein Geist sehnt sich nach der ewigen Wirklichkeit hinter der Schöpfung.

Rom in all seiner Pracht hat erstaunlich wenig Anziehungskraft für eine junge, übernächtigte Frau, die drei Tage und drei Nächte lang gereist ist, um ihren Geliebten aus der Gewalt der Riesen zu befreien.

An einem naßkalten Morgen Mitte März steigt sie aus dem München-Rom-Expreß, erschöpft nach schlafloser Nacht, ohne Orts- und Sprachkenntnisse. Nachdem ihr halsabschneiderische Dienstmänner und verschlagene Chauffeure den Weg gewiesen haben, setzt sie sich mit ihrem Mädchen in einem schäbigen Hotel zum Frühstück, in einem großen Saal, der an beiden Enden offen ist, wo bissige Hunde aus- und eingehen und finstere Straßenhändler, die gestohlenen Ramsch zum halben Preis feilbieten. Draußen liegen Straßen mit heruntergekommenen Häusern, schlecht instandgehaltenen Kirchen, scheußlichen Denkmälern. So begrüßt Rom den verschüchterten, erschöpften Pilger der Liebe. Will sie einen Füllfederhalter kaufen? *Prima qualità, Signora, pure trente lire!* Oder einen Fleischwolf? *Piccola, facile, Signora.* Darf ich die Ehre haben, ihn auseinanderzuschrauben und der Dame das Innere zu zeigen? Oder eine Geige? Stradivari, 1728 gebaut. Will die Dame hineinschauen und den Stempel sehen als Beweis? *Di una originalità assoluta, Signora...*

Sie betrachtet sich im Spiegel in ihrem großen und düsteren Zimmer, in dem alle Möbel abgenutzt sind. Käfer krabbeln über den Boden, und aus dem Bettzeug steigt der alte Geruch früherer Gäste. Sie sieht bleich und mitgenommen aus und hat rote Augen. Nie waren die Linien, die von der Nasenwurzel ausgehen, deutlicher als heute morgen. Ach ja, eine lebenserfahrene Frau, die nichts Unberührtes mehr besitzt. Vor einigen Jahren saß sie am Fenster und träumte, in einigen Jahren ist sie eine Hexe. Ihre Jugend kam und ging wie ein Regenbogen oder ein bunter Schmetterling. Die Wirklichkeit ist nie etwas anderes als die Ruinen des Schlosses im Land der Träume. Das Mädchen, das einmal den Traum des Lebens in wundersamem Schauer durch seinen Körper beben spürte, es brachte allen den Tod; was sie berührt, stirbt. Sie wirft sich auf das Bett, um die nagende Müdigkeit aus ihren Gliedern zu vertreiben.

Der Tiber wälzt die Weltgeschichte in seinen braunen Fluten weiter. Eine sinnlose Satire, ohne Anfang und ohne Ende, wie ein Totentanz. Ein Mann läßt seinen schreienden Esel über den Fluß schwimmen und erreicht genau dort, wo sie steht, das Ufer; und der Esel schüttelt sich und schreit weiter. Schönen guten Tag! sagt der Mann. Er trägt einen schwarzen Pelzmantel und hat den Kragen hochgeschlagen und den Hut bis auf die Augenbrauen heruntergezogen, um sich interessant zu machen; er trägt hellgraue Gamaschen und dunkelbraune Schuhe.

Wie gut, daß wir uns treffen, da wir doch beide auf Reisen sind, fährt er fort. Dann werde ich das Vergnügen haben, dir ein wenig von Rom zu zeigen. Bitte, steig auf und setz dich vor mich.

Der Mann nannte seinen Namen nicht, doch sie erkannte ihn sofort, wollte fliehen, kam aber nicht von der Stelle, sah schließlich, daß es am besten war, wenn sie vorgab, ihn für einen unbekannten Fremdenführer zu halten, und setzte sich schlotternd vor Angst vor ihn auf den Esel. Doch der Mann war gesprächig, wollte nett sein; er war in Geschichte bewandert und gab ihr einen Überblick über die wichtigsten Ereignisse in Rom.

Schau her, sagte er, als sie losgeritten waren, Rom ist eine besonders berühmte Stadt in der Geschichte, weil sie auf sieben Hügeln erbaut ist; sie ist auf sieben Hügeln erbaut, und deshalb heißt sie Rom. Es war sehr klug von dir, nach Rom zu fahren, nachdem du sowieso auf Reisen warst. Die schöne Helena, die durch den Trojanischen Krieg berühmt wurde, war die Tochter der Brüder Romulus und Remus, sie aber hatten zwei Söhne als einziges Kind; er hieß Paris. Nun, als Prinz Paris Romulus und Remus einen Besuch abstattete, geschah es, daß Romulus und Remus Paris verfolgten, weil er die schöne Helena gestohlen hatte. Sie wurde so genannt, weil sie die schönste aller Frauen war. Es war einmal ein König, der Achilles hieß. Er stammte von Paris und Helena ab, da er die Tochter des Ehepaares entführt hatte. Er ließ seine Schiffe in See stechen. Nun wird nichts mehr von ihrer Reise erzählt.

Als er in seiner Erzählung bis dahin gekommen war, standen sie vor dem Portal der Peterskirche. Der Mann half ihr beim Absitzen, band den Esel an eine Säule und öffnete die Kirche. Die Kirche war gerammelt voll. Auf der einen Seite standen unzählige kleine, aristokratische Damen mit Zylinderhüten und auf der anderen Seite große *facchini* aus Mailand und kauten Kautabak. Vor dem Altar stand der heilige Apostel Petrus und weihte einige Jünglinge, die ihren Verlobten davongelaufen waren, dem rechten Glauben. Die Verlobten wurden dann als Unterbau beim Bau neuer Straßen verwendet. Ich muß schon sagen! sagte die arme Frau. Ja, mit denen ist nicht zu spaßen, sagte ihr Begleiter. Er hatte den Hut abgenommen und kratzte sich am Kopf, dort wo ihn die Kugel durchschlagen hatte.

Die Jünglinge gingen im Gänsemarsch zum Altar, in farbenprächtige Meßgewänder gekleidet, und der heilige Apostel Petrus weihte alle dem rechten Glauben und gab jedem eine Landkarte und einen Kompaß. Doch einer überragte alle, mit Löwenmähne und einem endlosen, blitzenden Blick. Sie wartete brennend vor Ungeduld darauf, daß er an die Reihe kam und feierlich zum Altar schritt und vor dem Apostel Petrus niederkniete.

Hiermit erlaube ich mir, dich dem wahren Glauben zu weihen, sagte der Apostel, und ich fordere dich auf, dich nicht mehr auf irgendwelche Narrheiten oder dummen Streiche einzulassen.

Doch die junge Frau sah nun, daß etwas geschehen mußte, wenn dieser Spuk ein Ende nehmen sollte, sprang von ihrem Stuhl auf und lief durch die Kirche nach vorne, hielt vor dem Altar an, drohte dem Apostel mit geballten Fäusten und schrie:

Du darfst ihn mir nicht wegnehmen, Peter, er gehört mir! Stein, ich rufe Himmel und Erde als Zeugen dafür an, daß du mir gehörst und sonst keinem! Weder Gott noch Menschen haben das Recht, dich mir wegzunehmen.

Pfui doch! sagten die vornehmen Damen.

Die hat es in sich! sagten die Männer, schnitten Grimassen und spuckten aus.

Stein Ellidi sah, daß die Stunde der Entscheidung gekommen war und daß niemand, der bei einer Menschenseele in der Schuld steht, ein Heiliger werden kann. Und er warf eilig das Meßgewand ab, nahm die Frau am Arm und führte sie durch die Kirche hinaus, zur Entrüstung und Empörung der gesamten Gemeinde, denn alle sahen, daß es sich hier um überführte Sünder handelte, und der Zeremonienmeister hatte alle Hände voll zu tun, die Ruhe wiederherzustellen. Doch als sich der größte Tumult gelegt hatte, traten die Herolde auf den Balkon hinaus, dem Volk die letzte Neuigkeit zu melden:

Morgen Jüngstes Gericht. Beginn pünktlich acht Uhr. Saalöffnung halb acht Uhr. Eintritt eine Krone. Kinder unter sechzehn Jahren haben freien Zutritt.

98

Es ist Abend geworden in Rom.

Ein Auto hält vor dem salesianischen Konvent in der Via Romagna, und eine Frau steigt aus. Sie geht die breiten, ausgetretenen Stufen zum Eingang hinauf und bleibt in der offenen Vorhalle stehen. Dort sitzt ein mit einer Kutte bekleideter Greis an einem kleinen Tisch, die dürren Hände um einen plumpen Rosenkranz gekrümmt, und spricht das Ave Maria. Das Licht fällt auf sein runzliges Gesicht und seine glattrasierten Wangen. Er wiegte sich vor und zurück und lachte vor lauter Alter.

Sie fragte nach Stein Ellidi, aber der Alte verstand lange Zeit nichts. Schließlich stellte sich heraus, daß diese Vogelscheuche ein französischer Laienbruder war, der als Pförtner Dienst tat.

Sie meinen doch nicht etwa den jungen Nordländer, der bei den Patres zu Gast ist? fragte er schließlich.

Doch, genau den meinte sie. Sie wollte ihn gerne sprechen.

Er ist um diese Zeit nicht da, Madame. Er nimmt mit den Patres an Exerzitien teil, und wenn die Übungen zu Ende sind, dann singen sie in der Kapelle das *completorium*, und das ist erst eine Stunde vor Mitternacht zu Ende. Es wäre besser, wenn Sie morgen wiederkämen, Madame. Er ist in der Ruhezeit zwischen eins und zwei zu sprechen.

Sie starrte eine ganze Weile vor sich hin, ohne zu wissen, was sie tun sollte. Nach einigem Überlegen fand sie, daß sie unmöglich unverrichteter Dinge wieder zum Hotel zurückgehen konnte, und wandte sich nun mit größerer Entschiedenheit an den Bruder:

Ich habe beschlossen, auf ihn zu warten, sagte sie. Wenn Sie nicht wagen, ihn zu stören, bevor er diese Übungen beendet hat, dann bitte ich Sie, mich in sein Zimmer zu führen. Ich bin nahe mit ihm verwandt und hierher nach Rom gekommen, um eine sehr wichtige Familienangelegenheit, deren Erledigung keinen Aufschub duldet, mit ihm zu besprechen. Bitte, hier ist mein Paß, damit Sie sehen können, wer ich bin.

Der Greis betrachtete die Besucherin einen Augenblick mit dem überraschend klaren Blick eines erfahrenen Türhüters und lachte. Schließlich räumte er ein: *Madame n'as pas l'air d'une intrigueuse,* machte einige Versuche aufzustehen, was schließlich auch gelang, zündete eine Laterne an und bat sie mitzukommen. Sie folgte ihm durch einen großen Wartesaal, der mit den Statuen des seligen Don Bosco und anderer Heiliger geschmückt war, dann durch einen breiten Kreuzgang, bis er eine Tür öffnete und den Gast bat einzutreten.

Wäre dieser junge Mann einer von den Patres, sagte der Bruder, dann dürfte ich keine Gäste zu ihm hineinlassen, schon gar nicht um diese Tageszeit. Aber der junge Nordländer wohnt hier wie ein Gast in einem Hotel. Ein Freund des Vorstehers, ein Mönch aus der Schweiz, schickte ihn her, er will den Winter hier verbringen und prüfen, ob er berufen ist. Und nachdem Sie seine Cousine sind und in wichtigen Angelegenheiten aus einem fremden Land kommen, da...

Er zündete das Gas an, bat sie, Platz zu nehmen, und ging. Das Zimmer war kahl, die Decke hoch, die Fensterläden waren geschlossen. An einer Wand hing ein einfaches Kreuz, und darunter stand ein Betschemel aus poliertem Holz. An einer anderen Wand war ein Bild von dem Mahl in Emmaus: Drei Männer sitzen zu Tisch unter einem Baum, Christus in der Mitte, verklärt, er schaut zum Himmel auf, hebt die rechte Hand zum Segen und hält in der linken einen Brotlaib. Vor ihm auf dem

Tisch Kelch und Patene und eine Weintraube. In dem Augenblick, in dem er das Brot segnet, gehen den Jüngern die Augen auf, und sie erkennen ihn; der eine streckt die Arme gen Himmel, der andere greift sich ans Herz. Beiden leuchtet Verwunderung und Anbetung aus dem Gesicht. Im Hintergrund glitzert ein Sichelmond am dämmrigen Himmel. Unter dem Bild stehen die Worte Gregor des Großen geschrieben:

Deum quem in divinae scripturae expositione non cognoverant, in panis fractione cognoscunt.

In einer Ecke stand ein Bücherregal mit dicken, schwarzen Folianten, in der Mitte des Zimmers ein Schreibtisch, bedeckt von aufgeschlagenen Büchern und von Notizblättern, die dicht mit Steins Handschrift beschrieben waren, alles in Latein.

Sie schaute durch die halboffene Tür in sein Schlafzimmer und sah auf dem Nachttisch das gerahmte Bild einer Frau stehen. Plötzlich wurde sie von dem Gedanken ergriffen, daß es ein Bild von ihr sein könnte, aber dem war nicht so; das war eine ganz andere Frau. Es war die Proletarierfrau aus Judäa, braun im Gesicht vom Wasserholen in der Sonnenhitze, Trauer in den dunklen, träumenden Augen, das Kopftuch goldbestickt als Zeichen besonderer Gnade. Der Knabe saß auf ihrem Arm. Beide hatten Pfannkuchen um den Kopf, die Frau einen großen Pfannkuchen, der Knabe ein kleines Pfannküchlein. Und darunter stand der Text:

Oh, liebe Mutter Maria! Du bist die Zuflucht der Sünder. Verlasse mich nicht. Erbarme Dich meiner. Habe ich Deinen Sohn gekränkt, so bereue ich von ganzem Herzen und will tausendmal lieber das Leben verlieren als seine Gnade. Oh, Mutter der Barmherzigkeit, erbarme Dich meiner! Ich höre, daß Dich alle die Hoffnung und Zuflucht der Sünder nennen. Sei Du auch meine Hoffnung und Zuflucht. Hilf mir um Deines geliebten Sohnes Jesu Christi willen. Strecke Deine Hand aus, um einem elenden, gefallenen Sünder zu helfen. Es ist wahr, meine Vergangenheit ist von Sünden arg befleckt, weil ich kein Vertrauen in Deine Hilfe hatte. Nun lobpreise ich den allmächtigen Gott, der mir in seiner unendlichen Gnade das Vertrauen zu Dir gegeben hat. Mutter Gottes, sei Du auch meine Mutter!

Die Zeit vergeht. Sie wartet bewegungslos auf dem Stuhl vor seinem Schreibtisch und starrt abwechselnd auf die weißlackierte Tür und auf das unverständliche Latein in den offen daliegenden Büchern. Zwei- oder dreimal hört man einen schwachen Glockenklang aus einem anderen Flügel des Hauses. Es wird ausgeläutet und eingeläutet. Ab und zu hört man das Rascheln kuttenbekleideter Wesen. Schließlich ertönt eine Kirchenglocke, und man hört die schwachen Töne eines einstimmigen Singsangs unten aus dem Keller oder draußen aus dem Garten. Auf der Straße ist alles still.

Schließlich werden dumpfe Glocken geläutet, zuerst langsam, dann schneller. Nun wird die ganze Helligkeit des Tages ausgeläutet. Draußen das Rauschen von Kleidern in verschiedene Richtungen, das Klappern hölzerner Rosenkränze am Gürtel. In der Brust der Frau ist etwas, das erzittert. Die Türklinke wird mit raschem, entschiedenem Griff niedergedrückt. Und die Tür geht auf.

Stein Ellidi trägt eine schwarze Soutane, die eng anliegt und bis zu den Füßen hinunterreicht, mit kleinen, dicht untereinandersitzenden Knöpfen; eine breite, schwarze Seidenschärpe ist um seine Taille geschlungen; aus dem Halsausschnitt steht ein weißer, glänzender, hinten geknöpfter Kragen. Er ist kahlgeschoren. Sie hatte seinen Kopf noch nie so nackt gesehen. Er war seltsam lang und schmal, an der Stirn und im Nacken gewölbt. Sie hatte nie zuvor bemerkt, wie derb sein Gesicht war, beinahe grobschlächtig. Sein Blick war kalt und klar, wie der eines Menschen, der ein Ziel hat, aber bis dorthin noch weit gehen muß, die Lippen zusammengekniffen. Seine Brille hatte ein eisernes Gestell.

Er blieb auf der Schwelle stehen und schaute sie an, schloß dann die Tür.

Na so etwas, sagte er, ohne merklich überrascht zu sein. Du hier!

Ja, Stein, ich bin es, sagte sie, stand auf, ging auf ihn zu und streckte ihm die Hand entgegen. Guten Tag, Stein!

Doch statt sie zu begrüßen, wich er einen Schritt zurück.

Gott steh dir bei, Weib! Was suchst du hier?

Stein, liebster Stein! Warst du nicht davon überzeugt, daß ich kommen würde, wenn ich frei wäre, wie ich versprochen hatte? Stein, ich bin Tag und Nacht gereist.

Wie kannst du es wagen, mitten in der Nacht hierherzukommen wie ein Dieb? Versuche dir vorzustellen, wie unhöflich das gegenüber dem Leiter des Konvents ist! Mach, daß du fortkommst!

Aber sie ging auf ihn zu, legte die Hände auf seine Schultern, das Gesicht an seine Brust und sprach, als ob sie in sein Herz flüstern wollte:

Stein, ich bin zu dir gekommen, weil ich keine andere Wahl habe. Ich kann nur bei dir leben. Hab Mitleid mit mir! Tu mit mir, was du willst, nur stoße mich nicht weg. Gott will nicht, daß du mich von dir stößt, nach all dem, was ich deinetwegen ertragen habe, seit ich ein Kind war. Gott will nicht, daß du hier bist. Er kann das nicht wollen. Gott will, daß du glücklich bist. Gott will nicht, daß du dein Leben an einen dummen Seelenkampf vergeudest. Stein, ich möchte dich vor diesen seelenlosen, unbarmherzigen Menschen retten, die dich hier gefangenhalten. Stein, geh mit mir hinaus ins Leben, wo das Glück auf uns wartet.

Sie schob ihre nackten Arme unter die Seidenschärpe um seine Taille.

Tu mir wenigstens das nicht an, daß du mich als Unfruchtbare in die ewige Finsternis hinausstößt. Das wäre Gotteslästerung. Kein Gott kann so grausam sein.

Er befreite sich aus ihrer Umarmung, schlug die Hände vors Gesicht und wankte durch das Zimmer wie ein Betrunkener, bis er auf dem Betschemel unter dem Kreuz niederkniete.

Mein Gott, meine Seele findet keinen Frieden, ehe sie nicht in dir ruht. Sie wurde nur für dich geschaffen. Tilge alles, mein Gott, was ich mein eigen nenne; denn alles, was nicht dein ist, ist von Übel, laß mich nie vergessen, daß ich der Sündigste aller Sündigen und der Schwächste aller Schwachen bin; laß mich nicht nach etwas anderem hungern oder dürsten als nach deiner Gnade, und gib mir die Demut der Heiligen, die ihre Sünden in deinen Wunden ertränkt haben. Schicke mich hinaus auf die Straßen, um zu betteln. Gib mir das Wasser, mit dem die Wunden der Aussätzigen gewaschen wurden, zu trinken, damit ich lerne, meinen Stolz zu besiegen. Heilige Muttergottes, die du den Schöpfer des Weltalls in den Armen hältst, sei auch meine Mutter und flüstere mir die Worte der Weisheit zu, wie einstmals deinem Kind. Heilige Jungfrau, beschütze den, der in der Not zu dir flieht. Bitte für den, der dich in der Verzweiflung anruft, bitte für mich. Mein Gott, wenn du mich in deine Wüste rufst, dann werde ich mich noch heute abend auf den Weg machen, denn ich weiß, wenn du mich rufst, dann hast du oben in den Bergen auch eine Felsenhöhle für mich bereit, wo ich im Angesicht deines Kreuzes die letzte Morgendämmerung erwarten darf. Lege auf meine Schultern das schwerste Kreuz, das man tragen kann, mein Gott, denn ich habe es verdient, doch verweigere mir nicht deine Gnade, denn ohne deine Gnade bin ich auf ewig verloren. Blicke auf mich herab, Herr, und erbarme dich meiner, denn siehe, ich bin arm und verlassen.

Er erhob Hände und Gesicht zu dem Gekreuzigten und verharrte lange in dieser Stellung. Endlich stand er auf und schaute verwundert auf die Frau.

Armes Kind! sagte er, und sein Gesichtsausdruck war so verklärt, daß sie noch nie etwas Schöneres gesehen hatte. Der Mensch ist eine Täuschung. Geh und suche Gott, deinen Schöpfer, denn alles außer ihm ist Täuschung.

100

Die Nachtluft ist feucht und bitter kalt.

Sie wankt in der Dunkelheit durch die Straßen der Ewigen Stadt, erschöpft wie eine betrunkene Dirne, setzt sich auf eine Türschwelle und läßt den Kopf sinken, oder auf eine Bank in der leeren Straße, verliert sich einen Augenblick in Phantasien und Wahnvorstellungen, schreckt wieder hoch von kaltem Schauer und spürt, wie eine fieberhafte Schwäche ihre Glieder durchläuft, eilt wieder weiter. Sie machte nicht einmal den Versuch, den Weg zurück zu ihrem Hotel zu finden. Sie war nach Rom gekommen, wo alle Wege hinführen. Jetzt ist kein Weg mehr richtig, keiner falsch. Die Welt ist eine Nacht in Rom. Straßen kreuzen, wer weiß, wohin sie führen? Manche schlafen, manche wachen, manche werden geboren, andere sterben. Und das Leben des Menschen ist ein Versuch, sich gegen die ewige Angst zu rüsten, die hinter dem Tag grinst. Wenn die Illusionen weggerissen werden und der Mensch sich selbst sieht, ergeht es ihm wie dem Fabeltier: Er entdeckt, daß es weder im Himmel noch auf Erden Trost gibt, und stirbt.

Wieder dämmert über dem Tun und Lassen der Menschen ein neuer Tag herauf. Wieder verkündet ein blaßblauer Morgenhimmel den erneuten Sieg des Tages über die Nacht, und die Geister verschwinden wieder kopfüber in ihren Gräbern. Zu der Stunde, als die Wintersonne des Südens beginnt, die sieben Hügel Roms zu röten, verirrt sich die Frau zwischen vier Reihen gewaltiger Säulen, die im Halbkreis um einen gepflasterten Platz stehen. Sie steht zwischen den Säulen, die im antiken Drama den Schauplatz der Tragödie symbolisieren. Und sie blickt über den Platz, der im antiken Drama den Schauplatz der Komödie bezeichnet. Der Platz ist menschenleer und verlassen, denn die Schauspieler haben sich noch nicht vom Schlaf erhoben. Sie haben noch nicht so bald ausgeschlafen. Im Hintergrund erhebt sich ein großes Bauwerk, die Peterskirche, das furchteinflößende Monument des ungeheuren, christlichen Gottes.

Wie heilig und fürchterlich er in seiner Kirche ist, dieser Gott! Seine Kirche ist mächtiger als die Gesetze der Natur und ruft Menschenseelen aus Ost und West, Nord und Süd zu sich, damit sie gegen das Wesen der Natur ankämpfen und sich aus dem Staub zur Ewigkeit erheben. Jesus Christus ist ein seltsamer Tyrann: Seine Feinde kreuzigten ihn, und er kreuzigt dafür seine Freunde. Die Kirche ist das Reich der Gekreuzigten. Was konnte eine armselige Sterbliche gegen die heilige Kirche Christi ausrichten, die mächtiger ist als die Schöpfung?

Sie setzte sich auf die Stufen der Kolonnaden links vom Hauptportal, lehnte sich an eine Säule und sah ermattet auf die Fassade von San Pietro: Sie sah dem Katholizismus ins Gesicht. Und dort steht mit großen Buchstaben geschrieben: TU ES PETRUS ET SUPER HANC PETRAM AEDIFICABO ECCLESIAM MEAM. Das bedeutet: Du bist Stein, und auf diesen Stein will ich meine Kirche bauen. Der Vollkommenheitsdrang des Unvollkommenen ist das irdische Fundament der Kirche Gottes.

Die erste Straßenbahn rattert durch eine nahe gelegene Straße. Ein Auto biegt in voller Fahrt um eine Ecke. Bauern fahren mit vollbeladenen Pferdekarren zum Markt. Glocken läuten, die katholische Welt erwacht. Die ersten Klöppelschläge sind dünn und leise, die Luft vibriert von weichem, freundlichem Klang. Doch nach und nach wird der Schall kräftiger, bis er wie tosende Brandung ist. Dann nimmt er wieder ab. Alles beruhigt sich und verebbt langsam in gedämpften, rhythmischen Nachklängen.

Zwei Bräute Christi, die sich in aller Frühe auf den Weg zum Markt gemacht haben, tauchen mit ihren Körben zwischen den Säulen auf, als der Glockenklang wieder schwächer wird. Sie machen hier halt, um im Anblick von San Pietro ihr *Angelus* zu beten, schlagen schnell ein Kreuz und beginnen, diese göttliche Ungeheuerlichkeit über den Heiligen Geist und die Jungfrau aufzusagen:

Der Engel des Herrn brachte Maria die Botschaft,
und sie empfing vom Heiligen Geist.
  Gegrüßet seist du, Maria...
Maria sprach: Siehe, ich bin die Magd des Herrn;
mir geschehe nach deinem Wort.
  Gegrüßet seist du, Maria...
Und das Wort ist Fleisch geworden
und hat unter uns gewohnt.
  Gegrüßet seist du, Maria...
Bitte für uns, heilige Gottesmutter,
daß wir würdig werden der Verheißung Christi.
Bitte für uns Sünder jetzt und in der Stunde unseres Todes.

Sie beenden ihre Litanei mit einem einstimmigen Amen. Das bedeutet: Ja, ja, so soll es geschehen. Hierauf bekreuzigen sie sich eilends, raffen ihre Röcke und wackeln dann mit ihren Körben zur Porta Angelica hinaus.

Taormina, Sommer 1925.

Anmerkung des Übersetzers

Vefarinn mikli frá Kasmír, das isländische Original dieses Buches, wurde erstmals 1927 gedruckt. Eine zweite, revidierte Ausgabe erschien 1948 und wurde seitdem wiederholt nachgedruckt.

Für die dänische Übersetzung von Erik Sønderholm, die 1975 in Kopenhagen erschien, nahm Halldór Laxness jedoch noch weitere Textänderungen vor. Auf ausdrücklichen Wunsch des Autors habe ich diese Änderungen – vor allem Streichungen, nur einige wenige Hinzufügungen und Umstellungen – auch bei der Übersetzung ins Deutsche berücksichtigt. Das heißt, ich habe den Text aus dem Isländischen nach der revidierten Ausgabe von 1948 übersetzt, bin dabei aber der nochmals überarbeiteten Textfassung, die der dänischen Ausgabe zugrunde liegt, gefolgt.

Daß die größtmögliche Treue zum isländischen Original oberstes Gebot bei der Übersetzung war, braucht nicht betont zu werden. Auch Eigenheiten der Interpunktion (wie zum Beispiel der häufige Gebrauch von Semikolons) wurden beibehalten, soweit es ohne Vergewaltigung des Deutschen möglich schien.

Zitate in fremden Sprachen wurden in der vom Autor gewählten Form übernommen, original isländische Zitate neu übersetzt. Wo Zitate aus fremden Sprachen ins Isländische übersetzt waren, wurden zur Übersetzung ins Deutsche auch die Originalversionen herangezogen. Halldór Laxness bemerkte zu seiner nicht immer ganz orthodoxen Zitierweise im *Großen Weber von Kaschmir:*

> »Das Buch wurde zwischen Juni und Dezember 1925 in einem Hotelzimmer in Taormina geschrieben. Ich war dreiundzwanzig Jahre alt. Es wäre unehrlich, dem Leser verschweigen zu wollen, daß die geistreichen Äußerungen, die

sich möglicherweise in dem Buch finden, nicht alle vom Verfasser stammen. Da ich während der Arbeit keinen Zugang zu Literatur hatte, sind die meisten der Zitate (ausgenommen die aus der *Imitatio*) nach dem Gedächtnis angeführt. Beim Druck der Erstausgabe wurde dann ein Teil der Zitate nachgeprüft und mit Quellenangaben versehen, zum Beispiel ›Marriage is an ignominious capitulation‹ (Bernard Shaw), ›Eine Ehefrau ist wie die dreißig Tyrannen‹ (Isländisches Tabakmonopol) und ähnliches. In späteren Ausgaben wurden diese wissenschaftlichen Anmerkungen jedoch wieder entfernt, und zwar mit der Begründung, ein kritischer Apparat passe nicht zu Belletristik.«

Die Einteilung in Bücher, Kapitel und Abschnitte folgt genau der isländischen Vorlage. Da Halldór Laxness wörtliche Rede prinzipiell nicht durch Anführungsstriche kennzeichnet, obwohl auch im Isländischen in der Regel Anführungsstriche verwendet werden, verzichtet die deutsche Übersetzung ebenfalls auf diese Lesehilfe. (Andere Abweichungen des isländischen Textes von der gewohnten Norm, wie etwa die Besonderheiten Laxness'scher Orthographie, lassen sich nicht ins Deutsche übertragen.)

Die isländischen Personen- und Ortsnamen wurden behutsam dem Deutschen angenähert, vor allem durch Weglassen von Akzenten und Nominativendungen, also zum Beispiel *Dilja* statt *Diljá* und *Stein* statt *Steinn*. Die wenigen Sonderzeichen des isländischen Alphabets wurden in der allgemein üblichen Weise ersetzt.

Hubert Seelow

HALLDÓR LAXNESS

Das wiedergefundene Paradies

Roman
Aus dem Isländischen von Bruno Kress
Mit einem Nachwort von Hubert Seelow
stb 88, 256 Seiten, € 9,90

*

Der Bauer Steinar lebt mit seiner Familie in einer kargen Gegend Islands. Sein besonderer Stolz gilt der Bewahrung der isländischen Tradition – der Pflege der uralten Steinmauern und der Weitergabe der Sagas. Wie aus einer dieser Sagas erscheint ihm auch das Pferd Krapi, das er nicht gegen Gold hergibt, denn »wenn die Welt in den Augen unserer Kinder nicht mehr voller Wunder ist, dann ist nicht mehr viel übrig«. Doch als der Dänenkönig nach Island kommt, schenkt er ihm das wertvolle Tier. Steinar folgt der Einladung des Königs nach Kopenhagen. Dort überzeugt ihn der Mormonenbischof Theoderich von seiner Lehre und lockt in ins Gelobte Land Utah.
»Eine schöne und erstaunliche Geschichte«, schrieb die *Frankfurter Allgemeine Zeitung*. »Die ist auch gar nicht erzählt worden, um den Leser zu erbauen oder zu belehren, sondern lediglich ›damit ein so vorzüglicher Ziegelmacher nicht in Vergessenheit gerät‹. Das genügt.«

HALLDÓR LAXNESS

Sieben Zauberer

Erzählungen
Aus dem Isländischen von
Hubert Seelow
stb 89, 144 Seiten, € 7,50

*

Die stilistische Meisterschaft von Halldór Laxness zeigt sich nicht nur in seinen Romanen, sondern auch und ganz besonders in seinen Erzählungen. *Sieben Zauberer* enthält realistische und mystische, bodenständige und exotische Geschichten über den hinkenden alten Thordur und die Entdeckung Indiens, über einen Napoleon Bonaparte und die italienische Luftflotte, die in Island, einem Land ganz ohne Militär, eine herbe Niederlage einstecken muß.
Große und kleine Welt, Alltag und Abenteuer begegnen sich in Situationen voller Witz und Ironie. Laxness erzählt in einer Mischung aus Weltaufgeschlossenheit und Fabulierfreude, sozialem Engagement und menschlichem Verständnis.

»Einmal lesen reicht nicht.«
Süddeutsche Zeitung

HALLDÓR LAXNESS

Das gute Fräulein

Erzählung
Aus dem Isländischen von
Hubert Seelow
stb 90, 96 Seiten, 5,00

*

›Fräulein‹ Rannveig kehrt aus dem fernen Kopenhagen in den hohen Norden zurück, mit einer Fülle an Erfahrungen – und mit einem unehelichen Kind. Daheim bekommt sie schmerzhaft zu spüren, was die liebe Verwandtschaft unter Wohlanständigkeit versteht. Besonders die ältere Schwester, die schöne Thurid, übertrifft alle anderen darin, die »Sünderin« auszugrenzen.

»Diese 1933 erschienene Erzählung«, schrieb Wolfgang Werth in der *Süddeutschen Zeitung*, »ein frühes Juwel aus dem reichen Œuvre des Literatur-Nobelpreisträgers Halldór Laxness, ist darauf angelegt, den Leser so zu verunsichern, daß er erst zur Ruhe kommt, wenn er sich über die Geschichte hinter der Geschichte klar geworden ist.«

HALLDÓR LAXNESS

Das Fischkonzert

Roman
Aus dem Isländischen und mit einem
Nachwort von Hubert Seelow
stb 168, 272 Seiten, € 9,90

*

Alfgrimurs Leben hätte trauriger kaum beginnen können. Ein Vater steht nicht zur Verfügung, und die Mutter läßt den Säugling auf der Durchreise nach Amerika an seinem Geburtsort zurück: auf dem armseligen Hof des Seehasenfischers Björn. Dort wächst Alfgrimur in einer vollkommenen Welt auf, zwischen mittellosen Durchreisenden und kauzigen Dauermietern, zwischen den Versen und Chorälen der Ersatzgroßmutter und dem ewigen Gesang der alten Standuhr. Der leisen Schwermut, mit der die Geschichte einer Jugend erzählt wird, ist stets eine unwiderstehliche Situationskomik beigemischt. *Das Fischkonzert* gehört zu den erfolgreichsten Werken von Halldór Laxness.
»Der Roman gehört zu den schönsten literarischen Kindheitsbeschreibungen überhaupt.« *Rheinischer Merkur*

HALLDÓR LAXNESS

Atomstation

Roman
Aus dem Isländischen von Hubert Seelow
stb 170, 208 Seiten, € 9,90

*

Im Haus des isländischen Parlamentsabgeordneten Bui Arland geben sich die Militärs die Klinke in die Hand. Im Kalten Krieg ist die Insel umworben als strategisch wichtiger Stützpunkt im Nordatlantik. Als Dienstmädchen arbeitet im Haus des Abgeordneten eine junge Frau aus dem Nordland, die nach Reykjavik gekommen ist, um Organistin zu werden. In der Hauptstadt macht sie Bekanntschaft mit aufregenden Ideen und einem weltweisen Orgellehrer, sie lernt skurrile Götter kennen und Politiker, die die Selbständigkeit des Landes auf den Lippen führen und hinterrücks mit den Amerikanern über seinen Ausverkauf verhandeln. »Die Welt hat sich geändert, aber nicht die Perspektive, aus der Laxness erzählt. Nicht nur deshalb ist sein Roman ›Atomstation‹ heute wieder – und noch immer – aktuell. Erst jetzt zeigt sich deutlich, wie sehr schon damals Laxness recht hatte, indem er sich den Strömungen der Zeit widersetzte.«

Deutsches Allgemeines Sonntagsblatt